AE
&I

Un mar violeta oscuro

Autores Españoles e Iberoamericanos

Ayanta Barilli

Un mar violeta oscuro

Finalista Premio Planeta
2018

Planeta

Diagonal, 662-664, 08034 Barcelona
www.editorial.planeta.es
www.planetadelibros.com

Diseño de la colección: © Compañía

Primera edición: noviembre de 2018
Segunda impresión: noviembre de 2018
Depósito legal: B. 25.400-2018
ISBN 978-84-08-19741-6
Composición: Realización Planeta
Impresión y encuadernación: Unigraf, S. L.
Printed in Spain - Impreso en España

El papel utilizado para la impresión de este libro es cien por cien libre de cloro y está calificado como **papel ecológico**

A Sandra y Leone, compañeros inolvidables del Teatro Stella.
A Carlotta, testigo de los días perdidos y recobrados.
A Francis, abecedario de todas mis letras. Principio y fin.

PRÓLOGO

La noche en que murió mi abuela, yo dormía en su cama. El teléfono sonó a las tres de la madrugada en la casa familiar de Roma. Una enfermera me comunicó la noticia. Cuando llegué a la habitación del hospital que compartía con varias ancianas, ella ya no estaba. La habían metido en el trastero donde guardaban los productos de limpieza. Según me explicaron, para no asustar a las otras pacientes. Entré y cerré la puerta. Una bombilla colgaba del techo. El espacio era exiguo. Baldas con botellas de lejía, guantes y otros detergentes, una fregona metida en un cubo, una escoba con un recogedor y, en la pared desconchada del fondo, un grafiti que decía: *Viva la Roma, abbasso il Lazio!* Posé la mejilla en su corazón. Le besé la cara, los párpados, el cuello. Aún quemaba de fiebre ya inútil. Levanté su camisón azul y la miré desnuda. Toqué su vientre, su piel blanca y suave. Cubrí con una mano el pecho que le faltaba, recorrí las cicatrices y lloré en su regazo por última vez.

Al cabo de un rato apareció el médico encargado de certificar la muerte de Ángela. La metieron en una caja metálica y, sin tiempo de asimilarlo siquiera, me vi de repente corriendo tras aquel féretro provisional, sujeto por correas de cuero a una camilla y conducido por un celador que parecía tener prisa.

Después de recorrer pasillos, rampas y ascensores que nos llevaban a pisos escarbados en la tierra, introdujeron la caja en una nevera con forma de nicho. Alguien me guio hasta un pequeño despacho de la funeraria del hospital. Las paredes estaban revestidas de madera lacada, igual que los ataúdes que vendían allí mismo a precios impíos. Frente a un escritorio, también lacado, me esperaba en su silla un profesional del luto.

—Buenos días, la acompaño en el sentimiento. Tenemos que rellenar un formulario con los datos de la finada. ¿Nombre?

—Ángela Spagnoli.

—¿Nacida...?

—En Parma, el 28 de septiembre de 1911.

—¿Hija de...?

—Elvira y... Belcebú —dije con aplomo.

El desconocido de la funeraria se quedó visiblemente perplejo.

—¿Belcebú? —farfulló aquel hombre, amortajado en su uniforme a las seis de la mañana.

Yo no sabía cómo se llamaba realmente mi bisabuelo. No se trataba de una laguna en la memoria por el dolor y el desconcierto del momento. Era mucho peor: lo ignoraba porque mi abuela siempre se refería a su padre como Belcebú.

Me quedé frente al escritorio, muda, a la espera de la reacción del hombre de negro. Sin inmutarse, me señaló con una equis el lugar donde tenía que firmar el documento de defunción, fechado aquel 5 de febrero de 2001. Luego se levantó y me tendió la mano en silencio para despedirme con una sonrisa de circunstancias, como si estuviera ante una desequilibrada. No seré yo quien le culpe.

Volví a casa con la promesa de proporcionarle los datos que necesitaba para rellenar su formulario. Pero cuando interrogué a mi tía Carlotta, ella tampoco fue capaz de darme una respuesta distinta.

—Mi abuela, tu bisabuela, se llamaba Elvira.

—Eso siempre lo hemos sabido, tía.

—Y él..., Belcebú —afirmó convencida tras dudar un instante.

—¿Tú también con esta historia? ¡No puede ser! ¡No se podía llamar así! —contesté—. Necesitamos saber su nombre de verdad para la funeraria. Hay que buscarlo, saldrá en algún documento, digo yo.

Nos pusimos a revolver viejos papeles del cajón de la mesilla de noche de la abuela. Debajo de una carpeta encontré una foto muy antigua de un recién nacido, con el sello de un estudio fotográfico de Padua en una esquina. Lo habían posado en un gran cojín, envuelto en una toquilla de encaje, con cofia y patucos. Todo era blanco excepto sus labios, que parecían tintados de oscuro. Tenía la boca ligeramente abierta y los ojos entornados.

—¿Quién es este niño, Carlotta?

—Ni idea —contestó sin apenas mirar la imagen.

—Ya, pero es que está muerto, no sé si te das cuenta.

—Pero ¿cómo va a estar muerto? Y aunque lo estuviera..., ¡yo qué sé! En aquella época se morían muchos recién nacidos y, para no olvidarlos, les hacían una foto. Yo no quiero ni verla. Me espantan estas cosas.

—¿Y por qué la *nonna* Ángela guardaba la foto de un niño muerto en su mesilla de noche? ¡Qué horror! ¿Quién sería? ¿Alguien de la familia?

—¿Y tú por qué siempre quieres saberlo todo? Deja la foto donde estaba, anda...

—¿Que deje la foto donde estaba y ya está? Es que no entiendo por qué no me cuentas las cosas. No entiendo este secretismo, el tuyo, el de la *nonna*, el de todos en esta casa. Pero lo que menos entiendo es que, si lo que dices es cierto y no sabes quién es este bebé, no tengas la curiosidad de saberlo. Eso es lo más alucinante. ¿Me la puedo quedar?

—¿El qué?

—La foto del niño cadáver —contesté con sorna.

—Ay, qué desagradable te pones, Ayanta. Quédatela, si tanta ilusión te hace. Y cuando te enteres de quién era ese desgraciadito, no me lo cuentes. Yo ya estoy mayor para ciertas cosas. Además, ¡mira lo que tengo aquí! —anunció mi tía, con una partida de nacimiento de Ángela en la mano—. Para que luego digas que me lo guardo todo, que no te ayudo... ¡Evaristo, se llamaba Evaristo! Menos mal, me estaba preocupando. No entiendo cómo he podido olvidarlo. Estoy cada día peor de la memoria.

Evaristo. Al escuchar su nombre real por primera vez, me di cuenta de que no sabía nada de él, salvo un par de anécdotas muy poco creíbles de Ángela. Y si no sabía nada, era porque nadie había querido contarme nada de mis bisabuelos. Y si yo misma me había contentado con explicaciones ambiguas, era porque había asumido de un modo inconsciente esa manera de ser tan de mi familia.

Con aquella partida de nacimiento arrugada en la mano, tomé conciencia de que mi principal legado era un árbol genealógico sin ramas, sin nombres y sin fechas que Ángela se había llevado a la tumba. Recordé entonces las muchas ocasiones en que mis preguntas habían caído en el saco sin fondo de los silencios y de las fabulaciones domésticas. ¿Por qué a mi bisabuelo le llamaban Belcebú? ¿Por qué la única vez que Carlotta contestó a una de mis curiosidades infantiles me dijo que mi bisabuela era una puta? Evaristo y Elvira: un diablo y una puta.

En mi infancia, no tuve mejor entretenimiento que estar con la *nonna*. Lo prefería a cualquier otro plan. Y a ella debía de pasarle lo mismo. En cuanto me veía aparecer, Ángela abandonaba cualquiera de sus frenéticas tareas y se concentraba en su nieta. Sacaba decenas de libros de las estanterías, me los leía y repasábamos las ilustraciones sin perder el más mínimo detalle mientras preparaba algún postre dulce y reparador. También solía construir figuritas con los restos que quedaban desperdigados en la mesa después de comer. Estaban hechas de cortezas de mandarina, de cáscaras de nueces, de servilletas de papel, de pan con palillos, de tabas y corchos con ojos de pepita. Las colocaba encima del mármol y con ellas representaba obras de Shakespeare exclusivamente para mí. Pero lo que más le gustaba era contarme los grandes ballets clásicos, en cuyos segundos actos siempre hacía su entrada triunfal el demonio: *El lago de los cisnes*, *Giselle*, *El Cascanueces*. Durante su relato movía los brazos de un lado a otro, como si fuera a la vez el director de orquesta y la primera bailarina. Yo, sentada en sus rodillas, la miraba alucinada y acababa por caer en su mismo éxtasis.

La noche en que me llevó por primera vez al Teatro dell'Opera de Roma a ver *Las sílfides*, el espectáculo me causó una impresión tan honda que creí haber muerto junto con todas aquellas vírgenes. Cuando apareció el diablo, grité y grité con la esperanza de avisarlas y ponerme a salvo. Tenía cinco años.

Ángela me abrió la puerta a un mundo estrafalario que relataba con ojos antiguos. Vivir con una persona así era delicioso. Pero también podía resultar exasperante. Su amor desmesurado por la ficción la empujaba a manipular la realidad para convertirla en algo atractivo, digno de ser contado. La verdad le interesaba poco. Por eso se la inventaba o la tergiversaba de tal manera que acababa por transformarla en una experiencia única, personal e irreconocible. Los demás solo podíamos aceptar ese rasgo de su carácter, ya nadie intentaba descubrir si lo que afirmaba con tanto convencimiento era una invención o no. Lo único que a ella le importaba era dejarnos boquiabiertos y lograr que sus fantasías se colaran en el acervo de leyendas familiares. Así fue reconstruyendo todo su pasado y, de paso, nuestro presente: al antojo de su imaginación.

Pero las reinvenciones de la *nonna* no se limitaban a los asuntos importantes o a la gran crónica familiar, sino también a las pequeñeces cotidianas. Negaba lo cierto y afirmaba lo falso por sistema, como una mentirosa compulsiva. Le podías preguntar, por ejemplo, si había comprado manzanas.

—Esta misma mañana en el mercado —respondía sin fijar la mirada y dando toda clase de detalles.

Que si había ido al puesto de la *signora grassa*, que si no tenían reinetas, que si se había encontrado con Berta, su mejor amiga de la infancia... Pero yo ya sabía que no era verdad. Ni siquiera necesitaba ir a la cocina para descubrir que no había manzanas y confirmar así mis sospechas. Tampoco servía de nada acusarla o intentar entender las razones de unas patrañas tan absurdas. Si lo hacía, Ángela se daba media vuelta y, completamente indignada, se marchaba farfullando algo que, a todas luces, tenía por objeto provocarme.

—¡Pues si no están las manzanas, será porque te las has comido todas!

Era natural que en mi casa resultara muy difícil, por no decir imposible, discernir entre hechos y fantasías. Había preguntas que siempre quedaban sin respuesta, saltos temporales y sucesos inexplicables, de los que apenas se hablaba, perdidos en los laberintos de unos recuerdos contradictorios. También teníamos secretos guardados bajo siete llaves. Y lo demás, lo que era sabido, se transformaba inmediatamente en un material literario que quedaba sujeto a todo tipo de elaboraciones poco fiables. Aunque no siempre era así. A veces, pocas, alguien decía una verdad que por la fuerza de la costumbre se tomaba como una mentira, lo cual añadía aún más confusión al caos.

Los días posteriores a la muerte de Ángela me dediqué a poner la casa patas arriba, siempre con la ayuda de mi tía Carlotta. Después de haber descubierto el nombre de Evaristo, ahora tenía que recordar dónde me había dicho la *nonna* que guardaba su testamento, y eso que me lo repitió mil veces antes de morir. Podía rememorar con todo detalle las ocasiones en que su mano, áspera y deformada por la artrosis, apretaba la mía. Podía evocar su tacto, incluso ver cómo me hablaba. Pero no conseguía rescatar ni una sola de sus palabras. La desolación me había impedido escucharla, me había ensordecido del todo ante aquellas instrucciones de despedida.

En la infructuosa búsqueda de sus últimas voluntades, Carlotta se topó con varias cajas llenas de papeles, escondidas en lo más alto de un armario. Una breve novela que mi abuela se había autoeditado. Decenas de folios sueltos con varios comienzos de historias policíacas, otra de sus grandes pasiones. Y también los diarios de mi madre, desde su adolescencia hasta tres o cuatro años antes de su muerte tan temprana, además de sus poesías, canciones, obras de teatro inacabadas, trabajos universitarios, discursos políticos, fotos, pasaportes, postales, facturas, notas, partidas de nacimiento y de defunción y cientos de cartas polvorientas dirigidas a parientes, a amigos y a mi padre durante el periplo de su larga historia de amor entre Asia y Europa.

Mi tía Carlotta nunca había querido saber nada de asuntos pasados. Enseguida se deshizo de las cajas y, al mismo tiempo, de los secretos que tal vez escondieran.

—Toma, son tuyas —me dijo abandonándolas a mis pies.

Y como eran mías, me lo llevé todo en coche de Roma a Madrid, donde yo vivía, donde vivo. Y como todo era mío, tardé diez años en leerlo. El botín familiar permaneció unas semanas en el salón y unos días más en mi cuarto, hasta que decidí subirlo de nuevo a lo más alto de un armario, el mío. Allí se quedó. Aunque no fue exactamente así. Algo saqué de aquellas cajas: la novela escrita por Ángela. La dejé al lado de mi cama sin abrirla, solo para que me hiciera compañía en mis noches de insomnio. Se titulaba *Sequenze familiari.*

La razón por la que enterré ese material junto a los juegos abandonados de mis hijos, los disfraces mordisqueados por las polillas, la máquina de coser y la pesada colección de fósiles es evidente. Todo aquel mundo de Ángela se había convertido en algo oscuro, impostado, siniestro. La curiosidad que siempre había animado mis pesquisas infantiles y juveniles se desvaneció de pronto para dar paso al miedo. Miedo a saber. Tal vez el mismo que parecía sufrir Carlotta. Porque a eso me enseñaron desde pequeña: a inventar una realidad paralela para que la vida no fuera tan amarga. Pero la época en la que me creía la heroína inmortal de los cuentos de la *nonna* había pasado. La edad adulta impuso toda su complejidad, y abrir la puerta a los fantasmas nunca es fácil. Así es que las cajas se quedaron durmiendo el sueño algo inquieto de los justos.

Una vez más me tapé los ojos, los oídos, la boca, y me encontré repitiendo sin saberlo los pasos de las mujeres que me habían precedido. No sabía cómo liberarme de un pasado que ni siquiera me atrevía a conocer. Y la parte que conocía, mejor silenciarla. Yo también había vivido con un Belcebú cuyo rostro no era ya el de Evaristo, sino el de la pareja de mi madre, mi padrastro. Pero esto no lo puedo contar todavía. Aún no.

La muerte de Ángela fue un momento de inflexión en mi vida. Volví a sentir esa misma soledad que me arrolló de niña cuando murió mi madre. Al igual que antaño comencé a oír los sonidos distorsionados y las voces filtradas, como si viviera sobre un escenario en el que resuenan los pasos, las puertas retumban en el decorado y alguien te habla, pero no es a ti. No podía trabajar. Cuidaba de mis dos hijos con dificultad. Apenas conseguía salir a la calle. Dijeron que tenía estrés postraumático. Me dieron pastillas. Mis noches discurrían por enredos oníricos de los que despertaba sin aliento. Mis días se convirtieron en el triste compendio de lo que había perdido. Pasé varios meses tirada en el sofá viendo la televisión, cosa inaudita en mí. Ni siquiera cambiaba de canal en busca de algo que me interesara, solo la encendía y dejaba que las imágenes se sucedieran sin más.

Empezó entonces a desfilar un cortejo de amigos alarmados por mi estado de ánimo, que no paraban de proponerme planes alternativos a mis tardes de sofá frente a una pantalla. Todo está bien, me decían. La muerte de una abuela es algo natural que hay que aceptar. Yo tenía treinta y dos años. En aquella época aún convivía con el padre de mis hijos, tenía una casa bonita y un trabajo que me gustaba. No había nada por lo que preocuparse. Sin embargo, sentía sobre mis espaldas un peso difícil de sobrellevar, una congoja que me impedía seguir adelante.

Cuando el luto fue perdiendo filo y dejó paso a esa sensación de que nada importa nada, una noche agarré el librito de Ángela, que seguía esperándome junto a la cama, y me puse a leerlo. *Sequenze familiari* era un relato de tintes folletinescos, ambientado en las dos ciudades del norte de Italia que la vieron crecer. Parma, donde nació, y Padua, donde vivió durante su primera infancia. A pesar de que reconocía como suya la primera persona en que estaba escrita, la historia era tan dramática que en aquella lectura no la pude tomar como una autobiografía. Hija y nieta de escritores, yo estaba totalmente acostumbrada a este tipo de recreaciones literarias en las que se utilizaba un material cercano para construir los cimientos de una historia de ficción, de modo que no le otorgué mayor credibilidad. Creí que ella solo había utilizado algunas circunstancias personales para tejer una más de sus fantasías, en este caso por escrito. Fuera como fuese, esas páginas desataron en mí un deseo impostergable de conocer los paisajes que describía, de seguir sus huellas y ver lo que Ángela había visto con sus propios ojos. Por tanto, decidí volar de Madrid a Roma y emprender un viaje solitario en tren hasta Parma, lugar donde seguían residiendo varios familiares a los que yo apenas conocía. Quería visitar por primera vez el cementerio donde yacía mi madre e ir tras el rastro de mi bisabuela Elvira, la puta, la esposa de Belcebú, de Evaristo. Nada más.

¿Por qué Elvira? Por intuición: ella era una figura misteriosa y siempre presente, que concitaba los silencios y las miradas de los adultos y de la que intentaban mantenerme alejada. Por conveniencia: yo empezaba a coquetear con la idea de escribir un libro sobre las mujeres de la familia, pues al fin y al cabo eran ellas las que habían manejado los hilos de nuestra historia. Y por amor, a mí misma y a los demás: si quería liberarme de mi tristeza, debía conocerme mejor. Era necesario volver atrás para andar el camino desde el principio. Y el principio quizá fuera ella.

Por una de esas extrañas sincronías, cuando el tren se acercaba a Parma costeando ya la carretera nacional, vi un cartel a través de la ventanilla, una señal blanca con letras azules y forma de flecha que pasó en la noche como un fotograma. Tan rápido que, al cabo de un segundo, ya dudaba de si lo había visto o no. Indicaba el nombre de un lugar: Colorno. Era la primera vez que recorría aquellos lares y no lograba entender la razón por la cual ese nombre me resultaba tan conocido. Mientras intentaba recordar, llegué a mi destino.

En la estación me esperaba mi tío segundo, nieto de Elvira, reconocido pintor y coleccionista de juguetes antiguos. De él guardaba un vago recuerdo infantil y algunas anécdotas de sobremesa, como la de que era tan tímido y tan pudoroso que siempre se duchaba sin quitarse los calzoncillos. O, por lo menos, eso contaba mi abuela.

Al bajar del tren, le reconocí enseguida por su inequívoco aire familiar. Stefano era un hombre corpulento, de mediana edad, que me aguardaba en el andén cubierto con un gran abrigo, bufanda, guantes y sombrero, atuendo indispensable para aplacar sus temores hipocondríacos.

Me llevó primero a su casa, donde habría de hospedarme unos días. Después fuimos a un restaurante, acompañados ya por su mujer. Durante la cena, hablamos de Ángela. Intenté interrogarle sutilmente sobre un pasado que él conocía mucho mejor que yo, pero cometí un error de principiante: le confesé que tenía la vaga idea de escribir algo sobre nuestra familia. Sin tener en cuenta la personalidad tan reservada de mi tío, ni su genética habilidad a la hora de zafarse de cualquier conflicto y negar el dolor como una parte ineludible del todo, le pregunté por Elvira. Y él me respondió recomendándome un postre delicioso, que era la especialidad de la casa. Su esposa, que parecía no enterarse de nada, acudió en mi ayuda.

—¿Y por qué no le enseñas el cuadro de Elvira que pintó tu padre? —dijo con aparente inocencia, a sabiendas de que traicionaba los miedos más arraigados de su marido—. Es la única imagen que le queda a Ayanta de su bisabuela, debería verla.

Mi tío contestó con evasivas, visiblemente contrariado, alegando que no sabía dónde estaba. Pidió la cuenta, pagó y, al levantarse, me dijo con una franca sonrisa:

—Déjalo estar.

Me recordó a una réplica de don Corleone, que viniendo de él resultaba aún más absurda o más siniestra. En cualquier caso, confirmaba la dificultad de mis parientes a la hora de hablar de asuntos personales. Ya en el salón de su casa, nos dimos las buenas noches y vi cómo se alejaba hacia el dormitorio, con su gata en brazos y su mujer detrás.

En lugar de meterme en la cama, me desplomé en un sillón orejero. Solo entonces advertí el espectáculo, no podría llamarlo de otro modo, que se desplegaba frente a mí. Parecía el decorado imposible de un sueño. O uno de esos libros infantiles que se abren en abanico y descubren un castillo de papel tan fabuloso que entran ganas de aplaudir. El país de los juegos. Y del arte. Y de la literatura. La recreación de un universo que todavía pertenecía a un pasado reciente pero que ya se antojaba lejano. Las paredes estaban forradas de cuadros, y alrededor de la chimenea, una gran biblioteca de paneles móviles acogía cientos, tal vez miles de libros de arte, ensayos y primeras ediciones de grandes poetas del *Novecento* italiano. Pero lo más increíble era que un tren eléctrico recorría sin parar toda la habitación sobre unos raíles que parecían de verdad. Ascendía por los anaqueles de la biblioteca como si fueran puertos de montaña, regresaba hasta el suelo, se escondía bajo uno de los sofás, volvía a asomar justo en la curva que trazaban las vías para sortear la pata de una mesita al final de la alfombra, emprendía otra fatigosa cuesta por un desfiladero de caoba y acababa desembocando en la mesa del comedor, nunca utilizada para otros menesteres que no fueran los ferroviarios. En los vagones viajaba una compañía de circo: focas con pelotas en el hocico, caballitos con lindas amazonas, bailarinas que daban vueltas y más vueltas sobre una única pierna de hojalata, un elefante con ruedas en lugar de pezuñas, varios payasos subidos en monociclos y un domador con su látigo y su león.

Y como espectadores de todo aquel tinglado de túneles, semáforos, puentes y pasos a nivel, un paisanaje de lo más variado: mamá pato y sus patitos pegados en fila, capaces de moverse al unísono al tirar de un hilo; una noria de latón, con asientos voladores cubiertos por una sombrilla bicolor para resguardar del sol o de la lluvia a las parejas de enamorados; un gimnasta que giraba sobre la barra olímpica al apretar los dos soportes; varios superhéroes un tanto anacrónicos y una miríada de animales de la selva y la sabana que observaban el pasar del tren.

Me quedé allí sentada un buen rato, asombrada por lo que veían mis ojos. Tirando de sus vagones, la locomotora se movía a una velocidad constante cumpliendo un itinerario circular, mil veces repetido. Yo la observaba con admiración infantil hasta que, de repente, inmersa en su traqueteo, recordé por qué conocía el nombre que había pasado ante mí como una ráfaga en mi viaje en tren: Colorno. Lo encajé en el puzle de la memoria. Y me sentí aliviada.

En mi casa, cuando se referían a alguien que, por la razón que fuera, había perdido un poco la cabeza, siempre decían: «Habrá que encerrarle en Colorno». A fuerza de escucharlo, se convirtió en una frase hecha. Nunca se me había ocurrido pensar, ni mucho menos preguntar, sobre su origen. En ese momento tampoco valoré la importancia de aquel recuerdo. Era la llave del cofre, pero no lo entendí.

Lo que sí entendí esa noche en el salón de mi tío es que una de las claves de nuestra conciencia, aquella que determina el conocimiento de uno mismo y la percepción atenta del prójimo, está en las palabras. El lenguaje que se utiliza entre dos enamorados, entre un padre y un hijo, en una familia, esconde tantos secretos de nuestra intimidad compartida que resulta incomprensible para quienes no forman parte del clan. Ese léxico privado, ese código propio, guarda la verdad. A veces, incluso disfrazada de mentira.

Palabra a palabra tejía mi abuela sus historias. Bastaría, pues, con tirar del hilo para ver deshacerse uno a uno los puntos, las letras de mi abecedario, la verdadera e íntima lengua madre que me acompaña en mis desvelos. El tren de juguete seguía dando vueltas cuando yo, rodeada de fantasmas, supe que debía visitar Colorno y esperé a que comenzara a clarear. En todos los sentidos.

Al salir el sol, tomé el primer autocar y en media hora llegué a Colorno. Era un pueblo como tantos: una plaza, un par de cafeterías, un restaurante, una librería, casas bajas bien cuidadas y unas montañas nevadas que enmarcaban la postal. Después de un breve paseo, no vi nada que me llamara la atención. Di un par de vueltas más, me entretuve en el escaparate de una tienda de fotografía con las típicas imágenes de recién casados, compré el periódico y decidí dar por finalizada mi excursión.

Mientras esperaba la llegada del autobús, entré en uno de los cafés para guarecerme del frío. Bebía un té acodada en la barra cuando me fijé en un hombre que pasaba por la calle, tras los cristales. Un hombre raro. Iba sin abrigo, con una camisa azul desabotonada que le dejaba los hombros al aire. Pantalones caídos, bragueta abierta y zapatillas de paño. De sus labios carnosos pendía un hilo de baba.

«Un loco», me dije.

No le di mayor importancia.

Llamé al camarero, saqué la cartera y, cuando me disponía a pagar la cuenta, vi que pasaba otro hombre similar al anterior.

«Habrá que encerrarle en Colorno», pensé de un modo automático. Y enseguida me vino a la cabeza que en la novela de Ángela, a la madre de la protagonista la confinaban en un sanatorio para enfermos mentales que ella llamaba solo C. ¿Ce punto? ¿Ce del pueblo en el que estaba? ¿Ce de Colorno?

Fue una revelación. Un fogonazo. Perdí pie. Sentí un leve mareo, un rubor, un aleteo de pájaro en el pecho. Salí del bar. Un calor tremendo en medio de la nieve. Un vaho denso de mi boca que me nublaba la vista. Desde siempre, desde la primera palabra interrumpida, hasta la última mirada esquiva, Ángela me lo había dicho todo, sin decir nada. Me lo había contado con sus mil historias convertidas en literatura.

Así que era posible que a mi bisabuela Elvira la hubieran encerrado en un manicomio. Esa parte podía ser cierta. Y en tal caso, el manicomio debía de estar allí mismo, en ese C. del libro, en el Colorno de la frase familiar.

Ya en la calle decidí seguir a uno de aquellos hombres desmadejados. «Piensa, piensa, Ayanta», me decía a mí misma, mientras acompañaba al loco en su paseo. «Pero piensa bien, con el corazón y no con la cabeza, porque ahí es donde están los recuerdos que has olvidado.» Y en el corazón, en efecto, me aguardaba otra memoria perdida. Al morir mi madre, Ángela me contó que ella también se había quedado huérfana de niña, que su madre había muerto de repente cuando ella tenía seis años. Sin embargo, en su libro se leía una versión completamente diferente. Si daba crédito a lo escrito, eso significaba que Elvira no había muerto durante su infancia, como me aseguró mi abuela con lágrimas de cocodrilo. Significaba que Elvira habría ingresado en un sanatorio en el año 1917, seis años después del nacimiento de su hija. Pero ¿podía fiarme del libro? ¿Dónde estaría la verdad, en lo que contaba o en lo que escribía? ¿O en una mezcla perversa entre lo escrito y lo contado?

Mi discreta persecución del maníaco por el pueblo me llevó hasta un palacio que recordaba por su estructura y sus jardines a un pequeño Versalles. Era el Palazzo Ducale, regalo que Napoleón le hiciera a su esposa María Luisa de Austria y que se convirtió en una de sus residencias favoritas. El edificio estaba recién restaurado y albergaba en aquellos días una exposición de arte moderno, en la que se coló el loco. Cuando me quise dar cuenta, había desaparecido.

Huyendo de las obras de un artista local indigno de las fastuosas estancias que se sucedían, me salté el recorrido recomendado y llegué sin proponérmelo a un salón vacío, inmenso, de resonancias antiguas, en el que era inevitable imaginar un gran baile animado por parejas que daban vueltas y más vueltas con elegante frenesí. Esbocé algún que otro paso de danza a resguardo de miradas indiscretas hasta acabar frente a una pequeña ventana cubierta por unos visillos blancos que aparté lo suficiente para ver que daba a un claustro abandonado. La hiedra que trepaba por sus paredes disimulaba el deterioro de la estructura. Se colaba por las grietas del cemento y volvía a despuntar para enroscarse con fuerza por los anchos barrotes clavados en unos ventanucos desiguales, que horadaban las tres vertientes de su fachada.

Era una enredadera tan frondosa que algunas de sus ramas ya no crecían hacia arriba, sino que descendían en busca de espacio, reptando por el pavimento hasta cubrir parte del solar y envolver los troncos de cuatro o cinco árboles que intentaban sobrevivir a su estrecho abrazo.

Un conserje me llamó la atención por fisgonear donde no debía. Salí de allí avergonzada y me topé con una vidriera que se abría hacia un jardín majestuoso. Unos setos simétricos flanqueaban el paseo principal, que conducía a una fuente circundada por una hilera de cipreses. Bordeé el palacio a través del parque, pero una valla de alambre me impedía el acceso a la zona posterior del edificio. La recorrí hasta que un somier de muelles, puesto a modo de verja, me brindó el paso al otro lado. Me acerqué a una casita separada del conjunto, de reciente construcción. De su fachada colgaba un cartel: CENTRO MISERICORDIA PER MALATI MENTALI. Fue entonces, apenas a unos pasos de la casa, cuando oí cantar *Oh sole mio*. A voz en cuello. Con pasión, con amor. Y con cierta lujuria.

La melodía resultaba paradójica en un día tan pálido, de nubes bajas y preñadas de nieve. Otro loco asomado a un balcón cantaba con los brazos abiertos, tendidos al cielo, siempre la misma estrofa. Parecía la oración a un dios pagano, de esos que solo entienden de rayos y truenos. O el conjuro de un enamorado, que invoca a su amor sin obtener jamás respuesta. O el grito del guerrero en la última acometida, antes de perder la batalla.

—¡Pavarotti! ¡Cierra el pico de una vez! —le gritó una mujer obesa que andaba por el jardín.

Y Pavarotti cerró el pico. Pero lo hizo solo para tomar aire y volver a empezar, con renovado brío.

Entré y me senté en la modesta sala de espera de aquel ambulatorio psiquiátrico, con bancos corridos de madera plastificada verde agua, igual que los pupitres y las sillas de mi primera escuela. En una esquina, una virgen de yeso desconchado sostenía en las manos entrelazadas un rosario de plástico fosforescente. No sabía muy bien qué hacía yo allí, como una sonámbula en una especie de búsqueda del tesoro, juego que siempre había detestado. Además, la noche en vela comenzaba a pasarme factura. Me quedé dormida no sé durante cuánto tiempo.

—¿Oiga? —Un enfermero de bata blanca me tocó el brazo—. Oiga, que aquí no se viene a echar la siesta. ¿Qué desea?

Me puse en pie completamente aturdida y balbuceé alguna excusa.

—Sí, verá, es que estoy buscando la documentación de una pariente que estuvo en el manicomio de Colorno...

—Aquí ya no hay ningún manicomio. Se cerró hace casi treinta años. Pregunte en la Diputación Provincial de Parma, quizá puedan ayudarla. Y ahora perdone, tengo muchas cosas que hacer.

—Pero ¿es posible visitarlo?

—Pues no, no es posible. Ya le he dicho que está cerrado. ¿No será usted periodista?

—Mi bisabuela se llamaba Elvira Melloni. Creo que estuvo internada en este sanatorio durante algunos años.

—*¿Cree?* Mire, aquí han venido ya muchos periodistas contando mentiras para escribir luego artículos escandalosos y hablar mal de nuestra labor.

—Le aseguro que no soy periodista. Mi familia es de por aquí y mi bisabuela...

—¿Y cuál es su apellido? —preguntó desconfiado.

—Barilli. Me llamo Ayanta Barilli.

Se obró el milagro. Inmediatamente vi cómo el enfermero cambiaba de actitud. Su rostro se hizo amable y servicial.

—¿Barilli..., de los Barilli?

—Sí, supongo. Barilli de los Barilli.

Había olvidado que en la región de Parma, incluido Colorno, la mía era una vieja familia de artistas con cierto predicamento. Pintores, músicos, escritores y actores que gozaban de algunos privilegios de provincia que me resultaban sorprendentes.

—Encantado —dijo con un afable apretón de manos—. Me llamo Nelson. Trabajé en el manicomio de Colorno hasta que en 1978 lo cerraron. No sé si encontraremos la cartilla clínica de su bisabuela, pero podemos intentarlo.

Dicho esto, desenganchó del pasador de su cinturón un enorme manojo de llaves. Una de ellas, muy antigua, era tan grande que había hecho una copia de aluminio para que pesara menos. Le seguí. Bordeamos el palacio hasta llegar a la parte de atrás, donde un portón de madera maciza se alzaba al final de una breve escalinata.

Nelson se detuvo y miró la fachada con cierta nostalgia. Era un hombre ya mayor y aquel lugar, que a mí se me antojaba siniestro, debía de recordarle los mejores años de su juventud.

—El manicomio de Colorno se inauguró en 1873 y estuvo abierto algo más de un siglo —comenzó a contarme como si fuera un guía—. Fue uno de los más importantes de Italia, tanto por el número de pacientes como por la aplicación de las técnicas psiquiátricas más modernas. En 1978 lo cerraron y nos echaron a todos a la calle. Así, de un día para otro. A los enfermos y a los sanos. Yo empecé a trabajar aquí con dieciocho años recién cumplidos. O sea que, imagínese, toda la vida. Se ha hablado mucho de lo mal que se hicieron las cosas, pero yo le aseguro que nosotros no atábamos ni encerrábamos a nadie. Mentiras de los periodistas y de los jueces.

Subimos los escalones de mármol. Hacía mucho frío, tanto que me dolía al respirar. Reconocí los primeros síntomas de un ahogo asmático que me solía atacar desde pequeña en situaciones de angustia. Me recordé despertando sin aire en medio de la noche, en los brazos de mi madre, con la sensación de haber olvidado cómo respirar. Volví a ver aquellas habitaciones alargadas del hospital en el que me encerraban, con decenas de camas a ambos lados de un pasillo central. Los días inacabables, todos iguales. Los estrictos y breves horarios de visita. El blanco de los médicos, de las sábanas, de las paredes, de las cortinas, de la luz de neón encendida día y noche. Un hospital convertido en cárcel o en manicomio, lo mismo daba. Por eso habría preferido no estar allí, aunque ya fuera demasiado tarde.

Nelson introdujo la llave grande en la cerradura. Forcejeó un poco. Empujó con las dos manos la gran puerta. Se abrió despacio con un graznido de siglos.

Entré. Y vi. Allí estaban las mentiras y los silencios. La voluntad de mi abuela de olvidar. La necesidad de reconstruir una realidad que asegurara la supervivencia de todos nosotros. La ilusión de libertad que otorga la ignorancia. Y muchas cosas más que no voy a contar ahora. Aún no.

Al salir del manicomio, corrí hacia una farmacia en busca de algo que me permitiera volver a respirar. Corrí hacia el autobús que debía llevarme de vuelta a Parma. Corrí hacia la casa de mi prima Isabella, la única hija de mi tío Stefano, que me había invitado a cenar. Llegué tarde, por supuesto. Corriendo y sin aliento.

Mi prima era uno de los pocos miembros de la familia que yo conocía bien, al haber compartido con ella algunos veranos de los que no se olvidan. Cuando abrió la puerta la abracé y me eché a llorar. Acabamos sentadas en la cocina, frente a un plato de *tortellini* fríos, yo hablando sin contención, ella escuchándome atónita. Además de consuelo, me ofreció ayuda y aproveché su generosidad para pedirle que localizara el retrato que su abuelo Arnaldo Spagnoli le había hecho a Elvira, según confesó la mujer de mi tío en la cena. La desilusión se dibujó en su rostro.

—¿Solo eso? ¡Qué fácil! Está en el piso de arriba.

—¿Cómo en el piso de arriba? ¿En qué piso de arriba?

—Aquí encima —y señaló el techo— vivía mi abuela. Cuando murió, mi padre cerró el apartamento y lo convirtió en una especie de museo al que nadie tiene acceso. De vez en cuando, va una señora a quitar el polvo. Allí están muchos de los cuadros de Arnaldo. Sobre todo, retratos de su familia. El que buscas está en el recibidor. Lleva allí toda la vida.

Isabella ya se había levantado de la mesa.

—¿Subimos?

Y subimos, claro. Otra puerta por abrir y más sorpresas. La última del día. Entramos y nos quedamos muy juntas frente a una pared llena de imágenes familiares enmarcadas en pan de oro. Había tantas que aquello parecía un cementerio de lápidas rectangulares. Yo no conocía a casi nadie de los que allí moraban.

—Es un poco complicado, Ayanta, pero tampoco hace falta que memorices ahora tu árbol genealógico. Y *aquí* tienes el famoso retrato de Elvira.

Pero *allí* no había nada. Un espacio vacío. El cuadro no estaba. En su lugar, un cerco oscuro, perfectamente visible en la pared. Mi tío se lo había llevado bajo el brazo y de puntillas para que yo no lo viera, para que no guardara en mis recuerdos ni siquiera una imagen de lo que también me pertenecía.

¿Por qué me trataba como a una desconocida? ¿Cómo era posible que me ocultara la historia de un modo tan pueril? ¿Qué era lo que escondían, él y todos, con tanto celo? En un ataque de megalomanía, tan propio de mis parientes, ¿sospechaba acaso que yo lo iba a publicar en *The New York Times*?

El gesto de mi tío me indignó. Tanto que consiguió justo el efecto contrario. Impulsada por su pequeñez provinciana, por su cobardía, no solo no solté aquel hueso, sino que además me propuse desenterrar los esqueletos enteros. Tenía que cubrir los espacios sin marco de mis paredes y encontrar otro lugar desde el que mirar el horizonte. Un lugar que me impidiera cometer los mismos errores y quebrar esa línea que, generación tras generación, se repetía de forma sutil pero inexorable.

Me puse manos a la obra. ¿Lograría así romper el hechizo con el que fui bautizada?

PARTE PRIMERA

Elvira (1883-1948)

CAPÍTULO 1

En una ocasión me dijeron que Elvira había sido puta. Lo recuerdo perfectamente.

Mi tía Carlotta se estaba acicalando para ir a un estreno teatral y yo, todavía niña, la observaba sentada en el borde de su cama. Una cama de matrimonio muy grande, demasiado, sobre todo porque nunca la compartía con nadie de su misma especie. Solo con Romeo, el gato de piel de tigre y ojos de serpiente, que la amaba por encima de todas las cosas. Tanto que, cuando ella llegaba a casa después de ensayar, Romeo saltaba a su pecho y le mordisqueaba un poco la cara, como para decirle «eres mía y de nadie más». Y su Julieta le abrazaba y le besaba en el hocico siempre húmedo, con un ligero aroma a sardinas en lata, el manjar favorito del joven Montesco. Romeo solía hablarle a mi tía con melancólicos maullidos que habrían partido el corazón más duro. Con su mirada amarilla y sus bigotes tiesos, parecía dedicarle las más tiernas palabras, a las que ella respondía siempre: *Si, animaletto.*

Romeo fue un gato sin familia hasta que un día decidió abandonar las peleas callejeras y las noches insomnes pegado a un tubo de escape. Buscó asilo en casa de la que consideraba la señora más guapa y más solitaria del barrio. Arañó la puerta, Carlotta abrió, Romeo se hizo el desmayado en el felpudo para resultar más convincente y ella lo adoptó.

En aquella época, mi tía vivía con su madre y su único hijo, Leone. Al poco de nacer el niño, se separó de su pareja, un excelso actor a quien había que rogarle para que se subiera a un escenario porque lo que de verdad le apasionaba era aullar ante las evoluciones de una pelota sobre el césped del estadio, afición considerada del todo inaceptable en mi familia. Carlotta era una mujer nerviosa, impaciente y con una clara tendencia a los ataques imprevistos de ira. Con las manos en el volante, se convertía en una perturbada. ¡Pobre de aquel que sufriera la desgracia de ir de copiloto! Ya se sabe que Roma es una ciudad de tráfico complicado. Mi tía se subía al coche y perdía el decoro y el control de sí misma. Empezaba a vociferar con medio cuerpo fuera de la ventanilla, tocaba la bocina como si fuera una ambulancia y componía una sonata de insultos tan ofensivos que siempre pensé que moriría estrangulada a manos de un romano en medio de algún atasco. Cuando se enfadaba, nos daba tanto miedo que Leone y yo nos escondíamos debajo de la cama para salvar el pellejo mientras ella nos arrinconaba con la escoba obligándonos a salir, rebozados en polvo. Pero lo cierto es que aunque gritara, nos diera en la cabeza con un periódico, estampara el teléfono contra la pared o pisoteara el árbol de Navidad en un arrebato, era un ser absolutamente inocuo y bondadoso. Una vez pasado el furor, nos perdonaba y se hacía perdonar llevándonos al cine o a alguna inolvidable excursión por los alrededores de la ciudad con su Dyane 6 color crema.

Carlotta, digna hija de Ángela, fue un claro exponente familiar del silencio. No había forma de sonsacarle la más mínima información. Tampoco mostraba ninguna curiosidad, por lo que sospecho que tal vez no supiera gran cosa.

—¿Qué le pasó a Elvira? ¿Por qué nadie habla nunca de ella? —pregunté de sopetón mientras acariciaba a Romeo.

Me gustaba ver cómo se vestía, cómo se maquillaba, cómo abría y cerraba cajones de la cómoda, cómo sacaba una caja llena de abalorios, cómo elegía las medias, el perfume adecuado, las sandalias de tacón alto, el bolso, el chal. Todo. Carlotta era actriz. Y Romeo lo sabía. Por eso, desde la cama, seguía muy atento los movimientos de su estrella. Se quedaba quieto, convertido en una estatua de sal, aunque en realidad lo que tenía eran ganas de cazarla, igual que al ratón de sus sueños.

—Elvira era una puta —dijo frente al gran espejo de su habitación, mientras dibujaba una línea oscura en sus párpados—. Por eso la *nonna* no quiere hablar de ella.

—¿Cómo que una puta?

—Ya lo comprenderás cuando seas mayor. Era una puta que no trabajaba por dinero, sino por placer. ¿Por qué te crees que la abandonó Belcebú? Era lo que ahora se llama una ninfómana.

—¿Una ninfómana? ¿Y eso qué quiere decir?

—Pues ya te lo he dicho: era una puta a la que le gustaba ser puta. Así de claro.

—¿Y quién era Belcebú?

—Eso pregúntaselo a tu abuela.

Terminó de pintarse los labios, me dio un beso en la frente, se despidió de Romeo, se fue al teatro y yo me abalancé sobre el diccionario escolar que llevaba en la cartera para buscar las tres nuevas palabras que había aprendido: puta, ninfómana y Belcebú.

Cuando descubrí y memoricé los significados, mi imaginación se disparó. Puta, ninfómana, Belcebú. Tres palabras increíbles que dejaban un resquicio abierto a todo tipo de especulaciones dramáticas, terroríficas y, sobre todo, prohibidas.

Por aquel entonces, mis ataques de asma eran especialmente virulentos. Llegaba a tener auténticas alucinaciones provocadas por la falta de oxígeno. Una madrugada me llevaron a urgencias envuelta en una manta. Durante el trayecto en coche de casa al hospital, abrazada a mi abuela en el asiento trasero, vi por la ventanilla a una mujer que paseaba por la acera del parque del Gianicolo envuelta en las brumas del alba romana. Era muy alta, de melena larga y rubia, vestida de blanco de la cabeza a los pies. Bellísima. Era sin duda una puta y una ninfómana. La acompañaba un gato negro de angora, atado con una correa de diamantes, tan elegante que solo podía ser el diablo.

—¡Para, para el coche! —le grité a Carlotta, con las mejillas encendidas por la fiebre y señalando con el dedo—. ¡Elvira y Belcebú! ¡Están ahí!

Ángela y Carlotta se miraron asustadas.

—¡Corre! —le gritó desesperada mi abuela a su hija—. ¡Corre, que esta niña se nos muere!

Carlotta pisó el acelerador y empezó su sarta de maldiciones. Seguramente me salvó la vida, pero siempre negó haberme dicho lo que me dijo. Y juro que me lo dijo.

Lo juro.

Elvira no era rubia. Lo leí en la crónica novelada de mi abuela. Ángela siempre había soñado con ser escritora, y de ahí el empeño en publicarla por su cuenta, aunque fuera ya octogenaria. Cien ejemplares muy bien editados, en papel de calidad y letra pequeña, que guardó en un par de cajas de cartón para que los leyeran la familia y los amigos más íntimos. Nadie entendió, ni yo misma hasta mi excursión a Colorno, que en esas páginas Ángela se había aproximado por primera vez a la verdad. Después de una vida entera dedicada a la fabulación, quiso despedirse con un gesto contundente. Así era ella. Reservada, tímida, discreta y taciturna, o justo lo contrario. Hasta la exacerbación.

Sequenze familiari repasaba los acontecimientos más importantes de nuestra historia a partir de su abuela Margarita Candio, para detenerse poco más allá del nacimiento de su última hija, Caterina, mi madre. Parecía una historia de Dickens, pero con la diferencia de que el argumento no era una ficción basada en algunos apuntes autobiográficos, sino que lo que contaba podía haber sucedido realmente. Lo cual le otorgaba a mis ojos un valor enorme, mucho mayor que la destreza que había demostrado en ciertos pasajes de esta primera novela, que fue la última. Descubrir que parte del texto era real desató en mí la necesidad de transcribir y reescribir lo ya escrito, y continuar de este modo con el relato de las siguientes generaciones. Por eso la leí cientos de veces, estudié cada detalle, cada matiz, cada coma y cada adjetivo, hasta confundir mi voz con la suya, mis letras con las suyas. Un relato escrito a cuatro manos. Mi abuela y yo sentadas frente al mismo piano, tocando la misma melodía, sin partitura. Conozco de memoria capítulos enteros que resuenan en mí con la fuerza evocadora de un pacto de sangre.

Ángela comenzaba describiéndose a sí misma. Una niña de unos cinco años, de ojos negros, pequeños y curiosos, la melena rizada y suelta, el modesto vestidito de verano arrugado, los botines cubiertos de polvo. Descuidada en el aspecto y con sombras en el alma, parecía una huérfana rescatada de un hospicio. Sentada en el regazo de su abuela, Angelina esperaba impaciente a que abriera aquel gran álbum, cuya cubierta forrada de terciopelo rojo le parecía la tapa de un cofre repleto de tesoros.

Mis dedos teclean de memoria. No hay recuerdo que aflore tan a menudo...

No hay recuerdo que aflore tan a menudo a mi mente como el álbum de fotografías de la abuela Margarita. Al evocarlo, es tal la sugestión que me produce, que parece como si lo volviera a tener de nuevo en mis manos. Retornan a mí sensaciones lejanas y la percepción exacta del celo con que lo custodiaba. Veo la pequeña cremallera y la minúscula llave que, a saber por qué extraña razón, siempre llevaba atada con un cordel al fajín de la falda. Las pocas veces que accedió a mostrármelo, se abrió ante mí un mundo que nunca había llegado a conocer tal y como allí quedaba retratado. Los seres queridos, que la abuela me señalaba con paciencia una y otra vez para que memorizara sus nombres y sus historias, habían sido engullidos por la guerra, el exilio, la vejez y la muerte. Solo quedaban esas páginas como testimonio de lo que fueron. La última de sus estampas, la que cerraba el álbum, era una fotografía de mi madre, muy joven, algunos años antes de enfermar. Nunca pude olvidar aquella imagen, porque en ella todo parecía posible. Era un comienzo. La promesa de lo que pudo ser. Y no fue.

De pelo oscuro, piel blanca y talle de avispa, Elvira solía adornarse con graciosos lazos y plumas que cubrían el peinado y apresaban su rostro en una gasa que descendía hasta el mentón. Era una joven extraña, frágil y testaruda, tan callada que parecía apenas deslizarse por la residencia familiar, en la que vivía con sus padres y sus dos hermanas. Le gustaba leer. Le gustaba pasear. No le gustaba tocar el piano. Tampoco le gustaban mucho los hombres. No se fijaba en ninguno, a pesar de los continuos intentos de su madre por casarla cuanto antes. Recibía a un candidato, servía un té con limón, sonreía y, con la mirada ausente, le ofrecía el dorso de la mano al despedirse. Así hasta que apareciera otro, similar al anterior, y a quien reservaría el mismo tratamiento exquisito y distante.

Elvira había nacido en Padua en el año 1883, en una villa rodeada por un jardín bien cuidado, con una fuente, un templete y un olmo centenario que era el orgullo de sus dueños, al que llamaban el árbol de la música porque en su copa habían mandado construir una graciosa estructura de hierro forjado pintada de verde. En ocasiones especiales, los componentes de un cuarteto de cuerda trepaban a través de una escalera de caracol que abrazaba el tronco para interpretar sus melodías. Elvira adoraba sentarse ahí arriba y dejar que sus largas faldas y enaguas colgaran como ropa tendida que se mueve al compás del viento.

Era la segunda de los cinco hijos que tuvo Margarita Melloni, de soltera Candio, con un ingeniero cuyo nombre de pila no se recuerda. A Margarita la desposaron con dieciséis años y ella aceptó sin queja ni entusiasmo el matrimonio pactado, a pesar de que no amaba a su marido ni llegó a quererle nunca. De hecho, en el álbum no se guardaba una sola imagen de él.

Marginado por todos, siempre se le trataba como a un huésped incómodo. Y se le compadecía por unas debilidades consideradas indignas de un varón, como su pasión por la música y la literatura. Elvira era la única que le admiraba con ese amor incondicional que solo una hija puede sentir hacia su padre. Todas las noches se metía en su cama para que le leyera los cuentos que le prohibía Margarita por considerarlos fantasías impropias para una niña. Pero lo que más le gustaba era dormirse entre sus brazos y notar luego cómo él se incorporaba muy despacio para sentarse al escritorio a trabajar. Le observaba entre sueños iluminado tan solo por la luz de una lamparita verde que, en ocasiones, quedaba encendida hasta las primeras luces del alba. Y se sentía muy orgullosa de que la hubiera nombrado encargada de rellenar el depósito de su estilográfica y de cambiar el plumín desgastado de tanto en tanto. Elvira de mayor quería convertirse en su padre, tener los dedos siempre manchados de tinta china y pasar la vida enfrascada en alguno de aquellos libros tan voluminosos que ni siquiera lograba sujetar.

El Ingeniero leía a Marx y solía sugerir a su esposa que no abusara de su poder con el servicio. Pero en esa casa solo Elvira prestaba atención a sus palabras. Como si fuera transparente, él entraba y salía sin hacerse notar. Cuando llegaba el momento, depositaba su sueldo en la mesa de la cocina, a sabiendas de que se consideraba apenas suficiente para mantener el nombre y el decoro familiar. La abuela Margarita lo guardaba en la faltriquera con una mueca de disgusto.

Sin embargo, fuera de casa, el Ingeniero era un intelectual que infundía respeto. Admirado en el trabajo por sus ideas innovadoras, llegó a ganar el concurso para un nuevo trazado urbanístico de las calles de Roma. También le encargaron el de Nápoles y Mesina, con gran enojo de su mujer, que odiaba los traslados, sobre todo si se trataba de ir al sur de aquella Italia pobre y atrasada. A pesar de los continuos desplantes que recibía de Margarita, él sí la quería.

El Ingeniero tenía un hermano menor que recibía el aplauso de familiares y amigos. Y el amor incondicional e imposible de Margarita. De este sí quedan el nombre, Ernesto, y las numerosas fotos que Margarita acariciaba con los dedos mientras hablaba de él. Un cuñado deportista, aventurero, turbulento. Tenía un rostro enérgico pero amable, adornado por un bigote burlón y una pose que desafiaba a quien se le pusiera por delante. Era lo contrario del Ingeniero: locuaz, divertido, entusiasta y siempre dispuesto a festejar la vida, ya fuera subiendo los Apeninos en bicicleta o mirando con desfachatez a su cuñada, a la que también debió de amar a escondidas, sin traspasar nunca las fronteras de lo platónico. O quién sabe.

Salían retratados siempre juntos, sin tocarse, pero tan cerca el uno del otro que la falda con miriñaque de ella parecía cubrir la pernera del pantalón de él. Tela sobre tela, nada más. Hasta el día en que el hermano del Ingeniero decidió marcharse al extranjero para huir de un deseo prohibido. Sucedió de repente. Tan de repente que se despidió con una breve carta que Margarita apoyó en sus rodillas y cubrió con ambas manos antes de abrir. Justo el tiempo de tomar aire y cerrar los ojos. El tiempo de entender que lo que no podía ser se terminaba. No le volvió a ver.

Eso sí, todos los años, le enviaba un retrato a su querida cuñada. Sin una palabra. Solo una imagen que ella pudiera guardar y acariciar en ese álbum que conservaba cerrado con llave.

Al poco de marcharse Ernesto, al Ingeniero le destinaron al sur. Y allí se llevó a su familia, a pesar de la indignación de Margarita, que no quería de ninguna manera abandonar la casa del árbol de la música, donde habían nacido todos sus hijos: Clelia, Elvira, María y dos niños gemelos de los que tampoco se sabe el nombre, puesto que morirían antes de aprender siquiera a hablar.

Margarita organizó el traslado sin disimular su descontento. Cubrió de sábanas blancas los muebles de la casa. Cerró persianas y cortinas. Envió baúles repletos de ropa y parafernalia doméstica a la otra punta de Italia. Se despidió de sus seres queridos y abandonó la ciudad donde se había criado. Traicionadas sus expectativas más íntimas, se hizo cada vez más evidente la frialdad de su carácter. Con veintidós años y cinco hijos, dejó de pensar en el amor. Jamás volvió a acostarse con su marido y se dedicó a sus labores de madre. Nunca de esposa.

El viaje al sur duró varios días. Coche de caballos, tren y un barco que, desde Padua, los llevaría a Mesina, una localidad siciliana con aires de África que sabía a sol salado. Cuatro palmeras se alzaban frente al edificio de dos plantas, chato y largo, que alquiló el Ingeniero. Una terraza a ras de tierra circundaba su perímetro y miraba hacia el mar, en cuyo horizonte, durante los días claros, podía verse a través del estrecho la punta de la bota italiana.

Se instalaron. Margarita organizó con celeridad las cuestiones domésticas. A los pequeños gemelos los ubicó en una amplia habitación con vistas, la más bonita de todas. A Clelia, Elvira y María, en el piso de abajo, cada una con cuarto propio. Y al Ingeniero, lo más alejado posible de ella. Contrató a una cocinera, a dos criadas y a un jardinero, picajosos y taciturnos como el paisaje de cardos que los rodeaba. Vació baúles, encargó cortinas que mitigaran aquella luz cegadora, bordó iniciales en varios pañuelos de lino que apretaba contra su boca para eludir la arena que el viento incesante repartía sin piedad por cada rincón, mueble, vajilla o indumento, derrotando cualquier esfuerzo por mantener la casa en condiciones. Hasta las sábanas recién planchadas picaban de arena. En el espejo de la cómoda, las niñas escribían sus nombres con un dedo.

Margarita detestaba aquel lugar de clima cálido, sofocante, que pegaba las enaguas a los muslos y obligaba a desabrocharse el corsé para poder respirar. Le resultaba imposible mantener la compostura física y aún menos la espiritual. Tampoco se relacionaba con sus gentes, a las que consideraba poco menos que primos hermanos de los chimpancés. Ni siquiera hablaban el mismo idioma, limitándose a un tosco dialecto que le parecía del todo incomprensible.

Sicilia, *isola maledetta.* Así la llamaban. Desgarrada de la tierra firme tan solo por un brazo de Mediterráneo, Sicilia temblaba. Se estremecía por las noches, los cristales de las ventanas tintineaban algunos segundos, la cama zozobraba como una barca y el cuerpo se deshuesaba, incapaz de encontrar los naturales amarres de la fuerza de gravedad. Margarita se agarraba al dosel con la esperanza de que aquellos pocos segundos de vaivén no acabaran en tragedia, mientras el Ingeniero, al otro extremo del largo pasillo, dormía a pierna suelta y, entre un ronquido y otro, tarareaba *La Internacional.*

—¿Has notado los temblores esta noche? —le preguntaba Margarita, todavía insomne, a la hora del desayuno.

—No te preocupes —respondía el Ingeniero sin levantar la vista de algún libro subversivo—. Aquí siempre es así. Te acostumbrarás.

Y era cierto. A lo sumo caía un cuadro de la pared o

se agrietaban los frescos de la catedral. El último gran terremoto había ocurrido en el año 1783 y, desde entonces, una relativa calma reinaba en aquella isla sin raíces, que parecía una inmensa balsa mecida por las aguas.

Antes de que la abuela Margarita pudiera acostumbrarse a las tiritonas de los cimientos, una madrugada, pasadas las cinco de la mañana, tres fuertes sacudidas derrumbaron Mesina entera. Algunos segundos después, el mar comenzó a hincharse, y cuando la masa de agua rompió en espuma, se tragó de un lametazo los escombros y lo que quedaba en pie de la ciudad. El cielo retumbó y se partió en dos, igual que la tierra. Una lluvia torrencial de agua dulce y salada cubrió de fango a los muertos y les dio sepultura. No quedó ni el polvo, solo un páramo de desechos del que sobresalían algunos miembros desgajados de los cuerpos. La gigantesca ola se había tragado las casas y había posado los barcos en los montes, configurando un paisaje absurdo, que no pertenecía al orden humano, sino al caos de una naturaleza indomable.

Contaba Ángela que en un instante murió más de la mitad de la población bajo el peso de sus moradas y sus pertenencias. Los que se habían salvado merodeaban por calles sin fachadas, llamando a sus seres queridos. Un nombre al que seguía un silencio sin respuesta. Otro nombre. Y otro y otro más. Miles de ellos, más de sesenta mil. Los supervivientes caminaban empapados, con la desgracia retratada en el semblante, ebrios por el desmoronamiento de los pilares que hasta aquel entonces los habían sostenido.

¿Y la familia Melloni?

Se despertaron por un trueno que marcó el inicio de un violento temporal. Estruendo ensordecedor. Aullar de los perros. Muros caídos, más derrumbamientos, gritos en la oscuridad de una noche cerrada.

Todos salieron de la casa y, en medio de esa confusión, el Ingeniero se dio cuenta de que faltaban los pequeños. A pesar del peligro, volvió a entrar en el edificio. La habitación en la que los dos niños dormían se había desplomado. Desplazó vigas caídas, removió cascotes, arañó la tierra hasta quedarse sin uñas, tragó nubes de polvo en una lucha desesperada que solamente un padre puede librar. Y encontró a sus hijos, enterrados antes de tiempo. Ya eran solo unos cuerpos desbaratados, sin vida.

Mientras tanto, Margarita, Clelia, Elvira y María habían conseguido alcanzar una colina corriendo a través del humo, los detritos y la aterrada muchedumbre. Descalzas, en camisón, petrificadas por el miedo, esperaron a que amaneciera. Allí las encontró el Ingeniero muchas horas después. Elvira corrió a los brazos de su padre, que entre lágrimas les dio la terrible noticia.

Margarita aceptó aquel dolor sin decir una palabra. Abrazó contra su pecho a las tres hijas que le quedaban. Nunca más volvió a hablar de los gemelos. Hasta el punto de que todos acabaron por olvidar sus nombres.

Menos ella.

CAPÍTULO 2

De pequeña, pasé horas sentada en el peldaño de una escalera que daba al jardín, observando en silencio un geranio de flores tan naranjas como la bombona de butano que nos traían los jueves por la mañana. Y lo hacía no solo por ser una niña rara, que lo era sin duda, sino también porque en esa planta vivía una mujercita diminuta, del verde de sus tallos y toda vestida de pétalos. Naranjas, por supuesto.

Una tarde de domingo, triste y tediosa, Ángela me contó para entretenerme la vida de la mujercita que vivía en el geranio y adoraba recibir una buena ducha de lluvia de la regadera al despertar.

Me quedé impresionada por aquella historia y decidí que debía verla a toda costa. Y ducharla. El problema, según me explicó la *nonna*, es que era un ser algo tímido y retraído, además de tener poderes miméticos que la camuflaban entre las hojas.

Después de desayunar, yo bajaba de puntillas hasta el tercer escalón y me quedaba a la espera. En el microcosmos de aquella maceta llegué a descubrir un montón de seres vivos, todos ellos de dimensiones mínimas. Vi hormigas, pulgones, larvas de polillas, caracoles, pero nunca a la mujercita diminuta. Un día pasó por allí un escarabajo redondo. Tenía el caparazón irisado de azul y resultaba simpático. Lo cogí entre los dedos, lo miré muy de cerca y le pregunté por el paradero de la misteriosa *signorina.* El escarabajo, por única respuesta, me escupió en un ojo.

Cegada por el escozor del veneno, comencé a gritar. Ángela acudió enseguida. Cuando le expliqué entre lloros lo que había sucedido, me ordenó que me callara inmediatamente.

—¿No ves que si haces ruido le darás un susto de muerte a la pobrecita? ¡Mírala! ¡Mira cómo corre por la hierba! ¡Como alma que lleva el diablo!

Así fue como la mujercita diminuta se mudó a otro geranio. Nunca logramos descubrir a cuál. Quedé tan desolada que Ángela, para consolarme, me compró una lupa.

—Un investigador privado no puede trabajar sin herramientas —me soltó con la sonrisa de quien pasa el testigo.

A partir de entonces empecé a mirarlo todo con lupa. En sentido literal. Las gotas de lluvia en los cristales, las motas de polvo encima del piano, los bichos, las piedras, las arrugas de las amigas de mi abuela, los rizos de mi primo Leone, los ojos amarillos de Romeo. Y me olvidé de la mujercita diminuta. A cambio, descubrí un mundo lleno de detalles invisibles. Adoraba esa lente que hacía grande lo pequeño, capaz de revelar lo que se esconde.

No tardé mucho en darme cuenta de que nada me resultaba más interesante que lo que no se podía percibir a primera vista. Por eso, poco después abandoné la lupa y agucé el oído. Me dediqué a escuchar a mis mayores. Atentamente. Resultaba un método de investigación discreto y eficaz. Yo era una niña muy buena y silenciosa. Casi invisible. Gracias a eso pasaba inadvertida en el bullicio familiar y tuve la oportunidad, luego convertida en costumbre, de colarme en las comidas, meriendas, cenas, reuniones y conversaciones de madrugada en la cocina. Esta temprana vocación detectivesca me llevó a descubrir el curioso fenómeno de que en mi casa no se obviaran las mentiras, sino las verdades. Mis parientes, incluso mis antepasados, intentaban manipular sus huellas para dejar como herencia la imagen de lo que les habría gustado ser, nunca de lo que realmente fueron. Por eso se dedicaron durante generaciones, con alguna aburrida excepción, a la pintura, a la danza, a la música, a la escritura o al teatro, trabajos que les permitían vivir varias vidas de más, añadidas a la propia. Consagraban su existencia a la construcción de castillos de naipes cada vez más altos, cada vez más frágiles. Y si se les desmoronaban, transformaban la pérdida de equilibrio en un salto mortal sin red, convertían el error en motivo de aplauso, desviaban la atención, tapaban sus cartas para no mostrar ninguno de sus secretos y... ¡tachán!, ahí los tenías: la rodilla derecha clavada en las tablas del escenario, los brazos abiertos en cruz y una sonrisa de domador de fieras que quedaba inmortalizada por el destello de una cámara fotográfica. Era un modo de reinventarse constantemente. Como los ilusionistas, ninguno de ellos estaba dispuesto a revelar jamás su fórmula mágica. Habían nacido para morir en un escenario, iluminados por las candilejas.

Como es natural, eran incapaces de entenderse con

personas que no fueran como ellos, por lo que se iban rodeando de seres parecidos que pudieran acompañarlos en esta permanente puesta en escena. Amigos que aparecían en tropel y desaparecían de golpe, dejando la casa como si hubiese pasado una manada de elefantes. Durante mi infancia, el epicentro de todas esas celebraciones, de las cenas opíparas, de las risas de madrugada, de las canciones cantadas a voz en cuello, de las discusiones políticas y literarias, de las partidas interminables al juego de las siete y media en las que perdían lo poco que llevaban, era Caterina, mi madre. Cuando ella enfermó se apagaron las luces y el silencio tiñó de oscuridad lo que antes había sido un permanente estallido de luz.

Y todo calló para siempre. O eso creí. Hasta que empecé a leerlos. He tenido la increíble fortuna de pertenecer a una familia de escritores compulsivos, por afición o profesión, lo cual me ha permitido saciar en parte mi curiosidad. Muchos de ellos, no solo mi abuela, dejaron a su paso un rastro de tinta indeleble.

Ahora bien, ¿qué escribieron? Patrañas mezcladas con verdades, porque la ficción suele ser más interesante que la realidad. Por eso me las creo y caigo en una trampa, la de Ángela en este caso, que yo misma conozco y aplico de maravilla. Lo reconozco. Ni siquiera he necesitado mirar con lupa para darme cuenta de que el terremoto que contaba mi abuela nunca sucedió, o al menos no entonces. El baile de fechas es tan evidente que era imposible no descubrir la mentira. Pero ¿por qué Ángela se inventó algo tan dramático?

Porque le encantaban los terremotos. Y de paso, los maremotos, los huracanes o cualquier desbarajuste monumental ocasionado por una naturaleza cruel, dispuesta a sembrar muerte y destrucción a su alrededor. Así veía refrendadas todas sus teorías sobre el destino infame que persigue a los humanos desde el principio de los tiempos, es decir, a partir del *Big bang*, otro de sus cataclismos favoritos.

A mí, esta forma de ver la existencia me sacaba de quicio. Cuando por la mañana me la encontraba por casa con cara de drama, la cabeza plagada de horquillas, tres batas superpuestas y la radio pegada a la oreja, ya sabía que estaba contabilizando el número de piernas amputadas en algún remoto lugar del planeta.

Por eso no pudo resistir la tentación de añadirlo en su novela. No le bastaba con haber vivido dos guerras, la locura de su madre y la muerte de una hija. Había que echar más carne al fuego. Eso sí, reconozco que es de los mejores pasajes del libro, hasta el punto de que la primera vez que lo leí no lo puse en duda y volví a ser durante un rato la niña que buscaba a una mujercita diminuta en el geranio naranja de su jardín.

El famoso seísmo que borró a Mesina del mapa tuvo lugar en 1908. ¿Era cierto entonces que vivieron en Mesina? Sí, pero mucho tiempo antes. ¿Hubo un terremoto durante su estancia? Uno no, varios. Aunque ninguno ni de lejos tan grave. ¿Murieron los gemelos? Sí, pero de alguna enfermedad infantil. Los enterraron en tierras lejanas y, como nadie volvió a visitar aquella pequeña lápida compartida, se olvidaron los nombres. Poco después, la familia regresó a Padua y tuvo que enfrentarse a otro luto inesperado. El Ingeniero se marchó sin molestar.

Sus pasos se pierden: desaparece a una edad indefinida, en la que todavía no era ni joven ni viejo. Y aparece en los recuerdos de un modo tan impreciso que es posible que lo que cuento solo roce la verdad. Mi abuelo el Ingeniero murió cuando ya todos habían vuelto a la casa de Padua, tras la estancia en el sur de Italia. Siempre había gozado de una salud óptima, hasta que Elvira se lo encontró muerto, tumbado en la cama. Con las gafas puestas y un libro abierto en su regazo, parecía mirar a través de la ventana la valla de piedra que delimitaba el jardín, cubierta por hojas, moho, musgo y casi siempre envuelta por una niebla baja.

Desde el mismo momento en que se cerró la tapa del ataúd, comenzó el olvido. ¿Para todos? No. Elvira, la más parecida a su padre, fue la que más sufrió por esa pérdida. Al quedarse huérfana, se encerró tres semanas en su habitación, entre llantos y silencios, apenas sin probar bocado. Cuando salió, un halo de tristeza había apagado su mirada.

La segunda de las tres hermanas no se comportaba como las demás, siempre amable aunque lejana, como perdida en sus cavilaciones. Fiel a la promesa hecha a su padre, se empeñó en matricularse en la Facultad de Letras y fue la única mujer de su promoción. Estudiaba de noche, prefería la soledad a la compañía, la lectura a las fiestas, los pensamientos a las palabras dichas. Pero quién no ha mostrado alguna rareza en su juventud.

A Evaristo le conoció en el Caffè Pedrocchi, uno de los puntos de encuentro más concurridos de Padua, donde cuentan que Stendhal solía sentarse a escribir durante su estancia en Italia. Elvira se dejaba ver por el café casi todas las tardes de invierno, cuando pasear resultaba imposible debido al mal tiempo. Arrastrada allí por su madre, se quedaba sentada a su lado, ausente, removiendo el chocolate que le habían servido. Esta actitud, tan distinta a la de cualquier muchacha de su edad, le otorgaba un aire de misterio. Llamaba la atención. Entraba en el local y su imagen se reflejaba en los espejos que cubrían las paredes del amplio salón en diferentes escorzos de su figura. De espaldas, la larga melena suelta disimulaba aquellas escápulas cubiertas de raso que parecían alas recortadas. De perfil, su nariz era casi tan pequeña como uno de los numerosos botones enfilados que descendían desde el encaje del alto cuello hasta la cintura. De frente, sin levantar jamás la vista, su mirada abarcaba poco más que la madera del suelo y los zapatos de camareros y clientes. Botas atadas, botines con polainas blancas o de cuero, abotonadas o de larga cremallera, dobladillos de pantalones negros, grises o con finas líneas más claras, calzados femeninos de raso, de charol, con pedrería y borlas que escondían pies enfundados en medias tupidas, de colores variopintos, a juego con las faldas que barrían las colillas frías y pisoteadas.

Evaristo, mi padre, enseguida reparó en ella. Durante meses la observó desde la mesa que compartía con otros estudiantes de Derecho. Elvira entraba en el café sin mirar a nadie y se sentaba muy recta, casi siempre en silencio, junto a su madre. Su manera de ser reservada no escondía ninguna coquetería. Y eso, al futuro abogado le gustaba. Si la sorprendía con los ojos vagando a lo lejos, la obligaba con insistencia a fijarse en los suyos. Cuando conseguía cruzarse con esa mirada, más fugaz que un parpadeo, el rostro de la muchacha dejaba entrever un temor que en él no hacía sino acrecentar el deseo de conocerla. ¡Pero cuánto tiempo empleaba solo para alcanzar estas pequeñas victorias! Tanto que había perdido la esperanza de poder acercarse a ella. Hasta que un día Elvira esbozó una leve sonrisa. Se ruborizó y se levantó rauda, seguida por Margarita, que no entendía qué nueva ventolera le había dado a su hija como para marcharse antes de que ella pudiera terminar su té. Pasó delante de él sin un gesto, con esa manera elegante y austera que le hizo pensar a Evaristo que debía convertirla en su esposa.

Una mañana, Elvira recibió un sobre en el que la invitaban al baile de graduación de los estudiantes de Derecho. Aunque la carta no estuviera firmada, enseguida supo quién se la enviaba. Y con la misma determinación que la había llevado siempre a rechazar cualquier acto social, incluso su propia fiesta de licenciatura una semana antes, en esta ocasión decidió asistir. Quería conocer a aquel hombre extraño, inquietante, tan distinto a los otros y quizá tan parecido a ella. Un joven cuyas miradas sostenidas en aquellas tardes de café la habían incomodado y luego estremecido. Un pretendiente que su madre seguramente desaprobaría.

Al saber que su hija acudiría al baile, Margarita celebró la noticia convencida de que tal vez aquello fuera la prueba de que las extravagancias de Elvira se habían acabado. Ahora llegaba el momento de ocuparse de todos los detalles para presentarla por fin en sociedad y acallar las habladurías. Encargó un vestido blanco que no era de novia pero casi, y un tocado que recogiera el moño con una redecilla de pequeñas perlas engarzadas, tan discretas que parecían caramelos de anís. Eso fue lo que le dijo Evaristo cuando se la encontró escondida detrás de un árbol en la fiesta, que parecían caramelos de anís.

—Y es una dulce casualidad, porque son mis preferidos —le susurró al oído.

Evaristo no olía a azufre, olía a anís. Elvira lo supo la noche del baile, cuando deseó por primera vez que la besara.

Aquella noche de verano, se quedaron sentados en un banco, oyendo la música a lo lejos, sin querer mezclarse con los demás invitados. Ninguno de los dos sabía bailar, pero Evaristo compensaba esta debilidad con un talento de gran conversador, capaz de atrapar en su telaraña a cualquier incauta. A ella. De manera que, protegidos por las sombras del parque, Elvira se concentró en escucharle y en dejarse anegar por un cálido torrente de palabras que le descongelaron el corazón.

En la tímida despedida, frente al coche de caballos, Evaristo le pidió su carné de baile vacío y, con el pequeño lápiz que colgaba de un cordel, apuntó lo único que no se había atrevido a decirle. Ya de camino a casa, Elvira abrió el librito.

¿Quieres ser mi novia?

«Sí, quiero», pensó Elvira al leerlo.

Y así se lo hizo saber a Margarita.

«¡Es un capricho, una testarudez!», se repetía indignada mientras su hija se encerraba en un silencio hostil. ¡Evaristo! ¡Ella tan guapa! Pero ¿él...? Le parecía muy poco atractivo. En realidad, le parecía un monstruo. Era bajo de estatura y miope. Llevaba unas gafas redondas y espesas que le hacían los ojos pequeños, apagados, como los de un roedor que vive bajo tierra. ¿Qué le encontraría a ese hombre?

Elvira reprochaba a su madre que no viera más allá del aspecto físico, que fuera incapaz de adivinar su inteligencia. Y como nada enamora más que la oposición al amor, el flechazo se acabó mezclando con la obstinada rebeldía juvenil, en un brebaje que emborracha hasta perder el sentido. No quedó más remedio que sellar el compromiso con un vistoso anillo que impidiera cualquier otro acercamiento.

Ya como novio oficial, Evaristo aparecía todas las tardes de visita, siempre con un detalle para Elvira y otro para Margarita. Una flor, una caja de bombones, un retal de preciada seda, un libro de poemas.

Era recibido con amor y odio a partes iguales. El de la hija, que le escuchaba absorta. El de la madre, que no le concedía siquiera el beneficio de una mirada. Le daba la bienvenida sin levantar el rostro y se sentaba cerca de la pareja, decidida a no otorgarles ni un momento de soledad. Los novios se hablaban en un susurro. Y mi abuela Margarita solo acertaba a oír palabras sueltas, que no hacían más que acrecentar su inquietud: socialismo, revolución, lucha obrera, igualdad de clases.

¿Qué tenía que ver la política con el amor? ¿Cómo se podían poner de acuerdo dos mundos tan opuestos? Pero, sobre todo, ¿por qué Evaristo no la cortejaba como un hombre normal y corriente?

Pues porque sus besos sabían a anís. Por eso.

CAPÍTULO 3

Empecé a pensar en él unos meses antes de conocerle. Quería un hombre un poco mayor que yo para convertirme en su último, único y verdadero amor. Un hombre que supiera conquistarme con las palabras, que tocara el piano por las mañanas y que me compusiera madrigales por la noche. Quería a alguien con alma de escritor.

Y apareció. Fue una tarde de principios de otoño. No bajé los ojos ante su mirada insistente, ni tuvo que venir a rescatarme detrás de un árbol, ni alabó las perlas de anís de mi tocado. Tampoco dejó un mensaje en mi carné de baile. Solo se limitó a contestar a un correo que le envié.

Diez años después de morir Ángela, de leer su novela, de esconder los archivos familiares en lo más alto de mi armario y de atravesar aquella crisis que me llevaría, entre otras cosas, a abandonar mi carrera de actriz para comenzar una nueva andadura como periodista, me vi presentando y dirigiendo un programa radiofónico sobre sexo. Andaba yo en busca de patrocinios y por eso me puse en contacto con él. Quedamos para reunirnos en la emisora. Efe era el director de una prestigiosa marca sueca de artículos eróticos. Y también era músico, aunque su principal trabajo consistía en la gestión cultural de una fundación cervantina. Una mezcla perfecta de sexo y literatura. Al verle, perdí el hilo de la conversación y me pareció zambullirme en una pecera llena de sonidos distorsionados que llegaban hasta mí en sordina. Mientras hablábamos de vibradores con mucha profesionalidad, yo no hacía más que mirar los poros infinitesimales de aquella camisa blanca, que más tarde acabaría colgando en una de las perchas del armario de nuestra casa con una devoción mística. Se me ablandó el corazón, se me doblaron las piernas y con una facilidad pasmosa se derrumbó el fortín que había construido para protegerme de las incursiones ajenas. Perdí el equilibrio para volver a encontrarlo entre sus brazos. Y volví a pensar en la eternidad.

La camisa, la corbata azul, la chaqueta, una cicatriz debajo de la ceja, unas manos de pianista y una voz que habría bastado por sí sola para enamorarme fueron los ingredientes que me sumieron en un estado delicioso y al tiempo lamentable. Intentaba adivinar los misterios de aquel desconocido al que creía conocer desde siempre. Vivía en Madrid como yo. No llevaba alianza y sabía hablar en sueco. Pensé que debía de aprenderlo por amor. Y tenía razón, aunque me resultaba increíble que hubiera podido amar a una o a mil mujeres antes que a mí. Cuando la reunión acabó, le acompañé hasta su coche y vi que había un asiento infantil en la parte de atrás. Se me debió de notar tanto la desilusión que Efe aclaró el asunto de inmediato.

—Tengo un hijo pequeño, última bala de una relación que ha terminado. ¿Quieres que te acerque a casa?

«¿Última bala de cuántas?», recuerdo que pensé.

—Vivo al lado. No hace falta —respondí como una debutante que no sabe dejarse cortejar.

Por fortuna, la policía acudió en mi auxilio. Le habían puesto una multa, lo cual impidió que me escapara de su lado. Intentamos anularla en el parquímetro, pero éramos incapaces de concentrarnos en ninguna acción que fuera mínimamente racional. Yo sujetaba el dosier que le había dado, su cartera y no sé cuántas cosas más mientras la máquina engullía todas nuestras monedas y escupía recibos abstrusos con una impresión tan leve que resultaban del todo ilegibles. Nos dio un ataque de risa irrefrenable. Doblados en dos en medio de la acera, llorábamos a carcajadas. En realidad, me imagino que llorábamos por no habernos conocido veinte años antes y reíamos por habernos encontrado al fin.

Después de pagar nuestro impuesto sentimental, me subí a su coche. Era de color azul, igual que la fachada de mi casa. Viajamos juntos apenas unos minutos, que aprovechamos con ansia disimulada para compartir información útil. Le dije que estaba *separadísima.* Me dijo que quería comprarse un piano de cola. Le dije que tenía dos hijos. Me dijo que él tenía uno más que yo. Y llegamos. Puso en mi mano un caramelo, también azul, que llevaba en el salpicadero. Quisimos besarnos, pero no lo hicimos, y recorrí la calle con su mirada clavada en mi espalda. No me di la vuelta por vergüenza, pero al cruzar la puerta me abalancé sobre el teléfono como una adolescente. Necesitaba contarle a mi mejor amiga que había conocido a un hombre de esos que dejan sin resuello, por alguna razón inexplicable que no puede ser solo hormonal o química, sino la demostración de que la justicia poética existe. Y que su nombre empezaba por la letra efe.

Cuando colgué, mastiqué furiosa el caramelo azul con la mirada fija en la ventana. Caía la tarde. Había comenzado la cuenta atrás.

«¿De menta, de fresa, de café, de chocolate...?», preguntó una mujer muy mayor con un ojo de cristal y el otro velado por una catarata, dueña del quiosco de caramelos y helados de un parque de Padua, que se movía con maestría dentro del cubículo en el que llevaba encerrada los últimos setenta años. «De anís. Una bolsita llena», respondió Evaristo, señalando en vano el bote de cristal lleno de perlas blancas.

La viejecita ciega se dio la vuelta, miró sin ver hacia arriba, levantó el brazo con dificultad, contó los botes enfilados en voz alta y se detuvo en el cuarto, retrocedió un paso en busca de un escabel que arrastró al lugar preciso, subió antes un pie y luego, tomando impulso en un audaz balanceo, el otro, para encaramar el cuerpo entero, alcanzar la tapa, desenroscarla y metérsela en el bolsillo del delantal. De puntillas, logró agarrarse con una mano a la madera del mostrador y, con la que le quedaba, buscó la paleta, introduciendo el brazo entero hasta apoyar parte de la mejilla y la oreja en el borde acristalado, de manera que el único ojo que poseía pudiera visualizar el contenido del recipiente.

Removió las perlas como si fueran bolas de lotería y por fin consiguió extraer del fondo el cucharón hundido entre los anisetes. Al encontrarlo, se puso igual de contenta que si hubiera sacado el gordo de Navidad. Lo llenó y pudo introducir su contenido en una pequeña bolsa de papel de estraza, desprendida de otras muchas que guardaba atadas con una goma a la tira del delantal. Con una sonrisa de satisfacción, tendió la mercancía al joven abogado, que esperaba pacientemente a que esta complicada operación llegara a feliz término.

La vecchia, así llamaban los niños a la quiosquera. Ellos pensaban que, además de faltarle un ojo, tampoco tenía piernas. Siempre la habían visto de cintura para arriba como si fuera un retrato viviente, cuya función en el mundo se limitaba a proporcionarles deliciosas golosinas y otros entretenimientos un tanto perversos.

—¡Chúpalo, chúpalo! —coreaban los críos frente al quiosco.

Con una leve presión del pulgar y el índice, la vieja extraía el globo ocular cuando se le resecaba en las mañanas gélidas de invierno o en las tardes calurosas de verano, se lo metía en la boca, lo chupaba como si fuera un caramelo y volvía a colocarlo en la cuenca vacía. La chavalería aplaudía y gritaba con entusiasmo ante el horror de unas madres que, entre un vahído y otro, intentaban alejar a sus hijos del grotesco número circense que allí se representaba.

Evaristo, insensible a cualquier diversión infantil, se alejó del quiosco masticando anís. Recorrió el ancho camino de grava hasta la verja del parque, tras la cual se abría una plaza presidida por la villa señorial de la familia de su prometida. Esa mañana llegaba mucho antes de lo acostumbrado. Margarita Melloni le había invitado a salir de excursión junto a sus hijas. Era la primera vez que le permitían participar en una actividad familiar.

La noche anterior había pedido a la dueña de su pensión que le avisara al alba para poder arreglarse con calma. A las seis en punto le despertaron los golpes en la puerta. Al revolverse en la cama, notó una humedad que conocía muy bien. Las sábanas estaban empapadas de nuevo. Se levantó con el camisón pegado al cuerpo, tanteó la mesilla de noche en busca de las gafas, se las puso y fue al baño. Frente al espejo, vio que tenía mojado hasta el pelo.

—No podrás casarte —recordó que le decía su pobre madre— si no aprendes a mear donde debes.

Arrancó las sábanas del colchón y las puso a secar colgadas en la puerta del armario. En la pensión no se encargaban de cambiarlas, y como le daba vergüenza llevarlas a la tintorería en ese estado, las usaba una y otra vez hasta que quedaban tan tiesas que parecían almidonadas y no le quedaba más remedio que comprar unas nuevas. Evaristo siempre temía oler a su propia orina, aunque solo se le escapaba cuando estaba preocupado, algo poco frecuente. Y entonces se sumergía en la bañera para eliminar cualquier posible rastro delator y se frotaba enérgicamente el cuerpo con piedra pómez como si su piel entera fuera un gran callo. Aquella mañana, con más razón.

Revolviendo los caramelos que se habían desperdigado en el bolsillo de su chaqueta, llegó a la casa. Al otro lado de la cancela ya le esperaba Elvira. Las ramas de hierros en flor disimulaban su rostro como si se tratara de una redecilla de aquellas que cubrían los ojos de las señoritas. Abrió ella, se coló él, y cogidos de la mano se detuvieron un momento a la sombra del árbol de la música.

Era la primera vez, después del baile, que lograban verse sin la presencia materna. Evaristo se acercó, decidido a besarla. Elvira bajó la mirada tal y como había leído en las novelas que debía hacerse, y esperó aquel beso. Pero en el breve trayecto entre una boca y otra, él titubeó. Hundió el mentón, husmeó su camisa para cerciorarse de que la piedra pómez había hecho efecto y, justo cuando estaba decidido a proseguir, su prometida volvió en sí y le sonrió azorada, pensando que había confundido sus intenciones. Evaristo, al ver que estaba haciendo el ridículo, huyó hacia delante y presionó sus labios sobre los de Elvira con tal fuerza que más que un beso fue una colisión. Un arrebatado choque de dientes y narices.

Se separó un paso de ella. La miró. Llevaba el pelo recogido en la nuca, una blusa celeste de media manga, tan ceñida que parecía cosida al corsé, y en el cuello, una fina gargantilla de rubíes que retomaban el color de las flores del estampado. Era una muchacha exquisita, de una belleza rara, imperfecta. Para un hombre como Evaristo, incapaz de amar al prójimo y acostumbrado a actuar solo en beneficio propio, envidiar cualidades ajenas, y en particular femeninas, podía ser el desencadenante de una actitud agresiva. Nada hay más peligroso que un varón que se siente inferior a una mujer. Se le pasaron las ganas de besarla. A cambio, una furia que conocía bien recorrió su espinazo. Bastante tenía con disimular sus orígenes humildes y su aspecto poco agraciado.

Pero pudo contenerse. Aún no había llegado el momento de mostrarse tal y como era. Antes debía conquistarla por completo, aprovechando aquella oportunidad tanto tiempo esperada. Por eso se había pasado años estudiando día y noche para ser el mejor de su promoción, por eso había puesto todas las zancadillas necesarias a sus compañeros de curso con la astucia de no enemistarse con ninguno de ellos, por eso no se había concedido ni uno de los placeres de la vida de estudiante y cuidaba cada céntimo de la exigua paga que todos los meses le mandaban sus padres. Y por eso había elegido a Elvira entre todas aquellas candidatas de buena familia que observó entrar y salir del café durante varios inviernos. Porque era una mujer especial. De las que producen admiración y hostilidad a su paso. De las que valoran lo que otras desprecian. Solo ella podía enamorarse de la inteligencia y obviar el aspecto físico. Solo a través de ella podía ascender Evaristo hasta la altura social que su ambición demandaba. Sin embargo, era consciente de que, para lograr sus objetivos, tenía que instruirse en todas las artes. Incluidas las amatorias. Debía llegar al tuétano de su corazón, sorberlo, consumirlo. Y después, continuar la escalada.

Ahora que ya había obtenido su favor, seguiría trepando poco a poco por el cuerpo de su prometida hasta alcanzar la cima e iniciar el descenso. De la boca hacia abajo, y luego más abajo. ¿Para qué, si no, había invertido parte de sus ahorros en el burdel? Era el momento de poner en práctica lo aprendido, de ejercer la superioridad de su sexo. Tomó entonces su cintura con seguridad recobrada, la envolvió en un abrazo, posó los labios en su boca, humedeció las orillas y la penetró lentamente con la lengua.

Bajo la seda de la blusa, Elvira sintió en su espalda la presión casi dolorosa del tronco del árbol de la música, y en su vientre algo igual de firme que la llenó de una zozobra desconocida. De miedo y deseo a la vez. Se liberó de sus brazos y corrió por el jardín hacia el porche, donde los esperaban para irse de excursión. Antes de cruzar el umbral, recompuso su peinado y se quitó con el dorso de la mano los restos de saliva de un beso que sabía a anís.

Evaristo la siguió despacio con una sonrisa de satisfacción. De hecho, no tenía prisa alguna. Había ganado. Ya era suya.

A primeros de septiembre, en un día nublado que anunciaba el comienzo del otoño, la familia Melloni se fue de pícnic. Los acompañaba Evaristo. Llegaron en coche hasta el inicio de un sendero que conducía a un bosque de hayas y coníferas muy conocido en la zona. El camino de musgo, moteado de setas y algunos helechos, moría en una pradera perfecta para merendar. Allí tendieron el mantel y sacaron de una cesta los pequeños platos, la cubertería y los vasos de plata. Los novios, agobiados por la excesiva presencia familiar, casi ni se dirigieron la palabra. Y, preocupadas por la presencia masculina extraña, el resto de las mujeres no probaron casi bocado.

Por la tarde emprendieron el camino de vuelta. Margarita, Evaristo, Elvira y sus dos hermanas descendían por la suave cuesta, a cubierto de unos árboles que emanaban un aroma áspero, a hoja caduca. La espesura de la floresta impedía que notaran cómo arreciaba el viento, solo se dieron cuenta cuando las nubes, cada vez más densas, los fueron envolviendo poco a poco en una niebla baja que humedecía los dobladillos y escondía los pies. Empezaron a caer las primeras gotas de lluvia.

Antes de que la tormenta los alcanzara, Evaristo decidió salir del sendero principal en pos de algún lugar donde guarecer a las mujeres. Encontró una leñera medio derruida, regresó a buscarlas y, justo cuando las había puesto bajo techo, se desató un diluvio torrencial. Envolvió con su chaqueta a la pequeña María, que temblaba. A Margarita le dio su sombrero, a Clelia su pañuelo y a Elvira un anisete para que no olvidara el beso de la mañana. Ya no quedaba más espacio en el improvisado cobertizo, así que él se quedó vigilando a la intemperie.

Las cuatro estaban nerviosas, y él trataba de tranquilizarlas a voz en grito, aterido de frío, haciéndose oír apenas entre los truenos que parecían reventar el bosque entero. Por suerte, las tormentas de finales de verano suelen ser breves y pronto regresó la calma. La pesada cubierta de nubes se agrietó y apareció el sol, que amansó el viento, secó las copas de los árboles y permitió a las cigarras reanudar su canto. Era el momento de emprender el camino de vuelta. Evaristo, con los labios morados y calado hasta los huesos, tiritaba ahora de fiebre, pero hizo un último esfuerzo de galantería y tendió la mano a su futura suegra para ayudarla a salir de su cobijo.

Margarita pensó que quizá había sido demasiado severa con ese hombrecillo enclenque y de ideas revolucionarias que, sin embargo, sabía demostrar su valor cuando era necesario. Y contraer una pulmonía heroica si hacía falta. El cargo de conciencia empezó a alborotar su ánimo y a debilitar su primera impresión, la que siempre contaba para ella. A partir de ahora, se ocuparía personalmente de que aquel hombre recibiera todas las atenciones que su grave estado requería. Tiempo tendría más tarde de arrepentirse por haberle salvado la vida.

Una vez restablecido de su enfermedad, Evaristo se dio cuenta de que ya era uno más de la familia. Y no dudó en pedir la mano de Elvira.

—Deseo casarme con su hija. Y será una boda civil —le hizo saber a Margarita, con la seguridad de quien no está acostumbrado a que le contradigan.

Fue un escándalo. En Padua no se hablaba de otra cosa. Una niña de excelente familia, casada con un socialista que la convertiría en una concubina irredimible, ajena al orden de Dios y de las gentes de bien. Pero no era de extrañar, ya lo venían advirtiendo: Elvira había heredado la mala sangre de su padre, el Ingeniero, con esas teorías absurdas y peligrosas que corrían por sus venas. Y por si fuera poco, en aquel hogar sin patriarca, gobernado por mujeres, habían permitido a la señorita estudiar en la universidad. Craso error. De las aulas venían todas aquellas ideas libertinas. ¿De dónde si no?

Se casaron a toda prisa. Era el mes de febrero del año 1907. Él parecía un diablo con gafas de culo de botella y pajarita. Ella, una viuda con un largo vestido negro. El alcalde se ocupó de la ceremonia, pero tratándose de la primera boda civil que celebraba, estaba más nervioso que los novios. Se trabucó varias veces al leer las fórmulas convenidas, enviadas por correo urgente desde Roma. Pidió perdón. Volvió a empezar. Se secó el sudor de la frente con un pañuelo. Pasó por alto el intercambio de anillos. Y ni siquiera tomó en consideración la posibilidad de un beso que sellara el compromiso.

Al salir de allí, todos se dirigieron a la estación, donde los recién desposados tomarían un tren a Parma para comenzar su nueva vida. Desde el andén, Margarita y sus dos hijas despidieron a la pareja. Elvira se asomó a la ventanilla envuelta por el vapor del tren y estrechó la mano de su madre, mientras las gruesas lágrimas que salaban sus mejillas contradecían su expresión radiante.

Fue la última vez que la vieron sonreír.

CAPÍTULO 4

Un relámpago iluminó la iglesia y se estrelló en el campanario. Aquella descarga puso en marcha la grabación de las campanas de los domingos, la de las bodas, la de los muertos y la del *Jingle Bells*. A todo volumen.

Me desperté sobresaltada. Busqué las gafas y el móvil en la mesilla para mirar la hora. Eran las tres de la madrugada y llovía. Las contraventanas de mi cuarto se habían abierto de par en par. Todas las casas del pueblo estaban encendidas. Lloraban los niños en sus cunas, aullaban los perros, los gatos buscaban refugio bajo las barcas varadas en la orilla, el mar echaba espumarajos. Y sonaban las campanas. Parecía cosa del diablo.

Volví a meterme en la cama con un escalofrío y cerré los ojos. Arrancó *Noche de paz* en pleno agosto. Me dormí y, entre sueños, vi que al fondo, en medio de las rabiosas aguas, avanzaba una gran carroza tirada por varios atunes. Llevaba las riendas el mismo Lucifer, envuelto en las llamas de una capa roja que se alzaba por encima de las gigantescas olas. El piélago era un infierno.

Al amanecer de la mañana siguiente me puse a escribir sentada en la terraza de un bar frente al paisaje de mi infancia. El verano transcurría, una vez más, en Tellaro, una aldea de la costa genovesa que desciende por la montaña hasta clavarse en el mar. Ángela descubrió este lugar perdido cuando ni siquiera había carretera y solo se podía llegar en barco. Si el tiempo lo permitía, desde un puerto cercano salía un barquito que te acercaba lo suficiente para saltar al agua vestida y chapotear hacia la rocosa orilla con la maleta encima de la cabeza y las sandalias entre los dientes. Desde entonces, y han pasado ya cuatro generaciones, se ha convertido en el punto de encuentro de una familia de cómicos como la nuestra. La única diferencia es que ahora no nos mojamos al llegar, aunque seguimos subiendo sus cuestas de peldaños con la maleta a rastras y la lengua fuera.

Buscaba en el diccionario sinónimos de Belcebú disimulando los estragos de mi noche en blanco. Satanás, Lucifer, Luzbel. La tormenta había amainado por completo y todo estaba en calma. Ante mí, agua azul, rocas cuajadas de mejillones con charcos de sal que brillan bajo el sol, erizos rojos en el fondo, gaviotas por el aire. Y alrededor, todos mis fantasmas. Últimamente me acompañaban allá adonde fuera, en una suerte de viaje organizado. Ida y vuelta del paraíso al infierno. O del infierno al paraíso, según cada caso.

—Aquí —me dijo en una ocasión la *nonna*, oteando el horizonte marino— puedes ver que el mundo es redondo.

Desde entonces, cada vez que vuelvo a Tellaro, pienso en esa frase que ella seguramente habría olvidado. Lo que sí recordaría son las historias que nos contaba sentada a la sombra, mientras repartía bocadillos de atún con las manos goteando aceite. Yo me sentaba a su vera envuelta en una toalla dura de sal para escucharla.

—El niño Jesús no nació en tierra, sino debajo del agua —comenzaba a decir muy seria, como si fuera a dictar una conferencia sobre teología—. Vamos, que a su lado no estaban ni el buey, ni el asno, ni siquiera la Virgen. Eso son disparates que cuentan los curas. En realidad, solo había peces, un montón de peces que nadaban cerca de él. Aquí en Nochebuena apagan las luces, encienden velas en el alféizar de cada ventana y atan la estrella de Belén de un costado al otro del embarcadero. El pueblo entero titila, como si fuera un barco mecido por las olas. Es precioso. A medianoche todos bajan al embarcadero y esperan a que el hombre más fuerte se zambulla y saque en brazos al bebé. La gente aplaude, algunos incluso lloran, y los pobres ignorantes rezan. Luego, Tellaro entero se dirige a la iglesia en una procesión silenciosa. ¡Ay de quien no vaya! Posan a la divina criatura en el pesebre, junto a sus padres, y en corro le cantan canciones de cuna para que se duerma y pueda crecer sano y feliz.

Mis navidades fueron siempre submarinas. Así lo dictaba aquella tradición, que me hizo pasar por lo menos diez veranos de mi vida buceando en ese preciso lugar, en busca del niño Jesús. Yo nunca lo encontré, pero cada Nochebuena observaba estupefacta cómo un buzo se tiraba al agua y pescaba al niño sin mayor dificultad. Milagro.

De ahí que en el colegio le preguntara con insistencia a la monja si lo de caminar sobre las aguas y lo de la multiplicación de los panes y los peces se debía a los orígenes acuáticos del hijo de Dios. Además, estaba convencida de que a Jesús no le habían amamantado con leche, sino con zumo de sardinas que, a decir de mi abuela, salía directamente de la teta de su madre.

—Un zumo de naranja natural y un *capuccino* —le pido a la camarera del bar.

Mi hijo Mario viene hacia mí con su violín a cuestas, caparazón que encontró para protegerse de las inclemencias de la vida. Tiene cara de sueño y una suave sonrisa. El amor es una muesca en el corazón, pienso al verle. Un dolor incurable en el alma, aunque te hayan hecho feliz. O precisamente por ello. Los niños que se han hecho mayores, los padres que se han hecho viejos o que han muerto, los seres queridos que ya no son lo que eran. Todos ellos acarician por la noche mi espalda desnuda, tañen las campanas, interrumpen mi sueño, me obligan a levantarme medio sonámbula para escribir y retratarlos desde aquella instantánea que quedó impresa en el fogonazo de la memoria. Ese es mi álbum de fotografías.

El rostro de Elvira, ladeado sobre el hombro, mira a la cámara. Mi madre lleva el pelo con la raya en el medio, recogido en un moño bajo. El álbum de la abuela Margarita se termina con este retrato ovalado, en color sepia, dispuesto en el centro de la página sobre una cresta blanca de cartulina que lo enmarca, como una película antigua en la que se cierra en redondo el objetivo para poner un punto final. Sin embargo, para mí ese punto es solo el principio de un recorrido por una historia que se repite. Yo también formo parte de ella.

Pero ¿para qué revolver en los profundos pozos de la memoria? ¿Para qué reconstruir, a través de suposiciones, las vidas de los que me precedieron? ¿Para qué remover y sacar a la luz todo lo que se ha perdido? Para conocerme a mí misma. Porque no puedo dejar que me alcance la muerte sin saber quién soy. Para explicar todos mis actos, para que mis hijos y mis nietos hereden un pasado que es el suyo. Pero sobre todo para hallar consuelo en la inmortalidad de una historia que solo revive al contarla. Y al leerla. Mis pesquisas familiares serán por tanto un viaje con diferentes paradas y un único destino.

El tren aminoró la marcha y se detuvo por completo en la estación de Parma. En el andén esperaban los padres de Evaristo que, en cuanto los vieron apearse, corrieron a abrazar a su único vástago. Le habían ido a despedir siendo un estudiante y ahora le daban la bienvenida convertido en un prometedor abogado que, además, se acababa de casar con una señorita bella y de muy buena familia que le sacaba una cabeza. No cabían en sí de gozo. Jamás habrían podido imaginar un desenlace mejor para ese hijo que solo les había generado preocupaciones desde que vino al mundo en el desván de las cometas de la casa de Volavento, aquel pueblo italiano donde también ellos habían nacido. Aunque esto último no es del todo cierto, porque las preocupaciones, en realidad, habían empezado en el momento mismo de su concepción. Exactamente un 24 de junio, noche de San Juan.

Volavento ardía en fiestas. La banda municipal recorría sin descanso las estrechas callejuelas del pueblo, que culebreaban hasta la cima de la montaña. Todos los años, en la noche de San Juan, allí se celebraba el concurso de cometas más importante del mundo. Las había con forma de pájaro, de avión, de cohete, de barco, de estrella, de dragón, de ballena, de avestruz, de autobús, de ola y de sauce llorón. Las había grandes, pequeñas, triangulares, redondas, y todas despegaban hacia lo alto del paisaje alpino para sobrevolar aquel pueblo con nombre ventoso. Niños y mayores vivían obsesionados por las cometas, un juego que habían convertido en arte. Observar su vuelo, bien sujeto por un hilo ovillado en una piedra chata, era el juego favorito de los que habían nacido en un pico tan alto tan alto que, para protegerse del sol, siempre llevaba una nube por sombrero cuya copa era el campanario de la iglesia. Ni el cura que hacía retumbar el cielo con el redoble de sus campanas, ni el viento que alzaba en vuelo las cometas, conseguía disiparla. Por tanto, los volaventinos vivían a la sombra.

Mis abuelos paternos, Matilde y Gregorio, eran hermanos y pertenecían a una estirpe famosa en la localidad por ser la propietaria de la tienda más antigua de cometas: Cometas Spagnoli. Y no porque los volantines fueran españoles, como cabría suponer, sino porque ese era su apellido, el mismo que daba nombre al floreciente negocio.

Que los dos hermanos acabaran casándose fue algo

que los pilló por sorpresa incluso a ellos mismos. Siempre estaban juntos. De pequeños se los veía correr por las praderas empinadas, con un hilo atado a una piedra chata o a un bastón ligero que hacía volar un diablillo de largo rabo en forma de flecha. Siendo apenas una adolescente, Matilde había aprendido a construir cometas, demostrando una habilidad fuera de lo común que parecía asegurar el porvenir de toda la familia. Tenía unas manos de dedos chatos y fuertes, capaces de recortar, pegar y atar sin cometer nunca un error. Lo que ella tocaba alzaba el vuelo. Y lo que Gregorio dibujaba y pintaba dejaba boquiabiertos a los niños y a los mayores, a los lugareños y a los foráneos, que acudían en tropel a la tienda solo para admirar las que se empezaban a considerar auténticas obras de arte.

Volavento comenzó a salir en las guías de viaje de la provincia de Parma, sus fiestas se habían hecho famosas. Los dos jóvenes fueron aprendiendo poco a poco los secretos del negocio. Trabajaban sin descanso, a la luz del día o de las velas. La noche más corta del año 1882 todos se fueron de fiesta.

Excepto ellos.

Al día siguiente se celebraba el gran certamen anual de cometas y no tenían tiempo que perder. Se quedaron en la trastienda, terminando los encargos de las doce cuadrillas del pueblo, una por calle. Ya tenían listas las cometas. Algunas reposaban en las estanterías, cada una con un cartel que las identificaba: VIA TRAMONTI, VIA VOLASTRA. Otras pendían de un cordel, puestas a secar por encima de las cabezas de la pareja, y las menos desplegaban sus alas en la mesa de trabajo, a la espera de los últimos retoques entre cola en polvo, en barra o en perlas, tijeras, pinzas, papel cebolla, cartulinas o cartón piedra, cartabones, lápices, tizas, retales de telas, botones, hilos, lazos. Los hermanos se afanaban en silencio, como solían, mientras escuchaban el ir y venir de la banda municipal que animaba a las gentes a salir de sus casas y a olvidar sus obligaciones, por lo menos hasta el amanecer.

A Matilde se le iban los pies al son de la música. Y a Gregorio se le iban los ojos al ritmo de las curvas de su hermana, que, tanto por delante como por detrás, temblaban como un flan de huevo horneado al baño maría. Para comérselo de un solo bocado. Sin saber cómo, él le puso una mano en un pecho y la otra en el culo. Sin saber por qué, ella se dio la vuelta, se levantó las faldas y dejó que crujiera en su espalda la estructura leñosa de la última cometa con forma de mariquita que andaba construyendo. Todo se derramó y se transformó en una masa indistinguible. Los tintes con las témperas, las acuarelas con la purpurina y el hermano con la hermana. Pegados el uno al otro, esta vez no hicieron un volantín de papel y madera, sino un niño de carne y hueso, fruto de quienes no supieron contenerse. Ya lo dice el refrán: «Quien mucho sanjuanea, en marzo, marcea».

Ocho meses después, a finales de febrero, Matilde rompió aguas una noche de tormenta.

Puede que resulte extraño, pero nadie se había percatado de la clase de amor que se tenían los hermanos, y que nada tenía que ver con el afecto fraternal, sino con el otro. Ni ellos mismos llegaban a darse cuenta, pues se amaban desde que la conciencia se había asomado en sus vidas. No conocían otra cosa. Tampoco nadie descubrió el estado de buena esperanza de mi abuela Matilde. Era una joven más bien redonda y el embarazo se había hecho bola con la gordura. Ese camuflaje natural fue una bendición para la pareja. Les dio tiempo a urdir un plan de fuga. Decidieron continuar con su trabajo durante la gestación y así ahorrar lo máximo posible para escapar de Volavento antes del parto, casarse, trasladar el negocio de cometas a la ciudad y comenzar de nuevo, lejos de la condena del juicio ajeno.

Aquella noche de invierno en que Matilde sintió como si le pincharan la tripa con un alfiler, caían chuzos de punta. El globo explotó más de tres semanas antes de lo previsto. Un riachuelo de agua tibia corrió por sus piernas y una contracción, primera de muchas, la hizo doblarse en dos de dolor. Despertó entonces a la criada Brígida, la única que estaba en el ajo, para que fuera a avisar a Gregorio, que dormía en una habitación al otro lado de la casa.

Corrió la pobre sirvienta, descalza y envuelta en un enorme chal, dejando atrás cada una de las puertas del pasillo del caserón en el que vivía toda la familia, desde la bisabuela hasta la última niña nacida de una prima. Sabía que tenía que ser rápida y silenciosa para que nadie se despertara, pero Brígida era una persona insegura, y cuando se agobiaba o se emocionaba comenzaba a estornudar, no porque estuviera resfriada, cosa que el mal tiempo podría haber propiciado, sino porque con los nervios le daba por ahí. Y si estaba nerviosa, muy nerviosa, era porque ella también tenía sus motivos para sumarse a aquel descabellado proyecto: andaba enamorada de un militar de la ciudad. Por eso había decidido escaparse al tiempo que sus dueños. Para reunirse con él.

No se sabe si por las prisas, el miedo, los espasmos nasales o por todo un poco, Brígida subía la escalera como un fantasma, derramando a cada paso la cera del candil. Le caía por las manos, el camisón y los pies, convirtiéndose toda ella en un cirio pascual. Y un cirio armó: consiguió despertar a todo el mundo. A cada estornudo veía cómo se iban iluminando las estrechas rendijas que separan las puertas del suelo, para luego volver a apagarse. Por suerte, la pereza ganó a la curiosidad. Nadie se molestó en ver quién merodeaba por la casa a aquellas horas. Era evidente que ninguno de ellos esperaba una cita galante o una accidentada fuga después de medianoche. Nadie excepto Gregorio, claro.

—Ya viene lo que tiene que venir, señor —susurró la criada en cuanto el somnoliento joven le abrió la puerta.

—¿Ya? Pero ¿cómo es posible? ¿Casi un mes antes? ¿Y qué hacemos? ¿Adónde vamos? —contestó Gregorio, sin ser capaz de pensar en un plan alternativo que los sacara del atolladero.

—No vamos a ninguna parte, señor —se atrevió a decir la criada—. Como mucho, vamos al desván.

Eso fue lo que hicieron. Entre los dos arrastraron a la pobre Matilde escalera arriba, con un pañuelo en la boca para que no se oyeran sus lamentos. La acomodaron como pudieron encima de unos colchones de lana comidos por los ratones. Y esperaron.

El niño tardó varias horas en sacar la cabeza, pero no quiso hacer lo mismo con el resto del cuerpo. Se quedó asomado al mundo solo de cuello para arriba, en tierra de nadie. Con los ojos bien abiertos, observaba impasible a su madre, que lloraba, no se sabe si de dolor o de pánico.

Escondidos en lo alto, sin ayuda alguna, Matilde se moría de parto y Gregorio de angustia. La boda secreta fuera del pueblo, la casa alquilada en Parma, el dinero ahorrado para abrir una tienda lejos, donde nadie los conociera, todos estos planes urdidos para remediar lo irremediable se diluían con la sangre de Matilde, que caía a borbotones en una palangana.

Gregorio miraba la testuz de aquella criatura de piel azulada y pelo amarillo como el azufre y sentía la íntima repugnancia a lo que no se considera como propio. Se dio cuenta entonces de que no lo quería, de que nunca lo había querido. Solo deseaba que Matilde volviera a ser la de antes. La que corría junto a él por las praderas, la que trepaba más rápido que nadie a la cima del campanario, la que le quitaba las manchas de pintura con un pañuelo que escondía entre sus pechos, la que olía a pegamento, la que sabía a flan de huevo, y a mantequilla, y a mermelada de arándanos, y a corteza de naranja envuelta en chocolate, y a todo lo rico de la infancia. Esa Matilde sí que era suya. Y de nadie más.

En aquel preciso instante, dejó de pensar y de sentir, agarró al niño por el cuello, tiró con todas sus fuerzas hasta extraerlo del cuerpo de la madre y lo soltó con asco en la jofaina. El recién nacido yacía estrangulado entre otros restos orgánicos indiscernibles. Ocupados en reanimar a la pobre Matilde, ni Gregorio ni la criada le hicieron el menor caso. Dieron por hecho que había muerto. Y casi fue un alivio. Pero se equivocaron. Al cabo de un rato y sin previo aviso, rompió a llorar de un modo inhumano, logrando que la casa y el pueblo entero se revolvieran en sus camas, aunque solo para darse media vuelta y continuar su sueño. Volavento confundió ese primer llanto con el ulular del viento.

Por el tragaluz del desván ya se colaban las primeras luces del alba. El negro se tornaba en gris, no había tiempo que perder. Mientras la recién parida se recuperaba de la atroz experiencia, él lavó como pudo al bebé, lo envolvió en una manta y encontró una pequeña caja que podía servir de cuna.

Descendió los escalones de dos en dos. En el establo, ensilló el viejo caballo, lo ligó al carro, escondió a su hijo en la caja que ató en el portaequipaje, subió de nuevo, bajó a Matilde en brazos, la instaló junto a la criada en la parte trasera, agarró las riendas y los cuatro escaparon en pleno diluvio.

En aquella alborada interminable, los volaventinos se despertaron agitados. Desde sus ventanas observaron atónitos cómo las copas de los árboles se desgajaban de sus troncos, volaban en una enloquecida carrera junto a las nubes y hacían sombra a las tinieblas. Sin que les diera tiempo siquiera a quitarse los camisones, calzarse unas botas, agarrar a los niños y buscar refugio, el huracán arrancó de cuajo el pueblo entero y se lo llevó por los aires.

El insólito suceso dejó el pico de la montaña descaperuzado para siempre y constituyó una desgracia que permanecería en la memoria de los pocos supervivientes. También en la de sus hijos y en la de los hijos de sus hijos, que siguieron contando esta historia como si la hubiesen vivido. A los que murieron, los enterraron juntos en una grieta de la montaña, porque ni cementerio quedó. Y los que no encontraron, que fueron la mayoría, pasaron a formar parte de la larga lista de los desaparecidos. Entre ellos, Matilde, Gregorio y Brígida.

Ya era de día cuando los tres llegaron al Registro Civil de Parma, todavía sin conocer lo ocurrido en Volavento. Brígida se apeó del carro y entró en la oficina con la criatura en brazos. Como no sabía ni leer ni escribir, se limitó a responder con un hilo de voz a las preguntas que le formularon. ¿Nombre del padre? Desconocido. ¿Nombre de la madre? Desconocido. ¿Nombre del neonato...? La criada se quedó atónita. No sabía qué responder, nadie le había dicho nada. El funcionario carraspeó, miró el reloj, le sonaron las tripas. «Ya va siendo hora de desayunar», pensó. Y se salió por la tangente: «Bueno, pues como es un hijo de puta, le llamaremos Belcebú».

Así bautizaron al recién nacido, con nombre de diablo. Aunque poco después sus padres se casaron y lo reconocieron, el niño, al hacerse mayor, se convirtió precisamente en eso, en un demonio que sembraba la desgracia a su paso.

Matilde y Gregorio se instalaron en la ciudad, rebautizaron a la criatura como Evaristo y montaron un pequeño taller de cometas que no suscitó el interés de casi nadie, pero que les proporcionó al menos sustento para vivir de manera humilde. No tuvieron más descendencia. No se sabe si por desgana o por el estropicio de aquel parto inacabable.

Brígida nunca encontró al militar que le había jurado amor eterno. Debido al disgusto sentimental, se le revolucionaron las hormonas y le salió un bigote tan tupido que habría podido alistarse en la infantería y buscar a su prometido por las cantinas de los cuarteles. Pero prefirió quedarse en casa con ese pequeño demonio, al que crio como si fuera sangre de su sangre.

Muchos años después, cuando la sirvienta abrió la puerta al hijo pródigo, recién llegado de su exilio estudiantil y ya casado, se abalanzó en sus brazos y le besó hasta dejarle las mejillas enrojecidas con las púas de su mostacho.

—¡Aaaa-chís! —estornudó Brígida por la emoción.

Evaristo, en señal de agradecimiento, movió el rabo. Y, ante tal demostración de fidelidad, se vio obligado a aceptar la invitación de alojarse de momento junto a Elvira en la que fuera la habitación de su infancia. Brígida, albacea de todos los secretos de su protegido, había preparado hasta el último detalle para la noche de bodas.

Piedra pómez incluida.

CAPÍTULO 5

A Efe le tenía que regalar un piano de cola.

No podía resistir la tentación de cumplir aquel deseo lanzado al aire en el coche azul. Inmediatamente me dije: «¿Dónde diablos encuentro ahora un piano de cola? ¿Y cómo saco el dineral que debe de costar?». Y sobre todo: «¿por qué estoy pensando en regalarle un piano de cola a un desconocido?».

Pasé varios meses viendo pianos de segunda mano, perdida en inmensos almacenes. Y todavía más perdida por los poco fiables meandros de internet. Al final, con la ayuda de Carlos, mi amigo lutier, di con él. En cuanto me senté frente al teclado y posé una mano en las teclas de marfil, entendí que era un objeto muy parecido a Efe: brillaba, era elegante y sonaba bien. Solo faltaba encontrar socios capitalistas y sitio donde ponerlo, tareas nada fáciles.

Para alcanzar la cifra requerida, organicé una colecta con su madre, sus hermanas y esa extensa familia de amigos que posee. O sea, que no lo compré yo, lo compramos entre todos. Y montamos una fiesta sorpresa en la que al celebrado casi le da un infarto. Como no era cuestión de ir moviendo el gigantesco instrumento de aquí para allá, lo puse en la que entonces era mi casa y después se convertiría también en la suya. Creo que ese debió de ser el día en que Efe y yo nos casamos. De penalti, claro. El hijo en cuestión pesaba unos trescientos kilos. Y era negro.

En realidad, quise hacerle aquel regalo porque necesitaba dejar una señal contundente en su memoria. Estaba convencida de que no tardaría en dejarme. Todo me parecía demasiado bonito para ser verdad. Desde el principio. Desde que le conocí en aquella sala de reuniones, rodeados de falos de diseño, y busqué en mi cartera monedas para pagar la multa. Y acabé mirando por la ventana mientras masticaba, rabiosa de amor, el caramelo que me había ofrecido en su coche al despedirse.

Me quedé con la nariz pegada al cristal. Tenía la vana esperanza de que diera marcha atrás y se bajara apresuradamente del automóvil. Como en el cine, se levantaría las solapas de la gabardina para resguardarse del viento, llamaría al timbre de mi casita azul, yo le abriría la puerta con los ojos de Ingrid Bergman en *Casablanca* y, con *As Time Goes By* de fondo, él me daría uno de esos besos atornillados que una siempre imagina y jamás recibe.

Pero no. No pasó así. Nunca es así.

Lo que sí pasó es que no supe nada de él durante una semana, que transcurrió con una lentitud desesperante. Con la excusa del trabajo, decidí enviarle un correo que fuera correcto y pícaro a la vez, que descubriera lo que guardaba pero me dejara una salida airosa en el probable caso de que el interés no fuera recíproco. En definitiva, unas palabras ocurrentes que le invitaran a dar un paso más. O ninguno.

Lunes

El otro día, con el lío de la multa del coche, intercambié las carpetas. Yo me quedé con la tuya y sin tus tarjetas de visita, que estaban en la mía. Total, que te he preparado unos cedés con dos tipos de programas para que puedas escucharlos, pero no sé adónde enviártelos.

Un abrazo,

Ayanta

Efe me contestó veinticuatro horas después, cuando yo, en mi impaciencia, ya lo daba todo por perdido.

Martes

Puedes enviar esos cedés a mi nombre, a la dirección de mi despacho (en la firma más abajo), donde estoy de momento con más frecuencia. De todas formas, entre tanto, deberíamos cambiarnos carpetas y tarjetas.

Efe

Me quedé como una estatua de sal. Leí el mensaje mil veces. *¿¿Cambiarnos carpetas y tarjetas??* ¿En qué sentido? ¿Era una broma? ¿O se podía considerar una pequeña provocación? ¿Debía soplar para que se hincharan las velas o limitarme a enviar por correo postal lo prometido? Volví a llamar a mi amiga. Me dijo que tenía que contestarle in-me-dia-ta-men-te. Y obedecí.

El mismo día, una hora después

De acuerdo. Te las envío enseguida. En cuanto a las carpetas y, sobre todo, a las tarjetas, he encargado que hagan unas a mi nombre (porque no tengo) y así podremos intercambiarlas, y yo quedarme con la mía y tú con la tuya. No sé. O viceversa.

Ayanta

El mismo día, un minuto después

Yo trataré de que cada cual se quede con la suya. Así podremos seguir intentando cambiárnoslas, siempre y cuando las multas sean reversibles y las casas azules.

Efe

El mismo día, diez segundos después

Eso siempre, puesto que yo soy azul. Y reversible.

Ayanta

Ya no paramos. Transcurrieron dos semanas en las que nos escribimos cientos de mensajes en un estado de alteración creciente e inexplicable.

Volví a ver a Efe el 31 de octubre. Me habían nominado para unos premios radiofónicos y tenía que asistir a la gala. Como estaba segura de que no me darían ninguno, le invité a la entrega y le dije que, si me concedían el galardón, pasaría la noche con él. Pura coquetería que nunca me habría atrevido a manifestar si hubiera sospechado siquiera que resultaría la ganadora.

Efe aceptó la invitación. Llegó tarde. Le vi entrar en la oscuridad del patio de butacas y sentarse casi a tientas. No me atrevía ni a mirarle, no fuera a ser que la ensoñación se evaporara por efecto de la misma magia que la había creado. De pronto, oí mi nombre seguido de aplausos. ¿Me lo habían dado a mí? Eso parecía. Me levanté y avancé por el pasillo algo aturdida. No tenía nada preparado. Nunca había ganado nada, a lo sumo alguna de esas medallas democráticas que concedían a todos los participantes en las competiciones escolares. Y lo único que me venía a la mente era mi promesa:

—Si gano, tendrás que esconderme en el bolsillo de tu chaqueta y llevarme a tu casa —le había escrito.

—Allá tú —me respondió—. Ronco muy fuerte.

—No importa, querido. No pienso dejarte dormir.

Imbécil, imbécil, imbécil, me repetía mientras subía la escalerilla hacia las tablas. Y ni siquiera he cogido los tapones para las orejas. En esas estaba cuando me vi frente a un micrófono, en la mano un premio que pesaba más que yo y sin saber qué decir. Vi entonces a mi padre entre el público, ligeramente encorvado en el asiento, con un gesto que me recordó a otros viejos tan amados de la familia que ya se habían ido. Me sonreía. Quizá hasta se le cayera una lágrima. Últimamente lloraba por cualquier cosa. Le volví a mirar con ojos de niña, cuando yo también lloraba por cualquier cosa, y le vi como el hombre más guapo del mundo. Como un actor americano. Igualito a Glenn Ford. Tomé aire y, sin pensarlo, parafraseé a Antonio Machado.

—Padre —dije, empuñando el trofeo como una tenista—. ¡Por esos días azules y ese sol de la infancia!

«Estos días azules y este sol de la infancia» fueron los últimos versos que escribió el poeta antes de morir. Alguien los encontró en un papelito arrugado en el bolsillo de su abrigo cuando tuvieron que enterrarlo en un pueblo francés, cercano a la frontera, adonde había huido para escapar de la guerra. La primera parte de aquella copla era también el título del último libro de mi padre. Le dediqué el premio.

Y al decir aquellas palabras, se me cortó la voz. Me di cuenta de que esos días, y estos días, y todos los días por llegar, los dichosos y los tristes, los nublados y los claros, no podían ser más luminosos. Ni más azules. Se desplegaron ante mí los miles de instantes que se habían ido encadenando hasta formar una historia, la nuestra. La mía.

Mi padre se puso en pie en señal de agradecimiento y el tiempo voló hacia atrás trocando su aspecto por el del niño que fue. Subida a aquel escenario, cegada por los focos, lo imaginé corriendo por la Dehesa de Soria con la cara enrojecida por el frío, enfundado en un jersey que le había tejido su madre con una efe enorme en la pechera. Por eso en el colegio le llamaban «el Niño de la Efe».

El tiempo se rebobinó de nuevo y detrás de mi padre, en una imagen superpuesta, espejo de su sombra, distinguí entre el público a aquel maravilloso desconocido, cuyo nombre también empezaba por la misma letra y que me miraba por segunda vez en su vida. Ya con amor. Ese fue el comienzo. Y esa, nuestra noche de bodas. Inolvidable, como la de Elvira. Aunque por motivos bien distintos.

Año 1907, inicio de una larga historia con un principio prometedor y un final dramático. Comenzó cuando los dos jóvenes se casaron, ella convencida de haber encontrado al hombre de su vida y él satisfecho de haber cumplido su plan. Elvira pensaba que aquello se llamaba amor absoluto y Evaristo, que no era sino merecida suerte. Pero ni el amor ni la suerte se pusieron de su parte.

Sentados uno frente al otro en el compartimento del tren que habría de llevarlos a Parma, tuvieron la impresión de que ya se lo habían dicho todo. Elvira miraba por la ventanilla negra y solo veía el paisaje de sus figuras reflejadas. Evaristo apuntaba en una pequeña libreta los gastos de unos esponsales tan sobrios que ni a Dios habían invitado. En aquella tarde invernal, la luz había desaparecido pronto, demasiado pronto.

La noche de bodas, Elvira se tumbó en la cama individual que Brígida les había preparado con tanto esmero. Enseguida se dio cuenta de que la sábana bajera reposaba sobre un cartón cuya utilidad no acertaba a comprender. Pero tampoco era momento de preguntarlo.

Disimulando su inquietud, permitió que Evaristo se tumbara junto a ella y la besara como aquella primera y única vez contra el árbol de la música. Y que se colara no solo en su boca, sino también en los pliegues del cuello, en los huecos de sus axilas. Permitió también que le levantara el camisón para tocar los ángulos, las rectas, las curvas y las circunferencias de su cuerpo. Recorrida toda su topografía, Evaristo se apoderó de sus pechos y el dolor se confundió con el placer. Metió la mano entre sus muslos, el placer se transformó en deseo y el deseo supo encontrar el justo camino del gozo.

—No te resistas —le había aconsejado su madre pocos días antes del matrimonio—. Si aguantas, luego llegarán los hijos, que te compensarán por los malos ratos.

«¡Qué ocurrencias! ¿Y por qué habría de resistirme?», pensó la recién casada al recordarlo entre los brazos de su esposo, que ya roncaba satisfecho.

Tocó la sustancia viscosa que caía por sus piernas, la extendió por su vientre, se olió las manos. Y miró a Evaristo con amor. Solo ella podía verle así. Donde los demás veían defectos, Elvira descubría virtudes. Cierto que sus labios eran finos y los dientes habían crecido en un desorden parejo al de las malas hierbas en un secarral, pero era igual de cierto que sus besos anulaban todo lo anterior. Tenían razón aquellas que decían que era bajito y escuálido, pero sabía abrazarla como si en su pecho cupieran no ya una, sino mil mujeres. En aquel instante, ninguna sombra podía oscurecer la dicha que los aguardaba. Se amarían siempre y ella caminaría a su lado, agarrada del brazo, orgullosa de haber sido elegida por el mejor de los hombres.

Mecida por estas consideraciones, Elvira se durmió. En esa primera noche alejada de los suyos, templó su sueño una sensación de calidez que acabó en escalofrío y que la despertó de golpe. Tardó en reconocer el lugar extraño en el que estaba. Evaristo ya no la abrazaba. Se había dado la vuelta. En la oscuridad solo acertaba a entrever su espalda curvada y el escaso pelo revuelto. Cuando regresó del todo a la realidad, notó que la sábana estaba mojada.

Al palpar el colchón, entendió el porqué del cartón. Pero no le dio mayor importancia. Malas pasadas de los nervios. En lo bueno y en lo malo, ella ya era la esposa de Evaristo. Y nada le podía producir más placer que sentirse propiedad del otro. Ni más descanso. Era algo maravilloso y secreto. Inconfesable. Una delicia para el cuerpo y, por tanto, para el alma. Una dicha que nunca se habría atrevido ni a imaginar.

CAPÍTULO 6

Tenía cinco años cuando dijo que él lo que quería era ser un violín.

—No puedes *ser* un violín, Mario —le corrigió muy amablemente su profesora—. Pero puedes aprender a tocarlo.

Más tarde entendí que mi hijo se había expresado con una exactitud premonitoria. Nada muestra con mayor claridad lo que somos que la primera infancia. Ni hay nada más oscuro que la larga, inacabable, insufrible, agotadora adolescencia. De hecho, aquel niño que coleccionaba palitos y se tumbaba boca abajo en el suelo para oler la madera del parqué tenía razón. Con el tiempo se convertiría en un violín.

Mario empezó a estudiar con un instrumento tan pequeño que parecía de juguete. Un día se le cayó de las manos y el mástil se rompió. Lloró como nunca. Compré uno nuevo que él, tras regresar del conservatorio una tarde de lluvia, dejó en el estuche húmedo. Se descoló. Durmió abrazado a las piezas sueltas del que había sido su tercer brazo. El siguiente acabó hecho virutas cuando se cayó por la escalera de casa. Otro lo apoyó en el suelo de un autobús repleto de gente y un hombre lo pisoteó sin querer. Uno más se quedó enganchado en el torno de entrada al metro. Y el último lo olvidó encima del capó de un coche mientras se ataba las playeras. Solo se dio cuenta de que no lo llevaba consigo cuando entró en el aula para recibir su clase. Lo buscamos por todas partes. Pusimos carteles. Llamamos al teléfono de objetos perdidos. Visitamos el centro municipal de recogida de basuras. Merodeamos por el Rastro a las seis de la mañana. Rezamos tres padrenuestros a san Antonio. Jamás apareció.

Arruinada yo y desalentado el niño, fuimos a comprarle el enésimo violín a Carlos, nuestro lutier. Con apenas doce años, Mario parecía empeñado en agotar las existencias de violines antiguos de estudio que vendía. Menos mal que Carlos era un hombre capaz de hallar una dimensión espiritual en todas las cosas. Su taller, escondido en una de esas cuevas del viejo Madrid, bien habría podido ser uno de los desahogos de los túneles secretos de Felipe III, poblados por fantasmas, duendes y diablos burlones. Por eso allí se hablaba poco de música y mucho de cuestiones sobrenaturales.

—Si los rompes o los pierdes —le dijo a Mario con una lógica mística—, es conveniente que entiendas el motivo. Todo acto, aunque sea errado, tiene un sentido. Y puede convertirse en un acierto. Ahora, elige el que prefieras e intenta conservarlo lo mejor posible.

Sobre nuestras cabezas, cual jamones en bodega, colgaban incontables violines. Carlos los desenganchaba del cielo de la cueva y se los pasaba a mi hijo, que, fascinado por el ritual, era incapaz de elegir. Cogía uno, lo tocaba, miraba sus curvas, los matices del barniz, y pedía otro. Era como si le presentaran cien chicas guapas a la vez.

—¿Qué cualidad te gusta en un violín? —le interrogaba Carlos para ayudarle a decidir—. ¿La alegría, la tristeza, la picardía...?

Después de pensárselo mucho, salió del taller con la responsabilidad de cinco violines. Todos ellos tenían una característica en común: eran muy melancólicos. Los probó durante varios días. Optó por uno que fui pagando a plazos, incluso después de que también se lo cargara ya no recuerdo ni cómo.

A pesar de todos estos percances, Mario nunca dejó de tocar. Cuando cumplió dieciséis años, el objetivo estaba casi alcanzado: dominaba el instrumento. El arco era la prolongación de su brazo y el mástil parecía ablandarse bajo el *vibrato* de sus dedos. Le gustaba tocar piezas románticas, desgarradoras. Y también reírse de ellas, exagerándolas y poniendo caras de poeta maldito. Sin embargo, poco a poco fue perdiendo la determinación que le había animado hasta entonces. No practicaba lo suficiente. Se dejaba ganar por la pereza. Faltaba a menudo a clase para ir al cine. Hasta que, en pleno virus adolescente, decidió abandonar sus estudios de música. Y, de paso, también el instituto. Inútiles fueron mis consejos, absurdas mis súplicas.

Frente a esa crisis, volvió a mí aquella frase infantil: «Yo lo que quiero es ser un violín». Me produjo una ternura inmensa. Y una melancolía similar a la que buscaba Mario en el sonido de sus violines. El brillante sueño de tocar el *Concierto* de Tchaikovski con una gran orquesta se había ido apagando a lo largo de un camino difícil, lleno de frustraciones, de miedos, de inseguridades crecientes. Al contemplar el estuche cerrado de su violín, me invadía una sensación de muerte. Parecía un pequeño ataúd abandonado en una esquina de su cuarto.

No hay nada más triste que la pérdida de una vocación. Y yo no concebía mayor derrota que no haber sabido transmitir a Mario la fuerza necesaria para mantenerla. Por fortuna, durante estos procesos de crecimiento las madres tienen la virtud de recordar lo que los hijos olvidan de sí mismos. Y eso puede resultar de gran ayuda para encontrar las respuestas adecuadas.

—¿Cómo puede uno convertirse en un violín? —me preguntaba—. ¿Tocándolo...? Sí, pero no.

Ahí estaba la confusión. Para *ser* un violín tenía que aprender a crear un sonido no solo a través del arco sobre las cuerdas, sino también desde el principio. Dar un paso atrás, volver a su amor primero. La madera. Coger uno de esos trozos con los que jugaba de pequeño y olerlo, tocarlo, escucharlo. Y una vez encontrada su música, aquella que solo él sabía oír, darle forma desde el alma hasta la voluta del mango.

Le pedí ayuda al lutier y Mario comenzó a trabajar de aprendiz en su tienda.

Todos, incluidos mi hijo y Carlos, pensaron que yo estaba equivocada. Era lento, impaciente, desordenado, torpe. No tenía ninguna de las habilidades que requiere el oficio. Pero no faltaba ni un día a su cita. Por las tardes volvía con las manos destrozadas oliendo a cola, a resina, a ébano. A madera. A todo lo que le gustaba. Y dejó de llorar las muertes de sus violines, porque había aprendido a arreglarlos. Por tanto, también dejó de romperlos.

Algunos meses después, decidió presentarse a las multitudinarias pruebas de acceso de la Scuola Internazionale Stradivari de Cremona, la más prestigiosa de las escuelas de lutería. Y logró entrar. Fue un gran éxito para él.

Una noche, a la una de la madrugada, me llamó por teléfono desde Italia. Estaba desesperado. El violín que llevaba construyendo desde hacía más de dos años con perseverancia oriental se había roto. Una grieta en la tabla de fondo lo comprometía irremediablemente. Pero esta vez no era por su culpa, sino por una mala pasada que le había jugado el destino.

A principios del tercer curso, los alumnos de la Stradivari debían escoger del almacén de la escuela un tarugo para construir el primero de sus instrumentos. Un bedel marcó un código y abrió la jaula climatizada donde se guardaban las maderas en un estricto orden, tanto en lo que se refiere a los tipos leñosos como a las fechas y al lugar de procedencia: abeto del Véneto de 1984, arce de Cremona de 1990, ébano de Macasar, chopo, boj, palosanto... Mario miró los diferentes estantes llenos de piezas, las tocó, las olió y acabó eligiendo una proveniente de Yugoslavia. De 1992, que era también su año de nacimiento. Pensó que le traería suerte.

Se puso a trabajar. Construyó la forma interna, los fondos, el encastre de la cabeza, los aros, y al comenzar a lijar la tapa, vio que salía una mancha negra. Al principio muy pequeña. No más que una mota que se hizo peca y después lunar hasta convertirse en una mácula de mal aspecto. Rebuscó entre sus libros y no encontró parecido con ninguna enfermedad de la madera. ¿Sería moho? ¿Hongos? ¿Xilófagos? ¿Una quemadura solar? Preocupado, se lo mostró al profesor Scarpini, personaje totémico de la escuela con cierto parecido al Dumbledore de las historias de Harry Potter. Él también se dedicaba a extraños experimentos y alquimias, que le interesaban bastante más que los violines, las violas da gamba y los estudiantes. Scarpini escudriñó la pieza. Se mesó la larga barba blanca y dio su veredicto: no sabía a qué se debía el cambio de pigmento, pero estaba seguro de que no se trataba de ninguna enfermedad. Le animó a seguir. Así que Mario continuó. Hasta que se agrietó la tabla, justo en el centro. Y pudo comprender la naturaleza del problema.

El violín estaba lleno de metralla de la contienda yugoslava, que había comenzado precisamente el año en que nació. Mario eligió la madera de un árbol herido, que había sanado y cubierto los disparos con sucesivas capas de albura y de tiempo. Igual que él. Lo cual demostró que se había convertido en aquel violín que quiso ser en su infancia y que poco a poco había tomado forma en sus manos.

Le consolé. Le hice ver lo hermoso de su historia. Le di las gracias por regalarme otro cuento que contar. Y Mario se pasó horas y horas rellenando de pasta de madera los cien ínfimos agujeros de metralla. Al final, su violín fue el más bonito. El más original. Una pieza única, porque guardaba un secreto. Porque ya era antiguo, aunque acabara de nacer.

Yo me pasé horas y horas imaginando un bosque desconocido. En el bosque, un árbol. Solitario en compañía de otros, como están los hombres, como están los árboles. Alrededor, soldados que luchan, corren, gritan cada uno en un idioma que en realidad es el mismo. Y que mueren agarrados a las raíces de un tronco que intenta cauterizar sus propias llagas con perlas de resina. Caen bombas y cae también el árbol, que se desploma con un crujir de huesos y de ramas. Alguien recoge sus restos, los despedaza y se los lleva en una camioneta. Al mismo tiempo, pero en otro lugar, una mujer cree que va a morir dando a luz a su primer hijo. Pero como no le importa, sobrevive. Observa con serenidad la sangre caliente que cae por sus piernas. Ríos rojos de lava, densa como la resina de aquellas piezas de madera que ya han llegado a Italia cuando ese niño, de ascendencia romana, rompe a llorar porque lleva metralla en el corazón. La misma que su madre. Esa es la valiosa herencia que recibe. Veinte años tardan en secarse las lágrimas. Y veinte años en secarse la madera guardada en lo alto de un estante para que aquel niño, ahora un joven, la elija entre otras con la ilusión de alcanzar lo imposible. Y lo imposible es ganar la guerra aunque estemos heridos. Porque ¿a quién no le han disparado en el pecho justo al comienzo de una ilusión?

Estaba demasiado enamorada para darse cuenta de la grieta, todavía imperceptible, que empezaba a romperle el corazón. Del brazo de su marido, Elvira recorrió con los ojos la fachada del edificio de cuatro pisos que se alzaba frente a ellos. Subieron hasta el tercero y se instalaron en un apartamento de techos altos y suelos encerados. El salón con chimenea tenía cinco balcones que daban al torrente de Parma. Elvira se asomó a uno de ellos y el paisaje le produjo un escalofrío: la orilla era un vertedero por el que correteaban chapoteando un sinfín de ratas en un paraíso de abundantes golosinas.

No era desde luego el nido de amor que había soñado, pero no importaba. Si tenía a Evaristo a su lado, nada importaba. Se dio la vuelta, cerró la puerta de cristal y corrió las cortinas.

Evaristo encontró trabajo en un bufete de abogados; Elvira trabó amistad con alguna vecina. Durante un breve periodo creyeron ser una pareja normal. Una vez a la semana salían para ir al teatro o a dar un paseo. Almorzaban los domingos en familia con Matilde y Gregorio. Y todo lo que fueron descubriendo el uno del otro —la avaricia de él, su obsesión por los temas políticos, sus continuas ausencias, los silencios inexplicables; y la frustración de ella, sus celos, sus manías y una sensibilidad siempre a flor de piel— se asumía como un obligatorio peaje matrimonial. Estos problemas parecían tener solución, aunque ninguno de los dos hiciera nada por resolverlos. Y así fluían en una corriente subterránea y circular que rara vez salía a la superficie, plagada de roedores tan bien nutridos como los que se divisaban a través de los balcones de su residencia.

Elvira empezó a sufrir de insomnio. Tampoco comía bien. Lo achacó al primer embarazo, que todo lo revuelve, no solo el estómago. Cuando nació un niño al que llamaron Bruno, las noches se hicieron todavía más blancas y más largas. Elvira estaba triste, apenas salía de casa, se sentía sola, lejos de su familia, descuidada por un marido demasiado absorto en su carrera profesional. A pesar de que sus suegros le habían cedido a Brígida para atender las tareas domésticas y de llevar una existencia desahogada, veía cómo regresaba la congoja de su adolescencia. Aunque quizá no fuera la misma, quizá fuera peor, porque entonces al menos contaba con el consuelo de sus ambiciones. Ahora, sin embargo, cada vez que tomaba en brazos a su hijo, cada vez que se sentaba a la mesa frente a su marido, volvía a recordar las palabras que el Ingeniero le susurraba a escondidas cuando era pequeña:

—No te cases, no te cases. Sé libre e independiente. Haz caso a tu padre.

En realidad, nunca había deseado ser esposa ni madre. Habría preferido continuar sus estudios y no tener que responsabilizarse de nadie más. Pero las cosas no fueron tan fáciles. Para contrarrestar el legado paterno, paladín de la libertad y la igualdad, Margarita había insistido en encarrilarla hacia las aspiraciones propias de una mujer. En medio de ese tira y afloja, su única rebeldía consistió en elegir al hombre menos adecuado. Elvira se enamoró de un diablo, lo abandonó todo por una incomprensible pasión. Por un fogonazo que apenas tardó en apagarse y la dejó sumida en una oscuridad aún más tenebrosa que la de antaño.

Evaristo hizo caso de la sugerencia de la fiel Brígida y decidió enviarla de vacaciones a Padua. Aunque lo que pretendía la criada era librarse de aquella mujer con aires de superioridad que le provocaba unos celos inconfesables. Con la secreta esperanza de ir separando poco a poco a la pareja, aseguró a su ahijado que una estancia con los suyos, a quienes no veía desde hacía más de un año, era el tratamiento que necesitaba su esposa. Tal vez todo fuera nostalgia, pensó Evaristo. Y su pronta recuperación demostró que no se equivocaba. En cuanto Elvira vio a su madre y a sus hermanas, la angustia se diluyó. El cangrejo que le pinzaba la garganta soltó la presa, volvió a dormir por las noches y los días se convirtieron en la celebración continua de las monerías del primer vástago. Nunca había sido una persona sociable ni muy dada a las conversaciones de té, pero ahora se congratulaba de la locuacidad de sus hermanas. Incluso se sintió por primera vez orgullosa de aquel bebé que pasaba de brazo en brazo y que generaba tanta alegría a su alrededor. Al cabo de un mes, Elvira volvió a Parma completamente restablecida. Por lo menos, en apariencia.

La pareja retomó su vida. Pronto se mudaron a un distinguido inmueble con galería y jardín, lejos del río. Allí empezaron a dormir en habitaciones separadas, nació otro niño, al que llamaron Arnaldo, y las aguas, también las subterráneas, volvieron a su cauce. Elvira intentó acostumbrarse a la frialdad de Evaristo. Para matar el aburrimiento, se sintió con el derecho de gastarse el dinero que ganaba su marido en vestidos, tocados y sombrillas. Por la misma razón, Evaristo se sintió con el derecho de traicionar a su esposa. Ahora que se había convertido en un hombre respetable, podía y hasta debía tener una amante que le resultara provechosa en todos los sentidos.

Aun siendo feo como un demonio, conquistó sin demasiadas dificultades a la señora Bocconi, esposa de un importante juez de Parma. Era una mujer de mediana edad, jovial y dicharachera, que desde el principio se mostró bien dispuesta a ayudarle a ganar los casos más difíciles, embaucando a su casi anciano marido. El juez prefería ahorrarse las tediosas declaraciones de los acusados y disponer así de más tiempo para su única pasión:

jugar al dominó. Evaristo no la amaba, era incapaz de querer a nadie, pero se encaprichó de ella. Salvo Elvira, todo el mundo conocía el secreto. Y todos se comportaban como si nada. Al cabo, Evaristo, la amante, el juez y el resto de los burgueses provincianos con los que se codeaban habían construido unas vidas tan banales que bien podían considerarse el paradigma de la felicidad, entendida como la perpetuación de la hipocresía al servicio del orden social. Si nadie estaba libre de pecado, nadie podía tirar tampoco la primera piedra.

Pero Elvira no estaba hecha de esa pasta. Elvira solo sabía sublimar sus deseos, y ninguno de ellos coincidía con la realidad. Volvió a quedarse embarazada. Dio a luz a una niña, a la que llamaron Ángela y que murió al nacer. Esa pérdida aumentó su ansiedad. Tuvo una recaída. Sentía un vértigo interior a cada paso. Observaba su vientre todavía hinchado, sus pechos doloridos imposibles de aliviar y toda aquella sangre derramada, que no se acababa nunca, que caía gota a gota dejándola asustada y sin fuerzas. Estaba sola con su cuerpo inútil, humillada por no haber sido capaz de culminar su tarea de madre. En tal situación, no hay consuelo posible para una mujer. Los hombres disparan y casi siempre olvidan. La familia pronuncia palabras que suenan a fórmulas de cortesía. Y las amistades dan consejos vanos. Ni el paso del tiempo diluye la responsabilidad de la derrota. Apenas sustituye la costra por una cicatriz. Nada más.

Creyó que el mejor modo de aliviar su dolor era engendrar otro hijo. Sin siquiera esperar la prescrita cuarentena, Elvira aparecía todas las noches en la habitación de su marido. Se levantaba el camisón para mecerse a horcajadas sobre él. Muy despacio, sin apenas mirarle. En cuanto notaba la descarga en su vientre, le sobrevenían unos llantos repentinos, unas risas extemporáneas. Imposibles de compartir.

Poco después volvió a quedarse encinta, pero mi madre se encontraba en un estado de extrema debilidad, de un agotamiento físico y psicológico preocupante. A lo largo de aquellos meses decidió que me llamaría como a la niña que había perdido: Ángela. Así fui engendrada. Como fruto de la desesperación, de una depresión desatendida. Y de la muerte.

Evaristo no lograba entender las motivaciones profundas que generaban el desequilibrio de su esposa. Cada vez estaba más convencido de que tantas rarezas empezaban a afectar a su propia serenidad y, desde luego, a su carrera. Qué diferente sería todo si pudiera librarse de ella y dedicar el tiempo libre a su amante, o a sí mismo, sin tener que soportar los celos y los extremos estados de ánimo de Elvira. Desde luego, no tenía ninguna intención de pedir ayuda. Era inútil, y además, en realidad tampoco deseaba ayudarla. Todas aquellas cosas que en su día encontraba tan encantadoras en su prometida, que la hacían tan especial y que le llevaron a pedir su mano, ahora le parecían odiosas, intolerables, y no estaba dispuesto a sufrirlas más.

Elvira se sentía cada vez más insegura. Temía que su marido la abandonara. Muchas tardes le esperaba en casa anegada en lágrimas, pidiéndole perdón por faltas que ni siquiera había cometido. Él nunca la acogía en sus brazos, nunca la tranquilizaba, jamás le dedicaba ni una palabra de consuelo. Y ella, al no ver colmada ninguna de sus expectativas, pasaba de la dulzura a la desesperación, a una agresividad desconocida que la llevaba a sospechar de todo y a actuar de un modo extravagante. Cuando Evaristo regresaba a casa después de haber compartido lecho con la señora del juez Bocconi, Elvira siempre se daba cuenta. No sabía nada, pero lo notaba todo. Se agarraba entonces a las piernas de su marido, le desabrochaba el pantalón, le bajaba los calzones y pretendía sopesarle los testículos para confirmar que había estado con otra mujer.

—¡¡Déjame, loca!! ¡Te voy a tener que encerrar si sigues así! —le gritaba Evaristo, intentando zafarse de ella.

Belcebú se había equivocado, pero no había razón para pagar toda la vida por tal error. De hecho, ni siquiera creía que existiera poder divino o conciencia moral capaz de obligarle a ello. Y ya que no cabía la posibilidad de divorciarse, solo quedaba una solución: el repudio. Para echar a Elvira de casa, tenía que inculparla de acciones que no había cometido. Eso tampoco le detuvo, y sin el menor escrúpulo la acusó de ser una maníaca sexual, de tener un amante y de haber engendrado a una hija fuera del matrimonio.

Brígida fue la encargada de anunciarle a la señora los preparativos para el traslado previsto a Padua. Viajaría acompañada tan solo por Angelina, pues los pequeños Bruno y Arnaldo permanecerían en Parma con su padre. La primera reacción de Elvira fue de incredulidad. Pensó que era una más de las mentiras e intrigas de aquella criada celosa. Se presentó en el despacho de Evaristo con la pequeña Ángela en el carrito para pedirle explicaciones, pero él no estaba. Dirigió entonces sus pasos hacia la cafetería de la esquina, luego a la *osteria* que su esposo solía frecuentar, fue incluso hasta la secretaría del juzgado, y tampoco lo encontró. Nadie contestó a sus preguntas apuradas. Algunos la miraban con lástima, otros con un mal disimulado desprecio, como si ya supieran lo que para ella todavía era solo la sospecha de un malentendido.

Belcebú lo tenía todo previsto. Se permitiría desatender sus asuntos del bufete hasta que amainara la tormenta y tomarse unas horas de asueto en el picadero que compartía con su amante. Esta vez, la enésima rabieta de Elvira duraría muy poco, solo el tiempo necesario para obtener la sentencia definitiva en la que repudiaba a la que ya ni consideraba esposa. Gracias a su habilidad como abogado, no tardaría en poner a la ley de su parte. Evaristo había tenido la desfachatez de solicitar la discreta intercesión del juez cornudo, quien apañó rápido y complaciente el procedimiento necesario y dictaminó la expulsión de Elvira del hogar familiar, sin otorgarle siquiera la potestad ni derecho alguno sobre los dos primeros hijos habidos en el matrimonio.

Después de recorrer Parma en busca de su marido, Elvira empezaba a comprender que las palabras de Brígida soltadas a bocajarro en la cocina no eran una fantasía malvada, sino una terrible realidad. Apareció con Angelina en la casa de sus suegros, Gregorio y Matilde, con la esperanza de que intercedieran en su favor. No podían abandonarla ellos también. Le prestarían socorro. Llamó y llamó al timbre, pero los padres de Evaristo, aleccionados por su hijo, ni siquiera se levantaron de sus butacas.

El uno siguió leyendo el periódico y la otra continuó dibujando cometas.

Frente al portal cerrado, la niña rompió a llorar y Elvira también. Los sollozos se le acumulaban en el pecho, un sudor frío descendía por el cuello y empapaba la fina camisa bajo el corsé. Volvió a casa con las mejillas encendidas y el moño desmadejado, enjugó con un paño su piel húmeda y se cambió a toda prisa sin siquiera poder cerrar los corchetes inacabables de su vestido de viaje. No le pediría ayuda a Brígida, desde luego. Tenía que mantener la compostura. Los botines, el pequeño maletín, una muda para Angelina, y también para Bruno y Arnaldo. El paraguas. Debía fingir normalidad. Entraría en el cuarto infantil y, con la excusa de llevarlos de paseo al parque, se fugaría. Volvería a Padua, sí, pero con sus tres hijos. Allí le contaría a su madre la verdad, ella la acogería y juntas se inventarían una historia plausible para poder salir adelante sin perder el decoro. Pero ¿cómo llegar a Padua? En tren. ¿Y con qué dinero? Ya lo pensaría en la estación. Alguien habría que se apiadara de una pobre mujer.

Bruno y Arnaldo jugaban en el salón con unos cubos de madera pintados de colores. Breves torres que caían ante las risas de los niños. Agarró sus manitas y avanzó con ellos por el pasillo. No podía sola con las dos criaturas, el carrito y el maletín. Se le escapaban, correteaban alrededor, le tiraban de las enaguas. No había forma de contenerlos. Armaron tal alboroto que por la puerta de la cocina se asomó Brígida, cancerbero de Evaristo. Pero la criada no se inmutó. Conocía bien la fragilidad de su señora y sabía que le quedaba muy poco para desmoronarse. Elvira llegó hasta el descansillo, mientras rogaba a los pequeños que se comportaran. Abrió la puerta, intentó sacar el carrito, que era demasiado ancho, se le cayó el bolso, los niños volvieron a escaparse hacia el cuarto de los juguetes. Sus pechos goteaban leche y sus ojos se hincharon de llanto. Tomó al bebé en brazos y regresó sobre sus pasos. Se derrumbó en la mecedora de la alcoba para amamantar a Angelina. Un sopor al principio amargo, enseguida casi dulce, la condujo a la inconsciencia del sueño y del olvido. Se relajaron los hombros, venció la cabeza y Angelina perdió presa, rodando de los brazos al regazo y luego a la alfombra, en un suave descenso por las faldas maternas. Erguida frente a ella, Brígida observaba la escena. La criada rescató del suelo a la criatura y la posó en la cuna con un paciente suspiro. Una vez dormidas la madre y la hija, salió a la calle con los dos niños, alcanzó correos y deslizó en el buzón una carta con un sello rojo. Urgente. Muy urgente.

Parma, 12 de enero de 1912

Estimada doña Margarita:

Las penosas circunstancias vividas al lado de su hija Elvira me obligan a interrumpir, con carácter definitivo, nuestra convivencia conyugal. El decoro impide ahondar en detalles sobre los escabrosos motivos que han convertido este matrimonio en una pesadilla sin solución.

No obstante, aprovecho la oportunidad para comunicarle por la presente que declaro a doña Elvira Spagnoli incapaz de cumplir con sus obligaciones de esposa y madre, que en consecuencia asumo en exclusiva la patria potestad y la tutela de nuestros dos hijos varones, Bruno y Arnaldo, pero que rechazo hacerme cargo de Ángela, una criatura sobre la que pesa la fundada sospecha de haber sido engendrada fuera del lecho conyugal. Sin embargo, ante la dificultad de demostrar esto último con pruebas irrefutables, me declaro dispuesto a acogerla generosamente en el seno de la familia Spagnoli si futuras circunstancias así lo requirieran.

Declaro asimismo que doña Elvira no podrá relacionarse de ningún modo con sus dos hijos varones, por cuanto considero que resultaría pernicioso para su educación moral y sentimental, y me hallo en posición de así decidirlo en virtud de la mencionada tutela exclusiva que me ha sido concedida por sentencia del magistrado Bocconi, juez del caso. Otrosí, quedo eximido de manera absoluta de responsabilidad alguna, pecuniaria o de otra naturaleza, sobre mi esposa, la cual volverá, a partir del recibí de esta misiva, a quedar bajo su amparo, siempre y cuando Usted acepte el trato propuesto. Si no fuere así, ruego me lo comunique a vuelta de correo para de este modo iniciar las acciones que se requieren para obtener la declaración formal de su incapacidad y solicitar, a la mayor brevedad, plaza en algún asilo que pueda acogerla.

La discreción aconsejaría en todo caso que pudiéramos solucionar este asunto de mutuo acuerdo, sin necesidad de recurrir a pleitos ni a mayores gestiones de orden legal que me temo que acabarían poniéndonos en boca de todos. Como bien le consta, soy un hombre que aprecia en sumo grado la discreción, cualidad que Usted asimismo comparte.

Adjunto los documentos que en relación con la presente causa ha emitido el juzgado, para que tenga así constancia oficial y detallada de lo que aquí le participo. En breve reci-

birá noticia del día y la hora de llegada de doña Elvira a Padua.

Espero y deseo de Usted la comprensión sin reproches de la que me considero acreedor, dado que me siento en conciencia completamente exento de culpa en el descalabro de un proyecto conyugal que ha ocasionado ya irreparables daños en la convivencia, en la integridad moral, en la reputación mundana y en lo moralmente soportable para la dignidad de nuestras familias.

Quedo a su entera disposición a la hora de tratar cualquier detalle o aspecto que considere necesario para zanjar este penoso asunto, y ello incluye el convenir el mejor modo de que Usted pueda visitar a sus nietos cuando lo estime a bien. Las puertas de mi casa siempre estarán abiertas para Usted.

Con un afectuoso saludo,
Evaristo Spagnoli

Con la sentencia aún caliente en su mano, Evaristo montó de inmediato a Elvira en un tren, la devolvió a su familia como un producto defectuoso y nunca más quiso volver a verla. Ni siquiera le permitió llevarse una foto de Bruno y Arnaldo. Estarían mucho mejor bajo los atentos cuidados de Brígida. Tampoco permitió que sus hijos supieran de ella. Y cuando los niños alcanzaron la edad de preguntar por el paradero de su madre, les contestó que era una puta, zanjando para siempre la conversación.

Elvira volvió a Padua con una delgadez enfermiza y una recién nacida en los brazos. Esta vez llegó a un andén desierto. Todos, incluida Margarita, estaban convencidos de que la pequeña Ángela era ilegítima. Ya se había encargado Evaristo de escribir varias cartas inculpatorias a familiares y amigos para justificar su decisión y asegurarse el ostracismo de la que había sido su esposa. Quería borrarla del mapa. Y rehacer su vida.

¿En qué momento se extravió Elvira? ¿Estaba ya loca cuando lloró sin parar durante semanas por la muerte de su padre, el Ingeniero? ¿O fue en la adolescencia, cuando su única compañía eran los libros? ¿O cuando se quedaba ausente, sin participar en la prescrita búsqueda de marido? ¿O al comprender que todos sus esfuerzos por culminar la carrera universitaria habían resultado inútiles? ¿Sería acaso al renunciar por amor a su libertad de soltera, que hasta entonces creía parte de su proyecto vital? ¿O al nacer sus hijos y encontrarse sola y extenuada? ¿O al ver morir a uno de ellos? ¿O al descubrir la violencia de las relaciones maritales, al darse cuenta de que su marido nunca la amaría? ¿O quizá nació extraviada? ¿Cuándo empezó todo?

Los primeros signos de desequilibrio de mi madre no se manifestaron al emprender su vida de casada y descubrir la oscuridad secreta de un desconocido, la vulgaridad de lo cotidiano, el tedio de las obligaciones, la responsabilidad de la descendencia, la pérdida de lo que más creía amar. No, todo empezó mucho antes. En el trance de elegir a un hombre, uno solo entre los muchos pretendientes que desfilaban en vano ante ella. Y, sobre todo, en la decisión de elegir a Evaristo. ¿Por qué a él y no a aquel galán toscano de anchas patillas que conseguía hacer reír a todas? La había cortejado durante meses y sin embargo... ¿Y por qué no aquel otro tan cursi que la miraba siempre como si estuviera a punto de morir fulminado por la flecha de Cupido? ¿O el que le escribía esas cartas tan bonitas que parecían sacadas de la pluma de Tolstoi y además era hijo de un conde? ¿Qué la llevó a casarse precisamente con Evaristo? ¿No sería aquella decisión la prueba primera e irrefutable de su locura? Y en ese supuesto, ¿acaso no estamos todos locos en lo que a las elecciones sentimentales se refiere? ¿Quién no se ha equivocado alguna vez? ¿Quién no ha descubierto que el amor de los comienzos solo proyecta un sueño que con frecuencia y por sorpresa acaba en pesadilla? ¿Quién no ha sido deslumbrado por el resplandor de algo que parecía ser y no era?

Las mujeres de entonces tenían una única oportunidad. O ganaban o perdían.

Elvira perdió.

CAPÍTULO 7

En la cocina de mi abuela había un platito con muescas, muy pequeño y grasiento, siempre cerca de los fuegos. Su única función era acoger una caja de fósforos de cera y las pajuelas ya usadas, ennegrecidas en su punta.

Para entretenerme, mi abuela solía extraer de la caja dos cerillas mediante un ritual de movimientos precisos, invariables a lo largo del tiempo. Una vez elegidos, desenrollaba cada palillo de cera manteniendo intacta la punta inflamable, de modo que formara un cono sin base que parecía una falda plisada. Juntaba entonces las cabezas en una leve inclinación y les prendía fuego como si fueran dos amantes que se abrazan y mueren en un resplandor fugaz, víctimas del ardor de su pasión, retorcidos y calcinados sobre el platito. Cada vez que la *nonna* representaba esta escena, yo sufría el mismo desconsuelo que me provocaba el cuento del soldadito de plomo y la bailarina, que se enamoran y acaban cayendo al fuego de la chimenea para abrasarse en las llamas de su amor. De ellos, entre las cenizas de la mañana siguiente solo quedan un corazón de plomo y una lentejuela.

Gran final, sin duda. De los que le gustaban a Ángela:

poético, trágico y sin esperanza. Para ella solo merecían la pena los relatos que acababan en abandono, locura o muerte. O en las tres cosas. Ser felices resultaba imposible, y comer perdices habría sido de una vulgaridad intolerable. De ahí que se indignara con alguna versión de *El lago de los cisnes* donde el director optaba por salvar a la pareja en la última escena, en lugar de dejarlos al albur del destino infausto que se presentía desde el primer acorde.

A menudo recuerdo cuando, asomadas a la barandilla del paraíso del Teatro dell'Opera de Roma, vimos *Giselle,* ese ballet en el que la risueña, bella y virginal aldeana cae bajo el engaño del príncipe, un truhan que le promete amor eterno a cambio de un beso. Ella se lo concede, pues no duda de su palabra, pero luego descubre que el príncipe en realidad está prometido con una noble. Incapaz de sobreponerse al engaño amoroso, enloquece en una danza desesperada que remeda los pasos del principio, cuando todo eran buenos augurios. El alegre motivo musical se oye a lo lejos, en sordina, y poco a poco se va tornando en un zumbido de muerte que aletea, se interrumpe y vuelve a comenzar, pero distinto, en una variación nada halagüeña. Al ver sus sueños truncados, la joven gira sobre sí misma, cae e intenta recuperar el equilibrio una y otra vez sobre unas puntas que parecen de barro. Más débil a cada paso y con la mirada ausente, arranca las flores silvestres que adornan su peinado hasta dejar suelta la larga cabellera. Se desploma en una última pirueta y muere en los brazos del príncipe, quien, al retirarle el pelo de la cara para besar sus labios lívidos, al intentar recomponer ese cuerpo desmadejado y sin vida, se da cuenta del terrible error que ha cometido. La ama, ahora sí, pero Giselle ha exhalado su último aliento. Es demasiado tarde, ya no hay vuelta atrás. Cae deprisa el telón, la música concluye el primer acto y el acorde final cubre el escenario como la tapa que cierra un ataúd.

Vistas desde el gallinero del teatro, las luces de las candilejas se reflejaban en las lágrimas de la enorme lámpara de araña que colgaba ante mis ojos desde el techo. Al llegar esa escena tan triste, vi a Ángela levantar el brazo en un ademán pausado, como hipnotizada por lo que sucedía en el proscenio. Reproducía sin darse cuenta el gesto de la bailarina que renunciaba a su juventud, a su belleza y a la vida entera, deshaciendo su peinado.

Lo que yo no sabía entonces es que la *nonna* reconocía en esta historia la de su madre y, precisamente por eso, aunque ya fuera una anciana, no podía sustraerse a la tentación de volver a contemplar emocionada aquella escena, esos pasos que sentía tan suyos y que se repetían idénticos en su memoria. Fantaseaba en vano con proteger a la pobre e ingenua Giselle y ponerla en guardia contra los peligros de los hombres, siempre embusteros y egoístas. Le habría gustado levantarse de su asiento, recorrer el pasillo alfombrado del patio de butacas, subir por la breve escalerilla central hasta el decorado, tomar de la mano a la sorprendida muchacha y rescatarla de un destino infausto. Pero dicen que la muerte, por muchas vueltas que demos para sortearla, nos espera siempre en la misma esquina. Así fue que Ángela, una vez más, no pudo evitar la desgracia de Giselle. Y tampoco la de su madre, por mucho que tirara de ella para salvarla.

Paseo a su lado por el parque. Es guapa, elegante, ligera como una bailarina. Tiene un rostro afilado y pálido. Lleva el pelo recogido bajo una pamela de ala ancha, con plumas y lazo, quizá demasiado grande para su talla. Siempre la recuerdo con una mantilla corta encima del traje oscuro que cae hasta el suelo, sin llegar nunca a empolvarse. Me gusta sentir cómo me aprieta la mano. Nos paramos frente al quiosco...

... donde una viejecita con un ojo de cristal y otro velado por una catarata le ofrece a Ángela, apresado entre el índice y el pulgar, un caramelo de anís.

—No, gracias —rehúsa Elvira.

—¿Por qué no? ¡Son mis favoritos! —protesta su hija.

Elvira arrastra a Ángela lejos del quiosco. La niña se resiste. Suelta la mano de su madre y comienza a correr con la infantil certeza de ser perseguida. Pero no. Cuando frena para coger resuello, se da cuenta de que se ha perdido. No es la primera vez que le sucede. Ángela cree que es por su culpa: por ser mala, desobediente, caprichosa. Ignora que con cinco años no tiene que ser responsable de nada. Otros deberían asumir esa tarea. Pero nadie lo hace. Su madre no sabe cuidar de ella, ni tampoco de sí misma. Atrapada en una noria imparable de pensamientos obsesivos, Elvira no acierta a explicarse las razones de su desdicha. A veces se siente culpable, otras inocente, pide castigo y absolución al tiempo. Solo la intermitente esperanza de un milagro que la saque de aquel atolladero le hace recobrar algo de fuerzas.

Madre e hija viven solas en una casa de las afueras de Padua. Las mantiene la familia Melloni, pero poco o nada quieren saber de ellas, pues están convencidos de las acusaciones de Evaristo, que han tomado por ciertas, y se avergüenzan de las habladurías que corren por la ciudad. Elvira corta todos los lazos. Tampoco quiere vivir con su madre, ni quiere criadas, dice con razón que la espían. Angelina no conoce a su padre, ni sabe de la existencia de unos hermanos. A su abuela Margarita solo la ve de tarde en tarde. Nadie se ocupa de vestirla por la mañana, de llevarla al colegio, de prepararle la comida. Y cuando silban las bombas encima del tejado, es la pequeña quien arrastra a su madre al sótano con el resto de los vecinos. Todo lo hace sola. Se ha convertido en un ser temeroso, atento, metódico, obsesivo. Con las primeras luces del alba, salta de la cama, se acurruca en el orinal, se pone la misma ropa del día anterior, se ata el pelo sin peinar, se lava las manos y la cara como un gato. Recoge su alcoba, enciende la cocina y atiza la chimenea del salón. La mañana es tan gélida que el primer fuego empaña las ventanas, como si la niebla se hubiera colado dentro. Prepara el café de puchero, le añade un poco de leche, rellena dos tazones de pan duro, vierte el líquido y echa azúcar en abundancia. Trepa con el desayuno hasta la cama con dosel donde su madre sigue dormida, y la despierta pellizcándole con suavidad la nariz y el mentón.

Elvira no quiere levantarse. Preferiría quedarse dormitando muchas horas más, pero Ángela no se lo permite. La espabila con sus juegos, le acerca el espejo, le pone en el regazo los polvos de arroz, el colorete y todos los afeites que sabe que le gustan. Así va logrando que salga de ese duermevela que es la anestesia de los tristes. Y que se prepare para salir. Que la lleve al parque. Aunque más bien es ella quien arrastra a su madre calle arriba.

Corre el año 1917, la guerra en Italia es un completo desbarajuste y la ciudad parece un hormiguero de militares aburridos que, a la espera de unas órdenes que no llegan, se lamen las heridas mientras sueñan con volver por fin a sus casas. Ellos también se dan cita en aquellos jardines. Charlan, fuman, beben y, con sus uniformes limpios y raídos, observan el contoneo de las mujeres que por allí deambulan dejándose mirar. Que obligadas por las circunstancias, enviudadas en edad de merecer, se prostituyen a cambio de muy poco. Lo suficiente para calmar el hambre.

Elvira también tiene hambre, pero de otro tipo. Elvira no quiere pan, quiere amor. Desde que Evaristo la abandonó, se ha convertido en una mujer que necesita sentirse admirada, agasajada, conquistada. Y amada, aunque sea de mentira. Le gusta rodearse de pretendientes. Permitir que la miren con los ojos turbios de un deseo largamente pospuesto y que ella pueda tomar por amor verdadero. Es la única forma de colmar su soledad, es su moneda de cambio. Ella no se vende, se entrega sin más. Por eso pasa por delante de los militares sin bajar la mirada, por eso anda siempre distraída de sus labores maternas. Y por eso ni siquiera repara en que ya no lleva a su hija de la mano.

Me doy cuenta de su ausencia y pienso con terror que la he perdido, que no la encontraré nunca más. Me echo a llorar, la llamo en voz alta. Vuelvo al quiosco, desesperada. Algunas personas se acercan para consolarme, pero mi madre ya no está. De pronto la veo, un poco más allá. Conversa con un señor que la hace reír. Corro hacia ella exultante, pero apenas se alegra por mi regreso. Me aparta como si fuera un estorbo y sigue hablando con el militar. Se cuelga de su brazo y él nos acompaña hasta casa. Luego se encierra con mi madre en el cuarto. No era el primero que lo hacía. Hasta que llegó el Teniente. Él fue el último.

Recuerdo muy bien a aquel intruso. Era un tipo de baja estatura, tosco, que vestía un uniforme con las estrellas militares. Llevaba una gorra con el número setenta y cuatro en la visera, botas altas y una capa con la que se cubría el rostro. Aparecía con asiduidad. Adivinábamos cuándo llegaba por el ruido de sus pasos en los escalones. Me cogía en brazos. Yo alejaba con las manos su cara de la mía, intentando deshacerme de esa presencia odiosa. Sin inmutarse por mis rabietas, aquel hombre me metía en el bolsillo un puñado de caramelos y se colaba después en la alcoba de mi madre. A mí siempre me dejaban sola esperando en el salón, enfadada y aburrida. Una tarde me atreví a entrar muy sigilosa, sin que ninguno de los dos advirtiera mi presencia. El Teniente estaba de pie frente a la cama y rebuscaba algo por debajo de su tripa, dentro de los pantalones. Sacó un grumo violáceo de carne, horrible y repugnante. Mi madre permanecía tumbada, pasiva, como inerte. Él se echó encima de ella y empezó a moverse de un modo frenético. Cuando hubo terminado, recompuso su uniforme y se marchó, sin apenas una palabra de despedida. ¿Quién era aquel extraño, aquel monstruo? ¿Por qué mi madre le decía a todo que sí?

Le decía a todo que sí porque creía que el Teniente, con sus influencias, podía ayudarla. Estaba convencida de que iba a casarse con él, y le consideraba el mejor de todos sus pretendientes, serio, viril y adinerado. Él se lo había prometido. Pero ella había olvidado que ya estaba casada, que ya era demasiado tarde para atrapar a un hombre que le otorgara respetabilidad. Sin embargo, ese absurdo anhelo mantenía encendida su conciencia. ¿Por qué no iba a tener derecho a una segunda oportunidad? Se miraba en el espejo y veía a una mujer atractiva. Una ligera red de arrugas comenzaba a asomar alrededor de los ojos, haciéndola todavía más bella. Digna de ser amada. Pero tampoco esta vez supo elegir con tino. Las visitas del Teniente se fueron espaciando y acabaron para siempre.

Elvira alternaba momentos de angustia que la dejaban deshuesada en la cama, con otros breves de sosiego que solían dar paso a una euforia extrema, durante la cual ni comía ni dormía. Por fin nos habíamos quedado solas ella y yo. Por fin la volvía a tener en exclusiva. Por las noches nos abrazábamos bajo las mantas y yo encontraba allí la ternura que tanto necesitaba. Sus besos, su manera de acariciarme el pelo, sus cuentos para que me durmiera, que yo esperaba cada noche con ilusión. A veces me dibujaba pequeñas viñetas con las aventuras de una niña como yo. Lástima no haberlas conservado, porque en los años que siguieron habrían sido el único recuerdo que atestiguara el amor que me tenía, antes de enfermar definitivamente y convertirse en una persona irreconocible.

A pesar de sus esfuerzos, las cosas no mejoraron. Fueron a peor. Con la primavera, mi madre tuvo otra crisis y comenzó a mostrarse indiferente a todo. Casi nunca me hablaba y cuando lo hacía, yo no lograba entenderla. A veces la descubría cerca de la ventana, musitando palabras sin descanso, en un monólogo destinado a alguien solo presente en su imaginación. En cuanto se sentía observada, enmudecía y me dedicaba una mirada lúcida, profunda. Tenía muy mal aspecto, sus ojos se habían hundido bajo los párpados y un vientre hinchado contradecía su extrema delgadez. Además, le faltaba un diente, lo cual le daba un aire siniestro, del todo impropio.

Una noche me despertaron sus lamentos. Temblaba. Se agarró a mí y me suplicó:

—No te quedes ahí, ve a buscar ayuda. Tengo la tripa llena de ladrillos.

La pequeña Ángela no sabía adónde ir. La última vez que había visto a su abuela Margarita había sido en el velatorio de la tía María, la pequeña de las tres hermanas Melloni, muerta de una tuberculosis, y le pareció que ni a ella ni a su madre las recibían con afecto. Así es que bajó un piso y aporreó la puerta hasta que alguien contestó del otro lado, sin atreverse a descorrer el cerrojo.

—¿Quién llama a estas horas? ¿Qué pasa?

—Soy la hija de la señora Elvira —respondió Ángela.

El vecino abrió. A la lumbre de una lámpara de aceite vio a una niña tiritando de frío.

—Mi mamá se ha puesto enferma. Está muy mal porque ha comido ladrillos y a lo mejor se muere.

Mientras el señor Biagi corría al piso de arriba, la señora Biagi, una mujer robusta y simpática, envuelta en un chal inmenso, acogió enseguida a la niña en sus brazos, le preparó un tazón de chocolate caliente y la acostó en una cama de sábanas ásperas y limpias, con una manta tan pesada que Ángela se durmió de inmediato, como si nada malo pudiera ocurrirle. Los días siguientes se quedó en aquella casa. Los amables vecinos no permitieron que se marchara con la excusa de que Elvira tenía que descansar. Transcurrió una semana hasta que le dieron permiso para subir corriendo los pocos escalones que la separaban de su madre.

Con el corazón en un tumulto por la alegría del restablecimiento, entré en la habitación muy despacio para no molestar a la convaleciente. Cuál no sería mi asombro cuando vi que mi madre estaba despierta y amamantaba a un niño casi recién nacido.

—Ven —me dijo Elvira con una sonrisa—. Hija mía, ven a conocer a tu hermano. Se llama Giovannino.

El Teniente que Elvira había conocido en los paseos por el parque la había dejado encinta. Al comunicarle la noticia, él le prometió hacerse cargo de ella y de la criatura. Aunque en realidad era solo un subterfugio para desentenderse del embarazoso asunto. A partir de entonces dejó de visitarla, y si se la encontraba por la calle, fingía no conocerla. Cada vez que Elvira se le acercaba suplicante con Angelina de la mano para recordarle sus responsabilidades, él la apartaba como si fuera una cualquiera. Hasta que un día desapareció. Su visera con el número setenta y cuatro se confundió en la niebla y no se le volvió a ver por aquellos parajes. Se marchó quién sabe adónde. Quizá tuviera una familia que le esperaba. O puede que muriera de un disparo en las trincheras y acabara en una fosa común, sin lápida y sin nombre, igual que el hijo al que no quiso conocer.

Aquel bebé nació tan consumido como su progenitora. Apenas mamaba, no tenía fuerzas ni para llorar, solo dormía. En lugar de crecer, fue encogiendo hasta que se murió de puro bueno, arrugadito como una nuez.

Los vecinos lo descubrieron sin vida en la cuna y se encargaron de él. Tal y como era habitual en estos tristes aunque frecuentes casos, antes de darle sepultura pasaron por un estudio fotográfico, le pusieron una cofia y un vestido de encaje y lo acomodaron en un enorme cojín. Con el rostro vuelto hacia el objetivo, un relámpago inmortalizó los restos mortales del neonato. Sus ojos medio abiertos miraban sin ver a la cámara. Todo era blanco excepto sus labios, que parecían tintados de oscuro. Después lo enterraron en una fosa común. No había sido bautizado, no era hijo de nadie. Ni del diablo siquiera.

Cuando los señores Biagi volvieron del cementerio, se presentaron en la habitación de Elvira cariacontecidos, con el peso de la culpa en sus hombros. Ya no sonreían, ni rellenaban los silencios con bromas para hacer gracia a la niña. Ni siquiera la invitaron a merendar rosquillas con chocolate, como habían hecho en los últimos días. Se limitaron a deslizar en el bolsillo del abrigo de Ángela aquella foto para que la memoria infantil, tan proclive a los olvidos, no borrara nunca el recuerdo de un hermano que se fue al otro mundo sin casi haber estado en este.

No prolongaron su visita. Abrazaron tan fuerte a la pequeña que aquello pareció una despedida. Y así era, en efecto. Cuando la pareja bajó la escalera para entrar en su departamento, la señora Biagi empezó a llorar.

—No podíamos hacer otra cosa —la consolaba su esposo, sin tenerlas tampoco todas consigo—. Era nuestro deber denunciar la situación.

De qué manera aquellas personas consiguieron entrar en nuestra casa aquel día ha sido siempre una incógnita para mí. Me despertaron muy temprano. Eran dos hombres y una mujer. Vi cómo levantaban a mi madre de la cama, cómo la vestían mientras ella, dócilmente, se dejaba hacer. Nos invitaron a subir a un coche aparcado frente al portal. Era la primera vez que yo montaba en un automóvil. La vía asfaltada, las hileras de árboles que se abrían a nuestro paso, las galletas deliciosas que me ofrecía aquella señorita tan bien vestida, consiguieron que no recelara de tan inesperado viaje. Mi madre miraba por la ventanilla, tranquila, casi feliz, sin acordarse del hijo que acababa de perder. Encima de la ropa le habían puesto una larga camisa que le cubría los brazos. Era blanca. Y eso la confundió.

—¿Sabes adónde nos llevan, Angelina? —me decía al oído—. ¡A la iglesia! Por fin me caso con el Teniente.

El coche llegó a Colorno. Ralentizó su marcha para cruzar una verja muy alta y acceder a un camino de grava. Al fondo se alzaba un edificio de color crema, rodeado por jardines. Era un palacio imponente. Ni la madre ni la hija se fijaron en un detalle extraño: todas sus ventanas, todas, tenían rejas. Unos hombres agarraron a Elvira. Convencida de que en breve sonaría la marcha nupcial, se dejó conducir por un pasillo que era un túnel, un pozo, el precipicio de toda esperanza. Pero ella avanzaba resuelta, sonriente, muy erguida, saludando a un lado y a otro con una leve inclinación del rostro a los imaginarios invitados a la ceremonia. Ángela permanecía en la entrada bien sujeta por la mano firme de una monja con grandes alas almidonadas en el velo. La niña vio cómo su madre iba alejándose. Toda de blanco, flanqueada por dos enfermeros, Elvira se dio la vuelta, vislumbró a su hija al fondo y le lanzó un último beso.

Se hizo cada vez más diminuta, a cada paso más borrosa, y la oscuridad de aquel pasillo se la acabó tragando. Supe que no había vuelta atrás. Grité su nombre hasta quedarme sin voz, di patadas y puñetazos a quien trataba de acercarse y la rabieta se convirtió en un ataque histérico. Solo cuando me quedé sin resuello, agotada por la impotencia, oí lo que la monja y el director del manicomio no cesaban de repetirme: «Tranquila, pequeña. Dentro de poco vendrá tu padre a recogerte y por fin podrás volver a casa con tus hermanos».

¿Qué padre? ¿Qué hermanos? Angelina hundió la mano en el bolsillo de su abrigo y sacó la foto del único hermanito al que había conocido. Y a ese, acababan de enterrarlo.

EPÍLOGO

Un día nublado de invierno en Madrid, siete años después de la muerte de Ángela y de mi viaje a Parma, el cartero me entregó en mano una carta certificada. Firmé el acuse de recibo y vi en el remite que lo enviaba mi prima italiana. A pesar del tiempo transcurrido desde nuestro encuentro, enseguida entendí de qué se trataba. Lo abrí con premura, extraje una carpeta de plástico opaco y cayó en la mesa la fotografía del cuadro que faltaba en aquella pared.

El retrato parecía una instantánea movida. Elvira estaba sentada en una mecedora. El pelo largo, canoso y encrespado. La cabeza ladeada y en el rostro, un mohín excesivo. Camisa verde oscuro de manga larga sobre la falda corta, las piernas cruzadas de un modo impúdico y sandalias de cuero que dejaban el talón al descubierto. Una de ellas parecía a punto de deslizarse del pie al suelo, como si el cuerpo estuviera sujeto a un bamboleo leve pero constante, a una oscilación de delante hacia atrás con la mirada perdida. Se abrazaba a su propia cintura en un gesto incómodo, doliente. Era una mujer destruida. Sin presente ni futuro. Sin nada.

No podía dejar de observarla. Pasaba horas memorizando cada pliegue de su ropa y de su expresión. Quería conocerla, comprenderla, apropiarme de su ser. De nuevo caí en la antigua obsesión que me había llevado a descubrir los lugares que le pertenecieron, entre ellos el manicomio de Colorno.

Como si no hubiera transcurrido ni un día desde mi visita a aquel sanatorio, regresé al momento en que el enfermero Nelson empujaba el pesado portón, en que se hizo a un lado para dejarme pasar por el oscuro resquicio. No se lo agradecí y entré en un vestíbulo circular en el que confluían tres anchos pasillos de bóvedas encadenadas. Respiré frío y humedad. Un pájaro atravesaba las galerías en un vuelo frenético, como de murciélago insomne. Había quedado atrapado. En busca de la salida, chocaba contra las ventanas y las vidrieras, cegadas por la hiedra que se retorcía con fuerza en los barrotes y apresaba el edificio entero. Parecía el castillo de la Bella Durmiente. Era imposible escapar de allí.

De lo alto de las lucernas, la luz espolvoreada caía en líneas diagonales y divergentes, otorgando al lugar un halo mágico. O al menos misterioso, antinatural. Un aire de reloj parado desde el día en que sin previo aviso echaran a la calle a los enfermos mentales que allí vivían. En la inesperada estampida, todo había quedado tal cual.

Camas sin hacer, armarios abiertos con ropa en las perchas, una bata olvidada sobre una butaca, un par de zapatillas al lado de la mesilla de noche, tazas y cucharas en las mesas del comedor, platos en la pila, jeringuillas de cristal en bandejas riñoneras, botes y cajas de medicamentos, toallas mugrientas, trabajos manuales hechos de arcilla, de cartón piedra, de madera, dibujos en folios arrancados de la espiral, cartulinas con fotografías, extrañas poesías escritas en la pared, guantes de lana agujereados. En definitiva, una nueva Pompeya que había quedado petrificada a causa de la degradación moral de la sanidad, la ignorancia psiquiátrica y la corrupción política italiana.

Las explicaciones de Nelson me iban proporcionando una información privilegiada sobre la historia del manicomio. Sus palabras retumbaban con ecos de un pasado tan reciente que producía escalofríos. El sanatorio tenía una estructura de cono invertido. La luminosa amplitud del entresuelo y las dos primeras plantas disimulaban todavía el horror, pero en el semisótano y el sótano, oscuros, angostos, se practicaba la tortura. En aquel averno dividido en secciones, los lunáticos eran asignados a una u otra según su género: hombres o mujeres. Que a su vez se clasificaban en tranquilos o agitados, por toda finura diagnóstica.

Yo le escuchaba atónita mientras visitábamos las sucesivas estancias, subíamos por escaleras principales o de servicio y nos colábamos en las acolchadas celdas de castigo, en las salas donde se aplicaban terapias electroconvulsivas, en gabinetes con cientos de muestras de repugnantes tumores y tejidos inmersos en formol, en los cuartos con bañeras y paredes de mugrientos azulejos blancos de los que salían unas mangueras cuyos potentes chorros de agua anulaban la voluntad de los perturbados.

Llegamos ante una puerta en la que alguien, tal vez en un estado momentáneo de lucidez, había pintado a grandes brochazos verdes una frase disuasoria: DI QUA SI MUORE. Del otro lado, mueres. Eso significaba.

Me quedé aterrada. Las letras goteaban hasta el piso. Nelson se rio y cruzamos el umbral. Fue así como accedí al archivo del manicomio. Era difícil caminar sin tropezar, el suelo estaba sembrado de historiales médicos, radiografías, cartillas, fotos pisoteadas, además de latas y cajas de pizza, cristales hechos añicos y restos de hogueras prendidas en fiestas de botellón. De las paredes colgaban vetustas estanterías y otras más recientes, repletas de clasificadores, legajos y volúmenes encuadernados, sobre todo en las partes altas, adonde ninguna mano podía llegar con facilidad. El resto había sido saqueado.

Con la ayuda del solícito Nelson, arrastré una mesa hacia los estantes, puse una silla encima y me subí.

—Tenga cuidado, a ver si se va a romper una pierna y nos tenemos que quedar aquí —decía mientras sujetaba la silla con fuerza.

Allí, como esperándome, yacían en hilera decenas de antiguos historiales médicos de los enfermos residentes en Colorno ordenados por año: 1873, 1874, 1875... Empecé a buscar un tomo con la fecha que Ángela había señalado en su libro al contar la desaparición de su madre. Revisaba una estantería comprobando todos los volúmenes polvorientos; bajaba de la silla a la mesa, de la mesa al suelo, el pequeño y rechoncho Nelson arrastraba un par de metros la mesa llevándose por delante lo que hubiera tirado por el piso, y yo me encaramaba de nuevo hasta los siguientes anaqueles.

Así hasta que lo vi: 1917. Ahí estaba, se había salvado. Me quedé paralizada por la emoción, ni siquiera podía bajar de la silla. Desde ahí arriba recorrí sus páginas. Escrito a pluma, con una caligrafía desmayada, se podía leer claramente el nombre de mi bisabuela y el día del ingreso: *Melloni Elvira. Di anni 34. Nativa di Padova. Domiciliata in Parma. Coniugata con Spagnoli Evaristo. Di professione o mestiere, donna di casa. Ammessa il 9 novembre del 1917.*

No quise leer más. Cerré el libro sin dar crédito a mi suerte. Por fin tenía en mi poder algo más que los relatos poco fiables de mi abuela. Salté de la silla al suelo, sin pasar por la mesa. Sentía una impaciencia ingobernable. Necesitaba volver a casa cuanto antes y concentrarme en la lectura de aquellos papeles que estrechaba contra mi pecho.

—Me tengo que ir —le dije a Nelson—. Acompáñeme a la salida, por favor. Soy incapaz de encontrarla. No quiero quedarme ni un minuto más aquí.

—Todavía no hemos terminado. ¿No quería que le enseñara el sanatorio?

Nelson parecía no tener ninguna prisa por irse. Se sentía a gusto. Deseaba mostrarme todas las maravillas de aquel campo de concentración escondido en el interior de un decadente palacio napoleónico. Insistía tanto que, de pronto, sospeché que él también estaba loco. Igual o peor que los enfermos a los que trató durante toda su vida. Y como cualquier chiflado, creía ser el único cuerdo.

Opté por emprender yo sola el camino de vuelta mientras él me seguía, o más bien me perseguía, sin dejar de hablar.

—Nunca hemos tenido ningún tipo de problema, se lo aseguro. Aquí estaba todo el mundo encantado. Jamás hubo una queja de familiares, ni de pacientes, hasta el punto de que cuando dábamos el alta a alguno, no se querían ir. O sea que imagínese, preferían quedarse aquí con sus amigos, con sus rutinas. A ver quién dice que lo que hay ahí fuera es mejor.

Se reía y farfullaba palabras al tiempo que volvía a colocar un tubo de ensayo en el armario sin cristales, recogía unas zapatillas para posarlas a los pies de una cama de colchón roído, arrastraba una silla de ruedas sin ruedas hasta una esquina que le parecía más apropiada y se guardaba en los bolsillos de su bata de enfermero cajas vacías de psicofármacos.

—Estos son peligrosos —me confesaba con una mueca cómplice tras su barba gris y descuidada—. Pueden llegar a matar a un elefante.

Sus ojos oscuros pululaban en un movimiento constante, sin llegar a fijarse en un punto. Estaba claro que no veían el presente, sino un pasado que yo solo podía adivinar por sus gestos repetidos en el vacío. Sin mostrar la menor intención de sacarme de allí, acompañaba mis cada vez más rápidos pasos acomodando con sus manos gruesas colchas que ya no existían, encendiendo luces sin interruptor, abriendo o cerrando ventanas donde solo quedaban los marcos.

—¿Ve esta? —me preguntó mientras señalaba la enorme llave que nos había permitido entrar—. Nadie sabe que la tengo. Es mía. La guardo desde entonces.

Sentí pánico. Estaba encerrada en un manicomio abandonado con un paciente del centro de día al que fui en busca de información. Se había hecho pasar por un enfermero, pero no lo era. Ya no. Lo había sido, cuando trabajaba en el manicomio, pero ahora estaba en el otro bando. En el de los locos. La línea entre la realidad de los sensatos y la ficción de los dementes se hacía más delgada. Se confundía en mis pensamientos cada vez más enajenados, en mis pulmones sin oxígeno, en mi cuerpo atrapado como aquel pájaro que chocaba contra las ventanas.

—¿Quién dice que lo que hay ahí fuera es mejor? ¿Quién lo dice? —me repetía Nelson con una voz y una risa siniestras.

Solo tenía una opción: correr. Correr por los pasillos y llegar al pesado portón de madera. Correr por el jardín y dejar la cancela atrás. Correr a una farmacia y recuperar el resuello. Correr hasta el autobús y no volver allí nunca más.

Nelson me agarraba del brazo para intentar tranquilizarme.

—No se asuste, señorita. ¿No se fía de mí? No pasa nada. Soy bueno.

Malo no parecía, desde luego. Pero yo ya no podía disimular mi miedo. Si él no quería sacarme de allí, encontraría sola la salida. Era ahora o nunca, era yo la que me estaba volviendo loca, y sin pensarlo un segundo más me solté de un tirón del brazo de Nelson y me lancé a una frenética carrera abrazada al diario médico de Elvira.

En mi huida vi todos aquellos monstruos que no deberían existir. Estaban por doquier, almas en pena vagando pálidas y desnudas por las habitaciones. Cualquier sonido, por pequeño que fuera, se agigantaba en mis oídos. Oía risotadas sin dueño por los huecos de las escaleras. Lamentos antiguos, oraciones recitadas en coro que hacían temblar la vidriera verde, azul y roja de la capilla.

Sillas arrastradas en el piso de arriba. Un grifo abierto en el piso de abajo, un vaso que caía de la mesilla, un lejano maullido, un portazo.

Y aquella poesía inmortalizada en la pared por la que pasé varias veces:

Números sin nombres,
silencio ensordecedor,
carcajadas groseras,
vidas usurpadas.
Olor a meada y sudor.
Dios no vive aquí.

Y aquella otra, pintada un poco más allá:

Ellos me sonríen.

Corrí y corrí, bajé escaleras, tropecé con objetos que salían a mi paso, abrí puertas, aparté camillas, me quité telarañas de la cara, tosí, lloré, seguí corriendo y al fin salí. Casi ahogada, como del agua.

Dejé a mi espalda aquel lugar de pesadilla y conforme me alejaba iba notando cómo la sangre volvía a circular por mis venas, cómo se esparcía por mi cuerpo una sensación cálida, acogedora. Colorno ya quedaba atrás, literalmente, y yo me sentía cada vez más fuerte, más capaz. La heredera de un valioso pasado, de una historia extraordinaria que era mía, solo mía, porque no quedaba nadie más que yo. Entendí que ese era el regalo de bautismo que me dejaron al nacer mis tres hadas —bisabuela, abuela y madre— como consuelo por el inevitable pinchazo con el huso. Chupé la gota de sangre de mi dedo. Me espabilé de mi largo sueño. Di gracias al cielo y fijé en mi cabeza todo lo que había visto para que no volviera a caer en el olvido y poder contarlo a quien quisiera escucharme.

Miré por última vez el gran edificio que se alzaba al fondo, desconchado y majestuoso: el manicomio de Colorno. Cierto, Dios no vivía allí. Solo podía ser la morada del diablo. Por eso Belcebú encerró a su esposa en aquel castillo. Para tenerla en casa.

Por los siglos de los siglos.

PARTE SEGUNDA

—

Ángela (1911-2001)

CAPÍTULO 1

Durante mi primer año de instituto tuve un profesor de Literatura y Latín que se llamaba Pietro Porta. Era conocido por ser un hombre sabio y riguroso. Y también por sus suspensos generales, cosa que a mí me traía al pairo. Estaba acostumbrada a no aprobar nunca nada. El día en que el profesor Porta hizo su entrada en un aula muda de terror por el curso que se avecinaba, me impresionó su fealdad. Tenía el aspecto de un grueso tronco. Un árbol sin follaje en la copa, cuyo cráneo otoñal sufría una asimetría incurable, aumentada por unas lentes mal sujetas a dos orejas de roedor. Siempre llevaba el mismo traje de chaqueta marrón, del mismo color que su dedo índice, teñido por la nicotina de los cigarros sin filtro que fumaba como quien sorbe la pajita de un refresco helado en medio del desierto. Inmerso en una permanente nube de humo, se pavoneaba de un lado a otro del encerado escuchándonos leer sus párrafos favoritos de Homero, Dante, Manzoni o Leopardi, mientras con el otro índice alternaba las profundas caladas con un drenaje de sus fosas nasales en busca de algún moco que acabaría pegando en el interior del bolsillo de su pantalón. Todo un dandi. Pero aquellas lecciones resultaban inolvidables, y por primera vez aprobé la asignatura sin esfuerzo, en cuanto aprendí a cerrar los ojos para evitar las náuseas que me provocaba su desempeño nasal. Don Pietro, confundiendo mi aspecto desmayado con un cierto arrobo literario, me bautizó Margarita Gautier, cosa que produjo una mofa general. No me han regalado ningún libro tantas veces como *La Dama de las Camelias.*

A lo largo del curso leímos *La Eneida.* En uno de sus cantos descubrí que existían unas tribus de mujeres que se amputaban un pecho para facilitar el uso del arco y la flecha. Aquellas guerreras capturaban a los hombres con el único propósito de quedarse embarazadas y dar continuidad a su especie. Se llamaban amazonas, una palabra formada por el prefijo negativo *am,* «falta de», y *mastós,* «seno». Leyendo aquel pasaje de pie frente al pupitre, caí en la cuenta de que tanto mi abuela como mi madre tenían que ser descendientes de estas valerosas féminas a las que les faltaba un pecho. Las imaginaba a lomos de un caballo, con el pelo ondeando al viento, independientes, rebeldes, prestas a disparar sus saetas a cualquier hombre que se les acercara.

Una de mis estrategias favoritas para dulcificar la existencia era transformar las circunstancias cotidianas en las que me sentía angustiada y sola, en situaciones épicas y extraordinarias. En aquellos lugares imaginarios, todo volvía a ser hermoso. Si a las mujeres de mi casa les faltaba un pecho, entonces es que eran amazonas. Y no había más que hablar. Así, la imagen de la prótesis mamaria de mi madre en su mesilla de noche, temblando como un flan sobre una pila de libros, cobraba otra dimensión.

Sentada en el borde de la cama, me pasaba su seno postizo de una mano a la otra, dispuesta a estamparlo contra el cristal de la ventana, como si fuera uno de aquellos globos de agua con los que jugábamos en las tardes de verano. Nada había más aburrido que esperar a que una madre convaleciente se despertara. Observaba el vaivén de su respiración. En la almohada había mechones de pelo desprendidos y en el centro del pecho tenía un lunar nuevo. Me fijé en él porque era azul.

—Son los lunares que tenemos las hadas turquesas —me explicó.

Acepté la mentira de buen grado, aunque luego descubriera la misma mancha en otros enfermos que en absoluto eran hadas turquesas.

Mi madre iba por casa con una teta de goma, mientras que mi abuela se contentaba con rellenar el sujetador de algodón. La *nonna* no pensaba malgastar su tiempo y su dinero en prótesis que disimularan lo que no tenía remedio.

—*Nonna* ¿por qué no te compras una teta nueva como la de mamá?

—Porque no quiero.

—Vas con la teta torcida.

—¿Así mejor? —preguntaba, tirando hacia abajo del sujetador.

—Sí, mejor —le contestaba yo sin ningún entusiasmo.

En Madrid hay una tienda especializada en amazonas muy cerca de un teatro al que suelo ir. Es un esquinazo con una gran vitrina en la que se ven todo tipo de mamas postizas, sujetadores, pelucas, turbantes y vestimenta adecuada para disimular los efectos secundarios del cáncer. Cada vez que paso por allí, me quedo paralizada delante del escaparate y no puedo evitar imaginarme en el interior, acompañada quizá por mi marido, mi hija o una amiga, mientras me pruebo tetas y corsés. Lo único que no ofrecen en su catálogo son fustas de guerreras para arrear a sus caballos. Qué falta de sentido del humor.

A mí no me asusta la posibilidad de haber heredado los genes de mis queridas amazonas y de precipitarme por el abismo en el que cayeron. Eso sería lo de menos, ya cuento con ello, lo estudio, lo analizo y me preparo. Lo que me produce verdadero pánico es que, llegado el momento, se me arrebatara la potestad de decidir sobre mi vida. Sobre mi muerte. La experiencia me dice que cuando la cosa no tiene remedio, hay que actuar rápido, sin pedir permiso y en la más estricta soledad. La mejor opción es la de los gatos: largarse a morir a algún lugar apartado. Sobre todo porque no se puede uno fiar de nadie, ni siquiera de quien más te ama. Yo misma no quise escuchar la última voluntad de Ángela. Y nunca he podido perdonármelo.

Hay imágenes que son como abrazar a un cactus. Siguen doliendo, aunque hayas quitado una a una las espinas. Había viajado de Madrid a Roma acompañada por mi hija, la pequeña Cate, para cuidar de Ángela y relevar a Carlotta. La *nonna* veía la televisión, envuelta en una manta, recuperándose de la última sesión de quimioterapia, debida esta vez a una leucemia. Se había hecho tan pequeña que la butaca la contenía por entero, como una cuna. Estaba desapareciendo. Pero yo no quería verlo, era incapaz de admitir la evidente cercanía del final. La observaba desde el fondo del salón, con la bandeja de su cena en las manos, y me sentía dispuesta a salvarla a cualquier precio, pues aunque estuviera mayor y muy enferma, su inteligencia permanecía intacta. Y eso, en mi arrogancia, me parecía motivo suficiente para desafiar a los dioses. Entre una cucharada y otra de caldo, un trueno despertó a mi hija, que dormía en una habitación contigua. Fui a darle el pecho. Acunada por el repicar de la tormenta y el calor de la lactancia, me quedé traspuesta unos minutos. De pronto me despertó un ruido. «*¿Nonna...?*»

Regresé inquieta a la sala de estar. La manta estaba en el suelo, la bandeja encima del sillón y ni rastro de la viejecita que poco antes dormitaba tranquila con las noticias de fondo. El ventanal del jardín estaba abierto de par en par. Las cortinas arremolinadas por el viento no presagiaban nada bueno. Salí y reconocí a Ángela en la oscuridad, bajo la lluvia, empapada como si se hubiese tirado vestida a una piscina, arrastrando el tendedero para meterlo en casa.

—¡Recoge la ropa! —me gritaba—. ¡No dejes que se moje!

Logré llevarla a cubierto. La sequé de arriba abajo, le cambié el pijama, le cubrí los pies, la cabeza, y me metí con ella en la cama para darle calor. Llorábamos abrazadas la una a la otra. Yo, por haberla dejado sola, y ella, porque ya no podía ni recoger la colada.

Mi abuela era así. Si empezaba a llover, salía a por la ropa. Pasara lo que pasase, aunque le fuera la vida en ello. Como aquella vez que, con casi ochenta años, un ladrón le robó el bolso y ella le robó la moto al ladrón.

Ángela apareció en el portal con la vespino a un costado y, ante nuestro asombro, nos dijo que se la había mangado y que ahora era suya para siempre. Más valía la moto que las tres liras que llevaba en el monedero. Acción, reacción. Ese era su lema.

Al día siguiente, la ropa estaba seca pero Ángela deliraba. Sus pulmones no habían resistido el frío y la lluvia de la noche anterior. Vino una ambulancia. Trasladarla a la camilla fue una odisea. Agarrada al lecho, me suplicaba que no la llevara al hospital.

—Déjame morir aquí, en casa —me rogaba mientras yo pugnaba por desasir sus dedos, uno a uno, del cabecero de la cama.

—Es para que te curen —le decía, empeñada en creer que hacía bien.

—Me muero, Ayanta. Me muero. ¿No lo ves? Déjame en paz.

—No te vas a morir. No puedes. ¿Cómo voy a vivir yo sin ti?

Claro que podía vivir sin ella. Casi siempre podemos vivir sin el otro. Escudada en mi egoísmo, la había desposeído de lo más sagrado: elegir su propia muerte. Algo imperdonable, la peor de las traiciones. Tan horrible como encerrar a alguien en un manicomio. Quizá por eso me castigó rindiéndose. La ambulancia se marchó con sus luces naranjas y la sirena encendida. Nevaba.

Nunca más he visto Roma bajo la nieve.

Era el 9 de noviembre de 1917. Aquella tarde cayó una nevada tan excepcional que en el aire gélido los copos se convertían en carámbanos antes de tocar el suelo. Mi cuerpo temblaba de frío y de miedo. El hombre que decía ser mi padre se llamaba Evaristo. Dejamos atrás el manicomio. Llegamos a una estación cubierta de blanco y tomamos un tren hacia Parma, donde Bruno y Arnaldo, mis dos hermanos mayores, nos esperaban para conocerme.

Al llegar me quedé sola en medio del abarrotado vestíbulo vigilando nuestras maletas, mientras Evaristo iba en busca de un coche de caballos que nos pudiera llevar a casa. Tarea nada fácil, ya que la noche anterior el ejército italiano había acabado de cruzar el río Tagliamento, tras caer derrotados ante los austriacos y los alemanes en Caporetto, y miles de soldados y civiles huían de las zonas conflictivas e intentaban volver con sus familias. Hombres con uniformes harapientos, mujeres llorosas, ancianos consumidos, niños extraviados, enfermeras de la Cruz Roja que distribuían pesadas mantas, grupos de gente calentándose junto a hogueras improvisadas con el escaso mobiliario de las salas de espera, vagones repletos de heridos...

Un mes antes había cumplido seis años y ya me consideraba una anciana. Por eso no se podía decir de mí que fuera una niña impresionable, sino más bien lo contrario. En realidad, no me importaban ni la guerra ni la miseria, tampoco la enfermedad o la muerte. Lo único que quería era volver a estar con mi madre. Si todos escapaban, ¿por qué no habría de hacerlo ella también? En ese pandemónium de la estación, me pareció reconocerla varias veces entre la multitud enajenada que iba y venía sin rumbo. Por el broche que recogía el pelo de una señora, por el cuello de cisne de otra, por el retal de una mantilla, por el vuelo de una falda al pasar, por los botines gastados de unos pies pequeños. Cada vez que creía haberla encontrado, me invadía una ola de alegría incontenible. Corría hacia aquella mujer, me agarraba a sus piernas y, cuando se daba la vuelta, me quedaba paralizada por la vergüenza al ver que en nada se parecía a mi madre. Como vuelve la ola rota al mar, yo regresaba humillada a mi sitio: al lado de las maletas. Pero enseguida la reconocía en otra. Había oído su voz, había visto el gesto de sus manos, las pestañas largas y espesas, el lunar de su mejilla, el remolino del flequillo.

—¡Mamá, mamá! —gritaba loca de felicidad, corriendo a su encuentro—. ¡Soy yo! ¡Soy Angelina! ¡Estoy aquí!

Nadie me hacía caso. Tropezaban conmigo y me apartaban. Comencé a llorar sentada en aquella maleta de piel. Una mano me tapó la boca. Era mi padre.

—Deja de llamarla, no la busques más. Tu madre ha muerto. Si no quieres quedarte sola, ven conmigo.

Aquel fue un día difícil, de los que no se olvidan. La llegada al sanatorio, la desaparición de mi madre, el encuentro con mi padre y, pocas horas más tarde, con mis hermanos. Sin embargo, mis recuerdos son confusos. Debería contar mi viaje en tren desde Colorno hasta Parma. Debería tener la fuerza de rescatar lo que ha quedado escondido en el fondo de mi memoria. Pero no lo consigo. Solo resuenan en mis oídos los cascos del caballo y las ruedas de la carroza que entra con gran estruendo en una calle adoquinada. Y que se para frente al oscuro edificio que iba a ser mi casa.

Bruno y Arnaldo la esperaban de pie, en el salón. Eran de la misma estatura, aunque el primero tenía nueve años y el segundo ocho. Vestían igual. Parecían gemelos. A su lado, sentada como una señora en su butaca, la criada Brígida. Enseguida quedó claro que consideraba a la recién llegada un engorro. O algo peor: una deshonra intolerable, pues se había criado con la inmoral esposa de su predilecto, por la que siempre sintió una celosa antipatía. A Angelina tampoco le gustó Brígida, y sostuvo la mirada indagadora y displicente de aquella mujer ya mayor, cuyos labios descarnados parecían el corte perfecto de un bisturí.

Desde que Evaristo se había quedado a cargo de la prole, Brígida se había convertido en el necesario contrapunto femenino para una familia compuesta solo por hombres. Ya no era la muchacha asustada que subía la escalera estornudando a la luz de un candil para ayudar al parto de Belcebú. Ni tampoco la que ansiaba fugarse con aquel apuesto militar al que, tumbados en la hierba una noche de verano, sintió tan dentro que le creyó suyo y de nadie más. Nada quedaba de todo aquello excepto el arrepentimiento. La expiación de esos pecados inconfesos fue el caldo de cultivo perfecto para forjar un carácter intransigente y airado, que solo reconocía la autoridad de Evaristo, su amo. Y, gobernando el hogar con la aprobación de este, acabó apropiándose de la familia entera.

La frustración por una maternidad nunca satisfecha la llevó a dedicarse en cuerpo y alma a la cría de los dos retoños varones de Elvira, aunque profesara un afecto morboso hacia el más pequeño. Le consideraba su hijo y él no recordaba a otra madre. Arnaldo se tiraba a sus brazos como un cachorro feliz, capaz de enternecer a la persona más fiera. Era un niño juguetón, siempre despeinado, y tenía talento para el dibujo. Un artista que contrarrestaba la seriedad de su padre con todo tipo de bromas y travesuras.

Bruno no se parecía en nada a su hermano. Antes de aprender a leer y a escribir ya llevaba una libreta en el bolsillo. Se pasaba el día apuntando cosas en un alfabeto inventado, que imitaba la caligrafía de los mayores. Con solo cuatro años, renunció al fabuloso tren eléctrico que había descubierto en el escaparate de una juguetería e insistió en pedir como regalo de cumpleaños unas gafas de pasta. Veía perfectamente, pero como de mayor quería ser médico, pensó que ya había llegado el momento de parecerlo. A pesar de su temprana vocación por la medicina, ni la generosidad ni el altruismo formaban parte de su carácter. Nunca le interesó ayudar al prójimo. Lo que de verdad le apasionaba era la posibilidad de diseccionar a un paciente como si fuera un mejillón. Por eso no mostraba la menor sensibilidad hacia las angustias de aquella niña extraña, de aspecto enfermizo, que permanecía la mayor parte del día acurrucada en una esquina de su cuarto. No tenía tiempo para bichos raros.

¿Cómo podía adaptarme a vivir con unos desconocidos entre los que ni siquiera me sentía bienvenida? Tuve un agotamiento nervioso. Lloré la ausencia de mi madre durante meses, sin obtener explicación alguna sobre su supuesta muerte. Evaristo, en realidad, no supo ocuparse de mí. Despreciaba mi angustia, insistía en su amarga disciplina y más que una hija, me consideraba una huésped incómoda. Aquella frialdad, aquella incapacidad de darme el consuelo y el afecto que necesitaba me sumió en unos sentimientos ambiguos de los que ya jamás podría librarme. Por una parte, buscaba su amor, al fin y al cabo era mi padre y no tenía a nadie más que a él. Y por otra, le detestaba, le veía como el principal responsable de mis desgracias, junto a Brígida, su fiel escudero. Para él, yo era un vivo recordatorio de Elvira, y si me acogió, no fue por amor paterno, sino porque se sentía obligado por las circunstancias. Solo se hizo cargo de lo imprescindible. Ya no pasaba frío, la comida era buena y abundante, tenía un par de vestidos nuevos, podía salir a pasear al parque con mis hermanos y hacerme amiga de sus amigos. Sin embargo, yo sentía el deber de rechazar todo aquello. Por alguna razón mágica, pensaba que si no me dejaba sobornar, si me mantenía en los límites de esa austeridad a la que estaba acostumbrada, ella acabaría por volver. Pero no fue así, eso no iba a pasar. Cuando me di cuenta, se agotaron de pronto todas mis esperanzas y todas mis lágrimas, y solo me quedó dentro un silencio apático, solitario y obstinado. Un silencio seco.

No fue Bruno, sino Arnaldo, quien se encargó de la hermana pequeña. Acudía a su habitación todas las tardes al regresar del colegio. Le llevaba cosas, una tiza de colores, una chocolatina, algún juguete, y los dejaba a su lado. En algunas ocasiones le leía cuentos. En otras le hacía dibujos. Al principio, ella se mostraba indiferente ante aquellos regalos, pero poco a poco empezó a esperarlos. Un domingo por la mañana, Arnaldo se presentó con un caballete y témperas. Pasó varias horas retratándola y cuando le mostró el resultado, Angelina no pudo reprimir una sonrisa. En el lienzo aparecía vestida de rojo, rodeada de flores. Como una princesa.

El cuadro causó la admiración de Brígida y de toda la familia. Y logró que Angelina saliera de la depresión un año después de haber llegado a la casa. Primero recuperó el habla, luego se unió a las cenas familiares y poco a poco se fue integrando como una más en la pandilla del barrio. Dejó de hacer preguntas incómodas a sus mayores, advirtió las ventajas de hacerles creer que había olvidado su pasado, aprendió a disimular sus pensamientos y se convirtió en una maestra de la mentira, eso sí, casi siempre piadosa. Solo intentaba esconder su dolor y, en lo posible, remedar el ajeno, inventando para ello una realidad algo más amable, un mundo en el que ella pudiera modificar las circunstancias para influir en los destinos. Lo que ignoraba Angelina, como es natural, eran los riesgos de poner en escena sus propias fantasías.

Tan agradecida estaba a Arnaldo por haberla consolado cuando más lo necesitaba que recurrió a una mentira para devolver el favor a su hermano. Todo por aquel retrato. Brígida lo había llevado a una pequeña papelería de un conocido suyo con la intención de ponerlo a la venta y dar así una sorpresa a su favorito. El amor que le tenía la cegaba por completo y no tuvo en cuenta el desenlace más probable: que nadie quisiera comprarlo. Durante días y más días, Arnaldo esperó con ilusión vender su cuadro, el primero de una larga y exitosa carrera como pintor, tal como había profetizado su mentora. Pero varias semanas después, el cuadrito seguía expuesto en el escaparate de la tienda. Arnaldo comenzó a inquietarse. Dejó de pintar. Solo esperaba a que Brígida volviera de su paseo vespertino a la lechería, cercana al negocio, para saber si había alguna novedad. La respuesta siempre era negativa. La creciente decepción de Arnaldo conmovía tanto a Angelina que esta decidió no resignarse a la derrota y buscar una solución que devolviera la alegría a su hermano.

De entrada, se las ingenió para robar las llaves de la alacena donde Brígida mantenía confiscadas las tres huchas de arcilla de los niños. Según las normas estrictas de la criada, el ahorro no era opcional sino obligatorio. Con un cuchillo de postre y buena maña, la niña empezó a extraer las monedas que atesoraba en la suya hasta alcanzar la exigua suma necesaria para comprar el retrato. La primera tarde que se quedó sola en casa, emprendió la aventura de ir a toda prisa hasta la papelería y hacerse con el cuadro como si fuera una compradora anónima.

Salí a la calle con el corazón en un puño. No sabía si iba a ser capaz de alcanzar la papelería sin perderme. Tenía muy poco tiempo. Eché a correr. La nieve crujía bajo mis pies y las monedas tintineaban dentro de la cartera colgada del hombro. Me sentía eufórica. Solo veía ante mí los ojos felices de Arnaldo al enterarse de la buena noticia. Crucé la calle, pasé por la plaza de San Vitale y de ahí, pegada a la pared para evitar las salpicaduras de las carrozas, llegué a vía del Corso, la más noble de la ciudad. Me quedé deslumbrada por el bullicio de los cafés, el perfume a galletas de canela recién horneadas, las elegantes parejas que paseaban del brazo, el chirrido del tranvía al pasar ante mí con un fulgor eléctrico de antenas. Pero no me detuve, seguí corriendo. No podía parar. Ya olía la humedad del río, ya estaba cerca. Atravesé un pequeño puente que me llevó a la calle de la lechería y la tienda. En el modesto escaparate, junto a una pila de libros infantiles sobre la que dormía un gato enroscado como si también estuviera en venta, estaba expuesto el lienzo. Nadie se había preocupado ni de quitarle el polvo. Al entrar sonó un cascabel de aviso. El mostrador era más alto que yo, y allí dispuse mis monedas para pagar el cuadro. Lo envolvieron en papel de estraza y salí a toda prisa hacia el río, cuyas aguas caudalosas, nutridas por la nieve y la lluvia del invierno, arrastraban piedras y ramas desgajadas. Asomándome desde el puente, tiré el paquete y en la oscuridad de la tarde invernal, apenas pude advertir cómo la corriente se lo tragaba hasta hacerlo desaparecer. Emprendí el camino de regreso, recorrí sin resuello la fachada de mi casa y con alivio comprobé que no había ninguna luz encendida. Nadie podía delatar mi ausencia. Lo había conseguido.

Al día siguiente, Brígida, hinchada como un pavo orgulloso, le dio la feliz noticia a Arnaldo. El cuadro por fin se había vendido. Fue motivo de gran satisfacción. Incluso Evaristo, que casi nunca mostraba ningún signo de afecto, se sintió orgulloso de su hijo y, por supuesto, muy agradecido por la labor encomiable de su criada. Solo Bruno torció el gesto. Por primera vez él no se llevaba los laureles. Angelina abrazó a su hermano lo más fuerte que pudo, emocionada por haber cumplido con éxito una misión tan arriesgada. Todo eran mieles hasta que Brígida comenzó a cloquear en voz alta.

—¿Y a quién se lo habrán vendido? —soltó con aire

de cotorra curiosa—. ¿Cómo es posible que haya olvidado preguntarlo? Con la emoción del momento, se me fue el santo al cielo. ¡Me tengo que enterar sin falta!

Nadie la oyó, excepto Angelina, que se quedó paralizada por el miedo a ser descubierta. Aquella noche no logró conciliar el sueño. Por la mañana fue al colegio convencida de que a la vuelta le esperaría un castigo y, sobre todo, la desilusión del pobre Arnaldo.

No se equivocaba. Después de las clases, como era costumbre, se sentó a la mesa para merendar con sus hermanos. Brígida mantenía un silencio agresivo que no presagiaba nada bueno. Con la pequeña llave que le colgaba del cuello, abrió la alacena para guardar el azucarero y Angelina se dio cuenta de que de las tres huchas de arcilla —un cerdito azul, otro amarillo y otro rojo—, faltaba una. La suya. No entendió qué podía significar. La criada partió una tableta de chocolate para darle una onza a cada uno de los hermanos. Pero la mano tendida de la niña quedó vacía. Era evidente, estaba a punto de suceder algo horrible. Oyó a su padre recorrer el pasillo, había vuelto del trabajo mucho antes de lo habitual. Bruno y Arnaldo, más rápidos y prevenidos que ella, ya se levantaban de sus sillas para huir cuando Evaristo entró en la cocina con una hucha roja y la estampó en el mármol de la mesa. Se hizo añicos. Rodaron los pocos céntimos que quedaban. Y como era un hombre muy ocupado, se encerró en su estudio dando un portazo. Esa fue la señal para que Brígida escupiera todo lo que tenía guardado.

—¡Ladrona! ¡Delincuente! ¿Qué te habías creído? ¿Que no me iba a enterar? «¡Lo ha comprado la hermanita!» ¡Así me ha contestado el de la papelería! ¿La hermanita? ¿Qué hermanita? ¡Tú no eres hermana de nadie! ¡Envidiosa! ¡Embustera! ¿Y dónde has escondido el cuadro, si se puede saber? ¿Eh? ¿Dónde?

—Lo he tirado al río —alcanzó a decir Angelina, incapaz de mentir justo cuando más lo necesitaba.

Arnaldo la miraba consternado sin lograr entender el motivo de tanta maldad. Nunca más le haría otro retrato. Nunca más se fiaría de aquella niña tan rara. Su tata tenía razón. Desde el primer momento le había dicho que no se acercara a ella porque padecía una enfermedad contagiosa: la locura. Herido y asustado, buscó protección entre los brazos de Brígida, que continuaba con sus imprecaciones.

—¡No perteneces a esta familia! ¡Hija de mala madre! ¡Eres igualita a ella! ¡Y como ella acabarás! ¡Entre rejas! ¡Encerrada de por vida!

Brígida consideró que ya había sacado todo el veneno que tenía en el cuerpo. Muy digna, se marchó con sus dos niños, no sin antes apagar la luz. Angelina se quedó sola. Sentada en la cocina a oscuras. En la mesa, la hucha rota, los platos con los restos de la merienda, un vaso volcado y unas cuantas monedas en el charco de leche derramada. Le costaba recuperar el ritmo de su respiración, estaba alterada. Pero no se sentía triste, sino todo lo contrario. De hecho, no recordaba un día más feliz. Su mentira había desvelado otra todavía más grande y cruel. Elvira vivía. Se lo había confesado Brígida sin darse cuenta, demasiado ocupada en dar rienda suelta a su odio.

En esa batalla, Ángela había perdido a un hermano, pero había recuperado a su madre. Ahora sabía que no estaba muerta.

Solo debía encontrarla.

CAPÍTULO 2

La *nonna* siempre llevaba colgado al cuello un reloj redondo de plata. La cadena se enhebraba en un aro prendido a la rueda para darle cuerda. Y la rueda estaba justo encima del número más alto: el doce.

El reloj de Ángela tenía un cristal abombado que protegía la esfera y las manecillas, tan menudas que parecían un dibujo. En un análisis más atento, lupa en mano, se podía ver que marchaban algo escoradas. No recorrían los minutos del día en círculo, sino en olas sucesivas e imperfectas que perdían o ganaban varios segundos cada hora, como las mareas de los océanos, que siempre van y vienen pero nunca son del todo puntuales.

La parte trasera del reloj era de un azul marino profundo, picado en la superficie por un anillo de plata, límite de su orbe y horizonte por el que siempre amanecía. En el centro de este mar flotaban dos capullos de rosa y tres hojas verdes, prodigio de una miniatura perdida en la inmensidad.

Era un reloj de la marca Dressler. Mi abuela lo compró en Moscú por un precio ridículo a la redonda taquillera del Bolshói, parecida a una de esas matrioskas que nos trajo a sus nietos como regalo al regresar de una gira teatral por Rusia en la que acompañó a Carlotta. Me enamoré de aquella joya y le arranqué la promesa de que algún día sería mía.

La noche del fallecimiento de Ángela, después de arreglar todos los papeleos en la funeraria del hospital, volví al cuarto que ella había compartido con otras ancianas. Debían de ser cuatro o cinco. Se miraban aterradas por la agonía y muerte que acababan de presenciar. Una de ellas me ofreció una bolsa de plástico para recoger sus objetos personales. La bata azul que le regalamos unas navidades, las zapatillas con la pegatina del precio en la suela, un neceser del que sobresalía el tapón de aquella colonia que nunca llegó a ponerse, un libro de Le Carré, la participación de lotería de una asociación de voluntarios, algunas monedas. Poco más. Pero al abrir el cajón de metal de su mesilla de noche, encontré el reloj.

«Algún día será tuyo.» Esas fueron sus palabras, y ese día había llegado. Lo olí, por si lograba extraer de él un último signo de vida. Me lo colgué del cuello y noté algo pegajoso en su cadena. Enseguida supe de qué se trataba. La *nonna* era una mujer golosa. Abría la nevera, cogía el bote de mermelada de nísperos —siempre teníamos mermelada de nísperos—, hundía el dedo en la confitura y lo succionaba con fruición. A menudo se manchaba. De ahí el pegote en la cadenilla del reloj.

La chupé. No se me ocurrió qué otra cosa hacer. Y un gusto áspero y familiar me consoló. Su despedida solo podía saber a níspero.

El reloj se había parado a las nueve y diez. Le di cuerda. Me lo puse al oído. Volvía a latir. Escuchaba el tictac cada vez más alto y mi corazón cada vez más rápido, dos metrónomos cruzados. Sus sonidos empezaron a rebotar entre sí, a aumentar de peso, a confundirse como en la afinación de una gran orquesta. Desapareció todo lo que me rodeaba: las viejas moribundas, el burbujeo del oxígeno, el olor a desinfectante. Perdí el conocimiento y se encendieron las mil luces del Bolshói. Los músicos dejaron de afinar. El director alzó la batuta en una respiración contenida. Los instrumentos tronaron al unísono. Se alzó el pesado telón. Por fin estábamos allí, Ángela y yo. Juntas, tal como habíamos imaginado tantas veces.

De ese viaje astral no recuerdo nada más, ni siquiera qué se representaba en el escenario. Cuando volví en mí en los brazos de una enfermera gorda, la confundí con la taquillera del Bolshói. Necesitaba salir cuanto antes de aquel hospital, el mismo en el que muchos años atrás había muerto mi madre. Me puse el abrigo, cogí la bolsa de plástico, estreché las manos sarmentosas de las viejecitas. Y una de ellas me dijo algo que habría preferido no saber.

—Ha muerto llamando a su madre. ¡Mamá, mamá!, gritaba una y otra vez. No sabíamos cómo hacerla callar. Parecía muy asustada, como si la persiguiera el mismísimo diablo. Se arrancaba las sábanas, intentaba levantarse de la cama. Al final tuvieron que atarla.

«¡Entre rejas! ¡Encerrada de por vida!», me había gritado Brígida antes de dejarme sola en la cocina, con la hucha rota y la leche derramada. Mil preguntas se agolpaban en mi cabeza. ¿Sería mi madre una ladrona de cuadros como yo? ¿Estaría en la cárcel? ¿Qué razones podía tener para no llevarme con ella? ¿Por qué habían dicho que estaba muerta si no era verdad? Y si no era verdad, ¿por qué me impedían verla?

Habían transcurrido dos años desde la última vez que la viera, desde que Evaristo me alejara de ella, desde que me uniera a aquella familia hostil que yo no podía aceptar como propia. Todavía era demasiado pequeña para buscar a mi madre, pero lo importante es que ella vivía. En un arrebato de ira, Brígida lo había confesado. Esta nueva ilusión animó mis días y alivió mis penas. Solo quedaba esperar a crecer y alcanzar la edad que me permitiría encontrarla y escaparme con ella.

Aguardé hasta mi décimo cumpleaños. Ese era el plazo que me había fijado, pues creía que para comenzar mi vida adulta era necesario tener una edad de dos cifras. Como Evaristo, como Brígida, como mis hermanos. Al fin estaba lista para iniciar mi investigación. Sabía leer, sabía escribir, había cumplido diez años. Ya era mayor.

Ahora necesitaba una pista que me llevara a descubrir el paradero de mi madre, algo que pudiera confirmar mis recuerdos, cada vez más lejanos y desdibujados. Comencé a rebuscar en armarios, cajones, carpetas, bolsillos. En cuanto me quedaba sola, aprovechaba para curiosear en los documentos apilados sobre el escritorio de mi padre o guardados en su maletín. Entre citaciones del juez, cursos, recursos, enmiendas y resoluciones, una tarde encontré un sobre timbrado cuyo matasellos desvelaba el lugar y la fecha en que se había remitido: Colorno, 12 de junio de 1921.

Me pareció reconocer la letra de mi madre, pero enseguida dudé de mí misma. El ansia de encontrarla podía ofuscarme. ¿Sería suya la carta? ¿Cómo era posible que la hubiera escrito ella si la última vez que la vi había sido el 9 de noviembre de 1917 y, según me dijo mi padre horas después en la estación de tren, había muerto ese mismo día? De aquella fecha estaba segura. Coincidía con la famosa derrota de Caporetto, en la que Italia perdió a miles de soldados y yo perdí a mi madre. Quizá aquella carta fuera justo lo que buscaba, la prueba definitiva de que seguía viva en algún lugar.

La guardé en el bolsillo de mi bata para evitar que Brígida me sorprendiera y darle así un motivo más de queja y de castigo. Por la noche, encerrada en el baño, pude abrir el sobre, desplegar el folio manoseado y leerlo.

Colorno, 12 de junio de 1921

Al Presidente del Tribunal Militar de Guerra:

Debido a la insoportable situación económica que me obliga a vivir con 200 liras al mes, única pensión que recibo del que fuera mi marido, el señor Evaristo Spagnoli, me veo obligada a escribir una misiva que denuncie el trato injusto que se me dispensa.

En ausencia de noticias sobre el paradero del abogado Evaristo Spagnoli, quizá muerto o desaparecido en la guerra, el cual me abandonó en su día al encapricharse de la esposa de un juez muy conocido en la ciudad de Parma (cuyo nombre omito por cortesía), y no dudó a la hora de arrancar de mi seno a dos de los tres hijos vivos habidos con él y de difamar a mi persona para repudiarme, acusándome de haber tenido fuera del matrimonio una tercera hija, de nombre Ángela, demando una pensión de viudedad que me permita vivir con cierto decoro.

Asimismo, reclamo la búsqueda y captura de mi amante, el Teniente o Subteniente de Infantería registrado con el número setenta y cuatro, tal como mostraba en su visera, por incumplimien-

to de promesa. No solo no me ha convertido en su esposa, como era su deber, sino que ha cometido la infamia de raptar mientras yo dormía a nuestro hijo recién nacido, que responde al nombre de Giovannino.

Dado lo improbable de que estos dos hombres asuman sus responsabilidades, solicito un puesto de enfermera que me permita salir de la indigencia, quizá en el mismo sanatorio donde me recupero de una extrema debilidad, generada por las desgracias que relato y que han acabado minando mi salud.

La gente solo mira por sus propios intereses y ninguna mujer podría estar conforme con la actitud de Evaristo Spagnoli y del Teniente. Por todo ello, ruego se me trate como creo merezco.

¡Justicia italiana, qué vergüenza pedir cuando se ha perdido todo!

Atentamente,

Elvira Melloni

Sentada en el borde de la bañera, Angelina releyó una y mil veces la carta para memorizarla. Luego, a tientas y procurando no despertar a nadie, la escondió dentro del forro de su abrigo. Esa noche se acostó con la certeza de que sus recuerdos no eran las fantasías retorcidas de una criatura malvada, como le reprochaban todos para confundirla, sino sucesos realmente acontecidos. Pero en lugar de aliviarla, aquellos hallazgos provocaron que se sintiera más nerviosa e insegura de lo habitual. No entendía por qué su madre se expresaba de un modo tan extraño. Cómo podía haber olvidado que Giovannino murió en sus brazos y afirmar que el Teniente le había raptado. Tampoco podía creer que Evaristo tuviera una amante. Todo le parecía un disparate.

Durante las semanas siguientes al descubrimiento de la misiva, Angelina se sintió oprimida por una montaña de interrogantes que la llevaban a comportarse de un modo todavía más raro del habitual. Era una niña oscura, taciturna e impaciente. Pálido el rostro, el pelo negro y crespo. El cuerpo enjuto, masculino. Y los ojos como dos rendijas por las que salía una corriente gélida. Le gustaba arrancarse la uña del dedo pequeño del pie, la que nadie veía. Le gustaba hacerlo todo a escondidas. Se quedaba encerrada en su cuarto, no compartía nada con nadie y tachaba los días, los meses y los años como un preso que solo aguarda el fin de su condena. Dormía a lo sumo cuatro o cinco horas por noche, no quería ir al colegio, pasaba las tardes parapetada detrás de un libro y las pocas veces que hablaba, era para contar alguna mentira. En casa se reforzó la sospecha de que Angelina había heredado el mal materno de la locura. Aunque en realidad solo devolvía a su familia el mismo trato que le dispensaban a ella. ¿Por qué iba a decir la verdad, si allí todos mentían?

Se sentía incapaz de enfrentarse a Evaristo y a Brígida, principales responsables de la ocultación de unos hechos que no tenían ninguna intención de desvelar. Prefirió concentrarse en Bruno y Arnaldo. Pero ellos tampoco podían convertirse en sus cómplices, puesto que jamás dudaban de la versión que les habían inoculado desde pequeños. Criados por una sirvienta, despojados de cualquier reminiscencia materna, la mujer que los trajo al mundo era para los dos hermanos una desequilibrada que había desaparecido, no importaba cómo ni por qué.

—¿Sabes dónde está mamá? —le preguntaba a Arnaldo, de camino al colegio.

—¿Por qué no me ayudas a encontrarla? —le suplicaba a Bruno, de vuelta a casa.

Durante meses no obtuve ninguna respuesta, solo un silencio absoluto, una total indiferencia. Hasta que justo la víspera de sus exámenes, harto de mí y sin levantar siquiera la vista de su cuaderno, Bruno dijo algo que me resultó incomprensible: «¡Cállate ya! Yo no me ocupo de una puta».

Me quedé petrificada delante de él, sin saber qué pensar. ¿Puta? Desconocía aquella palabra. La busqué en el grueso diccionario de casa. Descubrí que tenía decenas de significados contradictorios y una serie de sinónimos que hacían dudar de si su naturaleza era animal, humana o incluso divina. Y entendí que mi madre era una «puta» porque había tenido dos hombres y un hijo de quien no debía: el pequeño Giovannino. O así por lo menos lo explicaba en su carta.

Era todo tan enrevesado que renuncié a la posibilidad de que mis hermanos me sirvieran de ayuda. Debía bastarme a mí misma y esperar a que se presentara una ocasión propicia para avanzar en mis indagaciones. Y la ocasión se presentó.

Brígida había enfermado. Se la veía consumida como una castaña pilonga. Sufría un constante dolor de estómago y exhalaba un aliento fétido que intentaba paliar masticando perejil, granos de café, canela y todo tipo de remedios tan naturales como ineficaces. Ya no podía ocuparse ella sola de la limpieza, de la cocina y de nosotros tres. Mi padre, preocupado por su salud, decidió contratar a otra criada que la aliviara en las tareas domésticas.

Íside apareció una mañana muy temprano, cuando los niños apuraban el desayuno para no llegar tarde al colegio. Era una mujer todavía joven, oronda y risueña, de grandes ojos azules, pelo oscuro y voz cantarina. Los generosos pechos borraban la línea de su cintura, descansando como dos hogazas de pan en las faldas de algodón, que olían a ropa recién planchada. Le gustaba cantar. En cuanto Evaristo se marchaba al despacho, ella comenzaba a entonar letrillas populares de amor como un canario al que le han quitado la capucha de la jaula. Con su presencia todo adquirió un aspecto pulcro. Y sonoro, se acabó el silencio lúgubre de aquella casa.

Entre canción y canción, Íside hablaba sin cesar. En especial con la pequeña de la familia, a la que ya había tenido en sus brazos al nacer cuando sirvió a los Spagnoli durante un breve periodo, apenas dos o tres semanas, justo antes de que Elvira se marchara a Padua. Cuando Angelina se enteró de que la nueva criada había conocido a su madre, se volvió loca de alegría. Y pensó que quizá pudiera ayudarla en sus pesquisas.

—¿Y cómo era mi madre? —le preguntaba persiguiéndola por la casa, sin creer en su propia suerte.

—¡Guapísima! ¡La más guapa! Mirándola entraban ganas de aplaudir y todo. Una señora de las de verdad, claro que sí. Y además, una persona tan generosa y tan buena... Intentó enseñarme a leer y a escribir, pero a mí no se me daba muy bien eso. ¿Sabes? Cuando eras muy pequeña, te tenía en los brazos y lloraba de pura alegría. Decía que eras un milagro. Que eras lo más bonito del mundo. Lo que pasa es que tu padre... ¡Ay, tu padre! Los hombres son un huevo sin hacer, por eso no se enteran y andan buscando donde no hay. Pero nada, nada, no me hagas ni caso, que yo hablo siempre más de la cuenta y luego se enfadan conmigo.

—Llévame a verla, Íside. Seguro que sabes dónde está —le rogaba.

—Pero si tu madre murió, chiquilla.

—Eso no es cierto y lo sabes, no me engañes tú también. Si me llevas a verla, te cuento un secreto.

—¿Un secreto? ¿Qué secreto?

—El secreto de cómo nació mi hermano Giovannino. Y si no te lo crees, te puedo enseñar una foto que tengo escondida.

Al contrario que la familia Spagnoli, Íside no soportaba los secretos. Una curiosidad incontenible le impedía sustraerse a la necesidad de saberlo todo de forma inmediata. En realidad, los misterios le producían alergia. Se mareaba, se le dilataban las pupilas y le temblaban los pechos en una respiración cada vez más agitada. Así que, como Angelina no soltaba prenda, tuvo que negociar un acuerdo ventajoso para ambas partes.

—Si me lo cuentas todo, te llevo a ver a tu madre.

Apoyó la cabeza de la niña en su seno de miga de pan y se dispuso a escucharla. Ojalá no lo hubiera hecho, porque hay cosas que es mejor no saber.

Y hay promesas que es mejor no cumplir.

CAPÍTULO 3

De pequeña tenía un interés obsesivo por los cementerios. Mi favorito era el de Tellaro, el pueblo costero adonde siempre íbamos de vacaciones. Me gustaba dar románticos paseos entre los sepulcros cubiertos por redes de pesca, observar las fotos ásperas de sal marina, calcular los años vividos a partir de las fechas de las lápidas. Flaca, pálida, ojerosa y despeinada, transcribía en una libreta los epitafios que me parecían hermosos e imaginaba historias de amor truncadas antes de tiempo.

Mis tumbas predilectas, las que concitaban todas mis fantasías, eran las de los niños. Pequeñas, blancas, enmarcadas en una orla de hierro forjado como si fueran una cuna o un paraíso en miniatura con letras doradas. Me gustaba tumbarme dentro de aquellos recintos ajardinados porque prefería los muertos a los vivos. Era una niña-cadáver, al estilo de los personajes de Tim Burton.

Mi identificación con los difuntos llegó a tal extremo que no soportaba ver un bicho que hubiese estirado la pata sin darle sepultura. De ahí que me sintiera obligada a inaugurar varios cementerios temáticos en el jardín de vía Canobi, la casa de Roma: el de los escarabajos, el de las hormigas, el de las lagartijas, el de los pájaros recién nacidos. El de mi madre.

Como nunca me habían querido llevar a visitar su tumba, ella tenía un lugar privilegiado en mi necrópolis particular. No moraba en una fosa común, sino en una pequeña urna de arcilla hecha por mí, que enterraba y desenterraba a menudo para llenarla de flores, de caramelos, de pelos de su gata, de granos de café, de mensajes de amor. Y también de tiritas para que se curara, de modo que nunca quedaban cuando las necesitábamos.

—¡¿Alguien me puede explicar dónde desaparecen las tiritas en esta casa?! —bramaba la *nonna* con el botiquín volcado en su regazo.

Sentada en la tapa del inodoro, yo veía cómo una delgada línea de sangre me caía desde el raspón de la rodilla hasta el borde del calcetín. Y callaba como una muerta.

Esta afición por los «conventillos de ánimas», como los llamaba Borges, me ha perseguido también de adulta. Cuando viajo, una de las primeras cosas que miro en las guías es si el lugar al que voy tiene un cementerio monumental. Y siempre llevo tiritas en el bolso.

Recuerdo el Cementerio de Père-Lachaise, en París. Un laberinto funerario de celebridades imposibles de encontrar sin la ayuda remunerada de alguno de los ancianos que merodean por sus callejuelas, deseosos de sentirse útiles y, de paso, redondear su exigua pensión. En cada túmulo, una historia fascinante. Como la de la tumba de Jim Morrison, donde parejas de policías se turnan para evitar que los jóvenes hagan el amor sobre su lápida.

Recuerdo el Cementerio de San Michele en Venecia. Una pequeña isla que es un camposanto flotante de cipreses arracimados. Las góndolas cargan con ataúdes de charol que se abren paso entre las flores esparcidas por los familiares en el agua de la laguna. Allí fotografié la tumba de Diáguilev. Decenas de zapatillas de punta colgaban de su estela. Me emocionó y se la envié a mi hija Cate, que contestó con un emoticono de corazón partido.

Recuerdo el antiguo Cementerio de Colliure, donde descansa Antonio Machado. Y aquellos cigarrillos diseminados junto a las poesías anónimas de sus admiradores, a la espera de la bendición del maestro. Fui algunas veces con mi padre, y muchas más con mis hijos, pues era una de nuestras tradicionales paradas durante el viaje estival en coche para ir de Madrid a Tellaro. Siempre comprábamos una maceta de lirios en una floristería cercana que solía estar cerrada, pero con el género expuesto fuera. Yo dejaba el dinero bajo el felpudo de la puerta. Habría sido incapaz de regalarle flores robadas al poeta.

Recuerdo el Cementerio de San Secondo, cerca de Parma. Bajé de un autobús de línea, cuyas puertas resoplaron al abrirse. Fui la única que me apeé. Era un lugar inhóspito, frío, cubierto por una niebla baja que escondía los pies. Tardé en encontrar el nicho de mi madre, encajado en un panal repleto de celdillas. Leí la inscripción con esas fechas que reducían su vida a treinta y seis años. Casi los mismos que yo había tardado en recorrer media Italia para llegar hasta allí. Con la mano enfundada en un guante, limpié la foto ovalada del nicho. Coloqué bien una de las letras de su nombre que se había desprendido, pero enseguida volvió a ponerse del revés. Supe que jamás volvería para arreglarla. Permanecí unos momentos de pie, aterida, sin saber bien qué debía sentir. Salí. Esperé en la soledad de una carretera secundaria a que volviera a pasar el autobús. Se me hizo eterno.

Y recuerdo el Cementerio de los Poetas de Roma como un lugar absolutamente inspirador. Lo descubrí tarde, un año antes de que Ángela muriera. Ella misma me llevó una mañana de domingo. No dijo nada, pero en ese paseo adiviné que quería ser enterrada allí y no junto a mi madre, donde le habría correspondido.

En el Cementerio de los Poetas, también llamado Cementerio de los Ingleses, reposan los extranjeros ateos o protestantes. Antaño, a los que no eran católicos se los solía despedir de noche, en cortejos iluminados por la luz de las velas, a escondidas de los curas para no verse obligados a tirar los cuerpos al río. Casi todos los artistas extranjeros que tenían la mala suerte de fallecer en la ciudad de San Pedro eran unos descreídos, y no hubo más remedio que acabar instituyendo esta curiosa necrópolis de poetas, actores, músicos, pintores y escritores bajo la majestuosa sombra de la pirámide Cestia, sepulcro faraónico que echó raíces en Roma, muy lejos del imperio del desierto. A sus pies se encuentra la tumba de Keats. El joven bardo dejó en la losa anónima un último verso: «Aquí yace alguien cuyo nombre fue escrito en el agua». Magnífico epitafio. Aunque también pudo ser una ironía póstuma del trovador en el probable caso de que decidieran tirarlo al Tíber por impío.

Como en mi familia italiana todos son ateos, resulta natural que tengamos un panteón en este parque sembrado de naranjos y violetas, habitado por gatos gordos y perezosos que dormitan sobre los mármoles y comen restos de espaguetis al abrigo del sol, casi siempre primaveral, de la Ciudad Eterna.

El día del entierro de la *nonna*, mi tía Carlotta, mi primo Leone, mi hijo Mario y yo llegamos con antelación. También estaba Cate. Ajena a todo, dormía envuelta en mi pecho. Poco a poco comenzaron a añadirse familiares y amigos. Nos reunimos en una capilla sin cruces y allí Mario leyó un pasaje de *El Principito* con voz entrecortada de niño. De los bolsillos de su abrigo sobresalían un limón del jardín de vía Canobi y varios palitos de madera que quería tirar en la fosa como último obsequio a su bisabuela.

Al finalizar la breve ceremonia, nos dirigimos en silencio hacia el túmulo familiar. Observamos cómo enterraban la caja. El limón y los palitos quedaron bajo la tierra revuelta. Abrazos, palabras afectuosas, lágrimas, sonrisas. Cuando me quise dar cuenta, Mario correteaba a lo lejos entre las tumbas. Nunca permanecía en el mismo lugar más de dos minutos. Comencé a hacerle señas para que no interrumpiera el recogimiento de los paseantes desperdigados y no despertara a Cate, que seguía dormida en mi pecho. Caminaba abrazada a ella. La olía, besaba sus mejillas, sus labios hinchados de leche. Un cangrejo de angustia agarraba mi garganta, me impedía respirar con normalidad. Por todo lo que había perdido. Por lo que ni siquiera había conocido, por lo que habría de venir. Me notaba completamente incapaz de afrontar ninguna circunstancia, ni mala ni buena. Daba igual. Sentía un cansancio de siglos, como si ya hubiera visto y hubiera hecho más de lo necesario. Y volvió a mí aquel deseo infantil de dormirme sobre una de esas tumbas. O mejor, en su interior.

Pero ya no era tiempo de escarceos con la parca. Los hijos nacen programados para sobrevivir a los disparates de sus progenitores. Tienen una alarma biológica que aplican de un modo implacable en cuanto perciben que uno afloja. Cate, siempre tan sensible a mis vaivenes emocionales, rompió a llorar con todas sus fuerzas. Me senté para darle de mamar en una losa que había quedado medio oculta entre los árboles. Era un mármol resquebrajado por unas raíces gruesas como troncos, que se hundían en el limo. Pasé la mano por el verdín que cubría la leyenda sin nombre ni fecha. Y en el brochazo blanco que quedó al descubierto leí: NOVITÁ? Aquel muerto curioso me hizo reír y, por cortesía, me obligó a contestar. ¿Novedades? Sí, una. Muy grande. La tenía en mis brazos. Cate abrió los ojos, soltó el pezón y su mano agarró mi nariz. Sonreía.

Me levanté y al fondo vi a Mario. Había regresado a la tumba de Ángela. Hacía pompas de jabón. Las burbujas quedaban prendidas durante un instante en los pétalos de las flores que colmaban la tierra fresca de la sepultura.

—A la *nonna* le habría gustado —me dijo con ojos infantiles llenos de lágrimas.

Una mañana salí más temprano de lo habitual. Cuando ya divisaba la fachada del colegio, cambié de rumbo hacia la casa de Íside. Hacer novillos me pareció la única manera de escapar del riguroso control al que me sometía mi familia. Necesitaba leerle a mi tata la carta que había encontrado y demostrarle que el pobre Giovannino era mi hermano. Así tendría que cumplir la promesa de acompañarme a ver a mi madre. Llevaba escondido el sobre en el forro de mi abrigo. Nunca me desprendía de él.

Íside bajó a la calle para ir a trabajar. Al verme apostada delante de su portal, se pegó un susto de muerte y me arrastró del brazo por la escalera de la vivienda para protegernos de miradas indiscretas. Entramos en su casa. Ya cansada nada más empezar el día, se desplomó en la silla de la cocina y me miró en silencio. Se cambió de sitio varias horquillas del moño para dejarlo exactamente igual a como estaba. Siempre lo hacía cuando yo la ponía nerviosa: se clavaba esas cosas en el cráneo, tal vez para airear los pensamientos.

—¿Qué ha pasado ahora? ¿Qué has hecho? ¿Por qué no has ido a clase?

—Tenía que hablarte a solas, enseñarte la prueba de que mi madre está viva.

—Qué obsesión la tuya. No necesito pruebas, ya te lo he dicho. Sabes que te llevaría a verla, pero no sé dónde está. No lo sé.

—¡No es verdad! ¡Eres una mentirosa como todos los mayores! ¡Además, yo sí sé dónde está! ¡Está en un sitio que se llama Colorno, lo pone en la carta! ¡Solo tienes que llevarme! —gritó Angelina mientras agarraba un cuchillo del fregadero.

—¡Suelta el cuchillo ahora mismo si no quieres matarme de un disgusto!

La niña no contestó y se quitó el abrigo.

Me quité el abrigo, empecé a descoser el forro con un cuchillo, extraje la misiva y se la di a la tata. Íside abrió el sobre con la parsimonia de quien preferiría no saber, arrepintiéndose ya de aquella curiosidad ingobernable que siempre acababa por meterla en problemas. Mas cuando tuvo el misterioso papel en sus manos, se sintió incapaz de dominar sus instintos y tragó saliva para frenar la gula que le producía conocer por fin el paradero de su señora. Miró la hoja del derecho y del revés y me la devolvió, avergonzada por su ignorancia. No sabía leer.

Me senté frente a ella, desplegué el folio en la mesa de mármol y comencé la lectura en voz alta de aquellas letras que ya me sabía de memoria:

«Colorno, 12 de junio de 1921. Al Presidente del Tribunal Militar de Guerra: Debido a la insoportable situación económica que me obliga a vivir...».

La leí en voz alta, de un tirón, casi sin respirar. Íside aguardó unos instantes en silencio, me pidió la carta, se levantó con un suspiro, fue hacia el pequeño costurero que guardaba en un estante, enhebró una aguja, coló el sobre en la seda del forro y se dispuso a coserlo de nuevo. Bien fuerte. En aquel momento supe que me ayudaría. Esta vez de verdad.

Me puso el abrigo, la bufanda, colgó la cartera de mi espalda, me acompañó al colegio, le explicó a la maestra que se me habían pegado las sábanas y me pellizcó la mejilla como despedida.

A diferencia de ella, yo sí sabía guardar un secreto. Y también sabía esperar. Pasaron varias semanas. A pesar del gran cariño que Íside me tenía, o quizá por eso mismo, siempre hallaba alguna excusa para no propiciar el encuentro entre mi madre y yo. A cambio, cada domingo por la tarde me llevaba con ella al parque. Pagaba así su deuda por mis confidencias y me prodigaba las atenciones maternales que tanto necesitaba.

Todavía la recuerdo con dulzura sentada en el banco de piedra, disimulando los bostezos, para que yo lo pasara bien en su único día libre. Me saludaba y me felicitaba por mis proezas, me quitaba el polvo de las rodillas cuando me caía, me sonaba la nariz, recomponía mi aspecto y sacaba de su bolso una merienda que siempre era una deliciosa sorpresa. Pretendía curarme de mi mal, distraerme de mi obsesión y devolverme a la infancia. A punto estuvo de conseguirlo. Pero yo no podía olvidar. Desde lo alto de un columpio, a cada vuelta de bicicleta, al aterrizar del tobogán, antes de quitarme los patines y después del beso de buenas noches, la atormentaba con la misma pregunta.

—¿Cuándo me llevarás, Íside? —le decía Angelina ya en la cama.

—Calla, calla que nos oyen. Y duerme, que ya es hora —contestaba la criada tapándola con el embozo.

Un sábado por la noche, Brígida sacó del armario de Angelina el vestido para ocasiones especiales. Lo apoyó con cuidado en el respaldo de la silla y, antes de marcharse, le dijo en tono lacónico a la niña que Íside la recogería por la mañana muy temprano para llevarla de excursión a su pueblo. Angelina lo entendió todo. Tal era la emoción que pasó toda la noche de la cama a la ventana y de la ventana a la cama, oteando el lento curso de las horas en el reloj apenas iluminado del campanario.

Eran las cinco de la madrugada cuando la tata apareció en su cuarto. En silencio la ayudó a vestirse y casi de puntillas salieron de casa. Caminaron por las calles embarradas hacia la estación y allí tomaron un tren de correos que paraba en todas las aldeas de la provincia. Amanecía cuando se apearon frente a un cartel azul: Colorno.

La niña y la criada fueron las únicas que bajaron del vagón en aquel andén desierto. Angelina, con sus largas trenzas y el abrigo rojo de los domingos. Íside, con un chal en la cabeza y un maletín de cuero agrietado. Sonó la campanilla, resopló la chimenea y la locomotora reanudó su quejumbrosa marcha. Cogidas de la mano, esperaron a que se desvaneciera la niebla del vapor que las había envuelto, saltaron los raíles y entraron en el único café abierto. Tras un rápido desayuno, echaron a andar por la calle principal hasta que se vieron frente a una verja abierta de par en par, que daba paso a un camino de grava flanqueado por dos hileras de cipreses. Era un sendero tan largo que se iba estrechando ante los ojos para abrirse de nuevo al fondo, en un claro presidido por una gran fuente, que parecía diminuta en comparación con el imponente palacio de ventanas enrejadas cuya fachada se erguía ante una montaña de picos nevados.

Bajo los botines de las dos mujeres crujían los guijarros. A cada paso, Íside se arrepentía más de su promesa y más se alegraba Angelina de su conquista. Lo había logrado, aquel era el lugar donde había visto por última vez a su madre. Era capaz de reconocerlo todo. Nuevos recuerdos se desperezaban en su memoria como si estuviera volviendo a ver una película muda: el trayecto en coche por aquel mismo sendero, la silueta blanca de Elvira engullida por un pasillo, su llanto en los brazos de una monja con grandes alas almidonadas, la llegada de un desconocido que decía ser su padre, la estación de Parma atestada de gente que, como ella, intentaba reunirse con algún familiar perdido. Y no solo recordaba cada una de estas escenas. También era capaz de reproducirlas en el orden en que tuvieron lugar y, sobre todo, de descubrir por fin su significado, incomprensible hasta ese mismo momento. Cuatro años habían pasado desde entonces. En el tiempo de los niños, una eternidad.

—Bueno, por fin hemos llegado —resopló la criada, deteniéndose exhausta tras el largo paseo.

Angelina tiró de ella irritada por la lentitud con la que Íside hacía cualquier cosa. Desde freír un huevo, hasta encontrar a su madre. Nunca tenía prisa, y ahora tampoco, ya ante el portón de madera maciza que se alzaba al final de una breve escalinata. Llamaron con una gran aldaba de cabeza de león. Por la pestaña de una mirilla apareció un ojo indagador.

Entramos en aquel gran vestíbulo circular en el que confluían tres anchos pasillos de bóvedas encadenadas. Frente a un pupitre, el portero controlaba las entradas de los familiares y las salidas de los pocos enfermos que podían pasear por el jardín. Cumplimentamos la solicitud de permiso de visita y una monja nos acompañó hacia la sala de espera.

El pasillo desprendía un olor punzante a amoniaco. Un hombre estrujaba una gamuza, la tiraba al suelo y la arrastraba por las baldosas sin orden ni concierto con un palo de escoba, como si fuera un pato con ruedines. Vestía con camisa y pantalón de una basta franela sin teñir, igual que el trapo que hundía en el cubo de metal. Calzaba zuecos de madera y le habían rasurado el pelo al cero, a la manera de un huérfano piojoso. Cuando pasamos cerca, interrumpió su trabajo, adelantó una pierna, se inclinó poniendo la nariz a la altura de sus rodillas y los brazos estirados hacia atrás, y se quedó inmóvil, en una reverencia que se prolongó mucho más de lo necesario. Luego volvió en sí para retomar su labor con un renovado entusiasmo.

Llegamos a una salita de paredes blancas que manchaban de cal. Su único mobiliario eran dos bancos corridos de terciopelo rojo, ennegrecidos en los laterales y con quemaduras de cigarrillos. La chimenea encendida no conseguía disipar del todo el frío y la humedad. Sentada junto a Íside con una caja de chocolatinas de lazo rojo sobre mi falda, mi impaciencia no podía tolerar tanta espera.

—Ángela Spagnoli y acompañante —anunció una monja asomada al quicio de la puerta—, pueden pasar al despacho del director.

Las dos se pusieron en pie de golpe y siguieron a la hermana por un largo corredor de ventanucos altos y enrejados que la luz exterior atravesaba de manera discontinua.

—¿Así que eres la hija de la señora Elvira? —preguntó la monja con amabilidad.

—Sí —contestó Angelina, sin saber qué más añadir, mientras sorteaba al tipo de la gamuza, que se inclinaba ante ellas en otra de sus exageradas zalemas.

—Yo soy sor Tarcisia... ¡Quítate de en medio, Dartañán! —espetó al loco, y dirigiéndose a Íside, prosiguió—: No se preocupe. Este hombre es un enfermo. Le ponemos a trabajar porque está en el pabellón de los «tranquilos» y puede servirle como terapia.

Entraron en el despacho del doctor Ugolotti, director del centro. Estaba sentado frente a un escritorio, con los brazos cruzados sobre el prominente abdomen y una perilla bien recortada. Dos columnas de papeles y archivadores, dispuestas a cada lado del escritorio, le enmarcaban como si ya formara parte de la serie de retratos de sus predecesores que decoraban la estancia. Apoyado en el respaldo de la butaca con todo el peso de su enorme persona, escrutó a Angelina por encima de unas gafas que le pinzaban la nariz. Ella le había reconocido enseguida. Era el hombre junto al que había esperado a su padre cuatro años atrás.

—¿Y bien? —dijo con un tono de voz gangoso, como si estuviera resfriado.

—Hemos venido para visitar a la señora Elvira Spagnoli, madre de esta criatura —farfulló Íside, trabucándose casi en todas las palabras.

El doctor las examinó en silencio. Se diría que estaba a punto de regañarlas por la osadía de interrumpir sus tareas con cuestiones personales sin importancia. Íside le dio un codazo a su protegida. Esperaba que la pequeña dijera algo que resultara convincente, pero esta no abría la boca.

—Me parece haberla visto en alguna otra ocasión, señorita —le dijo el doctor sin dejar de mirarla.

—Creo que sí —contestó Angelina con un hilo de voz.

—¿Y cuándo?

—Con mi padre, el abogado Evaristo Spagnoli.

—Claro, claro. Por supuesto. Ahora recuerdo... ¡Cómo

olvidarlo! ¡Menuda escandalera armó usted aquella tarde! Espero que no se vuelva a repetir.

—Descuide, señor.

El doctor Ugolotti apoyó las dos manos en el buró y se levantó fatigosamente del asiento. La niña y la criada retrocedieron un paso a la vez, seguras de que se les venía encima esa mole para echarlas del despacho. Pero no. Pulsó varias veces un timbre al que no llegaba sentado y se desplomó de nuevo en el butacón sin quitarle ahora ojo a la tata, aterrada ante la posibilidad de que el doctor hubiera decidido encerrarlas a las dos por insensatas.

—No es desde luego lo aconsejable, pero si usted dice que la niña sufre e insiste en ver a su madre, vamos a creerla. Le concederemos el permiso por una vez. Ahora bien, no quiero volver a verlas por aquí, ¿entendido?

—Por supuesto, doctor —le aseguró Íside.

La monja había acudido presurosa al timbrazo del doctor Ugolotti para dejar a la tata en la sala de espera y conducirme al pabellón donde tenían a mi madre. Al darme cuenta de que no dejarían que Íside viniera conmigo, me agarré a su cintura en silencio, incapaz de desprenderme de aquella mujer que no necesitaba aprender a escribir ni a mejorar sus modales para ser la mejor de las personas y quererme más que nadie. Rogué a sor Tarcisia que nos dejara ir juntas, pero las estrictas reglas del centro solo permitían las visitas de familiares directos. Íside sacó el pañuelo que siempre guardaba dentro de la manga, escupió en él para limpiarme la cara, apretó los lazos de mis trenzas y me estampó un beso en la frente de los que infunden coraje.

De la mano de la enfermera, fui al encuentro de mi madre.

Avanzaban la niña y la monja por un laberinto de pasillos y escaleras, continuamente interrumpidos por pesadas puertas que se abrían hacia una cancela interior, para mayor seguridad. Sor Tarcisia elegía la llave. Abría. Entraban y volvía a cerrar. Caminaban en silencio. Solo se oían sus pasos, el revuelo de las faldas de su hábito y el tintineo del enorme llavero oculto en el bolsillo de su negro delantal, que siempre andaba removiendo con la mano. Los enfermos reconocían su llegada por aquel característico sonido e intentaban esconderse para evitar los correctivos que el doctor Ugolotti les prescribía y ella aplicaba sin que le temblara el pulso.

Para llegar al pabellón de las mujeres donde se hallaba Elvira, atajaron por una zona a la que no tenían acceso las visitas, una red de túneles mordidos por angostas habitaciones malolientes, cuyo hedor provenía de la mezcla repugnante de cuerpos enfermizos y sudados, camas recalentadas y rancho carcelario. Cruzaron un patio hasta entrar en el otro edificio y allí atravesaron un pasadizo estrecho. En las paredes se sucedían las estampas numeradas de los catorce pasos del vía crucis. Aquel peregrinaje por los dolores de Cristo terminaba en el altar de una pequeña capilla, delante de un crucifijo. La monja presionó con fuerza el hombro de la niña para que se arrodillara en uno de los reclinatorios.

—Antes de verla, reza por ella. Y por ti. Encomiéndate al Altísimo. Es el único que os puede salvar.

La pequeña Ángela, hija de un socialista y de una lunática, que a efectos de la sociedad de la época venían a ser lo mismo, no estaba ni bautizada. Aun así, obedeció. Juntó las manos, miró hacia el cielo y pidió ayuda con toda su alma.

Fue la única vez en su vida que creyó en Dios.

CAPÍTULO 4

Hace unos años recorrí el norte de Italia como representante de una compañía de ópera barroca española que quería darse a conocer en la patria del *bel canto.* Ese trabajo me brindó la oportunidad de traducir libretos al castellano, visitar maravillosos teatros y asistir a varias representaciones operísticas que, hasta entonces, solo había podido escuchar en disco. Uno de los lugares que conocí fue Bérgamo, bonita ciudad que, como muchas en Italia, esconde un coliseo más imponente que cualquiera de sus calles o museos y que pasa inadvertido a los que no son amantes de la escena.

El teatro de Bérgamo resulta peculiar porque no es redondo, sino ovalado. Tanto desde el escenario como desde los palcos y el patio de butacas, se experimenta una sensación de fuga similar a la de una catedral. Su forma genera cierto vértigo al que es imposible sustraerse, y que puede llevar a perder el equilibrio o a sintonizar con los dioses, demonios y muertos, siempre tan presentes en los escenarios. Se cuenta que más de un intérprete se ha desmayado allí en plena representación, no se sabe si por causas arquitectónicas, físicas o espirituales.

En aquella ocasión me reuní con su director artístico. Al concluir nuestra charla, insistió para que viera los ensayos del *Orfeo* de Gluck, que se estrenaba al día siguiente. Acepté encantada, nada podía apetecerme más. El argumento de esta pieza formaba parte del repertorio de mi abuela en la mesa de cocina, escenificado con huesos de nísperos, trozos de pan, palillos, cortezas de mandarina y todo lo que hubiera a mano. Esta era otra de las tragedias con final desolador que tanto le gustaban.

De pequeña estaba fascinada con Eurídice, aquella ninfa de extraordinaria belleza enamorada de Orfeo, hijo de Apolo, el dios de la música. Tal fue mi identificación con ella que había llegado a soñar que me mordía una serpiente y moría en los brazos del más apuesto y valiente de los hombres, dispuesto a lo que fuera con tal de resucitarme. Nada me perturbaba más que la voz grave de la *nonna* reproduciendo la conversación de Orfeo con Hades y Perséfone, deidades del inframundo, para pactar el rescate de su amada.

—Se salvará —dictaron aquellos dioses oscuros— siempre y cuando logres caminar delante de tu esposa sin mirarla hasta que hayáis salido del averno y los rayos del sol bañen por completo su cuerpo.

Años después de aquellos teatritos infantiles, me quedé clavada en el Metropolitan de Nueva York frente a una escultura de Rodin que emerge de la piedra a la manera de los *non finiti* de Miguel Ángel, en la cual Orfeo se tapa los ojos y Eurídice le abraza por detrás, dejándose guiar por él. En diferentes cuadros que fui descubriendo aquí y allá por diversos museos, se ve a la bella muchacha asiendo la mano de su esposo con un cuerpo transparente, todavía fantasmal, ambos rodeados de seres demoniacos que los escoltan durante aquel espeluznante viaje de regreso para enfrentarlos a todos los monstruos de sus conciencias. Aquellas imágenes me devolvían siempre al aterrador relato de Ángela.

—Orfeo no vuelve la vista atrás, a pesar de las demandas continuas de Eurídice. Cuando por fin abandonan las tinieblas, un haz de luz los ilumina. Él ha logrado arrancar de la muerte a su ninfa, o eso cree, porque Orfeo se da la vuelta impaciente para admirarla y besarla, pero Eurídice todavía tiene un pie en la sombra y se desvanece para siempre.

—¿Cómo que para siempre? —preguntaba yo anonadada, a pesar de que conocía perfectamente el final de la historia.

—Para siempre jamás.

Y con un manotazo, mi abuela tiraba a la basura todos los personajes que habían quedado desperdigados en la mesa de la cocina. Pero yo nunca perdía la esperanza de que, al menos por una vez, la historia terminara bien. Al fin y al cabo, se trataba solo de un instante. ¿No se podía contar todo más despacio, que Orfeo tardara un segundo más en darse la vuelta y la pareja saliera victoriosa de tan complicado trance?

Me presenté a la hora fijada para los ensayos, ya sin ninguna esperanza de asistir a un desenlace feliz para Orfeo y Eurídice, la trágica pareja. Subí al escenario. El tenor quería cantar *a mezza voce* para no cansarse antes del debut. No había orquesta, solo el maestro repetidor que acompañaba desde un piano de cola. Me senté cerca del cantante, en el peldaño de cartón piedra de una amplia escalinata que formaba parte de la escenografía. Comenzó un aria casi susurrada, pero conforme se calentaba, iba subiendo el volumen. Cada vez más. Noté cómo se ensanchaba su caja torácica, cómo el diafragma se hinchaba de oxígeno, cómo vibraban las notas en sus cuerdas vocales. El sonido que salía de su cuerpo era tan poderoso que parecía un instrumento musical perfecto. O todos a la vez. Era un violín, un violonchelo, un arpa, un oboe, una flauta travesera y un tambor. Una orquesta entera escondida en su interior. Era el mismísimo Orfeo, que se arrodillaba ante mí para convertirme en Eurídice. Nos miramos largamente por última vez y me dijo, me cantó: «*Che farò senza Euridice? Dove andrò senza il mio ben?*».

«¿Cómo podré vivir sin ella, qué haré sin su ayuda? Dios mío: sálvala, cúrala. Indícame el camino. Solo te pido que vuelva a casa conmigo...» Así rezaba yo arrodillada en el reclinatorio.

Sor Tarcisia me posó una mano en el hombro. Había llegado el momento de ir al encuentro de mi madre. Salimos de la capilla. Subí detrás de ella por una angosta escalera, enjaulada por una malla de metal que llegaba al techo. Abrió y cerró la última de las cancelas. Entramos en una sala de estar impregnada de una atmósfera pútrida y repleta de cuadros torcidos, algún desvencijado mueble señorial, varias lámparas de pie acá y allá, una larga mesa en cuya madera habían quedado impresos los cercos de las copas que antaño se alzarían para brindar, con un candelabro sin velas posado en su centro. Más que un salón, parecía una almoneda en la que las diferentes piezas hubieran sido cedidas como limosna o para desembarazarse de un trasto viejo.

En la habitación había varias mujeres de todas las edades, cuyos impasibles rostros de mirada lenta reflejaban la misma desgracia. Permanecían juntas, en rebaño, apretujándose las unas contra las otras por el secreto temor de perderse, ataviadas todas ellas con elegantes vestidos muy pasados de moda, demasiado grandes o demasiado pequeños, manchados, deshilachados, consumidos en sus dobleces. Parecían maniquíes polvorientos.

En cuanto entré, una de ellas osó separarse del grupo para venir a mi encuentro. Era una mujer envejecida precozmente, con arrugas profundas como cicatrices y aspecto maligno. Vestía una capa negra de raso, larga hasta los pies. Dos estilizadas plumas sobresalían de la cabeza tiñosa, llena de calvas. Y de la comisura de la boca pendía una boquilla, casi igual de larga que su tocado. La chupaba con fruición, a pesar de que no tenía ningún cigarro prendido.

—¿Te gustan mis plumas? Son del ave del paraíso. Has de saber que tienes frente a ti a una gran dama. Me llamo Teodora y mi marido es el emperador Constantino.

Sin dar oportunidad de réplica, la emperatriz emplumada se giró hacia sus cortesanas y empezó a gritar con entusiasmo, mientras señalaba a Angelina con el dedo:

—¡Corred, venid! ¡Ha llegado una chiquilla! ¡Una chiquilla bonita como la mía!

Llevaban tanto tiempo sin ver a una niña que la novedad las sacó de su ensimismamiento. Todas se desplazaron de golpe y en manada hacia la joven visitante, la rodearon para observarla, para tocarla. Cada una hablaba por su cuenta en un disparatado concierto de monólogos. A Angelina le faltaba el aire, asfixiada por el miedo a que esas figuras hediondas la aplastaran en un abrazo demasiado estrecho.

—¡Estaos quietas! ¡Sed buenas! —les gritaba sor Tarcisia, apartándolas a manotazos—. ¿No veis que la estáis ahogando?

A mí me dijo que eran enfermas tranquilas, que no tenían peligro. Pero sus palabras no me serenaron. No lograba dominar el pánico que crecía en mí, abrasando mis mejillas de una fiebre repentina. Me escondí tras la monja y reparé en una mujer desgajada del tropel que poco antes me había embestido. Avanzaba despacio desde el fondo del salón, con la sumisa indolencia de quien no tiene nada que perder, bien sujeta por dos enfermeras que le hablaban como si fueran viejas conocidas. Ella asentía sin levantar la vista del suelo. Obedeciendo a un leve gesto de sor Tarcisia, las enfermeras la soltaron. Dio unos pocos pasos más y su mirada me envolvió.

—Aquí viene tu madre —susurró la monja a Angelina.

Aquellos ojos oscuros eran los suyos. No cabía duda. Por unos instantes, mi dolor se deshizo y olvidé el miedo que me había acompañado desde su desaparición cuatro años atrás. Sentí el alivio de quien despierta tras una pesadilla y descubre que todo sigue en su sitio. Sor Tarcisia me empujó benevolente para que fuera hacia ella. Entonces no esperé más y hacia ella fui con el corazón henchido de una alegría loca, desbocada. «Corre, Angelina», me decía la misma voz que durante todos esos años me había alentado a no abandonarla como todos los demás, que me obligaba a buscarla, a encontrar una verdad redentora. «¡Corre! ¡Corre, que no se te vuelva a escapar!» Y la voz tenía razón, porque yo siempre sentí que volvería a verla. Siempre sentí que vivía, pues notaba su aliento.

Mi madre caminaba hacia mí sin entender bien lo que estaba pasando. En su rostro reclinado se atisbaba una leve, minúscula, casi imperceptible sonrisa. La abracé lo más fuerte que pude y le dije cuantas cosas amables se me ocurrieron para agradarla. Lloré, reí, hasta di gracias a ese Dios al que había dirigido antes mis plegarias. Me sentía la niña más feliz y afortunada de la Tierra. Pero cuando levanté la vista en busca de su amado rostro, vi que ella permanecía erguida, sin mostrar ninguna emoción. La sonrisa que me había animado a ir a su encuentro no era sino una mueca. «¿Mamá?», pronuncié muy despacio. No contestó. Di un paso atrás, paralizada por una realidad que se me reveló con espanto.

Estaba irreconocible. Su vestido era el mismo que le había visto en las ocasiones especiales: color malva con bordados blancos y un generoso escote que permitía admirar la palidez del largo cuello. Pero ahora, aquel traje ajado y lleno de lamparones le quedaba grande, como si estuviera colgado de una percha, sin relleno. Apenas un ridículo disfraz. Lo que tenía frente a mí era una mujer de pelo corto y canoso, cortado a cuchillo, con la piel enrojecida, cuarteada, quizá por el frío o por la mala alimentación.

Mi madre había sufrido una mutación tan profunda que la felicidad de volver a verla se transformó en súbito rechazo. Ella tampoco se alegró al verme. Quizá ni siquiera sabía quién era. Al fin y al cabo, después de tantos años yo tampoco era la misma. Se limitó a estrecharme la mano, siguiendo los consejos de las enfermeras.

—¿Eres Ángela? —preguntó Elvira con la inexpresividad de una criatura a quien han aleccionado para memorizar sin más una serie de fórmulas de cortesía.

—Sí, mamá. Soy yo —contestó Angelina, mientras sor Tarcisia intentaba despertar a la paciente de su estupor.

—¿No está contenta, doña Elvira, de que haya venido su hija a visitarla? Llevaba mucho tiempo sin verla. ¿Cuánto? ¿Se acuerda? Cinco años o algo más. ¿No dice nada? ¿Se le ha comido la lengua un gato? Si siempre preguntaba por ella... ¡Pues ya está aquí! ¿No le va a decir nada? A ver, a ver, saque la lengua. A ver si se la ha comido el gato.

Obediente, Elvira sacó la lengua. Y así se quedó, con la lengua fuera, a la espera de que le indicaran cuándo debía cerrar la boca.

Yo era demasiado pequeña para entender la situación. Mi madre no hablaba, no sonreía, no demostraba emoción alguna. Nada parecía interesarle. La cogí de un dedo, tal como hacíamos en nuestros paseos por el parque de Padua. Y ella, con la querencia instintiva de un caballo que regresa al establo, me llevó a su cuarto. Allí se tumbó en una de las cuatro camas. La suya. Yo busqué refugio en una vieja butaca de terciopelo, cerca de la ventana enrejada de la habitación, y me puse a mirar el cielo de nubes bajas.

Sí, siempre sentí que volvería a verla. En mis noches insomnes, en mis prolongados silencios, en la incapacidad de aceptar y querer a mi nueva familia, en mis mentiras, en mis huidas, siempre pensé que volvería a verla. Siempre, pero no así.

Sentada en aquella butaca, con la caja de chocolatinas en el regazo, después de haber deseado tanto que llegara el momento del reencuentro, entendí lo inútil de todos mis esfuerzos: las incesantes preguntas a mi padre y a mis hermanos, el robo de la carta, las súplicas a Íside... Todo fue en vano porque había llegado tarde. Tarde para recuperar su afecto, su comprensión. Tarde para que me ayudara a crecer sin miedo. Por fin estábamos juntas, pero un precipicio nos separaba. De un lado la vida, del otro la locura. Y en el fondo de la sima, la muerte.

—Ten paciencia con tu mamá, solo anda un poco despistada —dijo sor Tarcisia desde la puerta—. Te recogeré luego.

Estuve a punto de correr tras la monja, pero no me atreví. Habría preferido marcharme y volver a casa. Cualquier cosa me parecía mejor que permanecer un minuto más en aquel lugar. Incluso la vida cerca de Brígida se convertía en una perspectiva más amable. Nada quedaba de la inocente determinación que me había arrastrado hasta allí.

Mi madre tenía la barbilla clavada en el esternón, los brazos cruzados y las piernas encogidas en posición fetal. Me observaba con una expresión doliente y parecía a punto de preguntarme algo. Pero solo era un animal herido que se replegaba para esperar el final.

No es posible traer de vuelta a los seres queridos que se marcharon. Quedan envueltos por las sombras y nada puede volver a alumbrarlos, ni siquiera el amor. No cabía la posibilidad de redención o milagro. Sentada frente a su madre, Angelina se fue comiendo las chocolatinas, una tras otra, en silencio.

Mientras la dulce ambrosía se fundía en su paladar, supo con certeza absoluta que Dios no existía.

CAPÍTULO 5

La casa romana en la que vivía de pequeña tenía una escalera de caracol color teja que llevaba hasta mi cuarto. Los peldaños de hierro forjado parecían una celosía floreada.

Me encantaba el sonido de aquella escalera al bajar a toda prisa por ella. La tiritona de los barrotes que la anclaban al techo hacía caer polvo de yeso al suelo, como si nevara. El tercer escalón era mi barra de ballet, y sentada en el quinto veía la tele con las piernas colgando. En el séptimo leía y desde el noveno lanzaba aviones de papel que con suerte alcanzaban la pista de aterrizaje de la mesa del comedor. En una ocasión me caí de cabeza. En otra, me rompí el dedo pequeño del pie cuando quedó enganchado en el agujero de un pétalo duro e inclemente.

Me gustaba esconderme en su último peldaño y escuchar las conversaciones que tenían los mayores en el salón de abajo. Era el torreón por el que oteaba un mundo desconocido. Una almena con vistas. Con vistas poco apropiadas, todo hay que decirlo. Aunque lo más importante era que constituía un estupendo baluarte contra los adultos. Se había convertido en el castillo desde el que me parapetaba para defenderme de ellos. Podía agarrarme a la barandilla con todas mis fuerzas y que fuera imposible, o al menos muy difícil, hacerme bajar de allí. Eso sucedía sobre todo por las noches, cuando me daban ataques de asma. Me ahogaba, y en mi cuarto aparecía un adulto metro y medio más alto que yo para cogerme en brazos con la aviesa intención de llevarme a urgencias. Yo no tendría más de cuatro o cinco años, pero sabía perfectamente que entrar en el hospital significaba no volver a salir de allí en un tiempo que, durara lo que durase, se me antojaba eterno, y quedar además expuesta a todo tipo de humillaciones.

La cosa empezaba siempre con mis manos aferradas a la barandilla de la escalera y alguien soltándome los dedos uno a uno, proseguía con el viaje en coche por una Roma nocturna y desierta, la visita de un médico desconocido que manoseaba mi cuerpo sin pedir permiso y la aparición espectral de una monja que me tomaba de la mano con demasiada fuerza, para acabar con la desaparición de mi madre frente al ascensor. Me habían prometido que vendría conmigo, pero las puertas se cerraban y mi madre siempre se quedaba del otro lado. En los hospitales mienten a los niños. Y no solo a ellos. Más tarde descubrí que mienten también a los mayores.

Yo me ahogaba, es cierto, pero prefería ahogarme a que me engañaran, a que me ningunearan, a que me encerraran. Días, semanas, una vez hasta dos meses, sujeta a horarios de visita de media hora, del todo insuficientes para mi edad. El caso es que yo, siempre tan buena, empecé a desarrollar una maldad cada vez más elaborada. Si me traían la sopa de fideos sin sal, la tiraba debajo de la almohada. Si me llevaban al baño, me dedicaba a abrir todos los grifos. Si me bañaban, me hacía pis encima a los pocos minutos. Si me tenían que pinchar, ponía en jaque a todas las enfermeras de la planta. Si tenía que abrir la boca porque lo decía el doctor, la abría, pero era capaz de morder el palito de madera y tragármelo ante la estupefacción de los presentes. No respondía a ninguna pregunta que se me formulara y no me relacionaba con nadie, ni siquiera con los niños que compartían mi encierro. Esa era yo en el hospital. Una desconocida, incluso para mí misma.

Mi madre apareció un día fuera del horario de visitas. Era la hora de la siesta y todas las persianas estaban bajadas en aquel pabellón de pediatría donde había decenas de niños acostados. Se acercó de puntillas, puso su dedo en los labios para que me callara y se sentó en mi cama con cara de traviesa. Me besó en silencio. Llevaba sin verla desde la última vez que se cerraron las malditas puertas del ascensor.

—Nos vamos a escapar —me dijo muy bajo al oído.

—¿Y los zapatos? —le pregunté en un susurro—. Me han escondido los zapatos, mamá.

—Es que cuando uno se escapa, se escapa sin zapatos.

Me abracé a su cuello. Le rodeé la cintura con las piernas y mi madre se puso a correr por el pasillo de la clínica. Se reía. Olía bien. Su piel era la mía.

Llegamos a casa y me subió a mi cuarto por la escalera de caracol.

—Lo hemos conseguido, Auretta. —Así me llamaba—. Nunca olvides que de los hospitales hay que escaparse cuanto antes. Aunque sea sin zapatos.

Mi madre intentaba emerger de las profundidades de un sueño inducido que le empastaba la boca y el conocimiento. Se frotaba las manos y la cara de un modo compulsivo, como si quisiera barrer las telarañas de su conciencia. Comenzó a hacerme alguna pregunta y poco a poco se fue espabilando. Al cabo de un rato parecía haber resucitado. La curiosidad y la necesidad de comunicarse recuperaban su espacio natural. Pensé que quizá yo estaba equivocada, que mi desesperanza era un error y que todavía cabía la posibilidad de llevármela, de ayudarla a comenzar una nueva etapa lejos de allí.

Angelina la miraba con la renovada ilusión de quien todavía se cree inmortal y, por tanto, omnipotente. Salvaría a su madre, claro que sí. Si alguien podía hacerlo, era ella. Le acarició el pelo áspero, la besó en la mejilla, le alisó la falda. La lavaría, le compraría vestidos nuevos, le devolvería la dignidad perdida.

Para demostrar que ya se sentía mejor, Elvira quiso sentarse junto a Angelina en el borde de la cama. Al principio la observaba sorprendida, y luego feliz al reconocer a la hija que le habían arrebatado años atrás. De pronto recordaba cuánto la había echado de menos, el dolor de no tenerla, la desesperación de esperar una visita suya que nunca llegaba, tal vez acompañada por Bruno y Arnaldo. ¡Mil veces había escrito a Evaristo pidiéndole que fueran a verla! Pero él no había contestado ni a una de esas misivas que durante meses y años le había enviado. Ni siquiera accedió a hacerle llegar una foto de sus hijos para que no se le desdibujara su recuerdo. Sentó a Angelina en su regazo, le ató bien los lazos de las trenzas y comenzó a besarla con toda la ternura olvidada de aquellos despertares juntas en la casa de Padua, antes de que las separaran y a ella la sepultaran en aquel lugar. La niña se sentía tan cansada que apoyó la mejilla en el pecho de su madre y cerró los ojos. Necesitaba olvidarse de sus pesadillas, dormir sin soñar para despertarse ante un nuevo comienzo. Se sumió en un sopor infantil, acunada por el arrullo de su madre. Pero la tranquilidad duró apenas unos minutos. Elvira zarandeó a la niña y empezó a interrogarla. Angelina no podía entender los vaivenes de una mente confusa, capaz de pasar de la apatía al entusiasmo, del silencio a una verborrea incontenible.

—¿Y Evaristo? ¿Cómo está Evaristo?

—Bien. Muy bien —contestó Angelina, todavía somnolienta.

—Prométeme que volverás y me sacarás de aquí —le imploraba acariciándole la cabeza, las mejillas—. ¿Podrás volver? No me dejes sola. ¿No lo ves?, estoy bien. No me pasa nada. Solo necesito irme y empezar de nuevo.

—Claro, mamá, no te preocupes. Te ayudaré. Para eso he venido.

—Y cuando vuelvas a verme, tienes que traerme dinero. Es imprescindible que lo hagas. Evaristo, te lo tiene que dar Evaristo. Pero no debe saber que es para mí, porque si se da cuenta, te lo negará y además te prohibirá venir a verme. Es un avaro, siempre me ha escatimado hasta el último céntimo. No conoce la generosidad conmigo. Por eso nunca ha vuelto a dar señales de vida, porque se lo quiere guardar todo para él. Todo, todo para él. Y para mí, que soy su fiel esposa... Aunque a la mujer del juez no le niega nada, ¿a que no? Esa zorra sí que sabe cómo se hacen las cosas, no como yo. Tengo que encontrar cuanto antes al Teniente o Subteniente o lo que sea para casarme con él y resolver esta penosa situación. Y si él no quiere, pues que lo haga el doctor Ugolotti y me saque de aquí de una vez. ¿Has notado cómo me mira? Está completamente enamorado de mí. ¿Te acordarás de traerme polvos de arroz y carmín?

Elvira se entretenía en fantasiosas divagaciones que, aunque estuvieran basadas en la realidad, enseguida perdían cualquier rastro de sentido. Como coches de choque en la pista, los pensamientos colisionaban, vagando en un espacio circular y yermo entre chispazos que no conseguían prender la mecha de la coherencia, mientras las palabras se agolpaban y salían disparadas con la violencia de un juego sin reglas.

De repente se sintió agotada y volvió a sumirse en un silencio humillante. Muy nerviosa, incapaz de contenerse, se puso en pie. Cerraba con fuerza los labios intentando disimular la manifestación de su locura. Me di cuenta de que pretendía aprovecharse de mi credulidad infantil para engañarme y alcanzar sus locos objetivos. Había desaparecido cualquier atisbo de amor o gratitud hacia mí. Su desapego era evidente, el mismo que acababa de mostrarme poco antes en la sala común. Pretendí abrazarla, pero me estrujó la cara con la mano y me apartó con tal fuerza que perdí el equilibrio.

—¡Vete de aquí, asquerosa! —gritó enfurecida—. ¿Quién te ha pedido que vinieras? ¡Lárgate ahora mismo! ¡Fuera!

Angelina salió a toda prisa del cuarto, herida y aterrada. Cerró la puerta con la única idea de alejarse cuanto antes de su madre y se adentró en aquel laberinto de pasillos, sin saber adónde dirigirse. Al fondo vio una ventana. La abrió para tratar de orientarse y descubrió a través de las rejas un patio con el suelo de cemento, dos árboles esqueléticos y varios bancos. Algunas enfermas paseaban como animales enjaulados. Vestían gruesas camisas cuyas mangas estaban atadas en la espalda con una serie de nudos que parecían imposibles de deshacer. Entre ellas había una joven con el cráneo rasurado, demasiado grande para su cuerpo. No tendría más de catorce o quince años. La expresión descompuesta probaba el dolor de su desequilibrio en un rostro que sin embargo conservaba aún cierta armonía infantil. Se sentó e intentó liberar sus brazos. Lo hacía con una furia inaudita, impensable en un cuerpo frágil y desnutrido como el suyo. Del banco cayó al pavimento y comenzó a reptar sin manos, boca abajo, hasta una pared donde apoyó la espalda.

Me vio asomada en lo alto. Abandonó sus contorsiones y abrió las piernas sin dejar de observarme como una niña que desconoce el pudor. Doblada en dos, intentaba meter la cabeza entre sus muslos. Comprendí que deseaba alcanzar su sexo con la lengua, en un gesto de una obscenidad perturbadora. Di un paso atrás para ocultarme. En cuanto me perdió de vista, un grito agudo y prolongado salió de su garganta. Un aullido inhumano en el atardecer de Colorno.

Me alejé de la ventana y pensé que tal vez nunca

conseguiría salir de allí. Me convertiría en un monstruo como aquella chiquilla, sin pelo y sin brazos, dispuesta a realizar actos vergonzantes para exhibir y purgar mi propia demencia. ¿Era hereditaria la locura? ¿Ser hija de Elvira me convertía en una enferma mental? Eso había dicho Brígida cuando robé el cuadro de mi hermano. ¿Sería verdad, estaba ya loca, o me volvería loca más tarde? Comencé a llorar abrumada por tan siniestros pensamientos y no oí los pasos de sor Tarcisia, que recorría presurosa el corredor con su característico tintineo de llaves.

—¿Qué haces aquí a oscuras? ¿Qué ha pasado? ¿Por qué lloras?

Angelina sintió un gran alivio al verla, pero no quiso confesarle que su llegada significaba el final de una pesadilla y que de la visita a su madre solo le quedaba el temor de tener que volver a verla. Escondió la cara entre las faldas de la monja, quien la consoló y le infundió el ánimo necesario para ir al encuentro de su tata, la única que podía sacarla de aquel infierno para regresar a casa.

Sor Tarcisia fue abriendo puertas y verjas, tras las cuales se desplegaban las largas galerías mordidas por simétricas habitaciones, repletas de dementes arracimados a lo largo de las perversas geometrías de aquel panal. Cuando por fin llegaron a la salita donde aguardaba Íside, la tata empezó a ametrallar a la niña con preguntas.

—¿La has visto? ¿Cómo está? Menos mal que has vuelto... ¡No podía más de tanto esperarte! ¿Qué te ha contado? ¿Se ha alegrado de verte? Y las chocolatinas, ¿le han gustado? ¿Estaban ricas...? —Íside se dio al fin cuenta de que Angelina no quería hablar—. ¿Qué te pasa?

—Creo que está un poco cansada —explicó sor Tarcisia—. Demasiadas emociones en un solo día, ¿verdad que sí, guapa? Es que este es un sitio un poco raro. Hasta que te acostumbras. Verás como la próxima vez que vengas todo irá mejor.

Incapaz de contestar ni a la una ni a la otra, Angelina se puso el abrigo dispuesta a marcharse cuanto antes de allí y, desde luego, a no regresar jamás.

—Pero bueno... ¿a ti también se te ha comido la lengua el gato? —continuó sor Tarcisia pellizcando las mejillas de Angelina—. A ver, a ver, saca la lengua...

Sus dedos despedían el olor metálico de las llaves que le colgaban del cinturón. Angelina se zafó de ella y echó a correr hacia la salida. Íside intentó seguirla, pero entre el maletín, el abrigo, el desconcierto y su obesa lentitud, pronto renunció.

Angelina corrió por el camino de grava. Alcanzó la cancela y, sin mirar atrás, se dirigió sola a la estación. Oía cada vez más lejos los gritos y súplicas de Íside, pero no sentía ninguna piedad por ella. Más bien la aborrecía, nunca debió llevarla allí. Por alguna razón, tal vez por eludir su propia culpa, en ese momento no recordaba el chantaje sentimental al que había sometido a la tata, ni era consciente de todo el repertorio que Íside desplegó durante meses para distraerla de su propósito. Tampoco pensaba en el embrollo en que había metido a aquella pobre mujer, tan bondadosa como ignorante, que solo quiso complacerla por amor.

Íside dio al fin con ella. Encontró a Angelina sentada

en un banco de la estación y se sentó a su vera al borde de la asfixia.

—¿Se puede saber qué mosca te ha picado? ¿Qué te he hecho yo de malo? ¿Por qué me tratas así?

—Todo esto es culpa tuya. No deberías haberme traído. No quiero volver aquí, no quiero volver a verla nunca más. Para mí es como si hubiera muerto, ¿lo entiendes?

El silencio se instaló entre ellas. La rabia de la niña y el susto de la tata comenzaban a ceder. Estaban exhaustas, solo sentían pena la una de la otra. La llegada del tren las sorprendió abrazadas.

Parecían madre e hija.

CAPÍTULO 6

Algunas tardes de principio de verano, mi abuelo Cécrope y yo íbamos a volar cometas en las ventosas playas cercanas a Roma. Yo me agarraba a su mano para correr de espaldas, con la nariz y los ojos hacia arriba. En cuanto el rombo de papel conseguía la altura necesaria, mi abuelo me soltaba para tumbarse a fumar un cigarro de tabaco tan negro como el alquitrán de la arena pringada por las petroleras. Se quedaba absorto, contemplando las evoluciones de aquella estrella que tonteaba por el aire con la cabellera al viento. Tal vez recordara los tiempos de la guerra, cuando logró volver a casa medio ciego y muy enfermo, y se puso a construir cometas para ahuyentar los pensamientos tristes. Evaristo le había enseñado los secretos y las mañas de un oficio aprendido de niño en el taller de sus padres. Se sentía en el deber de conservar la tradición familiar y eligió a su yerno, al que consideraba un imbécil integral, para transmitirle lo que ya a nadie le interesaba, ni a él mismo siquiera. Cécrope, que de tonto no tenía ni un pelo, supo sacar provecho de sus enseñanzas. A lo largo de su vida se dedicó a la pedagogía y llegó a crear un sistema de aprendizaje innovador en el que la recuperación de las tradiciones y la artesanía era fundamental. Por supuesto, en sus cursos siempre incluía la fabricación de volantines.

Mi abuelo vivía en un amplio apartamento del Trastévere romano cuyo suelo era de esa cerámica modernista que dibuja figuras simétricas, multiplicadas a la manera de los cristalitos coloreados de los caleidoscopios. La de su casa emulaba una enredadera en tonos ocres, verdes y marrones. Una selva plana en la que corrí cientos de aventuras durante mi infancia. Reptaba por el pasillo como los marines para llegar a una habitación que era el centro de operaciones de todos mis juegos. Allí había pupitres de tableros inclinados con taburetes de madera. En las paredes se levantaban anchas estanterías repletas de cajas de cartón llenas de cosas en apariencia inútiles, pero dispuestas en un orden meticuloso: corchos, envases vacíos de yogur, botellas de plástico, botones de diferentes formas y colores, palitos de los polos, cordones usados de zapatos. Todo lo que se solía tirar a la basura, él lo reciclaba para construir unas figuras voladoras que sus alumnos hacían despegar atadas a un hilo invisible. A mi abuelo le gustaban la buena comida y las mujeres hermosas. Consciente de su atractivo, era un hombre tranquilo que mantenía la compostura incluso en las situaciones más insólitas. Ese rasgo de su carácter le llevó a darse el gusto de sazonar su vida casándose con una histérica. En su caso, la dudosa teoría de que los contrarios se atraen se fue refutando a lo largo de medio siglo de matrimonio.

Una de las muchas diferencias entre Ángela y Cécrope es que ella padecía insomnio, mientras que él dormía como un lirón. Tanto en invierno como en verano, solía tumbarse en una hamaca colgada de uno a otro costado del pequeño balcón lleno de ficus y cactus, asomado a una corrala circular en la que las comadres charlaban y discutían a todas horas. Mi abuelo se dormía con un cartel sobre el pecho que rezaba: «SILENZIO: IL POETA LAVORA». Recuerdo la curiosidad infantil con la que sus nietos le observábamos, sin atrevernos ni a respirar para no interrumpir la creativa siesta del vate.

Después de reposar, iba a la cocina y descolgaba del tiro de la chimenea un molinillo de café que pendía rodeado de otros muchos arreos para los fogones. En la pared teñida de hollín resplandecía la silueta de aquel molinillo, que recordaba a una cómoda con un cajón en miniatura. Sentado en una silla de paja junto a una gran mesa redonda, lo encajaba entre sus piernas y molía durante un buen rato en pleno ataque de bostezos, hasta que los granos se convertían en polvo. Después sacaba de la alacena una de sus cafeteras napolitanas. Tenía muchas, más de diez, quizá veinte, de todos los tamaños. Ponía al fuego la elegida y cuando rompía a hervir, le daba la vuelta con un golpe seco. La tacita se llenaba de un negro condensado que debía tomarse sin azúcar y de un solo trago. Como quien se mete un lingotazo de tequila. Una bebida para valientes. Y mi abuelo sin duda lo era.

A Cécrope le divertía ver con nosotros en la tele las aventuras de Popeye. En realidad, creo que estaba enamorado de Olivia, una mujer filiforme muy parecida a la *nonna* y del todo diferente a la señora que en ese momento era su pareja. Se llamaba Colette, una francesa inmensa y algo airada. La recuerdo una mañana temprano en que nuestros juegos la habían despertado y se puso a gritarnos por el pasillo desnuda, con los brazos en jarras. Tenía un hoyuelo en el mentón. Y una vulva tan grande, tan oscura y tan peluda que me dejó impresionada. Nunca había visto nada igual.

Mi abuelo murió en el verano de mis dieciocho años. Me enteré por una conversación robada a un grupo de amigos suyos en la terraza del bar de Tellaro. Solían citarse allí para jugar a las cartas, todos con párpados caídos como los de esos canes que parecen tristes, aunque en realidad solo son viejos. «*Ieri è morto Cécrope*», dijo uno de ellos. No hacía falta el apellido, con ese nombre solo podían referirse a él.

El dolor de la pérdida siempre me produjo la sensación auditiva de quien mete la cabeza debajo del agua y la impresión táctil de llevar un apretado vendaje de hormigas sobre la piel. Rodeada de personas en bañador dispuestas a desayunar al sol, del todo ajenas al batallón de voraces insectos que mordisqueaban mis piernas y a la distorsión acústica que me ensordecía, intenté domesticar mi cuerpo. Al cabo de un rato pude ponerme en pie y llegar hasta la cabina telefónica de la plaza. Llamé a Ángela, hablé con Carlotta. Mi tía me contó a voz en grito que había muerto de repente y que por la casa de su padre pululaban amantes varias, capitaneadas por la francesa, que pretendían llevarse esto o aquello. Por supuesto, Ángela las había echado a todas a la calle con la autoridad incontestable de ser la legítima esposa, a pesar de que llevaran separados más de treinta años.

Yo heredé el molinillo y las cafeteras napolitanas. Por alguna extraña conexión neuronal, cada vez que huelo a café no viene a mi mente Cécrope, sino la tenebrosa vulva de Colette. Siempre la imaginé igual de intensa, de violenta, que aquella ambrosía negra y amarga que tanto le gustaba al abuelo. Algo debía de saber la *nonna* al respecto, porque cuando la invitaba a merendar a mi casa, cerraba los ojos con la taza humeante en la mano y decía como en un suspiro:

—Huele como el mentiroso de Cécrope.

Las fragancias del pasado mantienen su aroma intacto. No conocen el olvido, te trasladan de modo súbito a otro momento, a otro lugar. A la rama de un árbol alto y frondoso, cuando los pantalones cortos dejaban al aire un par de rodillas llenas de raspones.

Una tarde descubrí a un chico subido en la copa del cedro cuya sombra se reflejaba en el cuarto de estar de mi casa. Lo primero que vi fueron sus grandes ojos entre las agujas puntiagudas y las piñas que pendían de los tallos. Me parecieron hermosos, muy hermosos. Tanto que sentí olas y extraños revoloteos en el vientre, como si fuera montada en una bicicleta cuesta abajo y sin frenos. Temerosa de estrellarme por la imprevista aparición e incapaz de disfrutar de la sonrisa que ya había desplegado el trepador de árboles, no se me ocurrió nada mejor que cerrarle la puerta del balcón en las narices. Lo hice con tal arrojo que estuve a punto de matarle. El desconocido pretendiente se asustó, perdió el equilibrio y cayó de rama en rama, tres pisos más abajo. Aterrizó de culo y, a partir de entonces, se enamoró de mí. Y yo de él.

Este accidentado comienzo fue premonitorio.

Desde que empezamos a frecuentarnos en los albores de la adolescencia hasta que nos separamos ya con dos hijas mayores, fue exactamente lo que hicimos una y otra vez: estamparnos la puerta en las narices.

Angelina y Cecropino se conocieron a mediados de los años veinte, cuando Evaristo, definitivamente repuesto de las penalidades de la posguerra, alquiló un apartamento más adecuado a las nuevas necesidades de los suyos en un edificio antiguo de cuatro plantas, construido en lo alto de una pequeña colina junto al río. Tenía una torre dorada que parecía un faro. Se veía desde cualquier punto de Parma y todo el mundo sabía que aquel era el hogar de los Barilli, unos artistas extravagantes de los que se contaban historias fabulosas que ellos nunca se molestaron en desmentir.

En las angostas habitaciones que componían aquel minarete cubierto de frescos, se conservaba a modo de museo el estudio del ya fallecido Barilli *il Vecchio*, patriarca y gran pintor. En los pisos de abajo vivían sus tres hijos con sus respectivas esposas y una numerosa prole.

En medio de esta saga, Evaristo y su familia se instalaron en la tercera planta. Las puertas de la casa del río estaban siempre abiertas para borrar las fronteras entre los vecinos y evitar el engorroso asunto del timbre. Había demasiado chiquillo suelto por la escalera. Con tanto sube y baja, a nadie le extrañó que Angelina y Cecropino acabaran enamorándose.

Por aquel entonces los hermanos Spagnoli ya no eran unos niños: Bruno estudiaba Medicina y trabajaba como asistente voluntario en el departamento psiquiátrico de un prestigioso hospital; Arnaldo asistía al primer curso de la Escuela Superior de Arte y Ángela abordaba el bachillerato. Evaristo ya era un abogado de gran prestigio y dedicaba gran parte de sus esfuerzos a la causa socialista y a la idea de una Europa unida. Entre el trabajo, la vocación política y la relación estable con la esposa del juez, no paraba mucho por casa. Brígida moría lentamente de una rara enfermedad intestinal, mientras que Íside se ocupaba de la más pequeña de la casa, a la que veía crecer con arrobo materno. Tras la experiencia traumática del manicomio, la niña y la criada no volvieron a hablar de aquel episodio ni entre ellas ni, por supuesto, con nadie. Quedó claro que no se repetirían las visitas a Colorno y el nombre de Elvira cayó de nuevo en el silencio. Deseosa la una de negar la existencia de la madre y la otra de acallar el sentimiento de culpa por haber organizado el desafortunado encuentro, ambas compartieron un secreto que estrechó sus lazos y las mantuvo unidas para siempre.

El cambio de domicilio a la Torre de los Barilli significó para Ángela el comienzo de una etapa feliz. Una gran fiesta que se prolongó desde los trece años hasta el día de su boda, cuyo ágape se celebró precisamente en el jardín de aquel palacete en el que había conocido la amistad y el amor.

Yo misma cosí el vestido. De seda blanca, largo y estrecho, con un escote recto de hombro a hombro y unas mangas que cubrían el dorso de las manos en un pico que indicaba el dedo corazón. Con un retal forré los zapatos, comprados de dos tallas menos para disimular los pies enormes que tanto me avergonzaban. No quise velo, solo una diadema sobre el corte a lo *garçonne* que lucí para escándalo de algunos invitados.

Antes de salir hacia el ayuntamiento a dar el sí quiero, me miré al espejo y, superpuesta a la niña que había dejado de ser, vi la imagen de una joven esbelta, alta, morena, de ojos oscuros, con una nariz demasiado grande y unos labios demasiado finos, pintados de rojo.

No era guapa, pero nunca le faltaron admiradores. Poseía una determinación y una energía salvaje que la masculinizaban y la convertían en una mujer singular. Los hombres reconocían en ella a un igual. Sin embargo, Ángela los trataba con el mismo desprecio que ellos solían reservar a las mujeres.

De los dos, el guapo era él. El novio la aguardaba en la sala del consistorio, risueño y algo despeinado. La novia llegó puntual y recorrió con pasos firmes el trecho que los separaba. Le cogió del brazo. Se casaron. Los Barilli y los Spagnoli almorzaron en el jardín de la casa del río. Y Ángela lo vomitó todo. Fue tal el suplicio infligido a sus pies, cautivos de aquellos zapatos demasiado estrechos, que el dolor subió por las piernas, le revolvió el estómago y acabó taladrándole el cráneo en una jaqueca atroz. Su marido la recostó en la cama, todavía vestida de novia. Cerró las persianas y la dejó sola para que descansara. Descompuesta por las náuseas, Ángela apenas oía las risas lejanas de los invitados a un convite que no parecía el suyo.

La abuela Margarita me envió como regalo de boda un ajuar completo con centros de mesa, manteles, visillos y sábanas de lino bordadas por las hermanitas de Jesús. En el paquete encontré una carta en la que se disculpaba por no poder asistir al enlace. Una vez más, esgrimía su frágil estado de salud como impedimento para afrontar el viaje en tren desde Padua. Llevaba muchos años sin verla. Por alguna razón, que esta vez ni me había molestado en averiguar, sus visitas se espaciaron y acabaron por interrumpirse del todo. Es probable que la relación con mi padre finalizara al darse cuenta de las mentiras y artimañas de aquel hombre al que había querido como a un hijo. En las fechas señaladas siempre recibíamos las correspondientes felicitaciones, aunque solo era un gesto de corrección hacia sus nietos, exento de todo afecto. Pero en aquella ocasión añadió una posdata inesperada que liberó mis antiguos fantasmas: «Tu madre ha vuelto a casa. Afirma que hace años fuiste al sanatorio. Es tal la insistencia que he acabado por creerla. ¿Por qué te lo callaste? ¿Por qué nunca dijiste que sabías la verdad? Si lo deseas, puedes venir a vernos. Sería motivo de gran alegría para nosotras».

El 14 de agosto de 1932, Margarita fue al Manicomio Provincial de Colorno. Entregó un documento en el que se exoneraba a Evaristo Spagnoli de toda autoridad legal sobre Elvira Melloni y firmó otro en el que asumía la total responsabilidad de cuidar a su hija, afectada por una demencia precoz incurable. Después de quince años interna, Elvira volvía a casa.

Un automóvil con chófer las condujo con discreción

a su ciudad natal. Allí la esperaba su hermana Clelia, que nunca se había casado para cuidar de su madre, y el servicio doméstico, aleccionado por la señora Melloni para que mantuvieran la boca cerrada si querían conservar el sueldo. La locura era algo vergonzante en aquella sociedad, una maldición casi divina que se cernía sobre quienes habían cometido actos indecentes. Y Elvira, digna hija del Ingeniero, no había escatimado esfuerzos para perpetrar el catálogo entero de lo que se consideraba obsceno: licenciarse en la universidad, casarse con un hombre de ideas subversivas, separarse, abandonar a sus hijos, buscar el placer carnal en otros hombres y quedar embarazada de uno de ellos. No era de extrañar que hubiera perdido la cabeza.

Al llegar, Elvira se inclinó frente al ama de llaves, la cocinera, la camarera y el jardinero, como si la criada fuera ella, y ellos, los señores. La instalaron en la habitación de su infancia, que se convirtió enseguida en un refugio. Acostumbrada al encierro, prefería aquel lugar a cualquier otro de la casa o del jardín. Allí transcurría la mayor parte del tiempo, acunada por el balanceo casi constante de una mecedora. Con los brazos cruzados, miraba atónita las largas cortinas blancas sin ver nunca más allá del sol de la mañana que se tamizaba por el colador del encaje, proyectando inquietos puntos de luz en su vestido oscuro.

Ángela decidió aceptar la invitación. Rehusó viajar acompañada de su marido, secó las lágrimas de Íside sin escuchar sus súplicas y advertencias, y a Evaristo le hizo saber que iba a Padua para visitar a su madre con una claridad que no dejaba espacio a objeción alguna. Tuvieron en ese momento la oportunidad de hablar de Elvira, de las mentiras, de los silencios delatores, del encuentro secreto en el manicomio. Pero padre e hija eludieron cualquier confrontación. Ya era demasiado tarde para explicaciones. Por primera vez, Ángela se sentía fuerte y capaz de emprender sola un viaje que la llevaría a reunirse de nuevo con su madre.

Aquel invierno hacía mucho frío. El tren desfilaba por las laderas cubierto de hielo en las barbas, en los intersticios de las ruedas, en las junturas de las bielas, en las comisuras de las ventanillas, en las bisagras de las portezuelas de cada compartimento. Crujían los vagones escarchados, los frenos rechinaban en el relente.

Después de varias horas de viaje, la locomotora aminoró la marcha y metió el hocico en la estación. Ángela echó el aliento en el cristal empañado y abrió un resquicio redondo por el que aparecieron como enmarcadas su abuela y su tía, de pie bajo una marquesina. Parecían dos carámbanos.

Pasé dos semanas con ellas. Dos semanas interminables. Mi madre había experimentado una cierta mejoría al salir del manicomio. La fase aguda de su enfermedad comenzaba a remitir gracias a los cuidados familiares. Tenía de nuevo el pelo largo, ya blanco, la piel fina y transparente, los vestidos ajustados a su talla. Aunque había perdido toda la dentadura, era un alivio verla con aspecto aseado, ayudaba a compensar el desorden de su mente.

«¿Y Evaristo? ¿Cómo está Evaristo?», preguntó nada más verme. Para ella era como si los años no hubiesen transcurrido. Permanecía varada en el punto en el que su matrimonio se había ido a pique, anclada a un pasado en eterno presente que le impedía zanjar aquel capítulo y mirar hacia delante. Su temperamento obsesivo solo le permitía retroceder hasta aquel punto y amurallarse tras una realidad que ya no existía. Apenas decía alguna palabra. A todo contestaba lo mismo: «Sí, no sé».

Y no era la única que callaba. Mi abuela y mi tía estaban tan avergonzadas por la tara moral y familiar que suponía la demencia que la tenían medio escondida. Para evitar habladurías, jamás la sacaban a la calle. Y si venían visitas, Elvira siempre se hallaba indispuesta. Enseguida me di cuenta de que hacían algo parecido conmigo. Me presentaban a sus invitados como la hija de unos queridos amigos que vivían en el extranjero. Todo se ocultaba. El secretismo y las mentiras eran la manera que habían encontrado para soslayar la desgracia.

La última noche de mi estancia en aquella casa me despertó el crujido de la madera bajo los pies descalzos de mi madre. La vi observarme en la penumbra, a una distancia prudencial de mi cama. Me hice la dormida para no espantarla, picada por la curiosidad. Llevaba un chal sobre un largo camisón blanco, el cabello suelto y las manos entrelazadas. Bisbiseaba algo incomprensible. De no conocer su aversión a cualquier práctica religiosa, habría pensado que rezaba. El reflejo de su cuerpo en el gran espejo oval de mi cuarto despertó en ella mucho interés. Se observaba con detenimiento. Dejó caer la toquilla. Desabrochó su camisón. Al descubierto quedaron los hombros delgados y sus senos. Con una mano tapó uno de ellos. Y sonrió satisfecha.

Ángela regresó a casa con la idea de volver cuanto antes. Pero sucedieron tantas cosas que se vio obligada a posponer una y otra vez la visita a su madre. Se quedó embarazada, nació su hija Carlotta, descubrió las primeras infidelidades de Cécrope, Bruno y Arnaldo se casaron, Evaristo recibió amenazas de grupos fascistas.

Pasó el tiempo.

Brígida estuvo una semana vomitando sus propias heces en un estado de putrefacción física que acabó por llevársela al otro mundo. Todos fueron al funeral, pero no todos lloraron su desaparición. Ángela clavó la mirada en el ataúd con los ojos como agujas.

—Murió como vivió: llena de mierda —le susurró a Íside.

Después de aquella frase lapidaria, la pobre tata, tan sensible a cualquier tipo de superstición, se empeñó en mantener las ventanas de la casa abiertas durante varios días, para neutralizar por congelación los efluvios malignos de la que había sido su jefa. Lo malo fue que a punto estuvo de llevarse por delante también a Belcebú, siempre propenso a las afecciones pulmonares desde que de joven había enfermado a consecuencia de una excursión campestre pasada por agua.

Siguió pasando el tiempo.

Bruno se convirtió en un psiquiatra especializado en afecciones tiroideas relacionadas con los desequilibrios mentales. Estas investigaciones se tornaron en una obsesión, solo veía tiroides desmesurados en cualquiera que se acercara por su consulta. Nunca fue un médico recomendable.

Arnaldo terminó sus estudios de Bellas Artes. Cada vez más excéntrico, desaparecía durante días y días subido en calzoncillos a una bicicleta para pintar paisajes alpinos. Cuentan que tenía la curiosa costumbre de enviarse postales a sí mismo. Estas misivas eran la única fuente de información de la que disponía su esposa sobre el paradero de aquel hombre tan extraño con el que se había casado.

A Evaristo le diagnosticaron una tuberculosis. En lugar de seguir los consejos del médico, dedicó sus últimas energías a la causa antifascista. Salía muy temprano envuelto en su bufanda y volvía muy tarde, cuando ya todos dormían. Nadie sabía qué hacía ni en qué líos andaba metido. Nunca hablaba. Solo se oía en medio de la noche una tos cavernosa que sonaba peor que las ráfagas de metralleta. Una madrugada llamaron con fuertes golpes. Preocupada por su estado de salud, Ángela se había quedado en la casa para cuidarle. Abrió antes de que tiraran la puerta abajo y varios hombres la echaron a un lado de malas maneras. Avanzaron por el pasillo. Encendieron las luces, rebuscaron en las habitaciones. Venían a por Evaristo con la intención de fusilarle allí mismo. Pero como sabe más el diablo por viejo que por diablo, él no les dio aquella satisfacción. Lo descubrieron muerto en el baño. Poco antes le había fallado el corazón.

Ángela se sentó en el suelo al lado de su padre, olvidándose de los camisas negras que reventaban cuanto veían a su paso para desquitarse del fallido ajuste de cuentas. No fue capaz de derramar ni una sola lágrima.

Tampoco sentía ningún miedo. En aquel momento le daba igual todo. Que hubiera fallecido su padre, que la mataran a ella, que desvalijaran y destrozaran la casa. Su aliento era más frío que la última exhalación del muerto.

Con las primeras luces de la mañana llegó Íside. Se encontró la puerta de la casa abierta. Avanzó aterrada por el pasillo, llegó a la alcoba de Evaristo, vio el cuerpo tendido en el baño y a Ángela paralizada a su lado. Las dos mujeres se tomaron un té en la cocina, rodeadas de platos y vasos rotos de la alacena que habían tirado al suelo los fascistas. El paisaje era desolador. Después arrastraron el cuerpo y lo colocaron en la cama. Quedó un rastro de orín. La última micción de Evaristo antes de irse al infierno. Aquella fue su despedida.

Y pasó todavía más tiempo.

El 2 de septiembre de 1941, lo que quedaba de la familia se reunió para celebrar una pequeña fiesta en honor de Carlotta por su quinto cumpleaños, dar la bienvenida a Stefano, el hijo recién nacido de Arnaldo, y despedir a Cécrope.

Los hombres son seres poco inteligentes. Solo un idiota puede presentarse voluntario para ir a la guerra como quien va a jugar a los indios. Y yo, como casi todas, me había casado con un idiota. Llegué a esa conclusión cuando Cécrope dijo adiós sin dejar de mirarse en el espejo del recibidor. Se encontraba guapísimo con el uniforme. Lástima que a mí me pareciera un sudario.

—Enseguida estaré de vuelta. No te preocupes —le soltó guiñándole un ojo, ya en el rellano de la escalera.

Bajó los peldaños de dos en dos, el petate al hombro y la gorra en la mano, mientras silbaba *Fratelli d'Italia*. Con Carlotta de la mano, Ángela le observó marcharse.

No le pegó un tiro porque había nacido mujer.

CAPÍTULO 7

Dice Efe que se casó conmigo a bofetadas, arrastrado por las mujeres de su familia. Es lo menos romántico que he escuchado en toda mi vida, pero tiene razón. Sus hermanas se vieron obligadas a darle un empujón al asunto. Si llegan a esperar a que madurara la decisión, eligiera la ocasión propicia para pedirme la mano, arreglara los papeles y organizara el convite, me habría casado al estilo de Norma Aleandro en la película *El hijo de la novia*: con noventa años y un alzhéimer galopante como último obsequio a mi amor antes de irme al otro mundo.

Sonia y Silvia se presentaron en casa una noche lluviosa y nos comunicaron que había llegado la hora de casarnos. Acto seguido, hicieron una primera lista de invitados, pensaron en diversos lugares posibles para la fiesta, establecieron una fecha y llamaron a un amigo concejal. De pronto enmudecieron, me miraron suspicaces y la mayor preguntó a la pequeña: «Y a ella, ¿cómo la vestimos?». Y la pequeña contestó a la mayor: «¿Y qué le ponemos en la cabeza?».

Elegí para el festejo un vestido azul porque era el color de nuestro primer encuentro, bajo el cielo sereno de un cálido atardecer de otoño. Lo vi en el escaparate de una lujosa tienda y lo compré al instante ante el asombro de los dependientes, que no daban crédito a que yo me decidiera «tan rápido» para un día «tan importante», como ellos mismos lo calificaron. Y, en efecto, fue un día importante. Por eso todo encajó, como las palabras o las notas musicales en los momentos de inspiración.

Celebramos las nupcias en una casa en medio del campo, cubierta de madreselva y rodeada por un jardín que fue nuestra capilla. Pusimos unas sillas de madera en el césped para que se sentaran los invitados bajo la sombra de los árboles. A la hora convenida, junto al concejal, me esperaba Efe con una flor azul en la solapa. Fui a su encuentro acompañada por los niños de la familia y me casé estupefacta, emocionada, feliz. Tengo un recuerdo cenital, como si en lugar de hallarme frente al altar campestre lo hubiese visto todo desde la luna.

A eso de las tres de la madrugada, cuando se habían marchado casi todos, me quedé sentada junto al que ya era oficialmente mi marido. El sonido de los grillos acompasaba el silencio bajo la bóveda negra y estrellada. Los vasos a medio beber, las velas en sus últimos temblores, las risas lejanas de nuestros hijos que se tiraban vestidos a la piscina. Y mi mano en la suya. Notaba su perfil, su respiración, su calor. Pensé en las muchas ocasiones en que nos habíamos cruzado sin llegar a conocernos. Aquel concierto en el Rock-Ola, las noches melancólicas del Penta o las más locas de La Vía Láctea. ¿Cuántas veces le habré visto sin verle? ¿Cómo es posible que nunca coincidiéramos junto a algún amigo común, o durante las conversaciones que mantuvo en casa con mi padre, o a lo largo de su estancia laboral en Soria, tan cerca de mis veraneos en esa ciudad? Lo que no podía ni sospechar es que mientras desayunábamos en la misma cafetería soriana, acodados en la barra, hombro con hombro, transparentes el uno para el otro, renunciaba yo a muchas de las cosas que habría querido hacer con él. Cosas de la vida y del amor. Cosas del tiempo. Pero como nunca he sido aficionada a buscar lo imposible, sino más bien a alcanzar lo posible, me limité a congratularme con el destino cuando, al fin, nos plantó frente a frente. Entonces, lo único que pudimos hacer ya fue besarnos. Y fue un beso que duró una eternidad, el intervalo necesario entre el antes y el después de conocernos. Sus labios. Mi pelo. Su piel. Mi bolso que se resbalaba del hombro. Sus manos por debajo de mi abrigo. El cuello de su camisa. Los adoquines fríos. El botón de mi blusa. Los ojos cerrados. Luego abiertos. Las luces de la noche como glóbulos blancos, rojos, verdes o de un amarillo intenso, restallante.

—¡Vivan los novios! —gritó algún superviviente emboscado en la oscuridad del jardín.

Efe puso su chaqueta sobre mis hombros. Le miré y supe que se sentía el hombre más afortunado del planeta por haberse casado conmigo. Aunque fuera a bofetadas.

Me desposé en la ignorancia más absoluta. Criada en una familia de hombres cuyas únicas presencias femeninas eran una sirvienta resentida, una niñera inexperta, una madre demente y un puñado de amigas célibes, era muy posible que el altar acabara convertido en patíbulo.

Durante nuestro noviazgo ni siquiera le había permitido besarme en los labios. Sentía una repugnancia invencible que no consideré anormal, dada mi bisoñez y mi naturaleza desconfiada, nada propensa al abandono erótico. Solo el día de mi boda entendí que no estaba hecha para ser la esposa de nadie. Durante aquella noche inacabable en la que él y yo dormimos juntos por primera vez, descubrí que las relaciones maritales consistían en lo que ya había visto entre Elvira y el Teniente cuando era pequeña. Quedé espantada. Compartir la cama con un varón me pareció una experiencia inmunda. Tampoco la costumbre me ayudó a superar esta aversión. Siempre aborrecí la obligada proximidad de mi piel con la suya, los tocamientos, los humores físicos propios y ajenos. Aquella intimidad obligada me resultaba tan desagradable y dolorosa como si escarbaran con una aguja en el nervio de una muela.

Yo a Cécrope le quise, pero no le deseé. Para él, mi inapetencia sexual nunca tuvo la menor importancia, ni al principio ni después. Más bien le sirvió de excusa perfecta para seducir a las señoras y señoritas que se fueron sucediendo durante nuestro matrimonio, en la guerra y en la paz.

Cécrope se alistó como voluntario en el ejército de Mussolini. Y le destinaron a la Unión Soviética con el ambicioso propósito de conquistar aquel inmenso y gélido país para la causa fascista. Il Duce, empeñado en estrechar la alianza con el Führer, consideraba esta campaña rusa una incursión rápida que le reportaría grandes beneficios económicos. En el verano de 1941, doscientos mil italianos, sin apenas municiones y vestidos con los veraniegos uniformes que habían servido para la campaña africana, marcharon a la conquista de Stalingrado. Debido a la falta de organización, en lugar de partir a principios de junio como estaba previsto, lo hicieron ya en agosto, cuando el estío tocaba a su fin. Y en tierra rusa les alcanzó el invierno, uno de los más fríos que se recuerdan, con temperaturas que oscilaban entre los treinta y los cuarenta grados bajo cero. Aquellos militares tuvieron que luchar con las botas envueltas en pieles y el cuerpo cubierto de telas blancas para confundirse con el paisaje nevado y salvar el pellejo. Lo que se debía resolver en dos semanas se prolongó a lo largo de tres años inacabables. Cuando el descalabro de la ofensiva se hizo evidente, muchos trataron de regresar a pie en una humillante retirada que le valió al ejército italiano la fama de ser el peor del mundo. En este fracasado intento de regreso fallecieron hundidas en la nieve casi la mitad de sus tropas.

Unos pocos, los más listos, entendieron la imposibilidad de volver a casa, con lo cual optaron por quedarse a vivir allá donde se encontraran a la espera de circunstancias más propicias. Abandonados en tierra extranjera por su propio ejército en desbandada, vilipendiados por los alemanes, que siempre los habían tratado como a unos parientes pobres, prefirieron amigarse con la población local. Y las gentes rusas, tan hartas de los nazis invasores como de los bolcheviques patrios, les dieron cobijo. Así fue como estos italianos bebieron y cantaron a la luz de la lumbre de sus cocinas. Y haciendo honor a su fama, enamoraron a sus mujeres.

Cécrope fue uno de ellos. Él nunca luchó en el frente. Tenía rango de oficial y el cometido de supervisar el montaje y desmontaje del cuartel itinerante que le habían asignado. A los pocos meses, su destacamento ya estaba sumido en el caos absoluto. Alejado de las tropas germanas, allí casi nunca arribaban noticias. Tampoco órdenes. Nadie sabía nada. Ni qué hacer, ni adónde ir, ni siquiera si ganaban o perdían aquella descabellada guerra. Cécrope acabó asentado a orillas del Don junto a sus camaradas, a la espera del final de una contienda que parecía no terminar nunca. Como no tenía nada mejor a lo que dedicarse, se encaprichó de la hija del panadero de una aldea cercana al campamento. Aquella joven, criada con levadura, de piel nívea y tersa como la infinita plancha de tierra que los acogía, le aguardaba cada noche en la cama.

Poco después de que mi marido desapareciese en tierras extranjeras, recibí un telegrama que me notificaba la extrema gravedad de mi madre, ahora enferma de un cáncer de pecho.

Nunca vi a Elvira tan contenta, tan serena, tan afectuosa como durante su enfermedad. Ni tan cuerda. La convicción de que al fin se acercaba el día de su muerte le hizo recobrar algo del juicio perdido. La operaron y me la llevé a vivir conmigo. La guerra pasaba por sus momentos más intensos y viajar para verla era demasiado peligroso.

Margarita Melloni, liberada de la responsabilidad de cuidar a su hija, falleció con la misma discreción que siempre la había caracterizado, como si se dejara ir. La criada subió la bandeja del desayuno como todas las mañanas y se la encontró muerta en el lecho, tan compuesta que no hizo falta ni amortajarla.

El consiguiente luto y la apresurada marcha de su marido obligaron a Ángela a tomar decisiones difíciles. Los acontecimientos se habían precipitado en pocos días. No podía permanecer en su casa de Parma, ubicada junto a la estación, blanco de los unos y de los otros. Ya no era un lugar seguro. Así que se trasladó con su madre, Íside y Carlotta a una finca en el campo, huyendo de los bombardeos. Cuatro mujeres solas en plena guerra. En realidad, cinco, porque en su vientre ya pataleaba Caterina.

Si pienso en aquellos años, lo primero que me viene a la cabeza no es el terror por el ruido de los disparos cercanos, ni las visitas intempestivas de soldados dispuestos a robar, ni la escasez de comida, ni la preocupación por Cécrope. Lo primero que recuerdo es el frío atroz. Para mí, la guerra no es sinónimo de muerte, sino de frío. De hecho, nuestra actividad principal era alcanzar la temperatura mínima que nos permitiera sobrevivir. Íside y yo aprendimos a cardar la lana de las ovejas del establo. Tejíamos jerséis, pantalones, calcetines, gorros y guantes con aquel hilo áspero, que picaba como un demonio, dejándonos tan resquebrajada la piel de los dedos que los ovillos se teñían de sangre. Los días transcurrían alrededor de la cocina económica. Allí cosíamos la guata, guisábamos, charlábamos, jugaba Carlotta y mi madre se calentaba la espalda, siempre dolorida tras su operación. Casi nunca salíamos de la cocina. El resto de la vivienda permanecía sellada como un búnker, con las puertas y las contraventanas cerradas para que no entraran ni el viento helado ni los partisanos que bajaban de las montañas en busca de comida y de mujeres. Al anochecer, subíamos a oscuras por la escalera y nos metíamos bajo unas mantas hoscas de frío. De poco servía pasar el calientacamas por las sábanas. Íside decía que si te dormías con la nariz destapada, a la mañana siguiente se pondría negra y caería al suelo.

Desde que recibiera un paquete de Cécrope con varios tarros de miel y una carta en la que daba cuenta de su llegada a Rusia, no volvió a tener noticia alguna. Aunque ya habían pasado varios meses, no estaba dispuesta a darle por muerto. Ángela esperaba su retorno y el nacimiento de la segunda de sus hijas. Pero no llevaba suelta su cabellera morena sobre los hombros como Verochka, la amante rusa, sino recogida en un moño prieto y fruncido, igual que aquellos labios que nunca se dejaban besar. El avanzado estado de gestación no lograba añadir un gramo de grasa a su escualidez de anchoa.

Como no quería manchar, Ángela parió en la mesa de mármol de la cocina con la ayuda de Íside, que apenas alcanzaba para infundirle ánimos en aquel trance imposible de compartir. El zumbido de unos cazas que sobrevolaban como moscardones las cabezas de las dos mujeres impidieron oír el primer llanto de una niña preciosa. Lo primero que hicieron fue pintarle los labios con melaza rusa, para que se recuperara del susto de nacer en circunstancias tan penosas. La llamaron Caterina.

Cécrope no se enteró ni del embarazo ni del alumbramiento. El bebé se relamía en la cuna mientras su padre dormía en brazos de otra, perdido en aquel páramo

en el que nunca sucedía nada. Hasta una madrugada en la que el cadete de guardia dio la señal de alarma. Había divisado a un batallón de hombres que cabalgaban en la línea del horizonte, levantando un polvo que parecía harina.

Era un vago y un mujeriego. Las dos cosas juntas. Tenía un sueño tan profundo que aquel amanecer en el que dormía abrazado a su amante, mi marido no oyó el ruido de la infantería rusa que se acercaba al galope, dispuesta a liberar a su patria del invasor alemán. Ni el retumbar de los cascos de los caballos en la tierra helada, ni los gritos de asalto, ni siquiera el estallido de las granadas le despertaron. Solo las caricias femeninas lograron alertarle. Gracias a ellas salvó la vida.

La putilla con la que estaba le despertó y le ayudó a vestirse a toda prisa. Las primeras luces del alba iluminaron su huida. Corrió por la calle empedrada de hielo que temblaba a causa de los caballos. Ya no eran una mancha oscura en el horizonte, sino un tropel que había adquirido contorno animal y humano. Cécrope subió a su camioneta. Mientras trataba de poner en marcha su constipado motor, oyó el ruido de un carro armado que avanzaba, lento pero seguro, por una de las dos únicas vías del pueblo. En aquella encrucijada tenía que elegir qué dirección tomar, derecha o izquierda. Si acertaba, salvaría la vida, y si no, moriría de un certero cañonazo. Era, nunca mejor dicho, una ruleta rusa. Y no tuvo suerte. Le cortaron el paso. Desde la torreta, un soldado soviético disparó contra él una inacabable ráfaga de ametralladora. Después, el tanque prosiguió su marcha por el estrecho espacio de la calzada aplastando la camioneta contra el muro de una casa.

El pobre Cécrope permaneció hecho un ovillo en el hueco entre el volante y los pedales, resguardado por la oscuridad del agujero que le escondía. Tiritaba de frío y sudaba de miedo. Las balas habían reventado el parabrisas y los fragmentos de cristal, engastados en el rostro como piedras preciosas, le causaron decenas de pequeñas heridas. Sordo por la detonación, agarrotado por la forzada inmovilidad, lo que aún ignoraba es que también sus ojos se habían llenado de polvo de vidrio. Varias horas más tarde, cuando las tropas enemigas se marcharon, decidió salir de su escondite. Y se dio cuenta de que estaba ciego y solo.

Verochka le encontró merodeando a tientas por el fantasmal pueblo, sembrado de muertos. Le llevó a la panadería, le curó las heridas como pudo y luego localizó a los pocos de los suyos que quedaban con vida, apenas tres, guarecidos en casas vecinas. Todos sabían que era el final. Habían perdido y tenían que regresar cuanto antes. Pero ¿cómo, por dónde? ¿De qué manera lograrían esquivar a las fuerzas soviéticas? Por muy poco honorable que fuera, se vistieron de campesinos rusos y de esa guisa decidieron emprender el camino de vuelta. Todavía les quedaba un furgón, agua y algunos víveres regalados por los lugareños. A Cécrope le tumbaron en la parte trasera del vehículo, con los ojos vendados y envuelto con una ruda manta militar. Verochka subió a despedirse y en un susurro le pidió que se quedara con ella. El ronquido del motor ahogó la respuesta e interrumpió los besos. La muchacha saltó del furgón y el grupo se puso en marcha. Cécrope ni siquiera pudo ver cómo aquella mujer que le había salvado se hacía cada vez más pequeña hasta perderse en un punto de la tierra albina a la que él jamás regresaría.

Tardaron varios meses en llegar a su destino, tras un periplo que los había obligado a salir de Rusia por el norte y a pasar por Finlandia, Noruega, Dinamarca, Alemania y Austria camino hacia el sur. Durante este peregrinaje se fueron encontrando y uniendo a otros compañeros de desgracia que avanzaban con la nieve hasta las rodillas. De todos ellos, solo unos pocos lograron alcanzar Italia para reunirse con sus familias.

Cécrope llegó a casa en el verano del 45. Cuando le abrí la puerta, no le reconocí. Pensé que era otro soldado herido que pedía ayuda. Estuvo varias semanas en un estado de gran confusión, durmiendo a todas horas. En sueños, me llamaba Verochka.

Gracias a los cuidados de su mujer, se recuperó de las lesiones, pero le quedó un rastro peculiar en la mirada, una constelación de puntitos oscuros que salpicaban el iris azul cobalto de sus ojos. Aquellos diminutos agujeros negros se llenaban de una luz líquida que reflejaba como un espejuelo el pigmento de lo mirado. Lunares de colores cambiantes, esparcidos bajo la retina con la anarquía de la paleta salpicada de un pintor, y que en realidad eran cicatrices de guerra. Aunque las heridas más profundas, las que dejaron marcas en el alma de Ángela y Cécrope, no fueron las de metralla, sino las que ambos se infligieron con perseverancia oriental ya en tiempos de paz.

En aquella época, los familiares que no murieron por enfermedad desaparecieron durante muchos años. Bruno se fue a la guerra de Libia y consiguió retornar sano y salvo. Arnaldo acabó en el campo de concentración de Mauthausen, acusado de colaborar con el partido socialista, aunque siempre se dijo que fue la *vendetta* de un alto funcionario local que se la tenía jurada a Evaristo. Al no poder vengarse del difunto, denunció a su hijo aun a sabiendas de que este no pertenecía al partido, ni nunca había mostrado interés alguno por cuestiones políticas. Arnaldo permaneció en aquel siniestro lugar hasta el final de la contienda. A su regreso no contó nada. Y más tarde, tampoco.

A Cécrope, después de andar perdido por la estepa rusa y por su propia casa, le enviaron a Nápoles para trabajar en la reconstrucción de la ciudad.

Entre tanto, el cáncer de Elvira se había reproducido. Cuando les fue posible consultar a un especialista, el diagnóstico no dejó lugar a la esperanza.

—El tumor se ha extendido por todo el cuerpo. Ya es tarde para cualquier intervención. Vivirá muy poco —afirmó el médico esquivando la mirada de Ángela.

Pero no fue así. Ni ese alivio le concedió el destino. Elvira resistió sin una queja, pese a los terribles dolores que debía de sufrir. Para ella, lo importante era que su conciencia quedara silenciada para siempre. La agonía era lo de menos. Esperaba su muerte con ilusión, una muerte que no llegaba, que tardaría aún años en llegar.

El médico acabó quedándose sin argumentos y se limitó a recomendarle un párroco de la zona para que le proporcionara al menos cierto auxilio espiritual. Por supuesto, ella rechazó el ofrecimiento con gran cordura.

Una mañana de otoño, meses después de terminar la guerra, Arnaldo apareció en bicicleta en casa de su hermana y llamó a la puerta. Llevaba sus óleos y su caballete. Se colocó frente a Elvira y, tal como estaba, sentada en su mecedora, con una blusa verde, una falda oscura y sandalias en los pies, la observó en silencio durante horas mientras la retrataba. Al finalizar la obra, cargó caballete y pinturas a su espalda, se puso el lienzo bajo el brazo y se marchó pedaleando por donde había venido.

Fue la última vez que vio a su madre.

CAPÍTULO 8

Suelo llegar de la radio a casa sobre las tres y cuarto de la madrugada. Soy una persona metódica. Siempre cumplo el mismo ritual antes de irme a dormir: envío los últimos correos sentada en la cocina mientras tomo un ColaCao y fumo un cigarrillo, le preparo la merienda a mi hija, se la dejo al lado de su mochila, me lavo los dientes, la cara, apago la luz y a las cuatro me meto en la cama para dar vueltas durante un tiempo indeterminado, según la intensidad del insomnio. Siempre, a menos que ocurra algo anormal.

O paranormal. Como aquella noche. A las cuatro y cincuenta y tres minutos comenzó a sonar *El Cascanueces* a todo volumen. Muerta de sueño, bajé la escalera segura de que Mario se había olvidado otra vez de conectar al equipo la clavija de los auriculares, cosa que ya había sucedido cuando me despertó de madrugada con el violín en bandolera a lo Keith Richards, convencido de que no molestaba. Lo malo era que mi hijo hacía tres años que ya no vivía con nosotros. Por tanto, en el salón apenas iluminado por los parpadeos del árbol de Navidad no había nadie, o por lo menos yo no vi a nadie. El rastro musical me devolvió a mi cuarto, donde descubrí que el sonido salía del ordenador medio sepultado por guiones y otros papeles del escritorio. Levanté la pantalla, le di a una tecla y volvió el silencio. No logré dormirme hasta despuntar el alba.

Lo curioso del caso es que la noche siguiente ocurrió lo mismo: a las cuatro y cincuenta y tres minutos comenzó a sonar la melodía mágica del cuento de Hoffmann, en el que los juguetes cobran vida alrededor del abeto. Efe dormía a mi lado sin inmutarse con la atronadora orquesta, que sonaba como si estuviéramos sentados entre la sección de viento de la Filarmónica de Berlín. Esta vez me limité a escucharla y a disfrutar de aquella música que había sido la banda sonora de mi infancia.

Una noche después, en la radio, di paso como todos los miércoles a la sección del horóscopo de la semana. La astróloga que se ocupa de leer las estrellas se llama Aldegunda, y dirige una asociación de brujerías diversas con un nombre tan llamativo como el de pila: «Gruñidos Salvajes». Es una mujer de pelo negro azabache, pechos y caderas generosos y una expresividad arrolladora, capaz de convencer a los más escépticos sobre la necesidad imperiosa de dejarse bañar por los rayos de la luna. Eso sí, desnudos. Y si es con el culo en pompa, mejor.

Sin pensármelo dos veces, le comenté en directo el fenómeno inexplicable de *El Cascanueces.* Fue una temeridad por mi parte, pues con su habitual desparpajo, Aldegunda me dejó noqueada frente a la audiencia.

—No te preocupes. Es tu madre, que se ha puesto en contacto contigo.

—¡Qué cosas dices, Alde! ¿Mi madre? Pero si murió hace mucho...

—Precisamente por eso. Pero como tu signo no está receptivo, está utilizando a tu hija como médium.

—¿A mi hija?

Debo precisar que mi hija tenía quince años y todo, absolutamente todo lo que la rodeaba excepto ella misma y sus amigos, parecía importarle un rábano. No digamos las apariciones fantasmales de una pariente a la que nunca conoció y cuya única relación con ella era que compartían el mismo nombre.

—Tu madre —continuó impertérrita Aldegunda— quiere decirte que no te preocupes. Que lo que haces le parece bien. Desea darte su bendición, nada más. Y como ya lo has entendido, seguro que esta noche te dejará dormir.

Perdí el hilo del programa. El fantasma, la bruja, la médium o las tres habían puesto el dedo en la llaga. Escribir este libro me arrastraba hacia lugares inhóspitos a los que nunca habría aceptado ir de haber previsto la tristeza y el desánimo que allí me esperaban. Ahora que estaba cada vez más cerca de zambullirme en la tercera parte, dedicada a mi madre, me sentía incapaz de afrontarla. Hay cosas en las que duele pensar. Hay cosas que duele ponerlas sobre papel. Y no digamos compartirlas con los que están cerca de nosotros y con los que, al menos en apariencia, han dejado de estarlo.

Al día siguiente, Cate llegó a comer. Apareció tarde, como suele, con su cola de caballo, la cartera pintarrajeada de rotulador y las manos heladas. A su edad siempre es verano, aunque el termómetro y el calendario se atrevan a indicar lo contrario. Le conté lo que había ocurrido. Para mi sorpresa, me hizo caso, incluso dejó de teclear en el móvil. Se quedó quieta. Sin proponérmelo, y desde luego sin esperarlo, había conseguido capturar su atención. Sus ojos grandes, oscuros, tan parecidos a los de la otra Caterina, se licuaron como dos canicas de cristal.

—Ay, mamá, ya lo sé... Es que la abuela está en el vestidor de mi cuarto.

—¿La abuela? ¿En el vestidor de tu cuarto? Pero ¿qué dices? ¿Desde cuándo?

Más allá de cuestiones sobrenaturales, que jamás me han llamado la atención, lo que me impresionó es que Cate la llamara «abuela» por primera vez. Yo nunca me había referido a ella en esos términos. Había muerto demasiado pronto para ser abuela y en mi cabeza solo podía ser mi madre. Para mí existía solo en un pasado remoto, desdibujado por los recuerdos cada vez más lejanos de la niñez. Sin embargo, mi hija la trajo a nuestro presente y le regaló su justo lugar en esta familia desdentada. Así de fácil, porque así es ella. Un ser gatuno, silencioso, imprevisible, capaz de partirte en dos con una frase soltada al desgaire.

En una ocasión, cuando todavía no medía lo suficiente para pagar billete en el autobús, Cate me dijo:

—Te quiero tanto que lloro.

Y el resultado fue que me hizo llorar a mí.

Lo único que importa en la vida son los hijos. Ellos aseguran nuestra pervivencia. El problema es que para engendrarlos es necesaria la colaboración masculina. Las malas lenguas decían de mí que había accedido a acostarme con mi marido solo en dos ocasiones, las justas para concebir a Carlotta y Caterina. ¡Ojalá hubiese sido así! Lo cierto es que cada vez que ocurrió, y fueron muchas más de dos, solo esperaba a que terminara lo antes posible. Después, no volvía a pensar en ello hasta la siguiente ocasión. Como con tantas otras cosas. Frente a las adversidades, solo aplicaba una regla: no quejarme nunca. *Sempre avanti, sempre avanti.*

Una vez enterrados su padre y su abuela, con dos hijas pequeñas, un marido ausente y una madre desahuciada, Ángela se puso enferma. Le salió un bulto sospechoso en el pecho. Íside fue a Parma a la caza de un médico, misión complicada en una ciudad destruida por la guerra. Caminaba entre escombros, sin preocuparse por los partisanos que bajaban del monte a rapiñar o los soldados vagabundos en busca de diversión. Llamó a todas las puertas donde antaño atendían a pacientes y al final encontró lo que buscaba. Un día después se presentó en el mismo lugar con su señora. Tras la visita, el médico le dijo a Ángela que no le podía hacer ninguna prueba, ya que los hospitales habían sido saqueados y no disponía del material necesario. Ante la imposibilidad de obtener un diagnóstico, solo tenía dos opciones: o convivía con un tumor que podía ser benigno y, por tanto, inocuo, o lo tomaba sin más por maligno y se sometía a una mastectomía. Sabía que no disponía de tiempo para pensar, ni mucho menos para llorar. Estaba tan consumida que ni siquiera el miedo le cabía en aquel cuerpo enjuto.

Ángela decidió operarse. Una semana después fue al hospital medio derruido acompañada por Íside. Le extirparon la mama, rellenó con algodón la parte hueca del sujetador y reanudó la tarea implacable de sacar a sus hijas adelante. La guerra había terminado y debía retomar su vida. Dejó a Elvira bajo los cuidados de su hermana en Padua. Ya no podía hacerse cargo de ella. Preparó dos pequeñas maletas, vistió a Carlotta y Caterina con sus mejores ropas y cerró las puertas y ventanas de la casita en el campo que les había servido de refugio durante aquellos años. Estaba harta, harta del frío, del hambre, de la enfermedad, de la muerte, de la destrucción. No quería seguir esperando a que Cécrope regresara de alguna de sus misiones, no soportaba ya las rarezas de sus hermanos, ni el provincianismo de Parma, ni la falta de perspectivas. Deseaba que sus hijas se dedicaran a ser artistas: bailarinas, actrices, cantantes, escritoras, pintoras. Le resultaba indiferente que las tacharan de putas o de locas, lo cual, por otra parte, era ya algo habitual en la familia. Lo único que importaba era el arte, la belleza. Y para ello debía marcharse.

Íside intentó convencerla de los peligros a los que se enfrentaba: una mujer sola, con dos niñas pequeñas, sin dinero, sin trabajo, en plena posguerra. Era un disparate. Una temeridad. La perseguía por la casa rogándole que no se fuera, mientras Ángela empaquetaba sus enseres y se los regalaba. Ropa de cama, de mesa, vajilla, muebles...

—Toma, ¿quieres esto? ¿Y esto? Te puede servir, quédatelo todo. Yo no me lo puedo llevar.

Íside la conocía bien. Sabía que en cuanto se le metía una cosa en la cabeza, no había vuelta atrás. No iba a cambiar de idea. Ángela ya tenía la mirada y el corazón lejos de allí, ya paladeaba el momento de hacer realidad un sueño acariciado mil veces durante el encierro de la guerra.

—Ven conmigo, Íside, vámonos juntas. Conocerás una gran ciudad llena de cines, de teatros, de cafés, de gente elegante que pasea por las calles.

—No puedo, Angelina. Yo no soy como tú. Pero iré a visitaros, te lo prometo —respondía la tata, retorciendo sus pequeñas manos.

Íside no podía, pero Ángela sí. Se despidieron en el andén como si fueran a verse pocos días después. Era la única forma de enfrentarse a aquella separación de lágrimas contenidas, en la que ambas supieron disimular el miedo a no volverse a ver.

Ángela cargó el equipaje sin aceptar la ayuda de los militares que subían al tren con ganas de guasa, y se sentó junto a sus hijas en un compartimento lleno de hombres a los que fulminó con la mirada antes de que se atrevieran a abrir el pico.

—Como os mováis de mi lado, os mato —les susurró a Carlotta y a Caterina.

Y se marchó a Roma sin mirar atrás.

A Íside le envié muchas cartas, aun a sabiendas de que era analfabeta y no se atrevería a pedir a nadie que se las leyera. Nunca recibí respuesta. Imaginé aquellos sobres vírgenes unidos por un lazo, guardados en algún cajón como un tesoro. Más tarde, una querida amiga me contó que se había marchado a vivir al pueblo de un hombre adinerado, algo mayor, con fama de homosexual. Tras servirle en su casa durante un breve tiempo, se habían casado. ¡Qué suerte! ¡Ya me habría gustado a mí casarme con un mariquita!

Cécrope las alcanzó en Roma y retomaron la convivencia. Al principio vivían en una habitación alquilada. Más tarde se mudaron a uno de los apartamentos de un bonito palacete color teja situado al final de una calle muy larga y estrecha, vía Canobi.

Él se sumergió en la creación de un ambicioso proyecto pedagógico que años después, ya en los sesenta, formaría parte de las bases de las reivindicaciones estudiantiles con un lema acuñado por el propio Cécrope: «*Tutto il tempo è tempo educativo*». Todavía hoy se puede leer en las paredes desconchadas de algunos colegios italianos.

Ángela se dedicó a la costura. Hacía bolsos y sombreros y chales decorados con flores de tela, botones, retales diversos de gasa, encaje o lana, rematados por unos bordados fantasiosos y coloridos que contrarrestaban la tristeza de una ciudad devastada por la guerra y conmovida por las lágrimas de Anna Magnani. Sus clientes eran personajes de lo más curioso. La morada de los Barilli se tornó de nuevo en un refugio de intelectuales, ahora en Roma. Fascinados por la personalidad desbordante de Cécrope y por la austera excentricidad de Ángela, por allí pasaban gentes del cine, del teatro y de las letras. Entre los dos reconstruyeron lo que habían perdido al marcharse de la torre junto al río de Parma en la que se habían conocido. Ángela convenció a algunos de sus amigos para que fueran alquilando los apartamentos libres del edificio, de modo que aquel palacete se convirtiera en un punto de encuentro, de puertas abiertas y cuadros colgados en los rellanos de la escalera, como si todo él fuera una única casa familiar, una casa de artistas.

Y lo consiguió. Tenía más ideas que dinero, pero poco a poco fue ahorrando gracias a su desquiciante frugalidad, que consistía en servir en la mesa patas cartilaginosas de gallina y en renunciar a cualquier placer inocente. Así logró comprar el piso en el que vivían. Luego compró el de arriba, más tarde el de abajo y, como una persistente hormiguita, haciéndose amiga de todas las esposas de los directores de banco y de personas influyentes que aparecían en su atelier, acabó por adquirir el palacete entero. Pagó la última letra del último piso dos días antes de morirse.

Las demás ambiciones de Ángela también se vieron cumplidas gracias a sus dos bellas criaturas. Carlotta estudió danza clásica en la escuela del Teatro dell'Opera. Tenía talento, llegó a graduarse, pero cuando estaba a punto de comenzar su carrera profesional, enfermó de una tuberculosis que la tuvo en cama durante dos años. Tan larga convalecencia la obligó a abandonar el ballet, así que se dedicó a la interpretación. Caterina, por su parte, rehuía cualquier actividad que no estuviera ligada a la observación atenta de lo que la rodeaba. Leía, escribía, pintaba. Y la política estaba entre sus principales intereses.

Todo iba según el plan previsto, excepto su matrimonio. Ángela y Cécrope pasaban meses sin dirigirse la palabra, y cuando lo hacían era para discutir con una ferocidad inaudita. No se llegó al asesinato, pero sí a la inevitable ruptura. Con la mayoría de edad de Carlotta, la pareja se separó. Pero Cécrope, no se sabe si por comodidad o por afecto, siguió presentándose todos los días a la hora de rigor para comer cartílagos sin dejar de lamentarse por la innecesaria parquedad del menú. Nunca cortarían del todo aquella extraña relación. De hecho, durante la vejez se hizo incluso más estrecha y cordial. Algunos afirmaban que se habían vuelto a enamorar al emprender la suave vereda. Lo que no sospechaban es que esa palabra, *enamorarse*, nunca formó parte del léxico emocional de Ángela.

¿Y Elvira? Desde el día en que el médico le diera seis meses de vida, sobrevivió cinco años más. Era una mujer muy anciana, encogida y encajada en aquella mecedora que congregaba sus cansados huesos. Sin embargo, conforme su cuerpo se extinguía, su cabeza se hacía más fuerte, más presente. Los años pasados fuera del manicomio bajo la afectuosa custodia de su hija y de su hermana habían surtido efecto. Elvira evocaba su pasado de un modo sensato, racional, y casi todo volvía a cobrar sentido. Ya no preguntaba por Evaristo ni por el Teniente, era consciente de que Giovannino había muerto en sus brazos, de que Bruno y Arnaldo nunca la habían querido tratar, manipulados por las malas artes de Brígida y de un marido que la había recluido en Colorno para librarse de ella. Sabía que allí la habían intoxicado, que la habían enloquecido con tratamientos devastadores cuyo único resultado fue convertir una depresión grave en una demencia precoz. Quizá lo mejor de todo, o lo único bueno, era que Elvira pudo asumir por fin la dura realidad de su vida con una serenidad inesperada.

Aunque desde el final de la guerra mantuviera a sus hijas al margen de su madre, Ángela no dejó de visitarla. Y Elvira de esperarla. Sentadas la una junto a la otra, aprovechaban aquellos inesperados momentos de lucidez. Elvira le besaba las manos y a veces le pedía perdón, muy despacio, como si no quisiera molestarla más. Pedía perdón por todas las ocasiones perdidas. Era tan dulce verla así como amargo era sentir que la recuperaba muy tarde, cuando el tiempo ya parecía vencido.

Los telegramas nunca traen buenas noticias. Mi madre agonizaba. Partí enseguida, con lo puesto y sin maleta. Durante el viaje solo deseaba encontrarla todavía con vida. Llegué a Padua descompuesta, ansiosa por poder despedirme de ella. Bajé del vagón y al final del andén me pareció ver la silueta de alguien que conocía muy bien, de la única persona a quien hubiera necesitado ver en aquellos instantes. Deseché la posibilidad de que fuera ella, pensé que ese espejismo solo podía ser producto de un deseo frustrado y largamente pospuesto. Sin embargo, me equivocaba. Íside estaba allí, en la penumbra de la estación, buscándome con la mirada entre los mozos que cargaban maletas y los viajeros apresurados que subían y bajaban del expreso. Yo avanzaba muy despacio envuelta en el gentío, tratando de no perderla de vista ni un segundo, como si me orientara por un único punto de luz. Lágrimas de agradecimiento empezaron a cegarme, todo lo veía desenfocado excepto a ella, que permanecía erguida, atenta, con su sonrisa ancha, su inconfundible maletín a cuestas, sus maternales pechos de hogaza de pan. Íside siempre fue mi único punto de luz.

Abrazarla fue como volver a casa después de la guerra.

—Al final me vas a hacer llorar, menuda costumbre la tuya —le dijo la tata, sacando un rebujo de pañuelo de la manga con el que limpió el rímel corrido de Ángela.

Y de la mano fueron a despedirse de Elvira. A cerrar juntas el capítulo que había mezclado sus almas, que las había convertido en madre e hija.

Frente al portal abierto había un grupo de personas que nos dejaron pasar en silencio. Subimos la escalera, cruzamos el pasillo, entramos en la habitación. Un fuerte olor a desinfectante me hizo entender que había llegado tarde. Mi tía Clelia me abrazó. Me dijo que no había querido que fuera el médico. Ni mucho menos un sacerdote. Solo pidió que le colocaran un cojín blanco bajo la cabeza y que la enterraran junto a su madre. Me acerqué a la cama. Su cuerpo menudo se había vuelto grave y frío como el mármol.

La mañana siguiente recorrimos el cementerio bajo la lluvia por un camino sinuoso y enfangado. Íside y yo avanzábamos tomadas del brazo, incapaces de sujetar el paraguas mientras nuestros zapatos se hundían en el lodo. Un riachuelo oscuro se deslizaba a nuestros pies, parecía una serpiente negra reptando hacia la fosa para descomponerse en ella.

Empapada, me mantuve en el borde de aquel agujero, con el ataúd empotrado al fondo y un puñado de tierra húmeda entre los dedos. Sin saber qué más hacer. De todo lo que había existido, solo quedaba un poco de barro que manchaba la palma de mis manos.

Así terminaba el libro de Ángela: «De todo lo que había existido, solo quedaba un poco de barro que manchaba la palma de mis manos». Quiso presentarlo en Parma, en la Torre de los Barilli. Del brazo de Carlotta, Ángela cruzó el umbral de su juventud, ya convertida en una anciana. Olfateó el aire. Reconoció el aroma de aquel lugar querido. Era una mujer de una extrema delgadez, con la piel pegada al hueso, el pelo blanco, algodonado, y casi ciega. Llevaba una falda negra con un estampado de tulipanes amarillos que le conferían un aspecto enérgico. Inmortal.

—*Angelina! Siamo tutti qui!* —gritó alguien desde el fondo de la sala repleta de familiares y amigos.

Ángela subió a un pequeño estrado sin dejarse ayudar. Y habló. Habló como si nunca hubiera hecho otra cosa. Habló de la necesidad de escribir para quebrar el silencio de la memoria, pero en ningún momento confesó que lo escondido en esas páginas era su propia historia. Concluyó diciendo que *Sequenze familiari* no estaba dedicado a los muertos, sino a los vivos. Quizá por eso eludiera nombrar a Íside. Ni tampoco mencionara a su hija Caterina.

—A Carlotta y a mis nietos, Ayanta y Leone. Para que recuerden que su deber es el de sobrevivir en este mundo. Sea como sea.

Sus ojos glaucos miraron a lo lejos. Por encima de las gentes amigas que la aplaudían, más allá de la casa, de la torre dorada, del cielo pintado en el río, de las nubladas sombras esparcidas por el campo llano. Hasta alcanzar una gélida estación de tren, un cartel azul cubierto por la nieve, un nombre. Colorno.

Y volvió entonces a ser la niña de trenzas y botines anudados que avanzaba por un corredor cuyas ventanas dejaban pasar un suspiro de luz entre las rejas. En las manos sostenía una caja de bombones con un lazo rojo. Al fondo, muy al fondo, la esperaba su madre.

Esta vez con los brazos abiertos.

EPÍLOGO

Desplegué sobre mi escritorio las fotocopias ampliadas de los diarios que los sucesivos psiquiatras habían mantenido durante el internamiento de Elvira. Al menos tres, a juzgar por las diferentes caligrafías. Me resultaba muy difícil comprender los garabatos picudos y nerviosos del primero, los pomposos trazos del segundo o el anémico discurrir del tercero, sin espacios, ni comas, ni puntos, cuyas letras parecían desmayarse sobre el folio. Además, la tinta de la pluma se había borrado con el paso del tiempo hasta desaparecer por completo en algunas palabras, incluso en frases enteras.

Pertrechada con la lupa que antaño me regalara Ángela, pasé horas, días y semanas intentando descifrar aquellos jeroglíficos. En cuanto conseguía traducir una palabra, la apuntaba a lápiz entre un renglón y otro, encima del vocablo original. A veces acertaba enseguida, otras podía pasarme de sol a sol sin sacar nada en claro. Pero poco a poco pude transcribir casi todo el contenido del dietario médico encontrado en mi excursión al manicomio.

Lo leí y releí obsesivamente. Siempre con el corazón

en tumulto, porque a través de los relatos sincopados de los psiquiatras lograba visualizar con un realismo sobrecogedor, despojado de cualquier sentimiento, la vida y la patología de mi bisabuela a lo largo de los quince años que permaneció encerrada en Colorno, de 1917 a 1932.

Aquel montón de papeles desvaídos me conmocionaron. Sentí una identificación cada vez mayor con una mujer a la que no había conocido, pero a cuya estirpe yo pertenecía.

Manicomio Provincial de Parma
Colorno, 9 de noviembre de 1917

Paciente: Elvira Melloni
Edad: 34 años

De pronto, al caer la tarde, la paciente se da cuenta de que está en un manicomio y pregunta sobre el paradero de los señores que la han engañado para encarcelarla. Habla del marido, a quien no ha vuelto a ver desde que se separaran. Dice que le ha enviado un telegrama. Se queja de un dolor en el hombro. Pero no muestra mayor inquietud, solo quiere saber dónde está su habitación. Encuentra la cama cómoda. Se acuesta temprano.

Por la mañana despierta con las primeras luces del alba. Ha dormido bien. Se ha levantado, pero después ha querido recostarse de nuevo. Durante el día llora, pregunta por sus hijos y su marido, come poco, solo algunas (...)

Dice que no se explica la razón por la que la han traído aquí. Pide que la dejen salir enseguida. Todo lo que cuenta de sí misma y su pasado está plagado de fantasías y mentiras. Sostiene que por ser demasiado hermosa atesoraba muchos pretendientes, pero que ella ha tenido el buen gusto de hacer caso solo a uno de ellos, que el marido ya lo sabe y que además ya no la ama desde hace mucho. Añade que sus adoradores le mandaban flores sin cesar, que le susurraban propuestas indecentes, que la perseguían en sus paseos con la pretensión de conseguir una cita.

Habla de su dolor, afirma entre lágrimas que está harta de ser una señora, que preferiría ser una criada, que a partir de ahora se dedicará a las labores manuales. Del llanto pasa a un estado de calma y después a la risa. A menudo pide licor de Marsala para animarse, porque se siente muy débil.

Este fue el primer fragmento que leí. Pese a tener un estilo telegráfico, cuya única pretensión era meramente informativa, me produjo una emoción literaria que abrió una grieta en mi probada incapacidad de contar algo por escrito. Siempre había querido escribir, pero nunca encontraba el cabo de la madeja, ese hilo fino que te conduce por el laberinto de una historia hasta vencer al monstruo, que no es más que el miedo a no saber contarla. Mi padre, hombre aficionado a quitarle hierro a cualquier asunto ajeno, solía decirme como respuesta a mis zozobras creativas: «Para escribir solo hacen falta dos cosas. La primera, sentarse. Y la segunda, escribir». Cuando soltaba aquella frase, con su media sonrisa de galán de cine, me entraban ganas de lanzarme a su yugular. Esgrimía yo las consabidas excusas de la falta de tiempo, el cansancio, las obligaciones domésticas, familiares, laborales. Me parapetaba tras la incómoda pero socorrida barricada de mis inseguridades. Lo que ni siquiera sospechaba es que aquello se iría convirtiendo con el paso del tiempo en una necesidad insoslayable. No hacerlo me generaba mala conciencia. Así pues, trece años después de la muerte de Ángela, me senté y escribí. Y no fue por obediencia filial, sino porque no podía hacer otra cosa.

Por primera vez fui capaz de ver la película antes de rodarla. Podía imaginar con precisión la sucesión temporal de todas las escenas, las diferentes localizaciones: exterior, interior, día, noche. Los personajes, el vestuario, los decorados. Y la luz.

Una luz intensa entraba a raudales y restallaba sobre la página en blanco en la que un médico comenzaba a escribir, sacando su pluma del tintero.

Con letra nerviosa y picuda, anotó:

Un lugar.

Una fecha.

Un nombre.

Una edad.

El doctor Ugolotti dejó la pluma, pasó el rodillo secante por la hoja, cerró el dietario y se levantó del escritorio para dar inicio a sus quehaceres cotidianos, que eran siempre los mismos. Defendía que para tratar con los perturbados y modificar sus comportamientos irracionales era necesario ser metódico y ordenado. Convencido de que el desequilibrado mental solo puede alcanzar la sanación a través de acciones correctivas, el doctor se proponía eliminar las dolencias inducidas y provocadas por voluntades débiles y erráticas mediante los últimos tratamientos en boga, que aplicaban las mayores lumbreras de la psiquiatría: purgas, baños helados, indumentos constrictivos, bozales, celdas de aislamiento, cirugías craneales y, desde luego, un régimen de visitas muy limitado. No tenía piedad.

Cumplía el doctor su ronda con un pañuelo de lino apretado contra la nariz y la boca. La joven esposa de Ugolotti tenía por costumbre deslizárselo cada mañana en el bolsillo de la bata, impregnado de algunas gotas de esencia de geranio para aliviar el hedor del hospital.

Cuando Elvira llegó a Colorno con la camisa de fuerza que ella había confundido con su vestido de novia, dos enfermeros la condujeron por el enorme edificio. Subió una escalera y atravesó en silencio varias estancias hasta llegar a la habitación asignada. Tras una ventana con rejas se veían unos jardines. Notó una ligera presión en los hombros y entendió que debía sentarse. Entonces, sin que nadie comprendiera el motivo, se rio.

Aquella carcajada extemporánea tampoco era tan difícil de entender. Elvira se reía porque todo lo que pasaba le parecía absurdo. No entendía nada. ¿Dónde estaba? ¿Qué le había sucedido? ¿La habían encerrado? ¿Cómo podría fugarse?

Lo mismo me preguntaba yo cuando escapaba del manicomio perseguida por Nelson y su cohorte de fantasmas. ¿En qué momento decidí adentrarme en aquel infierno acompañada por un extraño disfrazado de enfermero? ¿Cómo me había metido en semejante lío? Y sobre todo, ¿hacia dónde debía correr para salir de allí, alcanzar la estación, subirme a un autocar y no regresar jamás? A diferencia de Elvira, yo sí encontré la forma de huir lejos de aquello. Y frente al panel de horarios del apeadero, incapaz de entender nada de lo que leía, yo también me reí como una loca. De hecho, no sabía si me reía o me ahogaba. Más bien ambas cosas. Busqué una farmacia y pedí algo que aplacara mi ataque de asma. Solo después de aspirar la medicina balsámica me vi capaz de comprar un billete para el autobús que salía una hora más tarde.

Hacía frío y no quería quedarme en la desapacible sala de espera, así que opté por dar un paseo sin alejarme demasiado. Escondida en el costado de la estación vi una pequeña librería, refugio ideal de viajeros aburridos. En su interior, una bombilla macilenta apenas iluminaba los estantes donde se mezclaban libros de viejo con ediciones recientes, en un batiburrillo de volúmenes dispuestos en triples o cuádruples filas, en vertical o en horizontal, y salpimentados por un polvo que nublaba los títulos de las cubiertas. Un caos.

Sobre un butacón de cuero rojo, despellejado por varias generaciones de uñas de gato, yacía un librero obeso. Su vientre se desparramaba por los lados como si el butacón y él fueran una única pieza. Parecía la enorme babosa de *La guerra de las galaxias.*

—¿Puedo ayudarla? —me preguntó con un ronco susurro.

—No, gracias, solo curioseaba un poco. Bueno, o quizá sí. ¿No tendrá alguna publicación sobre el manicomio de Colorno? —se me ocurrió de pronto.

—No hay libros al respecto, señorita, lo siento. Aunque creo recordar que tenía por aquí una tesina que me dejó hace años un estudiante en busca de editor. Pero no sería correcto darle el original —dijo sin mover ni un músculo.

—¿Y no podría fotocopiarlo?

—Podría... si lo hace usted —me propuso señalando una fotocopiadora oculta bajo varias pilas de libros—. Yo no puedo estar mucho rato de pie.

El librero hizo acopio de todas sus fuerzas para levantarse. Dada su constitución de molusco, se arrastró hacia un escritorio y desapareció detrás de una montaña de papeles, cuadernillos y carpetas.

—¡Aquí está! —exclamó con aire triunfante, esgrimiendo un sobre blanco—. ¡Siempre encuentro lo que busco! «Año académico 1996-97. Apuntes históricos sobre el origen del manicomio de Colorno», firmado por... No sé dónde he dejado las gafas. Señorita, ¿me haría el favor de buscármelas?

Me puse las gafas. Se puso en marcha el autobús hacia Parma. Anochecía. En mi regazo tenía el dietario sobre Elvira y la tesina del doctor Azzali. Encendí la pequeña luz situada sobre mi asiento y comencé a leer el compendio de horrores que el esforzado estudiante había escrito con una precisión *cum laude.*

Supe así que Colorno se inauguró en el año 1873 como respuesta al creciente problema social ocasionado por aquellos que no respondían a las normas de comportamiento propias de la época. Eso significó que ingresaron en este y otros sanatorios similares no solo las personas afectadas por algún desequilibrio mental, sino todas aquellas a las que, por razones diversas, se tenía por incapaces de llevar una vida libre y responsable. Dado que las órdenes de reclusión estaban mucho más sujetas a decisiones familiares y civiles que a razones clínicas, esta incapacidad era una amplia y arbitraria categoría en la que tenían cabida los niños huérfanos, pobres o desahuciados, los nacidos con retrasos o malformaciones, los maleantes, ladrones y asesinos, los alcohólicos, los desnutridos y enfermos de pelagra, las mujeres con disfunciones sexuales por exceso o por defecto, las que sufrían desarreglos puerperales, las histéricas, las melancólicas, las artistas, las putas y también las santas, porque hasta hablar con Dios estaba mal visto.

Si tales criterios hubieran perdurado, prácticamente la mitad de la población actual cumpliría con los requisitos para que los encerraran por locos, siempre y cuando alguien quisiese firmar una solicitud con el apoyo de dos testigos.

En el caso de Elvira, los testigos fueron la amante de Evaristo y el marido de esta, el juez cornudo, que se encargó de las gestiones legales sin preocuparse siquiera de indagar los verdaderos motivos del asunto. Sus dos firmas aparecen en la ficha de internamiento que encabeza el dietario.

24 de abril de 1918

También esta noche ha dormido bastante. Se ha levantado muy temprano. Hoy está melancólica y pide con mayor insistencia que la envíen a casa. Quiere volver con los hijos y el marido, pero declara que está lista para escaparse con el primer amante que aparezca. No sale de la habitación. Pasea arriba y abajo en lugar de salir al jardín, actividad que resultaría más conveniente para su restablecimiento. Come poco y se queja de debili-

dad. Pretende mandar un telegrama al marido para que venga inmediatamente a recogerla. Se siente débil y quiere un reconstituyente.

La semana próxima le aplicaremos otra sesión terapéutica de baños helados para eliminar de su cerebro las delirantes ideas que lo animan.

Las mujeres de buena familia como Elvira tenían algunos privilegios. Residían en el piso de arriba, mucho menos concurrido que el de abajo, donde vivían los pacientes pobres. De este modo, se creaban dos clases de enfermos solo distinguibles por su situación económica. Los que podían pagar gozaban del derecho a vestir con su propia ropa y a vivir con aparente decoro en habitaciones compartidas por no más de cuatro o cinco mujeres y equipadas con unos cuantos muebles destartalados, viejas lámparas o cuadros sin valor que alguna rica benefactora hubiera donado al manicomio. Los que no pagaban se tenían que conformar con un triste atavío de paciente y un techo para guarecerse de la lluvia. Lo único que compartían sin discriminación unos y otros enfermos eran la comida y los tratamientos.

El doctorando Azzali se había dedicado a recoger cientos de datos en la hemeroteca de Parma y en archivos de diferentes instituciones para respaldar su investigación con un estudio estadístico fiable. En sus conclusiones afirmaba que los llamados «problemas puerperales», hoy conocidos como «depresión postparto», eran el trastorno por el que ingresaban la mayoría de las mujeres, cuando no padecían retrasos cognitivos o alcoholismo ni se dedicaban a la prostitución.

Mujeres agotadas por los continuos embarazos. Mujeres utilizadas como eslabones de una cadena de montaje siempre en marcha. Mujeres cuyo único fin en la vida era parir y servir al prójimo.

Mujeres enfermas de soledad.

En estudios posteriores se ha demostrado que aquella tristeza que les impedía ocuparse de la casa y de los hijos o que las llevaba a rechazar a los maridos podía evolucionar hasta convertirse en una patología grave, cada vez más grave, si no se trataba a tiempo y del modo adecuado.

4 de octubre de 1918

Ha dormido bien. Hoy está tranquila (...) Se siente atacada por mayores angustias desde su ingreso. Parece arrepentida de todo lo que ha dicho y hecho. Pasea bastante, lentamente, con la mirada dirigida hacia el suelo. Come un poco más debido al efecto del purgante. A partir de ayer se ha iniciado un tratamiento de inyecciones intramusculares de valeriana y fósforo, además de baños fríos que le producen un efecto calmante. Los tolera bastante bien. Siempre deprimida (...) Pregunta por el marido y los hijos, de los que no ha vuelto a tener noticias.

«Demencia precoz. Estado delirante con fondo erótico y manía persecutoria en sujeto agotado y de temperamento histérico»: tal fue el diagnóstico que el doctor Ugolotti apuntó en el dietario. Pero quizá el de Elvira fuera un mal mucho más leve y más común que una «demencia», el cajón de sastre en el que metían en aquella época todas las enfermedades mentales.

¿No pudo haberse tratado de una depresión postparto, generada por la muerte temprana de dos de sus hijos y el ostracismo al que la sometió su marido, lo que desencadenó la locura de Elvira? ¿No pudo ser, tal y como describe el dietario médico, que se sintiera abandonada por todos, incomprendida y físicamente extenuada?

¿En qué se basaron para condenarla a una demencia precoz incurable?

20 de marzo de 1919

Permanece tranquila, afable. Espera la respuesta de la madre. Quiere volver pronto a casa. Dice que el marido la ha abandonado. Sospecha de él, está celosa de la mujer del juez que ha firmado su reclusión. Duerme bien por la noche, come discretamente. Ha mejorado el color y su estado físico general gracias a las inyecciones reconstituyentes.

La peor parte se la llevaron las féminas. Según el análisis actual de los datos sobre aquellos internamientos, minuciosamente recogidos en los historiales médicos de la época, fueron sobre todo mujeres quienes ingresaron sin sufrir un trastorno mental. A menudo encerradas por cónyuges que las consideraban inadecuadas como esposas por motivos diversos. Y casi todas recluidas de por vida. En el marco del acoso machista de finales del XIX y principios del XX, esta práctica no puede interpretarse sino como una modalidad muy eficaz y cruel de maltrato.

5 de mayo de 1920

En estos días afirma haber recibido respuesta del marido y también unas postales que, en realidad, nunca han llegado. Se muestra tranquila, paciente. Ha salido de paseo acompañada por una enfermera. Pide volver a casa. Dice sentirse una desgraciada (...) niños (...) acusa al marido de falta de afecto. Continúan las inyecciones de valeriana y fósforo. Si bien su estado físico mejora lentamente, está cada vez más ausente y confusa.

¿Cuántas de las que fueron ingresadas padecían de veras un desequilibrio grave? ¿Cuántas se volvieron locas precisamente por el encierro que sufrieron? ¿Cuántas fueron víctimas de maquinaciones que poco o nada tenían que ver con la salud mental? ¿Cuántas murieron a causa de los tratamientos y de las vejaciones sufridas? Muchas. Muchísimas.

Los enfermos no resistían el internamiento más de diez años. Raros eran los casos de quienes conseguían sobrevivir a tan inclemente régimen, organizado a partir de un plan homicida. La alimentación —sin carne, fruta ni verdura— se limitaba a sopa de pan, arroz y lentejas en tediosa alternancia. Y por si la desnutrición y la privación de libertad no bastaran, se añadían una serie de terapias medievales completamente inútiles para mejorar la salud de los internos, ordalías tales como la máquina rotatoria de Cox, artilugio que consistía en un eje vertical fijado al suelo por un extremo y al techo por el otro, de manera que girara sobre sí mismo, y alrededor del cual se crucificaba al paciente para obligarle a dar vueltas durante horas hasta que se quedaba sin fuerzas. O el baño por sorpresa, en el que los sumergían después de haberles hecho caminar por una balda que desembocaba súbitamente en una bañera de agua helada. O la habitación oscura, que Ugolotti, director de la institución desde el año 1909 hasta 1926, patentó con gran éxito.

Aparte de esas curas «físicas», se aplicaban tratamientos farmacológicos como purgantes, antiespasmódicos, vomitivos y valeriana, de dudosa utilidad para la sanación de los alienados. Más bien todo lo contrario.

17 de noviembre de 1921

Ayer la visitó su hija pequeña. Se mostró incapaz de comportarse adecuadamente con ella. No expresa ningún signo de afecto. Se limita a dar rienda suelta a sus obsesiones, entre las que destaca la idea fija sobre el que fuera su marido.

Hoy, a primera hora, ha recibido un tratamiento muy eficaz de reciente invención mía: la habitación oscura. En una sala sin luz, tal y como indica su nombre, he hecho pasar a la enferma. En lo alto se había fijado un telar con piel tensada a la manera de un tambor que, al golpearla, produce un fuerte ruido. A veces, en lugar de un telar coloco un cilindro formado en su interior por muchas celdas rellenas de guijarros u objetos similares que, con el movimiento de los cilindros, caen de celda en celda produciendo un peculiar sonido capaz de imitar el bombardeo del granizo, el estallido del trueno o el rugir de las fieras. Todo esto para deprimir mediante el miedo la excesiva energía del maníaco o interrumpir la penosa concentración del melancólico.

La reacción de Elvira ha sido similar a la de otros. Ha sufrido un ataque de pánico cuyo beneficioso resultado conmovió su percepción siempre adormecida, incluso durante la visita de su hija.

Entre los enfermos que no podían acceder a los magros privilegios del piso superior, los más graves y los más veteranos —una cosa solía coincidir con la otra— permanecían en habitaciones cerradas, con frecuencia completamente desnudos, inmovilizados por camisas de fuerza o, en el mejor de los casos, vestidos con las ropas de los muertos. Se les ataba a sus lechos durante meses, rebozados en sus propios excrementos y tratados como la escoria de la sociedad.

10 de mayo de 1922

No progresa. Lee una y otra vez las cartas de su madre y de su hermana, que desde hace un tiempo le llegan cada semana. Parece más afectuosa hacia el marido, con quien sigue sin tener contacto alguno desde hace años. Pero luego se lamenta y le acusa de haberse ido con la mujer del juez. Duerme y come bien, lee los periódicos y muchos libros. Insiste en que quiere volver a casa, idea del todo imposible en su estado. Ya no recuerda el nombre de sus hijos. Se le siguen aplicando tratamientos de choque, a los que se somete sin rebelarse.

Cuando se trataba de enfermos considerados crónicos, era frecuente que acabaran abandonados por los propios médicos, aburridos de intentar curar lo incurable. Esa debe de ser la razón por la que el dietario se interrumpe desde 1922 hasta la fecha en que Elvira salió del manicomio, diez años después.

14 de agosto de 1932

Ha mejorado en la forma. Podría decirse que las ideas delirantes han desaparecido, aunque mantiene las ideas obsesivas acerca del que fuera su marido y sostiene que la traiciona con la mujer del juez. Con todo, no se puede afirmar que esté curada. Hasta ayer se le aplicaron las inyecciones de fósforo y valeriana.

Hoy su madre ha firmado el alta bajo su responsabilidad. La paciente sostiene que no quiere dejar la clínica. A pesar de las frecuentes visitas de los últimos meses, no reconoce a su madre, pero finalmente acepta marcharse con ella.

Abandona el sanatorio a las cuatro y media de la tarde.

El manicomio de Colorno, al igual que otros centros similares, cerró sus puertas en 1978 tras el escándalo generado por el descubrimiento de torturas y maltratos a los enfermos. Fue un caso de violación sistemática de los derechos humanos, perpetrado a la manera occidental, es decir, con la connivencia de los sucesivos gobiernos, de las instituciones y, por supuesto, de los familiares. Todos lo sabían. Y a todos les parecía bien. Tanto es así que acabó por perder su nombre y adoptar el que mejor lo describía.

En Italia, todavía hoy se conoce como «El basurero».

PARTE TERCERA

—

Caterina (1942-1978)

CAPÍTULO 1

En el aula del Liceo Cervantes de Roma teníamos clavada con una chincheta roja una postal de «El cántico de las criaturas» junto al encerado, recuerdo de una excursión a Asís a la que fuimos toda la clase acompañados por la maestra María Isabel. Ese día disfruté mucho: las canciones en el autocar, la merienda sorpresa preparada por mi abuela y devorada al sol frente a la basílica, las carreras por las callejuelas medievales y el fantasma de san Francisco escondido en cada esquina. Fue una bocanada de oxígeno en un momento en que en mi casa, por alguna razón que yo aún desconocía, se había enrarecido el aire. Pocos días después murió mi madre.

La mañana que siguió a la fatal noticia quise ir al colegio acompañada por mi padre. Llegamos tarde. Los alumnos ya estaban en sus pupitres. María Isabel salió de clase e intercambió unas breves palabras con él, mientras yo colgaba el abrigo en el gancho bajo que me correspondía. La maestra volvió a entrar y con una sonrisa de beata pidió silencio.

—¡Niños, niños! —gritó dando dos palmadas—. Os

tengo que dar una noticia muy triste: ha muerto la madre de Ayanta.

Enmudecieron. Toda mi sangre saltó de repente a la garganta y se desparramó por mis mejillas, incendiándolas. Deseé que la maestra María Isabel se muriera ahí mismo de algún mal repentino.

—Así que —prosiguió— vamos a rezar juntos por su alma. Ayanta, sal a la pizarra y lee en voz alta la oración de nuestro querido san Francisco.

No me moví.

—¿Ayanta?

No me moví. Mis músculos se habían convertido en plastilina.

—¿Ayanta?

Cuando logré reaccionar, el sonido de la silla arrastrada hacia atrás retumbó por el aula como si estuviéramos en una iglesia. Subí al púlpito. Llevaba puestos unos vaqueros en los que mi madre había cosido un parche de terciopelo rojo con forma de corazón a la altura de la rodilla para tapar un roto. Me encantaba ese parche, y a mis amigas también. Con la postal de san Francisco entre mis manos, comencé a leer.

Alabado seas, mi Señor,
en todas tus criaturas,
especialmente en el señor hermano Sol,
por quien nos das el día y nos iluminas.
Y es bello y radiante con gran esplendor,
de ti, Altísimo, lleva significación.
Alabado seas, mi Señor...

No me atrevía a levantar la mirada. No quería ver todos esos ojos fijos en mí. Tuve la impresión de que me habían dejado desnuda frente a mis compañeros. Pero tampoco me atrevía a interrumpir la lectura.

... por la hermana Luna y las estrellas,
en el cielo las formaste claras y preciosas
y bellas.

De pronto me vino a la cabeza la radiante mañana de aquella excursión, cuando aún no sospechaba lo que estaba a punto de ocurrir pero sentía una inquietud a la que no sabía dar nombre y que comenzaba a roer mis certezas infantiles. Vivía con una madre enferma y con un demonio. ¿Qué sería de mí? Recordé cómo al entrar en la basílica de Asís me quedé estupefacta ante el cielo azul eléctrico y las estrellas doradas de la bóveda que recogía las oraciones de los peregrinos. Por primera vez sentí el vértigo de la belleza. Y de la muerte.

Alabado seas, mi Señor,
por aquellos que perdonan por tu amor,
y sufren enfermedad y tribulación.
Bienaventurados los que la sufran en paz,
porque de ti, Altísimo, coronados serán.

Imaginé a mi madre calva, con una corona de espinas clavada en las sienes, y la postal cayó a mis pies. Me incliné para recogerla y vi que el parche de terciopelo se había descosido en una de sus curvas. Un desperfecto intolerable. Intenté pegarlo, pero me sobrevino un puchero de los que te llevan en tromba hacia el llanto. Cogí la postal del suelo y me di cuenta de que ya no había vuelta atrás. Mi madre había muerto. Por eso yo estaba rezando sola frente a toda la clase.

Alabado seas, mi Señor,
por nuestra hermana muerte corporal,
de la cual ningún hombre viviente puede escapar.

Se me quebró la voz. Rodaban las lágrimas mientras oía las risas ahogadas y nerviosas de algunos niños, los cuchicheos de otros. Una eternidad después, cuando alcancé el punto final entre sollozos, volví a mi sitio y las clases se retomaron como si nada hubiera ocurrido.

Desde ese día, nunca más pude salir a la pizarra sin que unos sudores fríos estremecieran mi cuerpo. Desde ese momento, odié el colegio y toda su parafernalia con una furia impropia de mí, un rencor que más tarde me empujaría a dejar los estudios antes de culminarlos.

Regresé a Asís muchos años después, por motivos laborales. Me encontraba de gira con una obra de teatro y teníamos una función prevista para esa misma noche. Llegué con la compañía a media mañana, dejé la maleta en la entrada de la pensión sin preocuparme siquiera por subir al cuarto y fui a ver la cúpula estrellada que tan honda impresión me había causado de niña.

Entré en la basílica. De nuevo me conmovió ese cielo pintado con precioso polvo de lapislázuli y punteado por el oro puro de sus estrellas, que custodiaba los restos de san Francisco bajo el manto de una noche perpetua. Si la muerte siempre fuera tan bella, merecería la pena vivir.

Después de la representación, de los parabienes y de la cena, me tumbé en la cama del modesto cuarto en el que me alojaba. Cerré los ojos y rememoré la bóveda celeste. Reconocí al fin cuál había sido la fuente de inspiración de los miles de trenes que dibujaba de niña y que surcaban el cielo nocturno de la cuartilla de papel al encuentro de mi madre. Me dormí. Apenas un par de horas más tarde, desperté a causa de un temblor que me hizo saltar de la cama y bajar en camisón los escalones de dos en dos. Ya en la calle, los allí congregados por el miedo pudimos oír con toda claridad el crujido del pueblo entero y de la basílica.

El 26 de septiembre de 1997, los frescos de Giotto y Cimabue se hicieron añicos debido al seísmo que asoló toda la provincia. En el suelo quedaron esparcidos trescientos mil fragmentos.

La cúpula se convirtió en polvo estrellado.

Durante diez años, un puñado de heroicos voluntarios se dedicaron a componer el puzle para reconstruir lo perdido. Y lo consiguieron, la bóveda volvió a brillar. De aquel desastre telúrico solo quedó algún punto vacío, enfoscado por un equipo de restauradores que perdieron algunos luceros, e imagino que casi toda su paciencia, en tamaña empresa y acabaron marcando los estragos del tiempo con el color que mejor lo manifiesta: el gris.

De los destrozos también me ocupo yo. Sentada frente a una montaña de cenizas, intento encontrar la forma justa de que encajen todas las piezas sueltas de mi memoria. Y a menudo me parece que tengo frente a mí un muro de nubes, de un gris compacto e impenetrable. He puesto encima de una alfombra todo lo que escribió mi madre. Cartas, diarios, poesías. Desde su infancia hasta poco antes de morir. Al ojear los diarios maternos, descubro algunos pasajes que me encogen el alma. Como el que relata sus lágrimas inconsolables por la luz verde, lejana y parpadeante del final de *El gran Gatsby*. A mí también me había ocurrido algo así a una edad parecida, cuando tuve ese libro en mis manos. Sigo buscando más material, ya no puedo parar. Efe y yo viajamos a Soria, a casa de mi padre, con el objetivo de bucear en su infinito archivo. Más que infinito, delirante, porque tiene fobia a tirar papel y lo guarda todo: entradas de cine, billetes de metro, opúsculos de los testigos de Jehová, pasaportes caducados, mapas costrosos, recetas médicas, recibos del gas de hace medio siglo, recortes de periódicos propios y ajenos... Así que ahora he plantado sobre la gran alfombra otro saco de documentación fotocopiada. Un auténtico rompecabezas, no solo por lo prolijo y diverso del material, sino también por la frecuente omisión de referencias cronológicas y las caligrafías a menudo indescifrables.

He comprado un aparato que me permite escuchar casetes con grabaciones antiguas y he interrogado a aquellos que la conocieron. Como soy una inexperta, olvido lo que me cuentan y lo que leo, no entiendo mis propios apuntes, pierdo lo que busco, busco lo que no encuentro, encuentro lo que no me sirve, y de este modo me veo obligada a volver una y otra vez sobre lo mismo. Por no hablar del desaliento y del entusiasmo que me invaden por turnos. Un péndulo engañoso. Avanzo un paso, retrocedo dos, me extravío, me desespero. Me repongo. Efe observa preocupado mis zozobras.

Y todas las mañanas me topo al despertar con la alfombra repleta de papeles de un gris amarillento que se han convertido en mi conciencia, en la voz que dicta lo que escribo con un susurro apenas audible, poco más que un silencio.

DIARIOS DE CATERINA

Roma, lunes 1 de septiembre de 1952

A lo largo de mi vida, he tenido a menudo la idea de comenzar un diario, pero no lo he hecho por miedo a que mi madre pudiera leerlo y porque nunca he tenido ganas de escribir. Solo ahora, que ya tengo diez años, me he decidido. Lo empiezo al final del verano, pues estos días tienen que quedar bien impresos en mi mente. ¿Serán tristes o gozosos? ¿Quién lo sabe?

Caterina era una niña alegre, genial. No paraba de hablar, de leer, de pintar y escribía con una madurez impropia para su edad. Se vestía de un modo absurdo, combinando de manera imprevisible telas y colores, y siempre coronada por un sombrero, gorro, pamela o boina. No había nada que no despertara su interés. Trabajaba sin descanso para alcanzar unos objetivos algo excéntricos. Y en cuanto llegaba a la meta, cedía sus trofeos a los demás, sin otorgarles valor alguno. Todo lo que hacía estaba siempre envuelto en un halo de misterio que ella adornaba con una sonrisa indefinible, de gato de Cheshire. A Ángela, con su tendencia a la angustia y al control patológico de su progenie, la trajo por la calle de la amargura. Como nunca logró prever y aún menos obstaculizar las iniciativas, según ella insensatas, que poblaban los pensamientos de su hija menor, se dedicaba a vigilarla de cerca como un espía de gabardina y cuello alzado en la niebla.

—¿Se puede saber adónde vas? —le preguntó al comprobar que la niña llevaba varios días saliendo de casa dos horas antes de lo necesario.

—¿Adónde voy a ir? Al colegio —respondió Caterina impasible—. ¿No querrás que llegue tarde?

—¿A las seis y media de la mañana? Pero si está a dos manzanas...

Caterina levantó los ojos al cielo sin dignarse siquiera a responder. Cogió el abrigo, la bufanda, los mitones y el sombrero de su padre, y salió despepitada como si llegara con retraso a una cita ineludible.

En la incierta claridad de los amaneceres, Caterina corría calle arriba con la cartera en los hombros y las rodillas tintadas de mercromina, hasta el edificio color albero que asomaba entre los árboles desnudos de una plazuela. Sin aliento, plantaba la mano con una palmada sonora en el gran portón de madera que servía de entrada al colegio. Y así se quedaba durante más de una hora, de pie, pasmada de frío, mirando al frente orgullosa, sin bajar el brazo, cada vez más entumecido, aunque todavía no hubiera venido nadie. Caterina era incapaz de cejar en su empeño: ganar de nuevo la apuesta de llegar antes que cualquier otro niño, no ya de su clase, sino del colegio entero. Ahora solo le restaba esperar en esa incómoda postura a que fueran apareciendo sus compañeros y comprobar con satisfacción cómo dejaban de correr al darse cuenta de que, un día más, habían perdido.

De todo esto se enteró Ángela cuando la siguió una madrugada, harta de no saber por qué demonios iba su hija a la escuela cada día más temprano, tan seria y decidida. Allí la descubrió, con la mano en el portal y una sonrisa gatuna. Minúscula bajo la marquesina, inmensa en su obstinación.

Roma, martes 22 de septiembre de 1953

Hoy también discusión familiar. Lo siento. Lo siento porque nadie me entiende. Y lo siento todavía más porque es culpa mía. ¡Qué feo es saber que te equivocas y seguir equivocándote! ¿Y por qué? No consigo entenderlo ni yo misma. Es un impulso que no logro frenar. Querida mamá, ¡cómo te comprendo en esos momentos! ¡Perdóname! ¿Lo ves? Desearía corregirme pero no puedo, no quiero. Me gustaría pedirte perdón, pero soy orgullosa. Y tengo también el terrible defecto de ser una grosera. Si hoy te hubiese dicho lo que pensaba con otras palabras, no te habrías ofendido.

Escribo todo esto en el diario sabiendo que nunca lo leerás, y menos mal, porque no soporto abandonarme a nadie.

Oprimida por el infeliz ambiente familiar, prefería imaginar vidas ajenas antes que enfrentarse a la propia.

Dibujaba viñetas en las que relataba las aventuras de una chiquilla capaz de transformar lo mediocre en extraordinario, unas historietas que la hicieron muy popular en el colegio.

—Caterina, dinos qué has hecho hoy en clase —le preguntaban sus padres.

Y ella comenzaba su fantasioso relato, convenciéndolos de lo que salía de sus labios.

—Caterina, cuéntanos la película que has visto, así no tenemos que ir al cine a verla.

Y ella los hacía volar hacia otros mundos. Apasionada, irónica, romántica, mitómana, excesiva, Caterina transformaba en colores los olores, las risas en lágrimas, las palabras en música. Y la sopa con fideos en un mar de algas asesinas.

Roma, miércoles 14 de octubre de 1953

Hoy tengo mucho que contar. Sé muy bien que mi madre, además de rebuscar en mis cosas, lee mi diario. ¡Qué rabia! Ayer en casa, una atmósfera de funeral. Ya sabía yo que había pasado algo. Habría sido más justo que me hubiese obligado a leerle estas páginas del «cuaderno prohibido», como lo llama, antes que hacerlo ella a escondidas. Me ha molestado profundamente.

En esta familia, tengo que aprenderlo de una vez, no se puede hablar. Es mejor ser una hipócrita, porque la verdad les quema. En cuanto digo algo, mi madre y mi hermana siempre están listas para atacarme. Una pelea tras otra. No hay un momento de tranquilidad. Y así yo he acabado por encerrarme en mi concha. Cada vez que intento sacar la cabeza del caparazón, es inútil. Nunca puedo expresar una idea que sea mía. «Tú eres una Barilli», dice siempre, como si este apellido bastara para definirme.

Sí, mi madre y yo somos demasiado diferentes. Además, siempre me ha considerado inferior a mi hermana. Y es verdad, ella es buena, educada, disciplinada y perfecta.

En una familia es necesario entenderse, y eso a nosotros nos falta por completo. Incluso cuando uno es niño, nota que hay algo que no funciona. Se percibe ese distanciamiento entre los padres, se oyen las peleas, las palabras desagradables. Y no se olvidan fácilmente. Yo lo he notado desde muy pequeña. Carlotta también, pero ella cree que las cosas se arreglan haciendo como si nada. Si el ambiente hubiese sido distinto, habríamos crecido de otro modo.

De todas formas, ya he aprendido la lección. Quiero sufrir, quiero gozar, quiero descubrirlo todo sola.

A menudo, justo después de comer, llamaba a la puerta de vía Canobi una campesina vestida de negro con un pañuelo en la cabeza que escondía sus trenzas. Era la criada de una vecina compañera de trabajo. Y amante de Cécrope, el marido de Ángela. En dialecto romano decía que *il professó* tenía una llamada muy importante que atender. El profesor entonces bebía de un sorbo el café y, con la excusa de que no tenían teléfono, desaparecía hasta la noche. Un día Ángela abrió, atendió a la mujer, le dio el consabido recado a su marido y esperó a que saliera de casa. Luego, ante la atónita mirada de sus hijas, lanzó por la ventana el infiernillo con puchero incluido. La olla hirviente voló tres pisos más abajo y se estampó en la acera un instante después de que pasara Cécrope. La suerte quiso que no lo matara, el asesinato pudo evitarse. Pero no la ruptura.

Roma, lunes 21 de diciembre de 1953

Hoy mi hermana ha llorado tanto que se me rompía el corazón al verla. ¿Qué tendremos que ver nosotras con que mi padre tenga una amante? Mamá casi nos odia por eso y a la hora de comer, en un arrebato de rabia, nos ha gritado «¡Abrid los ojos!», sin preguntarse si realmente queríamos abrirlos. Yo me habría arrepentido enseguida, pero ella no. Se ha quedado muy satisfecha por la venganza. Luego ha pasado una tarde serena y sonriente. Sin embargo, Carlotta no paraba de llorar. A mí me da igual porque ya lo sabía, aunque me pregunto cómo saludaré mañana a mi padre.

Son extraños y casi ilógicos los profundos cambios que sufrimos cuando una intuición se hace de pronto realidad. No odio a ninguno de los dos porque no puedo juzgarlos, pero ahora ya nada me importa. Por fin he pasado de la niñez a la madurez. Ya sé que con once años es demasiado pronto. Pero no he hecho más que quemar etapas. No por mi culpa, naturalmente, sino por mi alma sensibilísima.

Hay que vivir, vivir, luchar y sobre todo ganar.

Caterina vivió. Vivió y luchó.

CAPÍTULO 2

Los relatos sobre mi madre me parecían extraordinarios. Yo buscaba la compañía de quienes me hablaran de ella para conocer hasta el último detalle de su breve paso por este mundo. Aquella anécdota contada por la *nonna* en que la evocaba cuando era todavía una niña y pintaba acuarelas utilizando como pincel el extremo peludo de una de sus largas trenzas la había convertido a mis ojos en una heroína de novela rusa con un ligero toque cómico. Pero mis recuerdos eran tan escasos que necesité reconstruir varias veces su presencia a lo largo de mi vida, aunque fuera con palabras de otros. En cuanto aparecía por casa alguien que la había frecuentado, le sometía a un interrogatorio que me permitiera añadir una pieza más a mi colección de pequeños sucesos, con los cuales yo iba conformando una imagen propia de su compleja personalidad.

Una vez enterrada mi madre, durante este proceso de apropiación de los recuerdos de otros fueron emergiendo muchas madres distintas, aunque todas con el mismo aspecto. A algunas las he idolatrado, a otras les he profesado una clara antipatía, según las necesidades y circunstancias de cada momento.

Mi amor por Caterina es cándido, grandioso, incondicional. Quedó varado en esa percepción infantil que suele diluirse o incluso olvidarse por completo. Y así ha permanecido intacto, nutrido por la estela que ella dejó para guiar mis pasos, hasta convertirse en una fuente de serenidad que me acompaña y me protege, una línea luminosa, un regalo sobrenatural.

La aversión proviene de una pregunta adolescente que incluso en la madurez ha seguido resonando en mi interior, y que siempre me avergonzó formular en voz alta: ¿cómo se atrevió a abandonarme muriendo tan joven? Ya sé que resulta absurdo e injusto acusar a nadie de morir antes de tiempo, pero la desaparición prematura de una madre puede generar dudas angustiosas. ¿Se marchó porque hice algo mal? ¿No era yo más importante que todo eso?

Nadie es capaz de dar respuestas a preguntas sin sentido, ni los vivos con las palabras, ni los muertos con los silencios. Sin embargo, suelo pensar, vaya arrogancia la mía, que ella podría haber evitado su desgracia. Es decir, que si murió fue porque no supo evitarlo. Porque no halló dentro de sí la fuerza suficiente para oponerse al maltrato familiar y sentimental del que fue víctima. Reaccionó al odio a los hombres que le había inculcado Ángela con una entrega suicida a ellos, olvidando que la razón fundamental de su existencia no era ayudar a los perros callejeros que la rondaban y le pedían cobijo, sino ante todo ayudarse a sí misma. Y a mí. Pero no, ella se dio por entero una y otra vez a quien no debía. Su ansia de aceptación y afecto la llevó a enfermar de un enamoramiento perpetuo que existía solo en el imaginario relato de sí misma. Esta debilidad la arrastraría a asumir como propios los problemas ajenos, las miserias ajenas, incluso las personalidades ajenas. Lo demás vino rodado. Permitió que la ideología interfiriera en sus decisiones personales. Comió, fumó y bebió más de la cuenta. Despreció la belleza que la adornaba, consintió la violencia, aparcó su vocación de escritora. Se dejó ir.

Por eso, la Caterina que prefiero de cuantas he imaginado es justo la que no conocí. La Caterina niña y adolescente. La muchacha arrebatada que engullía sin masticar todo lo que pasaba ante sus grandes ojos, agujeros negros, abismo sin fondo del deseo impaciente.

Cuando comencé a escribir este libro, mientras discurría aún por las historias de Elvira y de Ángela, ojeaba con frecuencia los diarios maternos sin siquiera pelear contra su ilegible caligrafía. Observaba los dibujos en los márgenes o al pie de alguna página. Paisajes, autorretratos, mares, gatos, pájaros, flores. Y palabras, muchas palabras. Un cosmos propio que yo me dedicaba a contemplar como si fuera un cuadro abstracto, sin necesidad de comprender el argumento concreto del lienzo. Solo más tarde encargué a una amiga que transcribiera los diarios en el ordenador y empecé a esperar sus correos como quien aguarda la carta de un gran amor o la publicación de una novela por entregas. Su lectura nunca me decepcionaba, bien al contrario, quería más y más. Llegó un momento en que ya no había más, lo había leído todo. Y la voz dormida durante años en aquellas páginas de cristal de azúcar, resecas y amarillas, se apagó de nuevo tras un exiguo despertar. Volvió a asediarme el misterio de su ausencia irreversible y de su constante presencia. Volvió a obsesionarme el deseo de reconocerme a mí misma en Caterina, como si lo que buscaba en los detalles de su cotidianeidad fuera algo, un indicio, cualquier cosa que me hiciera semejante a mi madre y me ayudara así a reconstruirla a través de lo que yo he sido y soy. Pero quizá me equivocaba y todo era justo al revés. ¿Seré yo lo que ella no llegó a ser?

Tellaro, lunes 3 de septiembre de 1956

Todo depende de un único factor: Leonardo. Le amo y para mí es toda mi vida. Es feo pensar así tan joven, soy la primera en darme cuenta, pero es la verdad.

El gran amor nos alcanza a cualquier edad. Para mí ha llegado a los catorce. Pronto, lo sé. Gozo, sufro, lloro, amo. Nunca le podré olvidar, nunca podré amar tan intensamente como amo ahora. Nunca. Mi amor linda con la locura. Recordaré siempre todo. Todo. No, no es una chiquillada. Ese lejano verano de mar permanecerá eternamente en el centro de mis pensamientos, igual que estas páginas estarán para siempre en mi corazón. Nunca dejaré de escribir.

Leonardo fue su primer novio. Ella tenía catorce años, él veinte. Le conoció en Tellaro, cuya callejuela principal desembocaba en el mar cubierta por una resbaladiza capa de verdín. La diferencia de edad entre ambos sumió al pueblo en un sinfín de habladurías y a su madre en una sima de preocupaciones. No era su hija menor de las que se arredraban, bien lo sabía. Se la veía dispuesta a lo que fuera con tal de vivir y nutrir un amor que le estaba cambiando el carácter y los gustos. Hacía cosas del todo incomprensibles para el corazón reseco de Ángela, como caminar bajo la lluvia o presentarse a misa de ocho en un inesperado ataque místico para congratularse con Dios por haberle concedido su mayor deseo: enamorarse al fin.

Caterina nunca quería salir de Tellaro, pero como Leonardo amaba la montaña, habría subido al Everest si él se lo hubiera pedido. De pronto nada resultaba más apetecible que trepar hasta el pico más alto de la comarca, ya que las playas eran, ahora se daba cuenta, territorio conquistado por los mediocres. Empeñada en acompañarle, Ángela fue incapaz de disuadirla. Pero tampoco podía permitir que fuera sola con un hombre, así que se apuntó a la caminata, llevándose de segunda carabina también a Carlotta, para desesperación de la tenaz enamorada.

Al amanecer, los cuatro tomaron un autocar que llevaba hasta Orto di Donna, y desde allí iniciaron la ascensión a pie hasta la cima del monte Tambura a través de un yacimiento de mármol. La madre y la hermana se arrastraban bajo el sol enfundadas en unas botas incandescentes, los pies llenos de llagas y la boca de esparto, mientras Caterina, insensible al calor y al cansancio, revoloteaba embelesada alrededor de Leonardo, tan fresca como una fresa silvestre. La distancia entre una pareja y otra aumentaba a cada paso. Los dos jóvenes llegaron a las canteras. Se escondieron en lo alto de aquel desierto de blancura desde donde la vista era tan amplia que la línea entre el mar y el cielo se fundía en un único océano. A lo lejos oían sin inmutarse las voces de Ángela y Carlotta, que los llamaban desesperadas.

El reflejo de la luz en la montaña tajada de mármol los deslumbró. Cerraron los ojos frente al paisaje geométrico de gigantescos escalones y cuevas rectangulares. Allí mismo se besaron. Él la cercaba contra la piedra, sin soltarla, sin escape posible, como si fuera un juego. Olía un poco a tabaco, a piel salada de sudor, a polvo del camino. Estuvieron un rato así, el cuerpo de Leonardo presionando el de Caterina, callados, inmóviles. Felices.

Cuando las largas vacaciones se acabaron, Caterina regresó a la penumbra de su casa romana, a las violentas discusiones de sus padres, a la irritante perfección de su hermana mayor, al tedio de las clases y de las tardes invernales. Pero no le importaba. Ella ya no sufría las angosturas familiares, había trasladado el alma a una fabulosa mansión en la que solo existía Leonardo. Estaba convencida de que a través del amor alcanzaría los mejores bocados de la existencia, y así fue que la valiente, curiosa, simpática, descarada y fiel Caterina aún siguió queriendo durante algunos años a ese joven, aunque contadas fueran las oportunidades de volverse a ver.

Sin saberlo, ese fuego alentó otras pasiones más duraderas, que no cambian de nombre como los amantes, pero sí de objeto: la música, el cine, la literatura.

Roma, viernes 26 octubre de 1956

¡Qué rápido pasa el tiempo! Ya ha transcurrido un mes desde mi regreso a Roma y faltan treinta y cinco semanas para volver a verle. Hoy, no sé, me siento diferente. Quizá sea por la espléndida música de Bach que suena. Soy muy feliz y no soy capaz de explicarme la razón. Amo, eso es, y el amor todo lo mejora. El amor a todos nos hace mejores.

Roma, lunes 3 de diciembre de 1956

Nada de lo que he leído hasta ahora me ha causado una impresión tan fuerte. Soy él. Soy el Gran Gatsby. Voy a transcribir aquí el final para no olvidarlo nunca:

«Gatsby creía en la luz verde, el futuro orgiástico que año tras año retrocede ante nosotros. En ese entonces nos fue esquivo, pero no importa; mañana correremos más aprisa, extenderemos los brazos más lejos... hasta que, una buena mañana... De esta manera seguiremos avanzando con laboriosidad, barcos contra la corriente, en regresión sin pausa hacia el pasado».

Hoy me quedaré en casa, observando la lluvia que cae sobre el asfalto brillante, los mil paraguas que pasan, feliz de estar sola con este cuaderno y estos discos. La gente, los amigos, me producen náuseas. Hasta el cine me molesta, porque muestra cosas que también nos han sucedido a nosotros. Así es que lloro sin cesar.

Roma, lunes 31 de diciembre de 1956

¿De cuántos instantes está compuesta una vida?

La Nochevieja ponía colofón a 1956, el año en que Caterina había dejado atrás su infancia. Con catorce años ya solo quedaba el recuerdo de esa niña de pelo revuelto bajo el sombrero de su padre que se sentaba en el concurrido gallinero de un cine, envuelta por la luz del proyector. Esa niña que, cuando el plano de una hermosa actriz quedó cortado justo donde comenzaban a abultarse los senos desnudos, se puso en pie dispuesta a descubrir lo que había más abajo del marco de la pantalla. Y asomándose a la barandilla, gritó con todas sus fuerzas:

—¡Se le ve todo! ¡Se le ve todo!

CAPÍTULO 3

Las primaveras en Madrid ya no son primaveras. Hacía un frío impropio ese abril de 2009. Frente a la ventana de mi cocina observaba un nubarrón plúmbeo que se extendía hasta teñir el cielo entero. Callaron los pájaros un instante, sonó a lo lejos un trueno, mi perra levantó las orejas y comenzó a llover.

Era como si desde las alturas volcaran piscinas de agua así a lo loco, por pura diversión. Enseguida el aguacero se convirtió en granizo, una guerra de botones que golpeaban el tejado y restallaban en los cristales.

Duró apenas unos minutos, pero cuando el sol restableció el orden y pude asomarme a la calle, el panorama resultaba extraño. Las papeleras parecían enormes vasos de granizado de limón, los coches eran como cuerpos picados por la viruela, y la acera, el mostrador de una marisquería en la que no había crustáceos sino... ¿pollos? Sí. Sobre el hielo triturado de la vía reposaban decenas de pollos muertos. Pollos grandes de pavo, de esos pavos que defecaban constantemente en todas partes, dejando unos excrementos verdes y pegajosos, difíciles de limpiar. La tormenta había volcado los nidos con los polluelos, todavía incapaces de volar.

Aquello parecía una plaga bíblica. Se me dispararon todas las alarmas de mis supersticiones y oscuros presentimientos poblaron mi cabeza, ya de por sí demasiado fantasiosa. De las razones que me llevaron a comprar mi casa, sin duda la más estúpida fue que al ver cómo los pavos reales se paseaban por delante de la puerta, cosa poco común en Madrid, uno de ellos me había mostrado su cola desplegada frente a la cancela con el cartel de SE VENDE, en un gesto tan galante como persuasivo que al final resultó ser solo una vana promesa de felicidad. Las cosas allí no fueron fáciles, de todo hubo entre sus paredes antes de separarme del padre de mis hijos y comenzar una nueva etapa con Mario y Cate. Desde entonces vivíamos solos los tres y tenía la convicción de que la única utilidad de un hombre era la de abrir los botes de mermelada sin tener que llamar a los Geos.

Agarré una gran bolsa, una escoba y un recogedor. Mario y Cate estaban a punto de volver del colegio y no quería que se encontraran con ese panorama. Debían de estar saliendo del metro, porque la perra ya los había olido y ladraba para avisarme. Era la ajetreada hora de echar los espaguetis en la cazuela, besar mejillas y colgar abrigos. Tenía que darme prisa, pero la prisa se lleva mal con las contrariedades. No conseguía sujetar la bolsa y atinar con el recogedor repleto de pollos. Se escurrían como medusas y volvían a caer pesadamente en el suelo, circunstancia que me producía tal pasmo y tal sofoco que comencé a sollozar con el cuerpo entero. Asumiendo mi completa ineptitud, abandoné el palo y los escrúpulos para coger los bichos con las manos. No había tiempo que perder. Notaba las plumas suaves, las costillitas finas y redondas. Sus cuellos deshuesados. La piedad se mezclaba con la repugnancia, las lágrimas con las arcadas. No está bien tirarlos a la basura. Tendría que haberlos sepultado dignamente como antaño, pero en algún momento debí de hacerme mayor y dejé de enterrar animales. Tiré los cadáveres al contenedor, cerré la tapa y vi al fondo de la calle las pequeñas siluetas de los dos hermanos. Cate correteaba alrededor de Mario.

—¿Qué te pasa, mamá? ¿Has llorado?

—No, qué va, es que se me ha metido algo en el ojo.

—¿Te soplo?

—Sí, por favor.

Y de un soplido volaron las hojas del calendario. Días, meses, años, igual que en las películas en blanco y negro. El remolino del tiempo lo engulló casi todo. La perrita murió de puro vieja. Los niños crecieron. Me enamoré de Efe. Mario y Cate fueron a estudiar al extranjero, se marcharon.

Y yo me quedé, lidiando con el síndrome del nido vacío sin perder la compostura. Afilaba los lápices de colores de mi hija, sentada frente a su escritorio. Las finas espirales caían en el cesto con sus ribetes de color como claveles de madera. De la pared colgaban viejas zapatillas de punta reflejándose en el espejo con barra de la habitación, el mismo en el que antaño Cate se observaba mientras sostenía un talón para elevar la pierna como si fuera una muñeca sin articulaciones. Ese espejo que era el cuadro de su infancia y adolescencia, del espacio entero que compartimos. Parecía un cuadro de plata líquida, un lago de nitrato que escupe imágenes antiguas y voces en sordina: la risa de una niña que creía haber visto un oso polar por la ventana en medio de la noche, el maullido de aquel violoncelo poco más grande que un violín, los cuentos susurrados, los besos dormidos. Los despertares fríos de leotardos, metro y colegio. El olor de las tostadas de chocolate, los mordiscos en mi mejilla, los párpados temblorosos al maquillarla para bailar y las serias notas de amor en mi almohada: «Espero que seas feliz. Te quiero». Y más tarde, el comienzo de las mentiras, de las broncas por no estudiar, la ropa en el suelo, el incienso encubridor, el móvil entre las sábanas, el primer novio, el dolor por no ser la misma ni la mejor. La incomprensión, el egoísmo. El abandono.

La vida juega duro. Yo sacaba punta en silencio. Lo que más me gustaba de su cuarto infantil es que olía a lápices de colores. Tenía nostalgia de mis hijos. De los que tuve y de los que no pude tener. De todo lo que perdí en el camino sin darme cuenta: juventud, belleza, fertilidad, ambiciones, deseos. Efe no sabía ya cómo paliar mi persistente melancolía y yo no soportaba el victimismo de mis conclusiones, mi incapacidad para aceptar las circunstancias, la manipulación afligida de la realidad, las decisiones nunca compartidas, mis dulces maneras para apropiarme de lo que no me pertenece. Sacaba punta frente al espejo y no me gustaba lo que veía. Las habitaciones de los niños dan miedo porque envejecen antes que nosotros.

En esa crisis empecé a encontrarme mal y Efe se empeñó en acompañarme al médico, situación que de por sí me ponía frenética.

«¿Cuántos años tienes ya?», me preguntó un desconocido de bata blanca mientras manoseaba mi pecho tumefacto. ¿Era necesario añadir ese «ya» a la pregunta? Le contesté lo más antipática posible: tengo ya cuarenta y seis años, quizá haya llegado el momento de transformarme en amazona y de que mis hijos jueguen a la pelota con una mama postiza. Como soy un poco bestia, pensé que por lo menos sería un gran capítulo final para este libro tan circular. Una despedida épica.

Pero no. Por suerte, no. El médico, después de pensárselo mucho, descartó que fuera algo maligno. Solo tenía una infección. Me drenó el pecho dos veces. Me hizo varias ecografías y biopsias, me atiborró de antibióticos, amenazó con operarme y quitarme no sé qué conductos mamarios. «Total, ya no sirven para nada», dijo. En realidad tenía razón. Tampoco el útero, ni los ovarios, ni los pechos servían para nada. «¿Me puedo quedar con los pies para andar, las manos para escribir y el clítoris para follar? ¿O ni eso?» No me contestó. La indignación era mutua.

Cambió la luz, todo cobraba un aspecto siniestro. Había caído en la cuenta de que si varios de mis órganos eran innecesarios, yo misma era un ser cada vez más prescindible. Abrí la nevera y solo encontré medio tomate y un tubo retorcido de leche condensada. Salí de casa y me fijé en el oxidado patinete que llevaba años aparcado junto a la cancela. Prescindible. El semáforo estaba rojo. Mi trabajo, que tanto me gustaba, ya no me gustaba tanto. Prescindible. Ya no tenía ningún pretendiente pesado, ya no sentía deseo en las miradas. Había engordado cuatro kilos y al cabo de cuatro años cumpliría cincuenta. Prescindible y vieja. Pasé el carné de prensa por el torno. En la puerta del estudio de la radio me choqué con una conocida que llevaba siglos sin ver.

—¡Estás guapísima! ¿Qué te has operado?

—¿Yo? Nada... ¿Debería?

—¿Qué haces ahora?

—Estoy escribiendo una cosa... Bueno, un libro, creo.

—¡Qué casualidad, yo también! ¿Y de qué va?

Lo de escribir un libro debe de ser una reacción premenopáusica muy común que sería lícito añadir como efecto secundario en el prospecto de los botes de hormonas.

Cerré los ojos, respiré. Estaba triste. A pesar de la luminosa presencia de Efe, en esos momentos no tenía ánimo para extraer nada positivo de mi presente. Solo podía volver la vista atrás y vivir la vida de otro. La de mi madre con dieciocho años, cuando sus poemas todavía manchaban de tinta.

Quería expresar el absoluto
recurriendo a las palabras
y me volvía filósofa
de arriba abajo,
filósofa al caminar,
filósofa al menear el culo
y filósofa,
lo que ya era el colmo,
al fornicar...
«Coño filosófico»,
decían de mí los amigos.

Caterina había alcanzado la mayoría de edad. Según la ley, podía hacer lo que quisiera. Según su madre, no podía hacer nada. Que fueran una familia de artistas no les permitía entregarse a los devaneos de una vida bohemia. Al contrario, cada uno debía asumir su propia responsabilidad creativa, en la que la disciplina constituía la piedra angular de una expresividad inspirada. Nada había más despreciable que la pereza. El talento se desarrollaba trabajando sin descanso. Y el éxito o el fracaso nunca eran fruto de la buena o la mala suerte, sino de la implicación personal de cada uno.

Ángela consideraba que divertirse era una pérdida de tiempo, siempre y cuando no estuviera al servicio del saber. En tal caso, estaban permitidas ciertas cosas, incluso algunas que se podrían tomar por escandalosas o inmorales. Eso sí, era ella y solo ella quien determinaba los criterios que se convertían en normas indiscutibles. Los libros, el teatro, el cine, la música: sí. Los viajes, la comida, la bebida, los novios, el sexo: no. Los homosexuales: sí. Los heterosexuales: no. Lo frío, bien, y lo cálido, mal. Por tanto, el norte de Italia y todo Occidente: un mundo bello, lleno de gente maravillosa, rubia y culta. El sur del Italia y todo Oriente: lugares infectos, llenos de ladrones, pirados y fumetas.

Tenía un concepto religioso del arte y un amor sagrado por la familia. Como no creía en Dios sino en el diablo, siempre estaba al acecho para proteger a su gente, apartando las satánicas zarpas a manotazos. Ángela era un ángel guardián y una maldición. Todos, antes o después, intentaron huir de ella. Pero quienes lo consiguieron acabaron volviendo.

El primero en irse fue Cécrope. Se marchó de casa, no sin antes atestar una habitación de muebles y enseres personales a la espera de un supuesto traslado que nunca llegó a producirse. Durante treinta años, la puerta de ese cuarto estuvo cerrada con llave, excepto el rato diario que empleaba Ángela para dormir la siesta en la butaca de su marido, encajonada entre un aparador, dos cómodas, un piano de pared y varias cajas repletas de zapatos de caballero. Nadie entendió la razón de esta extraña querencia por los objetos de Cécrope. No parecía sentir nostalgia alguna de él, se negaba a dirigirle la palabra, prohibió a las hijas que le vieran en compañía de sus sucesivas novias y nunca le llamaba por su nombre, sino con algún adjetivo como «el mentiroso» o «el traidor» o directamente «el cerdo de vuestro padre».

Los laberintos sentimentales a menudo discurren por lugares imprevisibles. Por eso, cuando Cécrope envejeció y Ángela le readmitió en el clan, ella ni se molestó en explicar su cambio de actitud. Le llamaba por teléfono todas las tardes para asegurarse de que estuviera vivo y los domingos le invitaba a almorzar. El día en que falleció, la que nunca había dejado de ser su esposa abrió la puerta y la ventana de aquel cuarto, devolvió los muebles a sus lugares y regaló los zapatos. Después, muy digna, fue a casa de su marido, echó a la mujer con quien vivía y se llevó la colección de cafeteras napolitanas. A partir de ese momento, Cécrope pasó de ser un traidor a un santo por el solo hecho de haberse muerto.

Las consecuencias de este desbarajuste familiar fueron bien distintas para cada una de las dos hermanas. Al separarse sus padres, Carlotta enfermó de una tuberculosis que le dejó los pulmones como un queso gruyer. Dos años tardó en recuperarse, pero no pudo seguir bailando. Había perdido el tren. Nunca olvidó la ingravidez de su cuerpo sostenido por las puntas, ni el olor de la pez en sus zapatillas, ni las mañanas, las tardes, los días enteros pasados frente a un espejo, ni la música que subía del foso al escenario como un aire colmado de números, de marcas, de señales secretas. Esa renuncia la llevó a hacerse todavía más dura, más terca, más fuerte. Y también más honesta, sincera y hasta despiadada, insufrible a ratos, a menudo indispensable. Carlotta era una piedra con corazón de león. Decidió estudiar Filosofía y Letras en la universidad y sustituir la vocación de la danza por la del arte dramático. No era lo mismo, pero por lo menos le permitiría seguir pisando las tablas. Como era una joven muy atractiva y aplicada, enseguida consiguió entrar en la compañía teatral de Vittorio Gassman. Sus logros profesionales iban siempre acompañados por sus fracasos amorosos. Intentó emanciparse de la madre en varias ocasiones, pero sin ningún resultado. Ni siquiera durante su único y fugaz matrimonio, pues Ángela se empecinó en que siguieran viviendo con ella. Y como era de prever, esto acabó llevando a la ruptura de la pareja poco después del nacimiento de Leone, su único hijo. Los chantajes sentimentales maternos siempre lograron su propósito: retener a Carlotta a su lado.

Siete años después que su hermana mayor, Caterina se matriculó en la misma facultad, aunque nada tuvieran que ver la una con la otra. Agua y aceite. Bellas las dos. Una, alta y estilizada. La otra, pequeña y curvilínea. La primera, seria, tenaz. La segunda, divertida, desobediente, dispuesta a beberse la vida de un trago, o de varios, pero sin rehuir el compromiso. Con la cultura, con la política, con el feminismo. Como los demás, Caterina también quería irse de casa y decidió que la única manera de conseguirlo era convertirse en la oveja negra de la familia. ¿De qué modo podía obtener tal título alguien que sacaba matrícula de honor en cada examen? ¿Qué era lo que más podría indignar a su madre? Sin duda, tener una hija aficionada a los hombres. Decidió que debía perder la virginidad cuanto antes, y para perderla, la mejor forma era ingresar en el Partido Comunista. Ser una revolucionaria.

Roma, lunes 15 de abril de 1963

Me he levantado temprano para ir a hacer el maldito examen de Moral. Llevaba la camiseta que compré ayer en el mercado, que me marca unas tetas notables, y una falda blanca que hace notable también mi culo. Debajo, unas bragas rojas y un sujetador rojo. Incluso me he pintado los ojos para ver si enternecía de algún modo poco ortodoxo al profesor (dicen que solo así se enternece).

En la universidad no se habla más que de follar. Cómo, cuándo y por qué se folla, la píldora, las hormonas masculinas y femeninas, los abortos, los orgasmos, todo en una extraña atmósfera de revolución bolchevique. Organizan seminarios de sexología, exclaman frases en voz alta del tipo: «¿Estás nerviosa porque hoy no has follado?».

Al que no folla, se le excluye.

En realidad, fue Ángela quien, sin querer, se lo puso en bandeja a su benjamina. A fuerza de coser y bordar pamelas y bolsos y de ahorrar como si la guerra nunca hubiera terminado, había ido comprando la mitad del edificio en el que vivían. Para pagar los créditos al banco, alquilaba habitaciones a estudiantes que caían enamorados de una u otra hermana, y en casos extremos, de las dos. La cosa fue a más cuando comenzaron a llegar jóvenes antifranquistas pidiendo cobijo, aupados por el aire de progresismo que animaba las noches de vía Canobi. Ángela los acogía por conveniencia económica, por simpatía ideológica y por fardar de «exiliados» frente a los amigos. Los paseaba como trofeos sacados de un país tercermundista en el que imperaba una trasnochada dictadura. Y el joven español de turno, además de cocinar tortilla de patatas y compartir el jamón enviado por sus padres, solía convertirse en la actuación estelar de la noche con canciones de protesta que los *compagni* italianos cantaban como si fueran propias.

«*Cuando canta el gallo negro, es que ya se acaba el día. Si cantara el gallo rojo, otro gallo cantaría.*» Todos alzaban el puño antes de caer de bruces, completamente borrachos, por el efecto de una sangría con más azúcar de la debida. Y Caterina, subida a la mesa, descalza, con la falda remangada y el pelo enroscado en un tenedor, dirigía el coro chupando un melocotón rojo de vino. «*Ay, qué desencanto, si me borrara el viento lo que yo canto.*»

Una tarde apareció por allí un español nuevo que no era un exiliado. Trabajaba en la Facultad de Filología Española de Padua y había viajado a Roma para homenajear al político Julián Grimau, recién ejecutado por el régimen de Franco. La noticia había desatado una reacción internacional de protesta y presión sin precedentes.

Ángela le abrió la puerta y se quedó impresionada por la buena presencia del joven profesor universitario. A primera vista reunía todo lo poco que le podía gustar en un hombre. Elegante, de pelo rebelde y ojos muy oscuros, parecía un espía de los de chaqueta de pana. Le hizo pasar, le puso una taza de té en la mano y fue corriendo a avisar a sus dos hijas de que había llegado *uno spagnolo bellissimo.* Ni Carlotta ni Caterina hicieron el menor caso a su madre y no postergaron ninguno de sus planes por conocer a un español guapísimo, que sería seguramente mariquita: todos los hombres que entusiasmaban a Ángela solían serlo. Pero al día siguiente, Caterina acudió a una de esas reuniones de amigos que se celebraban en su propia casa. Y aquel español guapísimo, misteriosa mezcla de niño bueno y de niño malo, también lo hizo.

Pasaron la velada entera conversando. Cuando todos se hubieron marchado, ellos continuaban sentados a la mesa de una cocina en la que apenas cabían una mesa y un par de sillas, uno frente al otro, con un libro de *Mafalda* abierto entre los dos. Comenzaba a clarear. Se hizo un silencio. Entonces Caterina miró a Fernando y con un dedo se señaló un lunar de la cara, cerca de la boca. *Neo,* susurró en italiano. Y otro en el pómulo. *Neo,* volvió a musitar. Y en el cuello, más de uno. Y bajó su mano por el escote. *Neo, neo, neo.* Y abrió un botón, y deslizó el dedo. *Neo,* volvió a decir. Fernando se acercó, le desabrochó la camisa entera y sacó sus pechos.

—¿Qué haces? —preguntó Caterina sin cubrirse.

—Busco un lunar —contestó Fernando sin inmutarse.

Saltaron chispas y la historia cambió su rumbo de un volantazo.

CAPÍTULO 4

De aquel largo incendio quedaron cientos de fotos. De viajes, de barcos, coches, autocares y trenes, de casas y paisajes, de amigos y desconocidos, de gatos. De mí. De ellos. Pero hay una especial, una que me gusta mucho. Caterina y Fernando están sentados a una mesa con un periódico desplegado. Lo miran juntos, hombro con hombro. Y parecen muy conscientes de su atractivo. Saben que los están fotografiando. Unas gafas de pasta negra a un lado delatan que mi madre solo finge leer. Es invierno. Visten de un modo similar, con jerséis oscuros de cuello vuelto. Tienen un aspecto serio, formal, que en realidad esconde alguna travesura, como si tramaran algo. Como si se burlaran de algo. El brazo de Fernando que linda con el cuerpo de Caterina se pierde por debajo de la mesa. Un rubor disimulado los hace sonreír levemente. Es la imagen de la complicidad, del deseo. Del amor. En un blanco y negro muy blanco, muy negro.

Crecí con la certeza de que mis padres se habían amado con locura. Siempre pensé que cualquier relación sentimental que tuvieran después solo podría ser una pálida copia de lo que ellos, y solo ellos, fueron juntos. La fabulosa historia de amor vivida en unos años de plenitud máxima, los viajes por medio mundo, el frenesí sentimental, sexual, intelectual y político, la belleza de sus cuerpos, la valentía de sus decisiones, todo ello los elevaba a cotas inalcanzables para otros. En calidad de hija única, yo me consideraba el fruto del amor absoluto. Nada había más cálido que el aliento apasionado de quienes me engendraron. Me sentía resguardada bajo aquel halo protector que habían extendido sobre mí. Ese era mi amuleto.

Mantuve esta creencia infantil hasta los cuarenta y siete años. No está mal. Luego la perdí. Sucedió de repente, a finales de agosto, en los últimos días de verano en Tellaro, cuando la luz de la tarde avisa de que las vacaciones se acaban y comienzan los tradicionales y fantasioso planes para huir de las obligaciones otoñales.

—¿Y qué tal si nos vamos a vivir a Camboya, mi vida? —me dijo Efe.

—Bien. Muy bien. ¿Y qué haríamos allí? —le pregunté irónica.

—Beber té —contestó más serio que nunca.

Sentados en el pequeño embarcadero, pegados el uno al otro, las piernas nos colgaban sobre el reflejo del campanario en el mar. Efe leía un libro y yo los diarios adolescentes de Caterina.

Aquel diario era una lectura grata y al tiempo desoladora. Su entusiasmo al descubrir las *Variaciones Goldberg* o el dolor frente el abismo de la muerte, la propia, la de los demás y la de todo lo que nos rodea, me estremeció. Vi a una criatura llena de esperanzas, con unas ganas locas de vivir. Y en ella, claro, me vi yo. Paseando por los mismos lugares, tarareando las mismas melodías, leyendo los mismos libros.

Y vi a mi hija de dieciséis años recién cumplidos, que se llama como ella y que, como ella, fuma a escondidas sentada frente a la puesta de sol en Tellaro, y besa a un chico o a dos o a tres y descubre que el cine no es solo cine, sino un milagro necesario. Observo su exuberante belleza con aprensión. La piel tersa, nueva. El pelo castaño claro, rizado, salvaje. Los ojos grandes y oscuros, como los de un gato. Todo en Cate parece a punto de explotar: los labios, los pechos, los muslos, el culo. También la cabeza. Me mira y se ríe de mí, o conmigo, nunca estoy segura. Tiene grandes proyectos y mucha prisa. Espera impaciente a que le suelte la correa. Si la suelto, correrá. Correrá sin mirar atrás, loca de alegría.

Mientras observo cómo crece y cómo se aleja, me asaltan los temores, las supersticiones. ¿Por qué se me ocurrió la mala idea de cargar sobre sus hombros el nombre de mi madre? ¿Podré lograr que no se repita nuestra historia? A través de estas páginas, viajo al pasado para remediar errores y reconducir extravíos ajenos. Menuda imbecilidad. Pero es así. Escribir es mi plegaria: por favor, que no le pase nada. No lo soportaría. Corre, Cate. Corre, amor mío. Y nunca olvides lo que decías de pequeña: lo importante no es participar, lo importante es ganar.

Había cerrado el dietario. Paseaba por el embarcadero de Tellaro con el brazo en alto, en busca de un poco de cobertura telefónica. Una de las peculiaridades de este pueblo, tan enroscado en sí mismo, es que es un espacio de desconexión obligada. Resulta casi imposible relacionarse con el exterior.

—¿Qué tienes, que te noto inquieta? —me preguntó Efe, siempre alerta ante las señales de mi estado de ánimo.

—Nada —mentí—. Estoy bien. Intento llamar a mi padre.

Efe sonrió. Nunca se cree mis mentiras.

Necesitaba hablar con mi padre y contarle lo que me estaba pasando al leer los diarios. Le necesitaba justo a él, la única persona que realmente había amado a Caterina, que había besado su cuerpo, que había compartido muchos años a su lado.

Al oír su voz por teléfono, me eché a llorar. Le dije que estaba triste, que me dolía leerla, imaginarla, revivirla. Le expliqué que me parecía que estábamos inmersos en una película de terror. Que el pasado solo era el compendio de lo que perdimos, y el futuro, un mal sueño cuyo final conocemos. Le dije también que el saber no alivia.

—¿Quién dijo que hay que saberlo todo?

—Tú lo dijiste, papá. Dijiste que el escritor debe zambullirse en todos los lodos.

—Pero siempre con un impermeable puesto.

Será eso, será que me había dejado el impermeable en casa. O será que mi padre no reaccionó como esperaba. No hallé en él ni complicidad ni consuelo. Le sentía agotado, distraído, con solo alguna curiosidad concreta con relación a los diarios. Pero no compartía mi dolor. Ya no. De pronto caí estupefacta en la cuenta de que el tiempo también se había llevado por delante ese amor. ¿Cuándo había sucedido? ¿Cómo no lo había percibido antes?

¿En qué momento habíamos dejado de ser tres? Al fin y al cabo, no podía reprochárselo a mi padre, había transcurrido medio siglo desde que se conocieran. Una eternidad, más que mi vida entera. Caterina había perdido su puesto en el podio y yo tampoco tenía ya mi medalla de oro, mi amuleto protector.

La verdadera muerte acontece cuando el recuerdo emocionado se diluye hasta desaparecer. Fernando ya no lloraba por ella. Me había quedado sola. De este naufragio apenas sobrevivían algunas de las cartas que se escribieron durante su larga historia de amor. Solo la palabra escrita nos salva del olvido y nos devuelve el deslumbramiento del principio. Intacto.

(Carta de Fernando a Caterina)
Padua, 8 de mayo de 1963

Caterina, me gusta decir tu nombre. En medio de tantos problemas, de tantas obsesiones, el deseo de tu presencia se apodera mil veces de mí. Esto no es una declaración de amor ni nada que se le parezca, porque, sobre todo, no quiero que esta sea una carta de amor. Es un hecho.

(Carta de Caterina a Fernando)
Roma, 16 de mayo de 1963

Me siento en condiciones de saber que te quiero, que te quiero para mí, que te quiero entero, te quiero te quiero te quiero, te quiero todo. Escríbeme, me gusta que lo hagas, aunque solo si te apetece, naturalmente. Me gustas, te quiero para mí y basta, lo necesito y basta.

(Carta de Fernando a Caterina)
Padua, 23 de mayo de 1963

Así es. Lo quieres, lo quiero y basta. En lo demás puede haber problemas, pero no en esto, no en esto, Caterina (¡Dios, cómo me gusta decir tu nombre!). Tengo ganas de volver a estar contigo y de repetir lo que hicimos y de llegar a lo que no hicimos. (...)

Tengo aquí tus cartas, unas cartas que, entre la lengua extraña y la mala letra, apenas he podido leer. Es como un crucigrama. Aquí me falta un sustantivo, allí un pronombre... y, de vez en cuando, hasta frases enteras. Intuyo cosas a medias. Te intuyo sobre todo a ti, detrás de las palabras, imposible de tocar por el momento, con tu originalísima versión de mí, y tus brutales pestañas y tus condenados pechos. Y me desespero, y me entran ganas de empezar a darme cabezazos contra la pared, para ver si así baja Dios y me ayuda y me dice al oído las palabras ignoradas.

¡A estas alturas, tanto deseo de tu cuerpo! (...)

Ayer te envié un Henry Miller. Uno solo, porque se me acabó el dinero para el otro, en París los libros son puñeteramente caros. Lo hice con desgana (tentación de guardar para mí un libro que considero fundamental) y con miedo. Miedo de que no te guste, de que no llegues a tocar su fondo, como a tantos les ha pasado. A buena parte de esa vergonzante crítica marxista. ¿Y si ahora resulta que mis santos, mis grandes escritores, no son los tuyos? Es importante, ¿sabes? Rabelais, Descartes, los poetas metafísicos ingleses, Lutero, Voltaire, Diderot, Carlos Marx, Stendhal, Rilke, Hemingway, Chejov... Mis santos, mis libros. Querría hablar contigo sobre ellos. (...)

La noche en que se conocieron, acabaron despidiéndose en el rellano de la escalera. Ella con la camisa a medio abotonar y la falda del revés. Él con el cinturón en el bolsillo de la chaqueta y una presión púbica que le acompañaría en los días venideros. Aquel delicioso tormento iba y venía, subía y bajaba con la evocación del recorrido por los lunares de una romana a quien no podía olvidar.

Fernando había viajado a París. Cuando regresó a su casa de Padua, la mujer con la que convivía había abierto y leído dos cartas de Caterina. Impasible ante el desbarajuste sentimental que aquello provocó, *lo spagnolo bellissimo* pasó una noche entera aporreando la máquina de escribir para contestar esas misivas, acompañado por los sollozos de su novia en el cuarto de al lado. Cuando terminó, aún tuvo ánimos para leer lo escrito a la desdichada compañera, cuyos lloros se convirtieron en auténticos alaridos. Así eran los jóvenes revolucionarios de entonces. Se lo contaban todo. No tenían piedad.

A esa larga carta le siguieron más y más. No era Fernando un hombre de los que se quedan a medias. O todo o nada. Exagerado, apasionado, vehemente, irreductible, con un centenar de páginas que habrían podido ser mil o cinco mil, igual le daba, la enamoró y se enamoró sin apenas conocerla. Caterina, borracha de palabras, de ideas, de proyectos, corrió a sus brazos. Se fundieron así dos columnas de fuego.

(Carta de Fernando a Caterina)
Padua, 2 de junio de 1963

(...) Eso es lo que te pido, Caterina, ese es el motivo de mi carta y de mi miedo. Te pido disponibilità fino alla fine. *Aquí*

el tiempo y la distancia nada juegan. Aquí solo juegan las personas y lo hacen cuando están una frente a la otra. Un juego que empezó en Roma hace doce días, contra el ángulo de un muro. Un juego que solo esas dos personas, otra vez frente a frente, deberán continuar o terminar. La libertad, Caterina, la libertad de nuestros actos. Salvémosla. Salvemos esa disponibilidad mutua gracias a la cual nos será dado elegir. Que ninguna fuerza externa elija por nosotros. (...)

Cuántos miedos por ti, terrible Caterina, disponible Caterina.

Implacables, teorizaban sobre la disponibilidad permanente en la pareja, la libertad en el amor y el sexo, la pureza del intelectual, el compromiso político... Todo lo querían poner patas arriba. Y patas arriba lo pusieron todo. Estaban convencidos de que serían capaces de asumir cualquier consecuencia sin por ello quebrantar una historia de amor, la suya, capaz como era, o debía ser, de resistir los convencionalismos absurdos en los que ambos habían sido educados. Para demostrarlo, tres meses después de haberse conocido Caterina llenó una maleta con cuatro trapos y un centenar de epístolas amorosas, y se escapó de casa.

Era el mes de agosto. En plena canícula, cruzó la plaza de Tellaro con la toalla al hombro como si fuera a la playa, poco más allá se subió a un autobús, luego a otro y luego a un tren. Veinte días antes se habían citado a las tres de la tarde en la cafetería de la estación de Génova con dos promesas por cumplir: Fernando se habría deshecho de su novia y Caterina de su madre. Después de eso, no volvieron a comunicarse. No había teléfonos que lo permitieran. Cada uno pensaba que el otro faltaría a la cita secreta. Pero no fue así. A las tres en punto, Caterina entró en el bar. Llevaba un vestido negro, ajustado en el pecho y con una falda de vuelo. Sandalias, el pelo recogido, la piel morena. Fernando la esperaba acodado en la barra. Nada más verla notó que retornaba el delicioso tormento. *Terrible Caterina, disponible Caterina.* La deseaba, la amaba, era la mujer que siempre había soñado. Decidieron montarse en el primer tren que los llevara a España. Podía ser peligroso por la situación política, pero Fernando era solo un profesor contratado por la Universidad de Padua, aún no había tenido problemas con la justicia. Estaban en uno de esos raros momentos en que desaparecen trabas y obligaciones, el horizonte se ensancha y todo parece posible. En que la piel pide más piel. Nada les daba miedo, vivir era una aventura. Estudiaron abrazados los horarios de los trenes, de la mano montaron en un expreso que partía hacia Portbou, acariciándose contemplaron por la ventanilla la silueta de la Costa Azul en una noche de luna abrasadora y uno contra el otro amanecieron ya en tierra española. Al llegar a Barcelona, buscaron refugio en una humilde pensión de la calle Julio Verne y allí, por fin, pudieron reanudar el recuento de lunares. Desde los pechos hasta los dedos de los pies.

Aquel verano recorrieron Andalucía. En septiembre llegaron a la capital para instalarse en casa de un amigo. A los pocos días apareció por sorpresa Ángela, que no dudó en instalarse también en casa del amigo. Después de haber sido despachada por su hija con un telegrama en el que la avisaba de que se había ido con Fernando, dejaron de hacerle gracia los refugiados españoles y removió Roma con Santiago para encontrarla. Dio con ella a medio camino: en Madrid.

Sus esfuerzos por imponerle algo de cordura fueron inútiles. Era evidente que una madre que recorre dos mil kilómetros en tren para convencer a una hija de que el amor es una soberbia tontería, y pedirle que vuelva a casa por lo que más quiera, no tenía ninguna posibilidad de lograr sus objetivos. Caterina no le hizo ni caso y Ángela regresó a Roma. Pero la justicia acudió en su ayuda. Poco después de su marcha, una redada policial acabó con Fernando en la cárcel. A Caterina la metieron en un calabozo y tres días más tarde la expulsaron de España. Para inmensa alegría de su madre, reapareció en vía Canobi con su maletita de cartas.

Ángela, que nada sabía del amor, se las prometía muy felices. Consideró zanjado el problema sin prever que la situación penitenciaria del *spagnolo stronzissimo*, lejos de apartarle de su hija, avivaría la llama en ambos. Y eso fue exactamente lo que ocurrió. Caterina, además de hablar con el partido y con diversas asociaciones que brindaban ayuda a encarcelados políticos, no cejaba en su empeño de encontrar la forma de sacarle de allí. Habría estado dispuesta a lijar con una lima de uñas una a una todas las rejas para liberar a su héroe y escapar juntos de nuevo. Tardara lo que tardase.

Mientras organizaba la fuga, mantuvieron una copiosa correspondencia en la que todo había que entenderlo entre líneas. La censura solo permitía escribir a familiares de primer grado dos veces a la semana. Por tanto, el único modo de mantener el contacto era hacer que Caterina pasara por su legítima esposa y para ello había que trocar su nombre por el de otra. La otra era Elvira, con la que Fernando había estado casado durante un breve, brevísimo año, en el que les dio tiempo a tener un hijo y a separarse. Nada tenía que ver esta Elvira con la Elvira de Colorno. Solo era una casualidad o, como diría Fernando, una «causualidad», en esta enrevesada constelación familiar.

(Cartas desde la cárcel, de Fernando a Caterina)
Madrid, 31 de octubre de 1963

Querida Elvira:

Las perspectivas judiciales siguen siendo buenas y todos estamos tranquilos. El único contratiempo es el clima, que empieza a enfriarse. Leo, charlo, juego al ajedrez y hago gestiones para conseguir algunos imprescindibles elementos de trabajo (la máquina de escribir, especialmente). Aparte de ello siento envidia. Del otoño romano, de tu libertad, de ese cuerpo que ahora no poseo. Una envidia que es amor. (...)

(Carta de Caterina a Fernando)
Roma, 7 de noviembre de 1963

Querido Fernando:

Recibidas dos cartas más, entre ellas la primera directa. Pulso tembloroso. Esta caligrafía, escasamente mía, que me esfuerzo por hacer legible. Demasiadas cosas que decir, que contestar, y convencimiento de no decir nada. Demasiada nostalgia, hoy, demasiada gana de tu amor animal en este languidecer romano. Fatiga de escribir así, cuando las palabras querrían ser actos de cuerpo o rudas suavidades. Fatiga de dar crecimiento a nuestra historia en solo estas sintéticas, endebles, recreadas cartas. Pero la medida de cada ser es el límite de sus posibilidades. (...)

Salió de la cárcel el 24 de diciembre de 1963, gracias al paternalismo navideño del régimen. Ese mismo día, la que se hiciera pasar por Elvira subía a un tren, dejando plantadas a Ángela y a Carlotta en plena cena de Nochebuena.

Fernando comenzó a cumplir prisión domiciliaria en la casa de su infancia. Convivía con su madre, su padrastro, dos hermanos, dos criadas y tres policías que se turnaban día y noche para vigilarle, instalados en el cuarto de Marilén, la pequeña de la familia. Lo que nadie sabía era que Caterina también vivía en aquella casa, concretamente bajo la cama de su amado, donde se había montado un chiringuito que incluía hasta una pequeña lámpara para leer. Así sorteaban el control familiar, que, sobre todo en cuestiones sexuales, resultaba mucho más rígido que el policial.

Nano, así llamaban a Fernando en familia, era hijo de un periodista republicano al que habían asesinado dos meses después de que empezara la Guerra Civil y veinte días antes de que él naciera. Ocho años más tarde, su madre, Elena, volvió a casarse con Guillermo, un hombre que simpatizaba con la dictadura franquista, aunque nunca mostrase el más mínimo interés por nada relacionado con la política. Tuvieron dos hijos. Vivían en una casa de largo pasillo que desembocaba por un lado en un salón y una alcoba matrimonial con mirador, y por el otro en una gran cocina con el cuarto de las criadas al fondo. El piso tenía una entrada principal, presidida por un elegante ascensor de madera y cristal, y un acceso de servicio que daba a una escalera bastante lúgubre.

Por la lúgubre escalera se colaba Caterina en el fortín familiar. Todas las noches a las once, María y Saturia, dos criadas sorianas y feúchas, secretamente enamoradas del «señorito», pero aun así compinches en tan romántica historia de amor, abrían la puerta de servicio a la italiana, sacaban el colchón a la cocina y cedían su humilde cuarto a la pareja. A las siete de la mañana, antes de que Guillermo apareciera en la cocina con la jaula del canario para limpiarla, María y Saturia despertaban a la pareja y Caterina salía de la casa como había entrado.

La audacia es patrimonio de los imbéciles y de los enamorados. Como no los descubrían, Nano se envalentonó y metió en el ajo a sus hermanos, Billi y Marilén, de manera que los únicos que no sabían nada del trajín nocturno eran Guillermo, Elena y aquellos tres policías que, por otra parte, ya se habían hecho amigos de todos. Con la excusa de que quería estar aislado para escribir toda la noche y no despertar a nadie, se instaló en el cuarto de las muchachas, y Caterina con él. Vivían como dos murciélagos. Cuando todos se iban a dormir, ellos cenaban en la cocina, hacían el amor en el escueto dormitorio, reían, conversaban..., y con las primeras luces del alba, en cuanto oían por el pasillo los pasos quedos de Guillermo con la jaula del canario, se acostaban. Amanecían a las cuatro de la tarde, y el resto de las horas en que todavía había actividad en la casa, Caterina leía y estudiaba español escondida bajo la cama.

Elena, una elegante mujer de ojos azules, rubia melena y eternos pendientes de perlas, aparecía todas las tardes en la habitación ocupada por su hijo con un café con leche y un suizo. Ella, como todas allí, le amaba con ternura. Se sentaba a su vera y esperaba a que el niño de sus ojos terminara de merendar, mientras Caterina se hacía un ovillo y observaba casi sin respirar las zapatillas rosas de la que, sin saberlo aún, era su suegra.

Una tarde de domingo, Elena entró en el cuarto y con la insistencia propia de las madres preguntó a Nano si él tenía una revista que no encontraba. Ante la rápida respuesta negativa, se fue refunfuñando incrédula a buscar en otra parte. Sonó el teléfono. Fernando salió para contestar y Elena se coló en la habitación. Quería comprobar por sí misma si su revista estaba o no allí. Como era el día libre de las criadas, nadie había para remediar lo irremediable: Elena levantó la colcha y miró debajo de la cama. No encontró la revista, pero sí a Caterina, quien la saludó tímidamente sin atreverse a salir de su madriguera. Al volver, Fernando se topó con el pastel y no tuvo más remedio que presentarlas. La mujer de su vida estrechó la mano de su madre con la melena llena de pelusas.

Como Elena era incapaz de resignarse del todo a los continuos líos políticos y galantes de su preferido, se llevó de inmediato a la desgreñada italiana a una cafetería y, sin perder sus dulces maneras, le explicó que esperaba no verla más por su casa. Tampoco hizo falta, ya que Fernando consiguió poco después el permiso judicial para trabajar, empezó a dar clases en un instituto y se mudó con Caterina a un apartamento compartido con otros amigos. A los tres policías los instaló sobre un viejo sofá en el rellano de la escalera.

Durante el mes de julio de aquel año, aprovechando las vacaciones escolares, Fernando organiza su fuga. El 1 de agosto de 1964 consigue huir de España con el documento de un amigo bajito, pelirrojo, diez años mayor que él y falangista disidente. Se cuela en un autocar que viaja a Francia, en el que otro amigo trabaja como guía. Al llegar a la frontera, todos los pasajeros entregan sus pasaportes, amparados por la oscuridad de la noche. Un guardia civil soñoliento los repasa sin ganas y da el visto bueno. Arranca el autocar. Toma velocidad. Caterina, con el corazón en vilo, le espera en Montpellier. El morro del autobús asoma al fondo de la carretera, se detiene en la parada, resoplan las puertas al abrirse y Fernando es el tercero en salir. Sano y salvo. Lo ha logrado, no pueden creer en su suerte. Y así comienza un exilio que habría de prolongarse siete años.

Juntos se marchan a Tellaro y luego a Roma, donde ella terminará la carrera y él trabajará para ahorrar y viajar, viajar, viajar. Nano se convierte en un nómada cuya única patria son Caterina, la máquina de escribir y las toneladas de libros que arrastra por el mundo.

En 1966 Fernando consigue un pasaporte falso y acepta la invitación de la Universidad de Tokio para trabajar como profesor. Viven allí durante un año. Aislados por un idioma y una cultura incomprensibles, empiezan ya a sufrir males de pareja. Algunas infidelidades mal digeridas, cierta desidia sexual, la hiperactividad de él, la inseguridad de ella. Pero una fina ironía tamiza el dolor y nunca pierden el incomparable aliento de la complicidad intelectual.

(Extracto de los diarios de Caterina desde Japón)
Tokio, sábado 27 de mayo de 1967

(...) Estaba pensando en la muerte de mis padres y en las palabras de Fernando: «Nos quedamos hasta junio y después nos vamos dos años a Estados Unidos». Este plan me pone muy triste. Alejarme de todas nuestras cosas, los amigos, los animales, mi madre, la familia. De acá para allá en este destierro, en la confusión de nuestra vida. Yo soy una mujer sedentaria. Me aferro a los lugares y a las cosas. Sueño constantemente con una casa en el campo. En cambio, estamos todo el rato de viaje. Fernando me abraza. Le aparto de mí. Siempre me tomo su inestabilidad y sus reacciones de forma neurótica. Pienso en mis padres, que se acercan al final de sus vidas, y no me parece justo dejarles solos. Esta es mi gran preocupación. Su muerte. De la mía ya me ocuparé yo.

Tokio, domingo 11 de junio de 1967

Fernando se ha dedicado a escribir durante toda la noche. El insoportable ruido de la máquina de escribir me hace temblar. Pienso en los del piso de arriba, que deben de estar hasta el moño de semejante matraca nocturna. Le digo a Fernando que, por lo que le conozco, esa forma de escribir no es otra cosa que vanidad. Se enfada un poquitín y me dice que le deje tranquilo. Él concibe el género epistolar como obra de arte. Me voy a la cama a leer *El jugador*. Me gusta tanto que me quedo despierta hasta muy tarde. Por otra parte, ese traqueteo brutal me impide dormir. Se me ha ocurrido que podría hacer a los vecinos el único regalo útil: tapones para los oídos. A las seis de la mañana me despierto y comienzo *El idiota*. Es otro libro que no se puede dejar de ninguna manera. Te engancha y te envuelve como una pitón. Me quedo allí, soñando y pensando con los ojos abiertos. Creo que tendré un futuro doloroso y trágico.

Poco después de que Caterina consumara aquel futuro «doloroso y trágico» que preconizó en su dietario japonés, Ángela y Carlotta, enloquecidas por la muerte de quien fuera hija y hermana, se dedicaron durante un año entero a aporrear sus máquinas de escribir. A todas horas. Desde el alba hasta el ocaso. Ángela en la mesa de mármol de la cocina, Carlotta en el escritorio isabelino de su cuarto. Enroscaban en el rodillo de la máquina cuatro o cinco folios separados por papel carbón para tener varias copias, para no perder ni una pequeña respiración de aquellas palabras heredadas.

A lo largo de ese duelo en el que la respiración se empastaba con el silencio y los meses se sucedían sin estaciones, Carlotta terminó el libro que su hermana había dejado inacabado sobre una conocida pareja de heroicos combatientes antifascistas cuyas ideas contribuyeron a la creación del Partido Radical. Y Ángela fue transcribiendo el diario del periodo en que su hija había vivido en Tokio.

Encorvada con una lupa sobre los emborronados cuadernos, porfiando con una letra imposible que consistía en una línea recta y continua interrumpida por algún pico aislado, Ángela hablaba sola, en voz alta, mientras bebía un té recalentado, tan negro y tan denso como su estado de ánimo. Transitaba con asombro e indignación por la intimidad de unos folios que parecían el electrocardiograma de Caterina. Para ella no significaba un reencuentro con su hija, sino la revelación de un ser oculto que nunca le había pertenecido. Enfrentarse a las angustias de su benjamina, las soledades, las nostalgias familiares, los excesos alcohólicos, las frustraciones sexuales, no la acercó a ella. Pese a que ya no compartieran plano temporal, prevalecía la incomprensión que siempre las había acompañado. Ángela era incapaz de entender la naturaleza de la relación entre su hija y los hombres, entre su hija y el mundo. Y eligió el peor de los caminos, el que más le habría dolido a Caterina: considerarla una víctima, compadecerla. Así le arrebató a título póstumo y sin querer la única fuerza de la que su hija se sentía orgullosa, aquella que la impulsaba a llegar la primera al portal del colegio, pasara lo que pasase, aunque le fuera la vida en ello.

A esas alturas ya no cabía un posible armisticio entre Ángela y Caterina. Carlotta podía abandonar por fin la ingrata tarea de poner paz entre ellas. El tecleo de la máquina era el mantra con que estas dos mujeres, más muertas que vivas, intentaron mantener el calor de quien había partido. Su única misión era impedir que se apagara la llama, avivarla con esfuerzo para que ese tiempo aciago, inconsolable, se fuera desvaneciendo entre sus dedos tintados de negro y cumpliera el milagro de regresar a otros tiempos mejores, en los que aún quedaría casi todo por escribir. Aunque en el fondo, como decía Caterina, ya estaba todo escrito.

Tokio, domingo 18 de junio de 1967

Nano me cuenta que fue a la NHK para conocer a sus nuevos compañeros. Allí le presentan a un tal Luis Palmeira, que enseguida le propone ir a un lugar que él conoce para que una mujer le haga una mamada. Nano no se lo piensa dos veces y le acompaña. Todo esto me aleja totalmente de la pasión. Pero no de la ternura. De la ternura, no. Es más, la ternura aumenta al entender hasta qué punto es imposible un amor completo, autosuficiente. Enamorarse es como autodestruirse, desear la aniquilación de una misma. Siempre que he renunciado a mi autonomía de forma desinteresada, por amor, por piedad, por cariño, enseguida me he dado cuenta de que claudicando así, lo único que hacía era apagar su pasión. Demasiada disponibilidad te hace cada vez más esclava. Hablamos de mi falta de curiosidad erótica. ¡Pero si es que yo le amo a él! ¿Qué necesidad tengo de otros estímulos? Me parece guapo, inteligente. ¿Por qué iba yo ahora a interpretar el papel de una zorra? ¿Para qué serviría este cambio?

Fernando leyó por primera vez los diarios japoneses de Caterina cuando ya tenía ochenta años, en un barco que navegaba por los canales del Loira.

Cada año organizaba un viaje con una extravagante familia, la suya, superpuesta en diversas capas a lo largo de medio siglo: cuatro hijos, cuyas edades oscilaban entre los tres y los cincuenta y cinco años. Tres nietos, entre los cuales la más pequeña era coetánea del último de sus retoños. Dos exmujeres extranjeras, una francesa que habría podido ser la madre de la japonesa. Y, por supuesto, una novia nueva e intercambiable, de la que nadie nunca sabía nada. Este batiburrillo generacional creaba situaciones insólitas, como que su hijo de tres años fuera tío del nieto de veinticinco, o que la novia intercambiable pareciera la secretaria de la nipona, y la hija mayor, la esposa del abuelo.

En el intento de soslayar este lío de gentes, Fernando madrugaba más que nadie para escribir en el cálido amanecer, al amparo de una galería de álamos cuyas hojas desprendidas salpicaban de plata las siempre apacibles aguas de aquellos parajes llenos de puentes, granjas y castillos. Una de esas mañanas, mientras observaba cómo su nieta Cate se alejaba en bicicleta por el margen del río entre bandadas de patos y nubes de mosquitos en busca de cruasanes para el desayuno, apartó su ordenador y abrió los diarios, que habían quedado abandonados en la mesa la noche anterior. Lo hizo con cierta aprensión. Nunca había querido leerlos. Sabía que le dolerían, lo sabía y así fue. No logró comprenderlos, no pudo identificarse con la descripción que hacía Caterina de su persona. Tampoco supo reconocer el evidente amor que ella le profesaba, escondido bajo la capa protectora de la crítica, el reproche impostado y el humor. Cuando los terminó, el barco ya navegaba por el canal y la extraña familia se arremolinaba en torno a la mesa para comer. Lo único que se le oyó decir fue: «Todo lo que cuenta aquí Caterina es mentira, se pasó la vida tergiversando la realidad».

Bajo la techumbre recalentada por el sol del mediodía, nadie quiso rebatirle nada. Al fin y al cabo, él era la única memoria viva de aquella historia. Pero una duda quedó en el aire.

Tokio, lunes 26 de junio de 1967

(...) Hablamos del viaje por Asia. Cómo ir, qué hacer. Tal vez nos podríamos trasladar a América a finales de julio. Esto supondría quedarnos tres años y medio lejos de Europa. Me dan escalofríos. Cuando volvamos, tendré veintinueve años y medio. Carlotta, treinta y cinco. Veo la muerte muy próxima. Nano se cabrea porque no demuestro la ilusión que él quisiera. Me gustaría mucho ir a Estados Unidos, pero no tan pronto, con todo el peso de Japón que cargo todavía sobre mi espalda. Antes pasaría algo de tiempo en casa con mis gatos, con la familia, iría a la playa. No sufriría la horrible sorpresa de ver la muerte escrita en los rostros de los demás y, por tanto, también en el mío. Además, con veintinueve años he de tener un hijo antes de convertirme en un despojo de mujer.

Entre los años 67 y 68, Caterina y Fernando realizan dos grandes viajes por Asia. En el primero recorren El Cairo, Bombay, Delhi, Agra, Benarés, Katmandú, Calcuta, Singapur, Bangkok y Hong Kong. Fernando escribe una carta de cien páginas para sus amigos, de las que circularon diversas copias. Es el deslumbrado relato de todo lo que vieron, de lo que descubrieron, de un mundo en parte virgen que tardaría muy poco en desaparecer.

Ya de vuelta en Tokio, Caterina aprovechó para liarse con un nipón, cosa que a Nano le provocó unos celos inauditos tras haber preconizado el amor libre a diestro y siniestro. Superada esta crisis, una más de tantas que tuvieron, hicieron de nuevo las maletas hartos de Japón y de los japoneses, para emprender otra expedición, un gran viaje sin fecha ni lugar de regreso.

El 30 de mayo de 1968, noche de San Fernando, llegan a Kaoshiung, una ciudad taiwanesa de mala muerte, y allí se meten en un antro que ofrece un licor brutal llamado *kaoliang*. Para celebrar la onomástica, agarran una borrachera tal que les cuesta una resaca de nueve meses: Caterina se queda embarazada. Buscan un lugar donde abortar, pero no lo encuentran. Prosiguen su viaje, prosigue su embarazo a pesar de las salvajes condiciones en que viven y se desplazan: carreteras accidentadas, autostop, bicicleta, altas temperaturas, disenterías. Visitan Corea, las islas japonesas, Okinawa, de nuevo Taiwán y Hong Kong, Filipinas, Saigón, Camboya, Laos, Tailandia, Malasia, Indonesia. Cruzan la India hasta Nepal, atraviesan Paquistán, Afganistán y Turquía. Y ahí se plantan. Caterina quiere volver a casa. Toman el *Orient Express* en Estambul hasta Venecia, y de ahí otro tren a Roma.

En la estación los esperan Ángela, Cécrope y Carlotta, que nada saben de la buena nueva. Lo primero que ven es el abultado vientre de una mujer que está en los huesos. A Caterina le falta menos de un mes para dar a luz.

«¡Es una niña!», le dirán al posar a la recién nacida en sus brazos. «Nano, es una niña», repetirá Caterina con la alegría bailándole en los ojos.

Esa niña soy yo. Mis padres me llamarán Ayanta, como aquellas sagradas cuevas de la India, ocultas y olvidadas durante siglos, que Caterina y Fernando descubrieron en el que sería el último de sus grandes viajes.

CAPÍTULO 5

Unas pezuñas negras y peludas a la altura de mis ojos. Como de diablo. Y mi mejilla aplastada contra un cardo soriano. Ese es el primero de mis recuerdos. Tenía dos años, y a mi madre y a mí nos arrolló un toro de lidia. Acharolado, enorme, con cara de pocos amigos.

Estábamos subidas a unas piedras en un costado de la explanada de Valonsadero, donde buscaban refugio quienes no querían correr los doce morlacos que soltaban al comienzo de las fiestas de San Juan. Desde la atalaya de sus hombros vi cómo el toro venía hacia nosotras. Mi madre se tiró al suelo boca abajo, para resguardarme con su cuerpo. El polvo nublaba en mi cara las alpargatas de los que escapaban. A partir de entonces, cada vez que aparecía en la carretera el inmenso animal negro de Osborne, yo gritaba presa del pánico: «¡Toro! ¡Toro!».

Para mí, eso era España. Una tierra rarísima en la que las alimañas andaban sueltas, los lechones se comían enteros, las casas olían a fritanga, los niños mataban a los pájaros a pedradas, las mujeres iban a misa con un velo de novia negro y los hombres se rascaban los huevos.

Y no solo eso. Para mí, España era y es mi padre. Mi

padre agarrado al volante de un dos caballos con sus manos peludas, impasible al calor, las moscas y las curvas. Mi padre tumbado en el cuarto de música de la casa de Soria, fumando lo que llamaba «cigarrillos mágicos» y escuchando a Serrat, los Beatles, Jimmy Hendrix, Janis Joplin, Jethro Tull, Pink Floyd, mientras los vencejos moteaban el rectángulo azul de los balcones. Mi padre, con la camiseta manchada de vino áspero de bota y los brazos en alto, bailándole a alguna chavala. A algunas chavalas. A todas. Mi padre concentrado en un libro y yo recostada a su lado, lista para el comienzo de cualquier aventura. Mi padre, que me espera en medio de un andén desierto, la sonrisa ancha de hoyuelos en las mejillas, los vaqueros, las sandalias indias. La carrera hacia él nada más bajar del tren. El choque de los cuerpos, el abrazo, el vuelo en redondo que hasta duele de tanto sin verle. Y el olor a la colonia de siempre en el pecho de su camisa. De pequeña, quería casarme con él. Pero como estaba rodeada de mujeres con las mismas intenciones y yo no soy nada competitiva, me contenté con ser la hija de su «favorita».

(Carta de Fernando a su madre)
Roma, 20 de marzo de 1969

Ayanta mama, duerme, se chupa el dedo, frunce las cejas, engorda y empieza a despertarme –¡oh, dioses!– delicuescentes síntomas de eso que en la época de nuestros abuelos se llamaba amor de padre. Pero manos en alto: que nadie bata alborozadas palmas pensándome en el redil. No hay cerberos para roer este hueso.

Se habían instalado en un pequeño apartamento de vía Canobi. En los meses siguientes a mi nacimiento, parecía que la paternidad les había hecho sentar un poco la cabeza.

Caterina estaba harta de los *hippies*, de los porros y el ácido lisérgico, del desorden, de los viajes, de los amantes, de los polvos ocasionales, de los delirios progres. Quería tener una casa, un trabajo, una familia. Fernando, tras seis años de exilio, sufría de nostalgia por todo lo suyo y deseaba volver a España. Mientras esperaba la conmutación de la pena que le permitiera regresar, trabajaba en la RAI y en la FAO.

Pero la tranquilidad doméstica no alcanzó ni a mi destete. Nano se enamoró de una chica y se escapó con ella, aunque al poco tiempo regresó. Por fin le concedieron el indulto. Fernando y Caterina decidieron marcharse de Roma y comenzar una nueva vida en Soria, aunque intuían que lo suyo ya estaba viejo, gastado. Aun así, trataron de continuar juntos, animados también por algún destello remanente de su antigua pasión. En aquellos meses de encierro soriano, la complicidad intelectual se hizo tan profunda que les resultaba imposible imaginarse el uno sin el otro. ¡Qué importancia podía tener el sexo o cualquier otra veleidad si lo que tenían era insustituible! El único alimento que necesitaban era la complementaria trabazón de sus mentes. Aunque en la encrucijada de aquel nuevo intento también podían perderlo todo. ¿Eran conscientes de lo que se jugaban? Eso creían. Pero ella no sabía parar, la maternidad era demasiado angosta para satisfacerla. Y él tampoco sabía parar, el mundo era demasiado grande para quedarse quieto. Una vez más, pospusieron cualquier compromiso. No eran capaces de renunciar a nada. Se consideraban especiales, ungidos por los dioses, seguros vencedores de las trampas de la carne y del espíritu que ellos mismos propiciaban. Mejor disfrutar a tope. Tiempo habría para mirarse a los ojos y darse la mano. El fin de las cosas era un territorio que no les competía. Se creían inmortales. Y quizá lo fueron, aunque solo un rato.

Fernando no pudo rehusar la tentación de otro largo viaje, varios meses por África. Caterina se sentía incapaz de acompañarle, y todavía menos de quedarse sola esperándole, por lo que decidió volver conmigo a Roma. La distancia tal vez avivara su amor, con esa esperanza partió. Pero solo sería un espejismo, un canto de sirena que confundió a los que ya andaban bastante confundidos.

Entre uno y otro continente aún seguirán volando las cartas apasionadas. Los amantes, los líos, las mentiras, las verdades. Los desencuentros. Los reencuentros. Al final, lanzarán juntos un dado, el último, sobre el tapete verde.

(Telegrama de Caterina a Fernando)
Tellaro, 22 de septiembre de 1970
AYANTA CATERINA SOLITAS ESPERAN NOTICIAS

(Carta de Caterina a Fernando)
Roma, 23 de octubre de 1970

(...) La niña se ha despertado y aquí está, queriendo escribirte a máquina ella también. Adiós a la concentración. Las cartas más bonitas te las he escrito en mis duermevelas nocturnos, en los intervalos entre sueños y pensamientos.

¡Hemos estado tan bien esos últimos días!... Te he amado mucho, completamente.

La niña llora, una mujer barre, yo espero que no estés fuera demasiado tiempo. Confío en que sea una separación breve, como cuando terminaste en la cárcel... Pero entonces yo llevaba una vida mucho más animada, tenía amigos, ayudaba a los españoles en el exilio. Ahora estoy encerrada en un apartamento, rodeada de entes hostiles (amigos y familiares) y metida de lleno en una existencia hecha de pequeñas e insistentes obligaciones. Pero ya pasará...

Nostalgia de ti. Tremenda. Me paso todo el día tratando en vano de olvidarte. Todo se desarrolla sin ese empuje vigoroso que tu presencia otorga a las cosas. Hasta tus libros, que tengo aquí delante, se quedan quietos. Tú, como un domador a golpe de látigo, les hacías bailar una zarabanda enloquecida.

Escríbeme pronto y mucho. Yo aún no he decidido si preocuparme o no por ti. De todas formas, estoy ansiosa por recibir noticias tuyas. Una bruja me ha dicho que volverás a mí para después alejarte definitivamente. Y hay algo cierto en esta previsión. (...)

Párvulo mío, te amo y necesito decirte que tengas cuidado.

Mientras mi madre escribe cartas de amor en Roma junto a la cuna en que duermo, yo misma converso con sus amigos y amantes en Tellaro alrededor de la mesa en que escribo. Algunos de ellos aparecen obsequiosos, como si notaran que ando inmersa en estas pesquisas biográficas y quisieran formar parte del tropel de fantasmas con el que convivo.

Este es un fenómeno que ocurre especialmente en Tellaro, donde sospecho que ella debió de prodigarse en lo que al sexo se refiere. Y no solo al sexo. Basta con que me coloque en la terraza del bar a escribir, para que acabe escuchando las sentidas confidencias de alguno de ellos. Les dejo hablar, les sonrío, grabo en mi cabeza todo lo que me cuentan, brindamos con un café por lo que pudo ser y no fue, y cada cual se marcha con sus recuerdos a cuestas.

—¿Tú eres Ayanta? —me pregunta un hombre muy alto, muy calvo y vestido todo de negro.

«Ya estamos», pienso.

—Sí..., encantada —contesto prevenida, pero tendiendo ya la mano.

—Yo conocí a tu madre. La conocí mucho —confiesa con los ojos húmedos—. Tienes su misma sonrisa, la misma mirada. Es increíble.

—¿De veras? Gracias. Me hace ilusión parecerme a ella.

—¿Puedo sentarme?

—Por supuesto.

Y se sienta. Y comienza su confesión.

—La conocí aquí mismo, en esta terraza. Tú apenas andabas y te agarraste a mis piernas. Entonces Caterina se acercó. Me enamoré de ella en cuanto la vi. Era una presencia extraordinaria. Se paseaba con los pies desnudos, una falda de flores larga de las que se llevaban en esa época, el pelo suelto, los brazos llenos de pulseras que había traído de sus viajes. Sus movimientos eran lentos y precisos. Nunca hacía ruido, pero todos nos dábamos la vuelta a su paso. Ella lo sabía y se reía de nosotros. Yo era pinche de cocina en el restaurante de la plaza. No tenía casa, dormía aquí y allá. Una mañana me desperté y encontré una nota que había colado debajo de la puerta.

Todavía la recuerdo. Decía: «Veámonos en el camino de la playa al caer la tarde. Ruego máxima discreción, tanta como mi necesidad de este encuentro». No podía creer que se hubiese fijado en mí. Por supuesto, acudí a la cita. Y allí empezó todo. Fueron unas semanas inolvidables. Escribíamos poesías a cuatro manos, nos emborrachábamos y hacíamos el amor en todas partes. Me volvió loco. Hasta el punto de que mis padres llamaron dos veces a la policía para buscarme.

—¿La policía? ¿Y eso?

—Yo era menor de edad. Tenía diecisiete años. Bueno, diecisiete años y medio.

—Ah, ya —digo intentando disimular mi asombro—. Pero, perdona, en realidad no nos hemos presentado. ¿Cómo te llamas?

—Armando Baracchini.

Armando Baracchini. Mientras le observo, paladeo su nombre en un intento de recuperar algún hilo extraviado de mi memoria. Me suena. Claro que sí, mi padre me había hablado de él. De cómo, a la vuelta de alguna de sus escapadas amorosas, cometió el error de principiante de aparecer por Tellaro sin avisar. Fernando estaba dispuesto a retomar las riendas de su matrimonio, pero encontró a Caterina en la cama con el tal Armando, que se cogió un susto de muerte y salió despavorido de la habitación. Eso sí, que yo recuerde, mi padre en su relato no me especificó la edad del otro. ¿Diecisiete años? ¿Tan joven? De haberlo hecho, no creo que yo la hubiese olvidado.

—¿Y luego? ¿Qué pasó? —insisto.

—Nos perdimos la pista. La vi solo una vez más, algunos años después. En el puerto. Pero ninguno de los dos éramos ya los mismos. La reconocí por la voz. Estaba muy enferma. Nos dimos un último abrazo. Yo he tenido una vida difícil, ¿sabes? Me enganché a la heroína y después al alcohol. He sido un yonqui. Cuando conseguí desintoxicarme trabajé en centros de ayuda a los drogodependientes. Y ahora, después de cuarenta años, he regresado a este pueblo. Vivo en una casita de alquiler. En las tardes soleadas de invierno vuelvo a esta terraza y me veo a mí mismo de espaldas. Y delante de mí nos veo a todos nosotros. Veo a Caterina. Fui a su entierro, pero me mantuve apartado. No quise saludar a nadie.

Se hace un silencio. No tenemos nada más que decir.

—¿Te puedo invitar al café? —me pregunta Armando.

—Claro —le contesto deseosa de zanjar esa conversación.

—¿Y te puedo dar un abrazo?

—Desde luego.

Armando se marcha algo avergonzado por la inesperada intimidad. Y yo me quedo ahí, sentada a una mesita demasiado pequeña para albergar los diarios, las cartas, el ordenador y mi permanente zozobra. Siempre tengo la sensación de haberme perdido algo fundamental, de haber nacido tarde, o pronto. De pertenecer a una generación intermedia insulsa, estúpida, aburrida. Aunque quizá más saludable.

Una cosa por la otra.

Roma, 30 de noviembre de 1970

(...) Me voy a acostar, amor mío, y daré la espalda a tu sitio vacío. Por la noche, en general, estoy tan cansada que

enseguida apago la luz y me duermo como una niña. Ayanta se acuerda de ti. Le enseño una foto tuya y ella, con su voz más dulce (tiene muchas voces), te llama y te acaricia. Pobre perrita. Es gordita y rechoncha, ordenadísima, extravagante, muy metódica y condenadamente autosuficiente. Vamos, que se parece a ti. (...)

Roma, 2 de diciembre de 1970

(...) No me conviertas en un mito. El proceso de mitificación en ti, lo he comprobado ya demasiadas veces, es la preparación a la ruptura. Para apaciguar tu conciencia de «hombre total», mitificas, cuando de hecho estás excluyendo. «Nosotros nos amaremos siempre. Nuestro amor es inmortal», y ya estás corriendo a por tus maletas y tus bártulos con la conciencia limpia.

Ámame como la mujer que soy. También con todos los defectos que hacen de mí la mujer que deberías amar. Lléname de collares africanos, envuélveme en algodones de colores.

Sigo sin noticias tuyas. Empiezo a sentirme algo ofendida.

Se reencontrarán pocos días después en Madrid. El esperado regreso de Fernando ni alentó el amor, ni resolvió los problemas. Las cosas no hicieron más que empeorar. La lista de amantes fue en aumento como si compitieran el uno con el otro. Pactaron tolerarlos, incluso conocerlos. Pero ya nada funcionaba. En agosto del 71, ocho años después del recuento de lunares, se separarán temporalmente. Será el subterfugio de los que no quieren admitir la derrota y prefieren mirar hacia otro lado. Ganar tiempo. Perderlo. Caterina se acomodará en el vulgar territorio de los reproches. Y Fernando huirá hacia otras tierras vírgenes.

Tellaro, 18 de mayo de 1972

No entiendo por qué todo lo que tiene que ver con la administración de esta hija debería ser tarea mía desde el día en que vino al mundo. No es ella la que complica la vida, sino la pobre desgraciada de su madre, siempre preparando paquetitos, cerrando maletitas y yendo de acá para allá, sin un momento de tregua. ¿Vida de vagabunda? La vida que tú siempre has propuesto que hagamos cargando con la niña, y que yo, desde hace un par de años, empecé a rechazar huyendo de una especie de marasmo senil por el que me sentía sacudida.

(Carta de Fernando a Caterina)
(Faltan fecha y lugar)

(...) ¿Por qué nos entendemos mal? Quizá por tu eterna prisa. Dice un haiku: No corras, a donde tienes que ir es a ti mismo.

Abrazos (¿aliñados con qué?),
Fernando

El aire acaricia a contrapelo las aguas. Se tensan las velas. Niki nos ha llevado de excursión en su barquito por el golfo de los Poetas. Es un lobo de mar, mayor, algo taciturno, de ojos azules, pelo rubio cano y rizado, cuerpo musculoso. Antaño era el guaperas de Tellaro. Fue culturista. Fue marinero y mujeriego. Aprendió a oler el viento. Viajó por todo el mundo desafiando los océanos.

Es ese tipo de hombre que habría estado bien conocer hace cuarenta años.

Son las tres de la tarde. Efe dormita, nuestros hijos y sobrinos se tiran al agua. Niki y yo nos quedamos bajo el toldo de la cubierta. Me cuenta cuando una ola le arrancó de cuajo el mástil en Indonesia. Me habla de su trabajo como capitán en los yates de los ricos. Del abandono de su padre, un empresario americano de origen holandés, cuando era un niño. De la llegada a Tellaro con su madre, una belleza yugoslava que cuidaba de las barcas y de los gatos del pueblo.

Pica el sol, cantan las chicharras en un pinar cercano. La brisa mueve el banderín en la proa, el agua lame el costado del barco. Niki baja de un salto a la bodega y pone música de los años sesenta en un viejo radiocasete. Emerge con un botellín de cerveza helada.

—¿Sabías que yo tuve una historia con tu madre? —me suelta a bocajarro.

Ya está. «Otro», pienso. ¿Niki, una historia con mi madre? ¿Cuándo pasó? Hago un cálculo rápido. Ella debía de tener unos diez años más que él. Le alabo el gusto. Imagino a Caterina estudiando uno a uno los músculos de ese tímido Adán. Y me da la risa. Una risa alegre. Celebro la noticia. Me gustan las mujeres que, venido el caso, saben comportarse como hombres.

—Pues no tenía ni idea, Niki. Pero..., ¡qué maravilla! ¿Y cómo pasó?

—Estábamos en la fiesta de unos amigos, abajo, en el *porticciolo*. Tu madre andaba por ahí, contigo muy pequeña. Bailaba. Yo era muy joven. Me miraba, la miraba. Bebió de mi copa. Fue durante el verano del 71, creo. Nos veíamos todas las noches. Luego no me buscó más. Ella hacía eso. Aparecía y desaparecía, iba a su aire. Se acababa de separar.

Suenan los primeros compases de *Let's Twist Again.*

—*Caterina era forte* —me dice, dando por zanjada la conversación.

Le tiende la mano pecosa a mi sobrina Paula, que sube a cubierta por la escalerilla. Y al son del twist, el viejo lobo de mar y la niña comienzan a bailar. Lentamente. Descalzos, en la proa del barco. Levantan una pierna y luego la otra como dos funambulistas marinos. Poco a poco se van añadiendo los demás en una loca danza mecida por las olas. Efe y yo los observamos en el contraluz de la tarde.

Al fondo, una línea ambarina. Perfecta.

CAPÍTULO 6

Mi padre me regaló un mono. Lo llamó Yamba porque en wólof, el idioma más importante de los negros de Senegal, significa *marihuana*. Se lo trajo de Dakar junto a una mujer muy guapa, dos gatos y doce cedros del Líbano que le había encargado un amigo español aficionado a la botánica.

Cargó el mono, los gatos, los cedros y la mujer en un Land Rover verde que tenía solo los asientos delanteros, pues había convertido la parte de atrás en una jaima acolchada, llena de cojines marroquíes que picaban como demonios pero que resultaban de lo más exóticos. Embarcó en una nave de Frigo Pescanova y a bordo convivió durante doce días inolvidables con las varitas de merluza congeladas y con el capitán Peña, del que se hizo amigo íntimo y al que nunca más volvió a ver.

Atado a la alcachofa de la inestable ducha puesta sobre el parabrisas en conexión con un rudimentario depósito de agua que mi padre llevaba atado a la baca, Yamba viajó hacia tierras españolas en aquella casa rodante, saltando y balanceándose de un lado a otro mientras desatornillaba los retrovisores, o soltaba las escobillas o cualquier otro ingenio que desafiara a sus habilidosos dedos.

Fernando apareció en Madrid frente al portal de la vivienda de su madre subido a ese trasto, en compañía de una desconocida y un macaco que le buscaba piojos en la barba. Yo me puse a saltar de alegría y a mi abuela Elena le dio un vahído del susto. Peor fue cuando se enteró de que el animal con nombre de hierba alucinógena habría de quedarse en el domicilio familiar unos días hasta que su hijo resolviera alguno de esos asuntos impostergables que solían manchar de carmín los recovecos más escondidos de su cuerpo.

Mi mono era casi tan alto como yo y enseguida me ofreció su mano velluda en señal de amistad. Tenía un pelaje corto y suave, de tonos marrones, más claro en la tripa y más oscuro en las extremidades. Sus ojos eran negros, igual que el hocico, con colmillos de pequeño león y lengua rosa de palote de fresa. Era un mono impaciente pero concienzudo. Imitaba cualquier comportamiento humano como si quisiera cumplir la evolución del simio al hombre en un tiempo récord. Nos observaba muy serio, y cuando ya creía haberlo aprendido todo, se ponía manos a la obra con una voluntad destructora que sembraba el caos y el desconcierto a su paso.

Yamba se instaló en la casa de mis abuelos y la convirtió en el baobab de sus recuerdos africanos. Enseguida aprendió a acicalarse en el baño, a ponerse mis vestidos celestes y blancos de nido de abeja, a leer los voluminosos tomos de Víctor Hugo con las gafas del abuelo Guillermo, a comer con cuchillo y tenedor, a pasear por la calle con andares de caniche pijo y a saludarnos desde el mirador mientras despellejaba uno a uno los maravillosos geranios de la abuela Elena.

También aprendió a sufrir por amor y a disfrutar con el sexo. Se enamoró de mi tía Marilén, la hermana de mi padre, en cuanto la vio. Debió de parecerle de su talla. Ella era muy guapa pero muy bajita, tanto que para alcanzar el teléfono de pared del pasillo tenía que subirse al arcón situado justo debajo. Cuando sonaba, Marilén salía disparada de su cuarto. «¡Es para mí, es para mí!», gritaba corriendo por el pasillo con el mono detrás. Saltaba entonces como una gacela encima del arcón y se pasaba horas enroscada en el cable. Susurraba tiernas palabras a su novio mientras Yamba seguía la conversación con interés, ladeando la cabeza. Como jamás veía a ningún otro pretendiente, una tarde acabó por asumir que él era el destinatario de aquel meloso coqueteo verbal, de modo que la abrazó con sus cuatro patas en un arranque de afecto incontenible. Marilén se vio obligada a interrumpir la dulce conversación para atender a su nuevo cortejador, que juntó su nariz con la de mi tía para verla y olerla muy de cerca.

Conseguimos desprender al simio de la pobre Marilén tirando con fuerza del rabo, pero a partir de ese instante, para dejar constancia del feliz acontecimiento galante, Yamba comenzó a masturbarse furiosamente cada vez que la veía, lanzando chorros de esperma hacia los cristales de la alacena de la cocina, sordo a los gritos de horror de mi abuela.

Yo tenía casi cuatro años y observaba con enorme sorpresa el pene fucsia de Yamba, que se desplegaba en los momentos más inoportunos. Cada vez que culminaba su frenético manoseo, le aplaudía entusiasmada mientras la criada me arrastraba fuera de la cocina y mi tía Marilén rompía a llorar, sin saber bien si era por el mono o por su novio Claudio, dos amores que, en cualquier caso, la hacían muy infeliz.

En pocos días Yamba consiguió poner patas arriba la vida de una familia cuyo único sobresalto doméstico había sido hasta entonces el trino, en ocasiones demasiado insistente, del canario amarillo que presidía la alcoba en su elegante jaula dorada. Colgada de un artilugio curvo y metálico, la jaula fue lo primero que cayó al suelo por efecto de los vehementes empellones de un invitado que se iba convirtiendo en dueño y señor de toda la casa. El canario Pepe no murió, pero quedó demudado por el susto al ver cómo ese pariente de King Kong se encaramaba a su morada como si fuese el Empire State Building del Retiro. Nunca más volvió a abrir el pico, para tremendo disgusto de Guillermo. No es de extrañar que cuando Fernando volvió a aparecer por casa, el abuelo nos subiera a Yamba y a mí en el Land Rover, sin dar más explicaciones. Y Elena, harta de las ocurrencias absurdas de su primogénito, ni siquiera nos saludó desde el mirador como tenía por costumbre. Lo cual constituía toda una declaración de intenciones.

Nos fuimos a Soria. Mi padre, la mujer guapa y yo, en el interior del coche. Yamba, atado a la ducha. Nuestra llegada fue triunfal. Mejor que si hubiésemos aparecido a lomos de un elefante. El bullicio del Collado, paseo principal de la ciudad, cesó por un instante al vernos, y se reanudó con fuerzas renovadas para comentar la última extravagancia del original e intermitente vecino de una de las casas principales de la vía.

A Yamba lo atamos al balcón del último piso con una cadena larga que le proporcionaba cierta libertad de movimientos. Tras estudiar la nueva situación, el bicho decidió lanzarse en picado al vacío. Se columpiaba así de un lado a otro boca abajo, a veces despacio, otras cada vez más rápido para tomar el impulso necesario y dar una vuelta entera, o dos, o tres, y volver a la barandilla. Los sorianos se arremolinaban con la nariz al cielo entre bravos y olés, y llevaban a sus niños para que admiraran el prodigio del verano: un mono que había inventado el *bungee jumping* antes de tiempo.

Teníamos dificultades incluso para salir del portal, tal era el gentío que Yamba congregaba todos los días y a todas horas a su alrededor. Hasta que se escapó no sé cómo. Solo recuerdo a mi padre arrastrándose a cuatro patas por el tejado con un plátano en la mano, mientras le bisbiseaba como si fuera un minino en un vano intento de convencerle de que regresara a casa. El mono volvió cuando le dio la real gana, es decir, cuando el hambre le obligó a asomarse a la cocina.

Aquel verano con Yamba pasó muy rápido. A finales de agosto, mi mono observaba con tristeza la espantada de las cigüeñas hacia tierras más cálidas. Ya no salía al balcón. Pasaba las tardes conmigo subido a la litera de mi cuarto, y aburrido como una mona hojeaba algún libro, se dejaba pintar las uñas de rojo y me tiraba sin ninguna convicción de las trenzas. Yamba tenía frío y tal vez soñaba con volver a su país, con su gente, subido al hombro del capitán Peña en el barco de Frigo Pescanova. Pero mi padre puso viento en popa hacia otro puerto y él se quedó en la Pajarería Inglesa del barrio de Salamanca, expuesto en la vitrina, a la espera de que otro incauto picara y se lo regalase a su hija o a su peor enemigo.

Nunca supe qué fue de Yamba. Cuando me despedí de él al final de aquellas vacaciones frente a la puerta del avión que habría de llevarme a Roma, saltó a mis brazos y me dedicó un último grito de amor que cerró uno de los capítulos más delirantes de mi infancia.

Fue un amigo. Y como tal lo recuerdo.

(Carta de Fernando a Ayanta)
Dakar, 1 de noviembre de 1972

Querida Ayanta:

Por fin puedo escribirte. He estado todo este tiempo en el desierto, pasando aventuras muy divertidas, pero bastante duras. Calor, sed, arena en los ojos, días enteros sin ver a nadie, animales más o menos salvajes... El primer día perdí todo mi invento: el segundo piso del coche, con la ducha, el depósito de agua y demás artilugios. Solo resistieron las camas, que estaban dentro. Luego empezaron los pinchazos: llegamos a tener quince en un solo día. Y no había ningún mecánico que pudiese repararlos. En fin, tú eres demasiado pequeña para acompañarme en estos viajes, pero pronto crecerás y te llevaré conmigo.

¿Sigues aún hablando español? ¿Te acuerdas de Soria, de tus amigas, de los gatos y del mono Yamba? (...)

¡Cómo olvidarme de Yamba! Fue tan importante que, por su culpa, sufrí una mutación y me convertí en Pippi

Calzaslargas. No me peinaba con tiesas trenzas ni tenía un caballo de lunares en el salón, pero era una niña excéntrica y solitaria, dueña de un mono, con un padre viajero que, cuando aparecía, todo lo transformaba en una aventura extraordinaria, impredecible. En una actuación estelar.

A principios del verano del 72, el siguiente a la «separación temporal» pactada con Caterina, Nano pasó con el coche a la vuelta de un viaje a Grecia por delante del cruce que conducía a Tellaro. Mi madre y yo estábamos allí de vacaciones. Paró y pensó por un momento en tomar ese camino. Pero se fue pisando el acelerador hacia Génova y de allí a Ibiza, deseoso de alargar un poco más aquel periodo de reflexión en el que ninguno de los dos había reflexionado nada, dedicándose más bien a disfrutar de la liberación que suponía no tener que aguantarse. Cuando dos semanas después apareció por Tellaro dispuesto a retomar su matrimonio, ya no había nada que hacer.

A mi padre le quedó la amarga sensación de que la temprana muerte de quien fuera la mujer más importante de su vida se debió en parte a su tardanza. Titubeó y no llegó. O llegó tarde.

¿Qué habría pasado si hubiese torcido a la izquierda para recorrer nuestra serpenteante carretera, pegada al precipicio de rocas sobre el mar, en aquella noche llena de dudas? Si rebobino el relato que él tantas veces me contó de lo que podría haber ocurrido, le veo cuando llega a la plaza del pueblo y me reconoce con mi patinete. Me monta a caballito como siempre y yo, enganchada a su cuello, besando su mejilla que pinchaba por la barba, le digo: «Allí está mamá». Caterina interrumpe la conversación con los amigos, con los desconocidos, con los pretendientes, y se levanta de la terraza del bar para ir a su encuentro. Los primeros pasos, incrédula, dura, irónica. Pero enseguida con el corazón arrebolado, loco de alegría. De amor. Yo lo observo todo subida a los hombros de mi padre y sin entender nada: la timidez del deseo renovado, la culpa por las decisiones erróneas, el alivio de volver a creerse poderosos, únicos. Solo habría advertido cómo se juntaban sus rostros, cómo se abrazaban, y nada más. «Ay, Nano, Nano», le habría susurrado ella. «Ay, Caterina, terrible Caterina, disponible Caterina», habría respondido él.

En esa encrucijada en la que se decidía su destino sin que ellos lo sospecharan, tuvieron en su mano cambiar el rumbo de los acontecimientos. Y quizá Caterina hubiera tenido la posibilidad de salvarse. Pero las cosas pasaron de otro modo. Fernando detuvo el coche en la bifurcación de la calzada y miró los carteles. Una flecha indicaba Tellaro. La otra, Génova, el puerto, el barco, la estela de espuma, el amanecer frente a la isla de Ibiza, las doradas playas, la modesta habitación de cortinas blancas preñadas por la brisa, los cuerpos desnudos, mojados, vencidos. Acarició el muslo de la mujer que le acompañaba, tragó saliva, agarró el volante y apretó a fondo el pedal. Un calambre de gusto debió de recorrerle el espinazo. La pequeña carretera se nubló de polvo. Todo quedó atrás.

Esta es una manera hermosa de relatar nuestra historia. Aunque también se podría llegar a una conclusión más prosaica, más vulgar. Por ejemplo, que ya estaban hartos el uno del otro. Que rehicieron su vida. Que ella convirtió sus virtudes en defectos. Y él, sus defectos en virtudes. La balanza se inclinó hacia un lado, como habría podido inclinarse hacia el contrario. Solo eso. En aquel embate, ella murió. Él nos enterrará a todos.

(Carta de Fernando a Ayanta)
Dakar, 22 de febrero de 1973

Querida Ayanta:

He pasado mucho tiempo sin escribirte, porque estaba en el desierto y allí no hay buzones para echar las cartas. El desierto es un sitio muy bonito, lleno de animales y estrellas. Casi no hay hombres, pero da igual, porque puedes mirar al cielo y pensar y jugar con la arena (hay muchísima, montañas y montañas de arena) y acordarte de la gente. Yo te recordaba a ti, y la noche de Reyes, y los días en Roma. (...)

¿Hace falta algo más? Sí, y voy a conseguirlo, porque estoy en mi momento mágico y las estrellas me empujan a pleno motor.

Papá

Tenía razón. Estaba en un momento único. Los astros le favorecían. Vivía inmerso en sus viajes, en sus libros, en sus amores. Trabajaba donde quería: Roma, Tokio, Dakar. Hacía lo que quería: escribir, leer, ligar. Y el mundo se le antojaba como un jardín del Edén creado exclusivamente para él. Fernando siempre lograba hacer lo que decía que iba a hacer. Siempre. Jamás posponía sus deseos, tampoco sus ambiciones. Era egocéntrico, testarudo, fuerte, curioso y un trabajador incansable. Él y su literatura conformaban un todo. Andaba inmerso en la redacción de un libro que, algunos años después, le reportaría un gran éxito y pingües beneficios. Una *Historia mágica de España* que fue una historia mágica de sí mismo.

Caterina, sin embargo, nunca hacía lo que decía que iba a hacer. Todo lo postergaba por los demás. Generalmente por los hombres. Ponía su talento al servicio de ellos, olvidándose de sí misma. En sus mejores momentos fue una musa. Y sospecho que en los peores, una mujer maltratada, humillada. Con el paso del tiempo, en lugar de crecer, se hizo cada vez más pequeña, más frágil y sumisa. Aquella extraordinaria luz que poseía se fue apagando. Se hizo casi invisible. De su candela no salía la mecha ni al escarbar con la uña en la cera tibia.

Somos nuestro carácter. Así, mientras mi madre preparaba en silencio su marcha al otro mundo, mi padre se paseaba a sus anchas por este, flanqueado por las fieras y sin retroceder un paso.

(Carta de Fernando a Ayanta)
Dakar, 21 de marzo de 1973

(...) Dentro de cuatro o cinco días, si ya estoy curado del todo, salgo de viaje por la selva. Estaré fuera casi un par de semanas y creo que podré ver elefantes, hipopótamos, antílopes y, con un poco de suerte, hasta leones. Ya te contaré todo.

Vivo en una casa enorme de dos pisos, con techos muy al-

tos, escaleras, rincones, armarios empotrados, columnas, trasteros y una gran terraza en forma de proa de barco. Hay pocos muebles y mucho sitio. Si estuvieras aquí, podrías jugar muy bien. Debajo hay un gallinero con unos gallos que se pasan toda la noche cantando. Dormir es difícil, pero ya me voy acostumbrando. Por lo demás, salgo poco de casa y me paso casi todo el tiempo dándole a la máquina de escribir. Ando a vueltas con un libro lleno de cuentos e historias muy bonitas.

Bueno, escríbeme pronto. Te quiero mucho, gusano, coleóptero, escarabajo de la patata.

Papá

Es posible que mi padre y aquel hombre se cruzaran. Que cuando Fernando paró en la bifurcación con la mano atrapada por la entrepierna de su amante, no viera que justo detrás, pegado a él, aguardaba un descapotable. El dos caballos viró hacia la derecha y el bólido rojo hacia la izquierda, a una velocidad que dejó el asfalto marcado en cada curva hasta frenar en seco frente a la plazoleta de Tellaro. Del automóvil bajó un hombre vestido como uno de los Beatles en su etapa lisérgica. Zapatos blancos, pantalones blancos de pata de elefante, camisa blanca con chorreras, pelo rizado largo y oscuro. Ojos claros, endemoniados, de perro polar. Le seguía una niña muerta de sueño y un amigo que veraneaba en Tellaro y los había llevado hasta allí. Esa noche, esa misma noche, Caterina le conoció. Belcebú, la criatura de los mil rostros y los mil nombres, había regresado. Ahora se llamaba Pietro.

Coincidieron en una fiesta en la playa. Él le cantó todas sus canciones bajo la luna, se emborracharon e hicieron el amor hasta el amanecer. Fue memorable. Al día siguiente Caterina ya le ofrecía ayuda y Pietro ya le aseguraba protección. Ninguno de los dos estaba en una buena época. Ella se acababa de separar, no tenía trabajo y vivía de la limosna familiar. Él había sido el guitarrista de un grupo musical muy conocido que se acababa de disolver, al igual que su relación con una austriaca de noble ascendencia y una perfección física irreal, que coqueteaba con la heroína mientras dilapidaba su ingenio y su fortuna. Juntos habían tenido una hija, pero solo él se hizo cargo de ella. Eso sí, a su manera.

La llamaban Sandrina. Había heredado la belleza materna y estaba completamente asilvestrada. Solo comía patatas fritas de bolsa y le encantaba contar mentiras, esconder cosas a la gente, desaparecer durante horas. Cuando venían mal dadas, huía de las iras de su padre corriendo en zigzag medio desnuda, descalza y con el pelo hecho un matojo. Era imposible pillarla. Se ocultaba con los gatos bajo las panzas de las barcas, convencida de ser un felino más. Para que sacara el hocico de su escondite solo cabía esperar a que le entrara hambre y volviera, manchada de alquitrán y con los ojos bajos, dispuesta a recibir su castigo a cambio de una bolsa de Boca Bits. Ya había entendido que, para sobrevivir, debía encontrar a alguien que sustituyera a la madre que no tenía y al padre que no la quería. Se había puesto a sí misma en adopción. Con todo aquel que le mostraba un mínimo interés, Sandrina se convertía en un ángel afectuoso e incluso servil. Pero en realidad era una criatura envidiosa, provocadora, aprovechada, falsa, imprevisible, ladrona. Era mala. Era un animalillo sediento de amor.

La noche en que mi madre y su padre se conocieron, se acostaron y se enamoraron, Sandrina se convirtió en mi hermana. El primer recuerdo que guardo de ella es su fallido intento de envenenarme con una bola de naftalina. Me aseguró que era un terrón de azúcar. Yo tenía tres años y ella cinco. Acabé en urgencias.

(Carta de Ayanta a Fernando)
(Sin fecha)

Querido Fernando:

Aquí en Tellaro juego y voy a la playa. En Roma siempre juego con Leone y también con Sandrina, aunque hoy no me apetece escribir su nombre porque siempre se mete en mis asuntos. Cuando volvamos allí iré a plaza Navona con mi triciclo y con Sandrina. Rezo a Jesús, y los que no creen irán al infierno, donde están todas las brujas. Como muy bien y no puedo decir «coño».

Nos convertimos en una familia. Durante ese primer año de convivencia nunca regresamos de las vacaciones. Pasamos el invierno en Tellaro. Alquilamos una casa que era una torre. En cada piso había una pequeña habitación con un ventanuco de ojo de buey. Por las noches se colaba por ellos el rayo luminoso del faro que presidía un islote en medio del golfo. Aparecía y desaparecía a un ritmo constante. Sandrina contaba hasta cinco, y volvía a pasar la ráfaga que plateaba el mar y encendía nuestro cuarto. Recuerdo que me sentaba en las rodillas de Pietro mientras él emitía unos sonidos graves con su garganta, simulando la voz de un ogro. Me daba un miedo espantoso, pero le pedía más. Solía tocar con la armónica en los labios y la guitarra en bandolera, y mi madre le seguía cantando. Juntos cocinaban cenas opíparas, bebían vino tinto y en su exacerbada alegría nos obligaban a comer cosas repugnantes para un niño. Erizos de mar, setas, guisos orientales. Si nos negábamos, eran capaces de volver a ponernos el mismo plato día tras día. Yo escondía la comida en los bolsillos de mi bata, a Sandrina se le humedecían los ojos por las arcadas. Una vez nos castigaron dándonos durante semanas enteras el mismo menú que habíamos elegido tras rechazar el suyo. Huevos fritos y pasta con mantequilla y parmesano para comer y cenar por toda la eternidad, hasta que yo pedí clemencia. Pietro siempre andaba con una botella a cuestas. Una vez le vi pegar patadas a un perro color canela. Otra vez le vi tirar un zueco a nuestra gata, le acertó en la columna y durante unos minutos se arrastró lastimosamente por el suelo. Tosía, maullaba. Temí por su vida, que en aquel momento era igual de importante que la mía o que la de mi hermana y mi madre. También le vi matar anguilas con un golpe seco en la cabeza para meterlas en la olla. Sabía ser muy amable, simpático, irónico. Era grande, fuerte, conducía, lo arreglaba todo. Había que hacer las cosas como él decía porque siempre tenía razón. Enseguida aprendí que había que quererle.

Yo iba a un colegio de monjas con un babi blanco y un gran lazo rosa anudado al cuello. El de los niños era azul. Las monjas llevaban unos vestidos largos, blancos y negros. Parecían pingüinos esparcidos por la playa. Después de comer, siempre por riguroso turno, dos párvulos teníamos el honor de ayudar a secar los platos. Era el único rato en que accedíamos a las misteriosas dependencias de la parroquia. En la penumbra del refectorio sacábamos brillo a la vajilla y después, como premio, la hermana nos daba una peladilla a cada uno. Exquisito pago al primer trabajo de mi vida. Salíamos a jugar a un patio que tenía un tobogán tan alto que parecía el mástil de un velero. Nos poníamos en fila, y cuando llegaba mi turno subía por la escalerilla con la diligencia de un vigía profesional. Allá arriba, antes de tirarme, observaba cómo se hundía el cielo azul y se mezclaba con el mar, sin costura que los separara.

Me gustaba imaginar que Tellaro estaba metido en el interior de una de aquellas bolas de cristal llenas de agua. Si le dabas la vuelta, caían las estrellas en una noche de mar violeta oscuro, revuelto. Era entonces cuando salía el diablo en su carroza y al llegar a puerto subía a grandes zancadas la escalera de la torre en la que vivíamos, dejando un rastro brillante de sal. Nuestro cuarto se convertía en una celda alumbrada por el haz de luz intermitente. Uno, dos, tres, cuatro, cinco. Luz. Pietro levantaba la mano. Uno, dos, tres, cuatro, cinco. Oscuridad. Sandrina imploraba misericordia. Uno, dos, tres, cuatro, cinco. Luz. Pietro le pegaba con el cinturón ante mis ojos y se iba dando un portazo. Oscuridad. Uno, dos, tres, cuatro, cinco. Luz. Aparecía mi madre y nos explicaba que Pietro lloraba en el piso de abajo, que era bueno, que pedía perdón, que nunca más volvería a pasar. La creíamos, ella también se lo creía. Por eso, si ponías la bola de nuevo al derecho, lucía el sol, volvía la calma, día de playa. Y podíamos volver a empezar, como si no hubiera pasado nada, como si fuéramos una familia normal. Allí dentro vivíamos encerrados. En una esfera de cristal.

Aquel invierno, Pietro y Caterina inauguraron una boutique de ropa *hippy* y exótica en un diminuto almacén alquilado que siempre había servido para guardar los aperos de pesca. Intentaron esconder el secular olor a pescado forrando el suelo y las paredes con una grotesca moqueta verde que se despegaba continuamente por la humedad, y que ellos volvían a pegar de un manotazo. A los escasos clientes los atendían entre cojines marroquíes de cuero y decenas de inciensos prendidos como única iluminación de aquella cueva sin enchufes. Vendían telas de diosas hindúes, abalorios, biquinis de ganchillo, vestidos de fiesta americanos que compraban al peso cerca del puerto de Nápoles, chaquetas y sombreros bordados por Ángela. En homenaje a un poeta futurista, la llamaron Oplá! Y enseguida se convirtió en el punto de encuentro de todos los amigos y flipados varios de la zona, categorías a menudo superpuestas.

Más tarde, mi abuela se acabaría encargando de la tienda. La mantuvo abierta en Navidad, Semana Santa y de junio a septiembre hasta que cumplió los ochenta. Daba mucho trabajo, muy poco dinero y alguna satisfacción, puesto que el lugar había pasado a ser una especie de célula feminista, capitaneada por Ángela. Las mujeres aparecían por allí para confiarle sus penas. En corro, bebiendo un té igual de negro que el tabaco que fumaban, hablaban entre susurros y cómplices gestos de aprobación. Por supuesto, ponían a los hombres a caldo, mientras mi abuela bordaba o pintaba en cristal paisajes marinos que todavía hoy decoran muchas de las casas de Tellaro.

Durante mi adolescencia, el Oplá! fue nuestro cuartel general. En cuanto Ángela cerraba, aparecíamos Sandra, Leone, yo y nuestros secuaces. La secta de las mujeres indignadas daba paso a la pandilla de unos jovencitos más indignados todavía. Y las hojas de té se sustituían por las de cannabis.

Fumábamos entre las columnas de humo de las espirales antimosquitos que atufaban ese pequeño y húmedo lugar. Nos reíamos hasta la asfixia tirados en las esterillas que escondían la ya putrefacta moqueta, bajo las faldas de unos vestidos de novia amarillentos y los vaporosos trajes de colores encendidos. A cambio de la hospitalidad de la *nonna*, algunas tardes accedíamos a su petición de pasearnos disfrazados por la concurrida plaza. Los chicos, vestidos de tul, ya que no se vendían prendas masculinas y nadie se atrevía a contradecirla. Mi abuela nos colgaba a todos unos carteles en la espalda donde se leía OPLÁ! para publicitar el absurdo y ruinoso negocio familiar.

Todavía hoy, cuando lo recuerdo, no puedo controlar un espasmo de risa.

(Carta de Caterina a Fernando)
Roma, 3 de mayo de 1973

(...) Venimos de Tellaro, que siempre se parece a una guerra: noches toledanas, nervios, tendencia a comer demasiado. Dicen que es por el yodo. A mí me parece excesivo. Hemos abierto una pequeña tienda con trapitos bordados y

collages extravagantes. A pesar del tiempo de mierda, conseguimos vender mucho.

Pietro actuó en Bolonia y su concierto tuvo un éxito enorme. (...)

Ahora estamos en Roma con las niñas y nos quedaremos aquí hasta primeros de junio. Van al colegio español y lo pasan bien. Nosotros brujuleamos por los rastrillos y en estos días él va a grabar un single. La letra es nuestra y es bastante graciosa. Estoy buscando trabajo como profesora de instituto en Roma, de modo que podamos tener un sueldo fijo y mantener la tienda abierta en Tellaro durante las vacaciones. Ya me han propuesto varias sustituciones aquí y allá.

¿Por qué no me traes algo de Senegal? Cosas que cuesten mil y se puedan vender por diez mil o más. Me interesan telas originales, de muchos colores. Seguro que sabes de qué te hablo. También collares o brazaletes. Novedades.

La niña es muy lista, mañosa y valiente. De verdad, muy mona. Se pasa el día jugando hasta caer al suelo rendida. Dice que está harta de escribirte y que quiere verte. (...)

A partir de los cinco años, mis pulmones se convirtieron en unas cosas duras. Tenía la sensación de haberme tragado dos zapatillas que atoraban mis vías respiratorias. Sufría unos ataques de asma tan virulentos que me asfixiaban. Y tenía miedo. Miedo de no conseguir respirar. De quedarme sin aliento. De despertarme por la noche boqueando. De que me encerraran en un hospital. De quedarme allí sola, rodeada de desconocidos, de monjas antipáticas, de niños ojerosos. Sometida a un millón de reglas que no respetaban en absoluto mis deseos.

En la sección de pediatría no nos permitían salir de la cama. Dentro de ese rectángulo blanco nuclear podíamos hacer lo que quisiéramos, siempre y cuando no tocáramos el suelo con los pies. La mía estaba al lado de una vidriera por la que se veía el acceso principal del sanatorio varios pisos más abajo. Me pasaba el día entero mirando a través de ese cristal en una posición absurda, boca abajo, con medio cuerpo fuera del colchón, los brazos rígidos y las manos apoyadas en el piso. Observaba el flujo de personas que entraban y salían. Aquello era parecido al fabuloso hospital de Playmobil que tenía mi mejor amiga en su cuarto: las ambulancias, las enfermeras de bata blanca, el viejecito en silla de ruedas, el estetoscopio minúsculo en el cuello de los doctores, la mamá con el carrito de bebé.

Yo buscaba a mi madre. Vigilaba por la vidriera esperando su aparición en medio de ese gentío, como un punto de luz revoltoso que me indicara el camino de vuelta a casa. Pero ella no podía visitarme durante el estricto horario, pues coincidía con sus clases en el instituto. Así que venía mi abuela. Todas las tardes la veía llegar con su paso rápido, su teta torcida y su cara de permanente desasosiego. Y yo, al constatar que no me habían abandonado, me llenaba de un júbilo tan exultante que empezaba a hacer todo tipo de aspavientos para llamar su atención. Saltaba en el colchón, gritaba, golpeaba el cristal, saludaba, aun sabiendo que no me podía ni ver ni oír desde allí abajo.

Pocos minutos después aparecía en la gran habitación de camas enfiladas, se sentaba a mi lado y me acariciaba con sus manos ásperas, de nudillos deformados por la artrosis. Siempre llevaba un pequeño paquete de lazo pastelero.

—*La merendina* —me decía posándolo en mi regazo.

En esa ocasión estuve dos meses ingresada en el Bambino Gesù de Roma, incluidas las navidades. Papá Noel se presentó fuera de las carcelarias horas de visita. Me provocó una gran alegría y una gran confusión al tiempo, pues me di cuenta de que el señor vestido de rojo y con largas barbas algodonadas que recorría el hospital infantil no era uno solo, sino varios. ¿Cómo podía ser? Ahora sí que me quedé muy preocupada por mi salud: además de no poder respirar, veía doble, o triple. Opté por evitar cualquier comentario al respecto, no fueran a dejarme allí recluida para siempre.

(Carta de Ayanta a Fernando)
Roma, 4 de febrero de 1974

Ya casi es Carnaval. Estamos preparando los disfraces. En el hospital me han puesto una inyección en el brazo. En el hospital estuve muy malita. Quería pedirte si me puedes comprar una jirafa pequeñita. Hoy he vuelto a casa. Todavía me tienen que hacer una radiografía, pero mi mamá me ha llevado a casa antes de eso. Vino una doctora muy guapa y me dijo que ya me he curado.

Fui a ver una película muy bonita con Sandrina y Leone. Eran todas bailarinas y la más mona se llamaba Escarlata. La película se llamaba Lo que el viento se llevó. *Esa misma noche me puse malita.*

En el hospital, cuando estaba sin mi mamá, lloraba porque tenía miedo de que se fuera. Lloré mucho. Quería esca-

parme del hospital. En casa me han puesto más inyecciones. Luego la doctora dijo una noche que ya iba a dejar de ponerme inyecciones.

Te voy a enviar muchos, pero muchos dibujos y postales porque nunca te he enviado tantas. Te enviaré tantas que ya no podrás existir. En el hospital siempre sabía que me iban a poner una inyección. Mis amigos del hospital se han ido todos.

Tengo ganas de verte. Todavía no me he aprendido la cancioncilla del día del padre y de la madre.

¿Por qué te has enfadado? Si te molesta, trataré de ir al colegio español enseguida. No he querido ir porque mamá no quería. Bueno, es mentira. Ahora te voy a decir la verdad. A ese colegio no quise ir porque me castigaban.

Hoy te estoy haciendo un dibujo para ti que estás en África. Ciao, *te saludo desde lejos. ¿Cuándo me vas a llamar por teléfono, papá? Pero me tienes que llamar cuando esté despierta. Y te mando un besito de lejos y cuando te vea te daré un besito tan grande que te romperé la cara. Y luego te chupo.*

Ven a Roma y llévame al circo,

Ayanta

Siempre estaba esperando a mi padre. Fantaseaba con que llamara al timbre. Con fugarnos los dos del colegio. Con irme a vivir a su casa de cuatro ruedas. Quería surcar los mares, atravesar los desiertos, ser una princesa de *Las mil y una noches.* O un tuareg. O un camello. O un escarabajo de la patata. Me daba igual. Estaba dispuesta a transformarme en lo que fuera con tal de no ser una niña. Detestaba la infancia, me parecía una etapa espantosa que había que pasar como las enfermedades graves:

con paciencia y sin perder la esperanza de salir adelante. Si ser pequeña significaba estar sometida a circunstancias y voluntades ajenas, entonces no me interesaba. Era urgente crecer cuanto antes.

Me puse a ello y pronto me convertí en una criatura discordante, de aspecto aniñado pero con un alma antigua. «*Sei una povera vecchia*», me decía Sandra. También lo debía de pensar mi madre, a la que le gustaba describirme como una *bambina antica*. Adoraba pasear con ella por los mercadillos y probarme sombreros. Decía que todos me quedaban bien, que yo era la mujer de los tocados y las pamelas. Por alguna razón, estaba orgullosa de tener una hija algo trasnochada.

(Carta de Caterina a Fernando)
Roma, 22 de abril de 1974

(...) El asma de la niña no tiene un origen alérgico, sino que está relacionada con sus bronquios. Lo malo es que el asma, siendo algo sin importancia, supone un trauma muy duro para quien la padece. Y es que, en resumen, uno siente como que se ahoga y le falta el aliento. Ello puede llevar a tener ansiedad y trastornos nerviosos. Por supuesto, eso no le impide llevar una vida absolutamente normal. No hay que dejarla sola por las noches y se debe tener cuidado con los golpes de aire e impedir que se canse en exceso. Además, es conveniente estar en un lugar con un hospital donde puedan ponerle mascarilla de oxígeno. En Soria seguro que no tendrás problemas. De todas formas, tú entérate bien.

No te digo estas cosas para asustarte o alarmarte inútilmente. Por desgracia, la crisis llega sin previo aviso y con una violencia impresionante. La niña ha sufrido mucho y está asustada. (...)

Por lo demás, ha crecido muchísimo y se ha afeado. Cuando la veas, te quedarás pasmado. Es muy seria, dócil y tranquila. Tiene mucho sentido común. Ya es toda una adolescente. Se ve perfectamente que con diez años ya tendrá su primer novio. (...)

Mi enfermedad no estaba relacionada con ninguna alergia, en eso tenía razón mi madre. Pero tampoco lo estaba con mis bronquios, como afirmaba. A mí se me cortaba la respiración cuando en casa sucedían cosas que me dejaban literalmente sin aliento. Y para evitar males mayores, no respiraba. Era la única forma de obtener la atención de los adultos sobre mi irrelevante persona cuando las cosas se torcían, cuando las situaciones se volvían eso, irrespirables. Como la tarde que vi entrar a Pietro con un pequeño almendro en flor de raíces llenas de tierra, que había desgajado de la acera con esa fuerza hercúlea que le caracterizaba, tuve la certeza de que se avecinaban problemas. Se acercó a Caterina para ofrecérselo como quien regala un ramo de rosas. Ella le rechazó con un empujón. Él lanzó el árbol hacia el reloj de pared, que cayó con estruendo sobre la mesa. Todo quedó sembrado de pétalos blancos, y yo me tiré al suelo morada, sin respiración. Así la brutal escena quedaba súbitamente interrumpida para salir volando hacia el hospital. Quizá mi madre no había relacionado una cosa con la otra. O tal vez no quería relacionarla. O no quería admitirlo, yo qué sé, pero no hacía falta ser un genio para asociar causa y efecto. Esto no significa que yo simulara mis ataques, eran reales. Pero los provocaba una razón psicológica, no física: se producían cuando Pietro se ponía violento. En esos instantes, ¿cómo salvar a mi madre y a mi hermana de sus iras? Muriéndome un rato.

En aquella época habíamos vuelto definitivamente a Roma. Vivíamos en vía Canobi, el palacete que Ángela iba comprando a fuerza de alimentarse de patas de gallina hervidas y pedir todo tipo de créditos. Era una casa donde las puertas permanecían entornadas y la sal era de todos.

En el entresuelo vivían Ángela, Carlotta y mi primo Leone. Nuestros padres, Sandrina y yo nos instalamos en el último piso, un dúplex precioso con una escalera de caracol roja. Abajo, un amplio salón y cocina. Arriba, dos dormitorios, una galería acristalada y dos grandes azoteas que fueron el cuarto de juegos de nuestra infancia.

Pasamos nuestra niñez en una casa como las de juguete, sin paredes ni cerraduras, sin que nadie nos hiciera mucho caso. Podíamos ir a nuestro aire, siempre y cuando no saliéramos del recinto de la *palazzina*. Teníamos totalmente prohibido jugar en la calle, y menos con la chavalería del barrio, considerados por la abuela unos *romanacci, figli di nessuno.*

Aquel circuito doméstico se nos antojaba aun así un espacio inmenso, con jardines, apartamentos, escaleras, rincones, trasteros, buhardillas, terrazas. Allí empezaba y acababa un mundo que no era ni plano ni esférico, sino más bien vertical. No necesitábamos más.

Sandra, Leone y yo pululábamos por la casa de los Landricina, que por aquel entonces habían montado en su piso un herbolario cuyos efluvios de eucalipto, laurel y lavanda impregnaban el edificio entero. Eran nuestros vecinos favoritos. Llamábamos a la *signora* Modena desde el patio para que nos lanzara caramelos por la ventana que la *nonna* temía que estuvieran caducados o incluso envenenados. Nos sentábamos a jugar al Monopoly en el sofá de cuadros marrones de mi tía o en el blanco de los Vallini, primero derecha, o en el de terciopelo mostaza de la *signora* Zullo, segundo izquierda. Nos tirábamos de culo y a toda pastilla por los resbaladizos peldaños de mármol para alcanzar la plusmarca mundial de este nuevo deporte que habíamos inventado. Dibujábamos rayuelas con tizas, prensábamos y secábamos las flores, trepábamos por los nísperos, comíamos sus frutos y nos escupíamos los güitos. Organizábamos carreras de escarabajos, pues, por alguna extraña razón, todo estaba lleno de escarabajos de caparazón irisado. Pero lo más importante que hicimos fue fundar nuestra primera compañía teatral. Leone tenía seis años, yo siete, Sandra casi nueve. Y esa experiencia, entonces nada más que un juego, determinó la vida de los tres.

La llamamos Teatro Stella.

No fue la chiquillada de una tarde, sino un trabajo obsesivo que nos ocupaba de sol a sol. Elaboramos un logotipo con una estrella amarilla. Programamos varias temporadas completas con la fecha de cada función. Escribimos los libretos, nos ocupamos de la iluminación, el vestuario, la escenografía, la dirección y la interpretación. Colgábamos los carteles de los estrenos en las escaleras y dibujábamos cada entrada con nuestro sello estrellado. Las representaciones tenían lugar en el cuarto que compartíamos Sandrina y yo, aprovechando que su gran puerta daba a la galería, nuestra platea. Sentábamos al público en unas sillas de tijera con cojines que íbamos recogiendo piso por piso. Familiares, amigos y vecinos venían vestidos de estreno y aplaudían cada función hasta despellejarse las manos. Todo el dinero recaudado lo invertíamos en el siguiente montaje. En cuanto al reparto de papeles, siempre estuvimos de acuerdo: Leone era el príncipe, yo la princesa y Sandra la bruja. Lo curioso fue que luego, de mayores, seguimos interpretando más o menos los mismos personajes, pero en escenarios o platós profesionales. Leone se convirtió en un bailarín de clásico y contemporáneo que trabajó en las mejores compañías. Sandra ganó los premios más importantes como actriz, cuando nadie se lo esperaba. Y yo, antes de ser periodista y escritora, fui una actriz mediocre y algo cursi.

En aquella *palazzina* color teja vivíamos inmersos en nuestros juegos, intentando permanecer ajenos al azacanado ir y venir de los mayores. Carlotta arrastraba de un lado para otro maletas y baúles llenos de pelucas, corsés y zapatos. Siempre estaba de gira. Y la abuela bordaba, cocinaba, lo pulía todo armada de escoba, fregona y un surtido de trapos, sin parar jamás. Por las mañanas subía a nuestra casa a recogerla, aunque nadie se lo hubiese pedido, sino al contrario, a pesar de que le hubieran rogado por las buenas y hasta por las malas que dejara de hacerlo. Pero mi madre y mi padrastro no eran dos personas de orden y en realidad les venía bien.

Estaban sobrepasados por las responsabilidades familiares y laborales. Acuciados por los problemas económicos, se pasaban el día ideando negocios imposibles que, por fortuna, casi siempre permanecieron en el estéril pero seguro terreno de la fantasía. Para sobrevivir, mi madre suplía a profesores de algún instituto y por las noches bregaba con traducciones mal pagadas. Y él se dedicaba a componer canciones con las que volvería, por supuesto, a ser una celebridad.

—Ahora no tengo éxito porque no me da la gana, pero en cuanto quiera, lo vuelvo a reventar.

Esta frase la oí decenas de veces, pero nunca entendí por qué no quería volver a ser famoso ese mismo día. Ya. Aquel era para mí uno de los misterios inextricables de los adultos, otro más. ¿Cómo era posible que estuviese arruinado y rechazara la fama? ¿Quién en su sano juicio tomaría semejante decisión? Grababa sus temas en casetes que algunos amigos fieles adquirían para contribuir a la causa del genio anónimo, condición de la que él tanto fardaba. Caterina le escribía los textos de aquellas canciones, hasta que en ese proceso de inmolación voluntaria por el hombre amado del que solía ser víctima, pronto abandonó la literatura por la música e incluso se dejó convencer para convertirse en cantante. Tenía una voz bonita, aunque una cosa era canturrear con los amigos en la playa y otra, bien diferente, enfrentarse al público. Lo pasaba fatal. Sufría de pánico escénico. Pero lo hacía por amor, imagino. Qué otra razón si no.

Comenzaron a hacer giras de pueblo en pueblo, en fiestas del Partido Comunista. Se subían al escenario y cantaban con la guitarra como único acompañamiento. Bebían antes de cada concierto, él para entonarse y ella para encontrar el valor que le faltaba. Después de la actuación seguían bebiendo. Había que celebrar el presunto triunfo. Porque, según Caterina, siempre tenían un éxito inesperado y apoteósico, y lo decía sinceramente ilusionada. Como si fuera real, como si al menos fuera posible. Como si todos los problemas pudieran resolverse con una canción. Una «canción protesta», así llamaban a aquellas baladas que se pretendían himnos para la conquista de la paz mundial. Galáctica, universal.

Caterina y su compañero eran comunistas, pacifistas, feministas, ecologistas, altruistas. Y desde luego, bastante surrealistas. Nuestra casa siempre estaba llena de gente. Pero ya no eran los intelectuales de antaño, pues compadrear con gente así habría significado una traición ideológica, como el éxito. Buscaban amistades entre personas humildes, a lo sumo con alguna veleidad artística, que les aportaran una visión cercana a la dura realidad de un estrato social que él conocía bien y que ella desconocía por completo. Mi madre, avergonzada de sus orígenes burgueses, de su belleza, de su inteligencia y de su talento, los protegía, los ayudaba, se interesaba por sus problemas, los ponía como ejemplo de fuerza y valentía. En las veladas de vía Canobi les preparaba *spaghetti aglio, olio e peperoncino*, regados con generosas dosis de *chianti* que incendiaban las discusiones políticas hasta el amanecer.

Algunas mañanas, nuestro despertador fue *La Internacional* cantada a voz en grito por aquella pandilla de insensatos que se batían al fin en retirada. Sandra y yo nos levantábamos con el salón repleto de restos de comida, cascos de botellas, vasos y ceniceros llenos de colillas sobre la mesa, en la cómoda, en el suelo. Por todas partes. Una vez lavadas y vestidas, pero no del todo libres de la hedionda viscosidad de aquel aire, Pietro nos acompañaba en coche al colegio. En aquella época no existían los controles de alcoholemia. Menos mal, habríamos acabado más arruinados de lo que ya estábamos.

(Carta de Fernando a Caterina)
Soria, 6 de junio de 1975

Querida Caterina:

Recibida tu carta. Me deja literalmente pasmado eso de que te atrevas a mover las ancas y las cuerdas vocales frente a un auditorio de enardecidos jóvenes gauchistas. Vivir para ver. Supongo que se trata de una actividad bastante jodida a la larga, pero que a la corta divierte y estimula. Me alegro de que vuestros problemas estén prácticamente solucionados y os deseo siete felices años de vacas gordas. ¿Cuándo grabáis el primer disco? ¿Cuál es vuestro nombre de guerra? ¿Quizá «Peter and Brill»? Cielos, las vueltas que damos los humanos... (...)

Fernando no sabía nada de lo que estaba ocurriendo. Ni siquiera lo sospechaba. Lo demuestran las cartas de aquellos años. Tal vez su vida nómada, la concentración en la escritura, una paternidad ejercida en vacaciones, el secretismo familiar por temor a que me llevara con él o la posterior enfermedad de mi madre fueran los ingredientes que alimentaron y justificaron su ignorancia. El caso es que nunca vino para salvarme.

Tampoco nadie se lo pidió. Ni yo misma. Y fue por una razón muy sencilla: yo no sabía que lo que pasaba estaba mal. Lo supe más tarde, cuando ya nada tenía remedio. Cuando crecí.

Solo entonces empecé a hablar.

CAPÍTULO 7

Dice la leyenda que el 29 de junio, día de San Pedro y San Pablo, los dos apóstoles se dedican a pescar almas en el mar. Ángela era atea pero muy supersticiosa, y siempre nos prohibía bañarnos en esa fecha bajo la eficaz amenaza de morir ahogados en caso de desobediencia. Para reforzar la tradición, solía amanecer nublado, igual que la *nonna*, que nos servía el desayuno con la inminente tragedia pintada en el rostro.

—¿Veis como tengo razón? Está a punto de desatarse el diluvio universal —rezongaba en la cocina con la cabeza llena de pinzas y horquillas—. ¡Andaos con ojo, porque estas cosas las carga el diablo!

Nunca contraveníamos aquellas órdenes, que se grabaron en la memoria y las costumbres de todos nosotros. Tanto que hace poco me sorprendí a mí misma gritando a Mario y Cate que salieran del agua inmediatamente, por el amor de Dios, que era 29 de junio y el mar revuelto hacía espuma en las rocas con sus furiosos lengüetazos. Mis hijos interrumpieron su baño con la misma urgencia de quien descubre una aleta de tiburón. Se sentaron empapados a mi lado para observar juntos y a salvo el majestuoso espectáculo. Igual que Sandra, Leone y yo cuando todavía niños nos quedábamos en el embarcadero, a una distancia prudencial del agua, sin perder la esperanza de que aparecieran en el horizonte marino los dos santos pescadores lanzando una red tan grande como toda la bahía, capaz de arrastrar a unos cuantos incautos para llevárselos al otro mundo.

Los veranos aparecen en mis recuerdos como si no pertenecieran a la fluida sucesión de historias que conforman la existencia. Son más bien relatos cortos e intensos, pero independientes. Son otra cosa. Otra vida que transcurre en paralelo y que tiene como decorado Tellaro, ese impúdico escenario de mi ser.

Allí escuché muchas de las historias milagrosas de mi abuela. Allí conocí a mi hermana Sandra y allí mismo volví a reencontrarme con ella cuando ya pensaba que la había perdido para siempre. Allí vivieron mis padres los momentos más bonitos de su historia de amor. Allí decidieron separarse diez años después. Y allí mi madre conoció al hombre que se convertiría en su pareja. Y en mi padrastro.

Y en Tellaro, siempre allí, una noche calurosa de mediados de agosto vi a Pietro plantado en medio de la plaza, mirando de un lado a otro. El estanco. El bazar que vendía periódicos, trajes de baño, balones y bombillas. La heladería, la frutería. Y el bar del pueblo, en el que yo estaba sentada con unos amigos en la terraza. Yo tenía dieciséis años, el pelo largo, rizado, quemado por el sol, la piel morena y los pies descalzos. Corrí hacia él y le abracé lo más fuerte que pude. Reconocí el olor espiritoso de su piel. Y noté su sorpresa, la tensión de su cuerpo al separarme con suavidad, la extrañeza por no saber quién era la joven que se había echado en sus brazos.

Yo ya no era la misma. Habían transcurrido siete años desde la última vez que nos viéramos, el día del funeral de mi madre. A pesar de que Ángela no esperara ni a enterrar a su hija para empaquetar ella misma sus enseres, cambiar la cerradura de todas las puertas y eliminarle de nuestro paisaje sin siquiera comunicárselo, era el hombre con el que yo había vivido casi toda mi infancia. Esa puerta no se cierra nunca, ni siquiera con un nuevo manojo de llaves.

—¡Soy Ayanta! —le grité, nerviosa por el inesperado encuentro.

Me observó perplejo, con una expresión distante que me hizo dudar de mí misma. ¿Estaba equivocada? ¿Le confundía con otra persona? Sus pupilas estaban tan dilatadas que el iris se había quedado reducido a un estrecho círculo azul sujeto por una maraña de capilares. Sudaba. Se desabrochó los puños de la camisa. Ese gesto, en apariencia inocuo, me devolvió inmediatamente a situaciones que creía haber olvidado. Era él, no podía ser nadie más, porque cuando se remangaba, algo terrible podía suceder. Por ejemplo, quitarse el cinturón, enrollarlo en la mano derecha y utilizarlo como látigo para domar a una hija, la suya, según él indomable. Conmigo las cosas fueron de otra manera. Yo no era sangre de su sangre. Tal vez por eso me libré de algunos de sus métodos educativos. Aunque sufrí otros.

—¡¿Caterina?! —exclamó en un evidente esfuerzo por sobreponerse a la calima etílica que le nublaba la vista y el entendimiento—. ¿Qué haces aquí? ¿Has vuelto? ¡Sabía que te volvería a ver en Tellaro! ¿Dónde si no, mi amor?

—Soy Ayanta —le repetí incómoda, agobiada de sentir cómo me besaba ya el cuello y la cara, confundiéndome con mi madre.

Me tomó por la cintura y me llevó hasta la terraza del bar. Si a mí me resultaba imposible defenderme, él parecía incapaz de procesar la realidad. Pocas mesas más allá, mis amigos proseguían sus conversaciones ajenos a lo que me estaba sucediendo, muertos de risa por alguna cuestión trivial. Pietro pidió un whisky doble sin agua y sin hielo, y se empeñó en que yo tomara lo mismo.

—Como antes. ¿Te acuerdas, Ketty Brill? —dijo al levantar la copa en un brindis.

Así la llamaba cuando su borrachera todavía no se había hecho violenta: Ketty Brill, un juego de palabras entre el nombre, Caterina, y el apellido, Barilli. Mi whisky chocó contra el suyo. Él lo terminó de un trago y yo disimulé mojando apenas los labios. Los abstemios le sacaban de quicio.

Cogió mis manos a través de la inestable mesilla redonda para besármelas como un niño arrepentido. Sollozaba. Sus intentos por vocalizar estiraban las palabras, las deformaban en una mueca sonora desafinada y ridícula. Me pidió perdón durante dos horas. Más bien le pidió perdón a mi madre. A mí, paralizada más que conmovida ante aquel monólogo sin fin, no me quedó sino renunciar a mi identidad y perdonar lo imperdonable. No sé qué habría hecho Ketty Brill, pero sospecho que lo mismo.

Tuve tiempo de ver cómo se levantaron mis amigos para irse a otra parte, cómo se fueron apagando las luces de la plaza, cómo cerraron el bar hasta que nos quedamos él y yo solos, envueltos en la intimidante oscuridad de sus excusas. De sus mentiras.

Cuando logré volver a casa, me avergoncé por no haber sabido reaccionar de otro modo. Por haberme expuesto, una vez más, a la agresividad que él supuraba incluso al disculparse. Por no defender ni la memoria de mi madre, ni la integridad física y moral de mi hermana. Al lado de aquel hombre me convertía de nuevo en un insecto, dispuesto a morir aplastado con tal de lograr un gesto de aprobación. ¿Por qué andaba siempre mendigando su amor? ¿Qué mecanismo psicológico podía provocar que sintiera compasión por quien había sido nuestro verdugo? ¿Por qué no conseguía odiarle? ¿Cuál es la razón por la que estas consideraciones me generan, ahora como entonces, un complejo de culpa? ¿Culpa de qué? ¿De que nunca nos quisiera? ¿De que no supiera querer? ¿O de que yo siguiera queriéndole con evidente disgusto?

Ya en camisón, desde la ventana abierta de mi cuarto le vi a lo lejos, de espaldas, en el muelle del puerto. Se balanceaba encaramado a una de las grandes piedras que sirven de dique contra la cólera del mar, permitiendo que las olas le salpicaran, casi le alcanzaran, sin que el riesgo le hiciera retroceder ni un paso.

Fue entonces cuando creí divisar a san Pedro y san Pablo en el horizonte, avanzando bajo el cielo estrellado. Cabalgaban las olas envueltos en sus largas barbas blancas, dispuestos a atraparle en sus redes. Estaba claro, venían para pescarlo. Solo los santos pueden ganarles la partida a los demonios.

O así debería ser.

(Carta de Fernando a Caterina)
Tokio, 29 de noviembre de 1975

¡Mira que pescarme la muerte de Franco en las antípodas! Ese es el castigo del viajero, no estar nunca donde debo. Brindaremos juntos por el final de una época endemoniada.

Aquí vida al ralentí. Trabajo poco en la NHK y Todai, mucho en mi libro (que de verdad se acerca a su último horizonte). Salgo poco. ¿Necesitas dinero? Por favor: cuéntame cosas de la niña y también, claro está, de vosotros. Me encuentro algo aislado, como puedes imaginar. ¿Sigues dedicada al bel canto o has vuelto al primer amor de la enseñanza?

¿Quieres algo de aquí? Serás servida.

Más chau chau...

Fernando

(Sigue parte de Fernando a Ayanta)

(...) Quizá aparezca por Roma el día de tu cumpleaños (o antes) y pase ahí unas semanas. Estaría bien, ¿no? Voy a hacer todo lo posible, pero no te enfades si en el último momento me falla el plan. Ya sabes lo ajetreada y tonta que es la vida de los mayores. (...) La televisión sigue poniendo las aventuras de Pippi. A veces la veo y me acuerdo mucho de ti. ¿Le has contado a mamá la película de los hermanos Marx que tanto te gustó?

Escribe, escarabajo de la patata. Escribe, escribe, escribe. Necesito saberlo todo de ti.

Papá

Siempre me lo repetía tres veces: escribe, escribe, escribe. Cuando cumplí seis años me regaló la joya de las máquinas de escribir: una Underwood negra y dorada, con las teclas de plata. Me encantaba sentarme muy seria en mi taburete africano frente a aquel armatoste más alto que yo. Durante los interminables ensayos para remedar la figura paterna, se me colaban los dedos todavía demasiado pequeños en los huecos del abecedario y los sacaba llenos de pelusas. Has escrito poco, me decía cuando le llevaba mis folios mecanografiados llenos de equis y de pegotes de típex. *Escribe, escribe, escribe.*

¿Escribir? No, gracias. Habría sido una temeridad por mi parte escribir lo que viví en aquellos años, ni siquiera lo anoté en un diario. Aunque estaba segura de que lo acabaría haciendo. Cuando no corriera peligro. He tenido que esperar a que mi madre y mi padrastro estuvieran bajo tierra, y ahora que lo están, aún me sigue temblando la pluma.

Al respirar de nuevo ese aire antiguo, al pasear por esas veredas, he descubierto con una mezcla de orgullo y espanto que las cuatro, Elvira, Ángela, Caterina y yo, somos tan parecidas que podríamos ser la misma. Si barajara nuestras historias, seguirían teniendo sentido. Cambian el paisaje, las costumbres, la indumentaria y los números del calendario. Comienzan y acaban las guerras, pero los ojos oscuros y el alma vieja son idénticos. Una cosa por lo menos me diferencia de ellas, algo fundamental: la enfermedad. Poso la mano en mi pecho, por fortuna sano, y caigo en la cuenta de que me he zafado de este mal, ya no moriré de un cáncer en mi juventud. Pero no es esa la única diferencia. Hay otras. Tampoco permitiré que me maltraten más, ni me volveré loca. Sabré colmar mis ambiciones. Viviré con gozo. Sin darme cuenta he roto el hechizo de mis tres hadas madrinas, mis tres ángeles caídos. Pero ¿cómo? Escribiendo. Tenía razón mi padre. Cuando llegue al final del camino, cuando termine este libro, me habré salvado. Los demonios ya no encontrarán un hueco confortable a mi lado.

Quería armar un relato sobre la superación, el compromiso, la lealtad, el amor de mi madre. Rendirle un homenaje, convertirla en mi heroína. Pero no me ha sido posible, porque a mitad del trayecto advierto que en realidad no es el amor filial lo que me impulsa a recoger la montaña de cristales rotos para colocarlos en montoncitos, mirarlos al trasluz, descubrir cuáles encajaban y cuáles no. El motivo por el cual los voy pegando uno a uno es recomponer el espejo, verme reflejada en su azogue y observar todas mis costuras. Mi rostro es un injerto de pieles ajenas. Parezco la hija de Frankenstein.

Conforme avanzo por estas páginas, mis temores no se calman ni desaparecen como yo esperaba. Más bien se van multiplicando. No me detendré en detalles sobre cada uno de ellos, no vaya a ser que me encierren también a mí en Colorno, pero sí mencionaré el principal, el que alimenta al resto: tengo pánico a la verdad. Un pánico hereditario. Por eso he preferido vivir en la misma mentira bien elaborada de las mujeres de mi familia. Tomé su testigo y lo atesoré para no enfrentarme a lo que ellas fueron, a lo que soy yo.

Ahora, mientras la imagen que me había forjado de mis antecesoras se va a pique, salen a flote algunos aspectos vergonzantes de mi personalidad. Me descubro como un ser manipulador y pusilánime, lo cual resulta difícil de digerir. Y de confesar, claro, pero lo confieso.

Las mías fueron las lágrimas de un cocodrilo con las fauces abiertas y desdentadas. Yo fui el testigo mudo y cobarde de la violencia ejercida por mi padrastro en la casa de la escalera roja de caracol. Por algún motivo que todavía no he logrado discernir, me libré de sufrirla en mi cuerpo, fui absuelta. Pero él me obligó a observarla. De ese modo me convertí en su cómplice.

La primera vez que traté este escabroso asunto fue en un libro que escribimos mi padre y yo a partes iguales. Habían pasado tantos años desde entonces que parecía ya la historia de otra persona. Sin embargo, la misma noche en que terminé mi texto y envié el archivo a la editorial, Pietro murió de un infarto. Su mujer le encontró a la mañana siguiente sentado en la butaca, la cabeza ladeada y el periódico a sus pies. Sandra me telefoneó desde Italia para darme la noticia. Tuve que correr al baño y vomitar el amasijo de sentimientos culpables que me retorcieron las tripas al enterarme.

¿Cómo era posible? Parecía haberlo hecho adrede. Hasta el momento elegido para morirse resultaba inadecuado. Quizá padezca una variante del síndrome de Estocolmo, porque, maldita sea, volví a sentir pena por él. Diríase que le tenía afecto, cosa que me sacaba de quicio. Aunque tal vez no me entristeciera tanto por aquel hombre, sino por mi hermana, por mi madre, por mí, por todos. Mirar atrás me resultaba espeluznante. El trecho que habíamos recorrido juntos no solo había sido el más absoluto de los fracasos. También fue un juego homicida.

Tiré de la cadena. Bebí agua, me lavé la cara y empecé a sentir un gran alivio. Como si se desprendiera la costra negra de mis heridas. Nunca había sospechado que su mera presencia en este mundo supusiera un problema. Llevaba años sin verle, ya no tenía ningún ascendiente en mi vida. Sin embargo, existía, y el solo hecho de su existencia suponía de algún modo una amenaza para mí, quizá para mi hermana, no lo sé. Pero sé que su muerte significó la deposición de las armas, el fin del terrorismo, la repentina pérdida de los planos de la bomba atómica. Se puede vivir con todo ello, aunque sin ello se vive mejor.

Mi cobardía me impidió ir al entierro, y eso que tuve el cinismo de pensar que no podía renunciar a una escena tan útil para este libro que ya estaba a punto de comenzar a escribir. Encontré una excusa que pudiera creerme sobre todo yo: las navidades, los niños, el trabajo. Y dejé sola a mi hermana en ese trance. Fue imperdonable, si bien llovía sobre mojado: toda nuestra historia es un rosario de sucesos injustificables. Por eso tengo esta querencia a perdonarlo todo. Yo también soy una maestra del olvido oportunista, esa es la razón por la que una y otra vez vuelve a mí el mandato paterno: *Escribe, escribe, escribe.*

Un puñetazo sobre la mesa hizo saltar los cubiertos, chocaron los vasos y el agua de la jarra cayó en el mantel ya estampado de cercos de vino tinto. *Escribe, escribe, escribe.* Sandrina se levantó como un resorte y huyó de allí tirando la silla al suelo. Su padre apuró la copa antes de ir tras ella. Mi madre y yo nos quedamos sentadas, sin mirarnos. Oímos el temblor metálico de la escalera de caracol. Mi hermana trepaba corriendo y meándose encima, como un gato asustado. Mojaba los pantalones de su pijama de ardillas, idéntico al mío. Por los huecos de la trama floreada de cada peldaño caían hasta el suelo gotas de pis que mi madre y yo limpiamos a toda prisa antes de que arriba cesaran los gritos, antes de que él decidiera bajar una vez concluida su tarea.

Escribe, escribe, escribe.

De repente entraba en nuestro cuarto cuando ya estábamos durmiendo. Lo hacía si se había enterado de algo que juzgaba intolerable. Casi nunca sabíamos qué, ni por qué. La azotaba con el cinturón. Sandra se quedaba hecha un ovillo en una esquina. Se cubría la cabeza con las manos. Cuando todo había acabado, yo casi nunca me acercaba a consolarla. En algún momento incluso llegué a pensar que se merecía esas palizas. Me convertí en una niña insomne. Solo lograba dormir si yo también sentía dolor. Y para provocármelo, pellizcaba los labios de mi vulva con las horquillas que me quitaba del pelo.

Escribe, escribe, escribe.

Yo era su principal delatora. Jugábamos a la Abeja Maya. Sandrina me perseguía con un palillo de brocheta dispuesta a picarme. Pedí ayuda. Pietro agarró el pincho, la obligó a abrir la mano y se lo clavó en la palma. Recuerdo sus ojeras hinchadas de lágrimas que se negaban a brotar por puro orgullo. Era la época en la que me gustaba hablar con la Virgen. Quizá solo rezara para seguir siendo yo. Me daba terror convertirme en mi hermana.

Escribe, escribe, escribe.

Una vez nos perdimos por el centro de Roma. El menor de nuestros problemas era el de habernos perdido, el mayor era qué iba a pasar cuando él nos encontrara. Lo que pasó es que nos metió en el coche para llevarnos castigadas a casa. Era Navidad, había mucho tráfico y en cada semáforo rojo se daba la vuelta para pegar a su hija. Yo miraba las luces por la ventanilla, ajena a todo. Gruñía solo si alguna de las patadas que Sandra daba para defenderse me alcanzaba. Su padre nos metió en nuestro cuarto, bajó las persianas, nos prohibió encender la luz y salir de la cama. Se marchó dando un portazo. Estábamos muertas de hambre. De madrugada, Sandrina se atrevió a bajar a la cocina y robar una pera y algo de pan, que compartimos con sigilo. Recuerdo la claustrofobia de la oscuridad. Recuerdo haber deseado que viniera su padre a darle una paliza para librarme así de ese encierro.

Podría encontrar una justificación a mi comportamiento amparándome en la infancia. Decir que era una niña pequeña, inocente, sin maldad. Pero sería mentira. Los niños no son bondadosos por definición. Yo, desde luego, no lo era. Nunca obré con generosidad, solo buscaba puntos de apoyo para no caer en la trampa, para resistir. Eso se traducía en tratar de librarme de toda culpa mediante algunos métodos infames, aunque muy eficaces. Acusaba a mi hermana de pecados que no había cometido, lloraba y pataleaba solo para demostrar mi poder, la obligaba a implorar mi silencio, me hacía la ingenua cuando en realidad era plenamente consciente de la gravedad de mis actos y de sus consecuencias sobre Sandra.

Podría encontrar otra justificación a mi comportamiento amparándome en la violencia ejercida por los adultos. Podría, pero tampoco lo voy a hacer. Hay niños que se rebelan, que denuncian, que ayudan, hay niños capaces de grandes gestos. Hay niños heroicos. Yo nunca lo fui. Solo era un hámster enjaulado que escondía las pipas en un rincón para que nadie más se las comiera. Con mi actitud servil esquivaba los golpes, callaba para no molestar, y si había que correr en la rueda de la jaula, corría. Lo que hiciera falta. Mis armas de guerra eran el silencio, la disciplina, el instinto siempre alerta para rehuir cualquier confrontación. Me sentía en peligro de muerte y estaba dispuesta a sobrevivir como fuera. Hasta fingiendo ser feliz. Tal vez por eso siempre me han dicho que lo más bonito que tengo es la sonrisa. No es de extrañar, después de pasarme la vida entera ensayando, sonriendo sin razón.

Como si se tratara de un mal contagioso, no era su padre el único que maltrataba a mi hermana. También Ángela se propuso dejar bien claro que solo amaba a quien era sangre de su sangre, es decir, a su nieta legítima. A mí. Y lo hacía de un modo tan palmario que resulta increíble que se lo toleraran, por muy tarados que estuvieran todos. Si preparaba crema de chocolate, traía un cuenco solo para mí. Si salíamos al cine, al teatro o al circo, ya no quedaban, qué lástima, entradas para Sandrina. Si nos íbamos a esquiar, ella no estaba incluida en la excursión. Si yo bajaba a casa de la abuela a dormir con Leone, mi hermana no estaba invitada. Cuando Ángela subía a limpiar, su cama quedaba deshecha, su ropa fuera del armario y, de las dos papeleras de nuestro escritorio, una no se vaciaba nunca. La suya. Sandra demostraba un talento evidente para dibujar, pero según la *nonna*, yo tenía mucha más imaginación. Sandra era de una belleza apabullante, pero yo gozaba de un atractivo singular. Sandra poseía el don de la naturalidad interpretativa, pero yo la hondura de la que ella carecía.

Supongo que Ángela planteaba estas comparaciones, en las que yo salía siempre victoriosa, para hacerme más fuerte. No se daba cuenta de que mis ataques de asma, mi timidez, mi inseguridad, no los generaba Sandra, por muy arrolladora y compleja que fuera su personalidad. Eran más bien el resultado de un entorno tóxico, del que Ángela formaba parte y a cuya ponzoña contribuía. Los problemas en este caso no eran nuestros, de los niños, sino de los adultos. Y mi abuela tenía problemas graves. Entre otros, sus celos enfermizos. No perdía ocasión para minusvalorar a Sandrina, para despreciarla. No soportaba la posibilidad de que la hija de una yonqui y de un hombre al que aborrecía pudiera ser mejor que su nieta. Sentía la necesidad de defenderme de una cría quizá demasiado parecida a la niña que ella misma fue. Una niña desvalida con un padre endemoniado y una madre loca. Una niña mala de gran corazón.

Ángela propinó a mi hermana el mismo trato cruel que ella recibiera de Brígida en su propia infancia, la convirtió en la cenicienta que mi abuela había sido de pequeña. Pero ninguna de sus artimañas consiguieron alejarme de Sandrina. Nunca tuve envidia de ella, ni ella de mí. Admiraba su talento, su originalidad, su valentía. Su fuerza sobrehumana.

Hace poco alguien nos dijo que mi hermana y yo éramos el agua y la tierra. Ella la tierra. Yo el agua. Tenía razón. Nos necesitamos la una a la otra. Para ensuciarme yo, para limpiarse ella. O tal vez al contrario.

Analizo los resortes psicológicos que hicieron de mí un ser tan poco fraternal y los entiendo. También me resultan claras las razones por las que mi abuela se comportó de ese modo injusto y despiadado. Sobre la violencia regada con alcohol de mi padrastro, no pretendo comprender nada. Ya no duele tanto, pues de ella solo queda en mí acaso un atisbo de compasión. Sin embargo, lo que me resulta intolerable es no poder descifrar cuál fue el papel de Caterina, la «terrible Caterina», la «disponible Caterina». Esa incógnita que me impide reconocerla, amarla, odiarla. Que no me permite ni siquiera perdonarla. Que me deja abandonada en la indefinición de mi ser, en la orfandad absoluta. Y es esa ausencia de respuestas lo que me desespera.

Cada pregunta me genera otra pregunta que acaba conduciéndome a la anterior. Un paso adelante, dos atrás y vuelta a empezar desde el asfixiante cubículo de mi ignorancia. ¿Por qué no se separó de aquel hombre violento? ¿Fue para no dejar sola a Sandra? ¿Por qué no impidió que pegara a su hija? ¿Le pegaba a ella también? ¿Cuál es la razón por la que no le contó nada a nadie? ¿Lo mantenía en secreto para protegernos? ¿Qué le impedía reaccionar? ¿Estaba alcoholizada ella también? ¿Por qué tenía tanto miedo? Reitero la pregunta: ¿le pegaba? Mi padre dice que sí, pero yo no lo sé. Nunca lo hizo en mi presencia.

He imaginado mil contestaciones diferentes, las he ordenado, desordenado, recombinado. He barajado los naipes probando a trocar oros por bastos, copas por espadas. He cambiado de mazo para observar a los amantes, al loco, al colgado, al diablo, a la muerte, al sol, a las estrellas y a la luna. He construido castillos enteros que han caído de un soplo y he empezado de nuevo. Se han apagado las velas. Las he vuelto a encender.

Caterina se metió en la boca del lobo, se fue transformando en una mujer maltratada, tal vez adicta a la bebida, y acabó enferma de muerte. No creo que todo ello justifique que permitiera tanta violencia, pero desconozco qué habría hecho yo en su lugar. ¿Habría dejado que pegaran delante de mí a una niña durante años? No es suficiente con amar a los hijos. Hay que protegerlos, y mi madre no lo hizo. Aunque tampoco sé por qué me atrevo a afirmarlo con tanta rotundidad. Si quiero encontrar lo que busco, debo ser capaz de cuestionarlo todo y recuperar la mirada primera, la que aún no interpreta, la que todavía no ha construido un relato sobre lo vivido. La que solo ve.

Escribe, escribe, escribe.

Toco mi nariz, vuelvo a sentir el frío en la punta al salir de clase de ballet y veo a mi madre, que me tapa la boca con la bufanda. Mi más eficaz mecanismo de defensa siempre consistió en ofrecer una apariencia de persona frágil y desamparada. Pero no lo fui. Jamás lo he sido. Me vino bien asumir aquel rol. Como me vino bien ir de tonta, y tampoco lo soy. Tengo una fuerza monstruosa y la inteligencia atenta y previsora de un ave rapaz. Vi diluviar, pero no me mojé, nací con un impermeable puesto. Y ahora lloro por todo, pero nada me doblega. Lo bueno de las infancias difíciles es que lo que ha de llegar después apenas será un juego de niños. Nunca me mojé, pero ¿quién me puso aquel impermeable? ¿Quién me protegió?

Persigo el rastro que ella me ha dejado. Aún pretendo hallar en una carta, en la página de un diario, en una nota al margen, en el reverso de una factura, algo revelador que disipe mis dudas.

Encuentro una frase de Caterina, escrita en la orilla de uno de mis dibujos infantiles.

No hay mayor epopeya que la niñez.

Encuentro otra en un billete de tren.

Solo amo los caminos mil veces transitados.

Y unos versos en una libreta despellejada.

Todo se repite
se sueña
y se vuelve a soñar
lo ya soñado.

Después de cuatro años de trabajo y cientos de páginas escritas, me doy cuenta de que no necesito juzgar a nadie, ni emitir un veredicto sobre un trozo de papel, ni mucho menos dictar sentencia. Descubro al fin que lo más importante es encontrar la pregunta adecuada, aquella que de la manera más lógica se contesta a sí misma, que se despliega como la prueba de una hipótesis.

¿Hizo Caterina un pacto con nuestro verdugo?

He tomado por justo y merecido lo bueno que me ha dado mi madre. Y le he reprochado lo malo, incluida mi orfandad. Cegada por mi protagonismo infantil, no he visto lo evidente: yo no habría sido la misma si Pietro me hubiera encerrado con ella y con mi hermana en el cuarto oscuro para que no se oyeran los gritos. En esa guerra, Caterina capituló en todo con tal de evitarme el horror, o al menos el dolor físico. Condenó a Sandra a sufrir en su sola carne la violencia paterna. Renunció a encontrar un hombre que la amara. Asumió unas decisiones que la enfermaron, que la mataron. Pero a cambio, le prohibió que me tocara.

Sus errores me iluminan, sus aciertos me deslumbran. De ella he aprendido la sumisión y la fortaleza. Me regaló todo su tiempo y eso ha significado para mí la posibilidad de vivir, la oportunidad de corregirme y mejorar. Tengo alergia al alcohol, si lo pruebo se me hincha la cara, se me acorcha la lengua y dejo de sentir las piernas. Voy al ginecólogo cada seis meses. He dejado de fumar. Como con moderación. Hago gimnasia. Trabajo en lo que me gusta. Tengo los hijos soñados. Amo al hombre justo. Me cuido. Sigo el mandato de mi padre: escribo, escribo, escribo. Y lo hago porque deseo cumplir los que fueron sus propios sueños, porque necesito agradecerle su amor. Lo hago porque la llevo conmigo. Ella me salvó. Mi deber es salvarla.

Amanece. Un aire fresco ensancha mi pecho. La noto, percibo su presencia como la luz del alba, consuelo y protección tras la noche tan larga. Encuentro el rastro de su olor. Hundo mi cara en su cuello, en sus pechos. Abro los ojos, la veo reclinada sobre mí.

Entonces lloro. A mares.

CAPÍTULO 8

En las navidades de 2014, mi tía Carlotta y yo estábamos metidas en la cama bajo el edredón de la casa de Tellaro. Hacía frío, ya había anochecido tras una breve y desapacible tarde con fondo de mar bravo. Pertrechada de libreta y bolígrafo, comencé a preguntarle cómo había sido la enfermedad y la muerte de mi madre. Era algo de lo que ella nunca quería hablar. Algo que yo tampoco quería escuchar. Pero no podía permitir que se extinguiera mi último testigo, así que insistí.

Carlotta desgranó la sucesión de los acontecimientos de un modo desapasionado. Se lo agradecí. Fechas, nombres, lugares que yo apuntaba. Solo al acercarse al tramo final de su relato, empezó a callar de tanto en tanto para sofocar la emoción que se agolpaba en el estómago y le subía por el esófago, la garganta, la boca, los ojos. Yo sentía su cuerpo cerca del mío, su respiración contenida. Ella miraba hacia arriba, intentando deglutir las lágrimas. Ambas esperábamos en silencio a que pasara la ola, a que se reabsorbiera la tristeza. Luego reanudaba el relato con la misma frialdad del principio.

Logró concluir sin aspavientos. Parecía que habíamos salido airosas de la temida conversación. Me rozó la mano con una caricia suave, apresurada, de las suyas. Se sentó en la cama y buscó con los pies las zapatillas.

—¿Preparamos un té?

Antes de que yo pudiera contestar, sin que ninguna de las dos nos lo esperáramos, estalló en un lamento ahogado, bronco, profundo. Doblada en dos, se cubría la cara y la boca para que no la oyera, para que no la viera. Quería que la dejara sola. No me permitió ni siquiera tocarla.

—Nunca me lo perdonaré —la oí decir desde el otro lado de la puerta—. Nunca, nunca podré perdonármelo. Yo maté a mi hermana.

De pequeña me gustaba dibujar largos trenes que surcaban el cielo horadando en las nubes túneles esponjosos. Era capaz de dedicar muchas horas al día a esta actividad. Solo me permitía tres variaciones: el tren podía volar bajo el sol, al atardecer o de noche. Aunque la versión nocturna acabó gustándome más que las otras, ya que la chimenea de la locomotora, en lugar de humo, escupía estrellas. Una cursilería imperdonable a pesar de mi corta edad.

Tenía nueve años. Mi madre acababa de morir y yo dibujaba trenes sin parar: en clase, a la hora del recreo y a la hora de la siesta, en el vestuario de ballet, delante del televisor, frente al plato de espaguetis y hasta en los cristales empañados del tranvía. Un vagón tras otro en un caracoleo sin vías, aéreo, celestial. Pilas de folios, álbumes y cuadernos llenos de trenes se acumulaban en mi cuarto mientras Ángela y Carlotta intentaban distraerme de mi obsesión.

—¿Por qué no pintas vacas? ¿O gatos? ¿Y qué tal un avión? ¿No te gustaría pintar aviones?

No. No me servían las vacas. Tampoco los gatos, y mucho menos los aviones. Ya había viajado en unos cuantos y nunca me habían llevado hasta mi madre. Decidí que el medio de locomoción preciso para encontrarla debía ser un tren volador. Nadie de mi entorno pudo rebatir con argumentos racionales esta idea. Así que todos acabaron atesorando sin muchas ganas una auténtica colección de trenes pegados con chinchetas en los lugares más insólitos. Me definieron como una artista de obra única, cosa que me llenó de orgullo.

Además de mi manía ferroviaria, creía en la Virgen. Solo en ella, porque Dios me parecía más bien un diablo. Después del beso de buenas noches de mi abuela, esperaba a que todos se durmieran para saltar de la cama, hincar las rodillas en el suelo de baldosas frías, juntar las manos y rezar con fervor. Al cabo de un rato, aparecía la Virgen. Era una joven más bien gordita, de aspecto afable. Y sabía autoiluminarse como las luciérnagas.

—¿Por qué me llamas siempre? ¿Qué pides ahora, niña? —me preguntaba, no sin cierta impaciencia.

—Quiero morirme ahora mismo, Virgencita.

Ese era mi único deseo. Morirme. Porque la vida sin mi madre no tenía sentido. Pedía la intervención divina para quitarme de en medio y alcanzarla en un tren interestelar de alta velocidad. Era la única solución posible, pues cuando me comunicaron la muerte de Caterina, me aseguraron también que no regresaría nunca más de su viaje.

—¿Te acuerdas de cuando se murió nuestro gato Lucifer? —me dijo la *nonna* en aquel momento, retorciendo un pañuelo que sujetaba delante de la boca desde hacía una semana, sin que yo acertara a comprender el motivo.

Ángela, Carlotta y mi padre estaban sentados en el sofá del salón. Era algo inusual, mi abuela nunca permitía que nadie utilizara el sofá para no aplastarlo. Además, habían cerrado la puerta de doble hoja que siempre permanecía abierta y no dejaron ni a Sandra ni a Leone asistir a tan misteriosa reunión. Tampoco era normal que mi padre se presentara en Roma, tras un viaje relámpago desde España. Por tanto, pensé que me reservaban una noticia extraordinaria. Y de hecho, así fue.

—¡Claro que me acuerdo de Lucifer! Se resbaló de la barandilla del balcón y se murió.

—Pues ha pasado lo mismo con mamá —dijo la *nonna*, incapaz de añadir nada más.

—¿Se ha resbalado mamá?

—Mamá se ha puesto enferma... Pero eso lo sabías, ¿verdad? —prosiguió Carlotta, al ver que Ángela tapaba sus sollozos con el pañuelo.

—Y como no la han podido curar, se ha muerto —remató conciso mi padre.

—¿Y cuánto tardará en volver?

Mi abuela, mi tía y mi padre no conseguían pronunciar más de una frase seguida. Boqueaban como peces en un cubo de plástico. Todavía incrédulos, ya que las desgracias siempre pillan por sorpresa, me sonreían con una mueca que pretendía infundir serenidad y aceptación, pero que parecía todo lo contrario: un anómalo gesto de dolor. Al principio no entendí nada. Luego pensé que era broma. Más tarde, que era mentira. Y después, que se habían equivocado. Solo podía ser un error, pues todo el mundo sabe que las madres son inmortales. Aquella estampa de los tres mayores sentados frente a mí en el sofá se convirtió en la imagen del terror, en el núcleo de mis pesadillas venideras.

No lloré. Tomé aire y estallé en un grito que brotó como lava densa de mi boca abierta y traspasó la puerta cerrada del salón, culebreó por el pasillo, se coló a través de las rendijas, bajó la escalera del edificio y cristalizó los rostros de familiares, amigos y vecinos, espantados por la confirmación de que mi madre, la más bella y talentosa de todos, había muerto con treinta y seis años de un cáncer que devoró sus pechos y sus pulmones.

No volvió. A pesar de mi grito, a pesar de mis trenes, de mis súplicas y mis oraciones, de mis lágrimas, mis sueños, mi ayuno, mi silencio, mis promesas, nunca volvió.

Roma, lunes 21 de abril de 1975

Todo a nuestro alrededor se convierte en polvo y barro, aunque creamos, aunque nos obstinemos en creer que algo de nosotros permanecerá. Dudo también de esto, e incluso si fuese cierto, nosotros estaríamos ya lejos, derrumbados, hundidos poco a poco en una oscura vorágine, casi olvidadas ya todas nuestras pasiones y al fin en paz.

Una fuerza misteriosa me arrastra por el brazo hacia la muerte y la decadencia. Querría desasirme de esta mano gélida, descarnada, pero sus uñas penetran feroces en mi carne.

En 1975 Caterina notó que tenía un bulto en el pecho. No se lo dijo a nadie. Ni siquiera a Pietro. Ignoro los motivos por los que escondió aquella dolencia. Imagino que se asustó y miró hacia otro lado. Supongo que confió en su juventud, no podía ser nada grave. Esperó un año entero a que desapareciera, pero el nódulo se hizo más grande y tuvo que revelar el secreto a su madre y a su hermana. Carlotta la llevó de inmediato al ginecólogo, que les dio malas noticias. Esa misma semana viajaron a París en busca de una segunda opinión, pero solo para recibir la confirmación del primer diagnóstico: se trataba de un tumor maligno. La intervinieron de urgencia y descubrieron que las glándulas linfáticas de la axila también estaban contaminadas de células cancerígenas, al igual que los pechos y el útero. La abrieron y la volvieron a cerrar sin más. No le dijeron nada. Bueno, sí, le dijeron que todo había ido bien. En aquellos años, los médicos habían despojado a los pacientes del derecho a saber que se iban a morir sin remedio. Solían elegir a uno o dos miembros de la familia para mantenerlos al corriente de la verdadera situación. Carlotta y Pietro, en este caso. A Ángela, enloquecida de angustia por su hija, le suministraron un relato dulcificado al principio y absolutamente falso al final. A Fernando, como de costumbre, le mantuvieron al margen. A mí nadie me dijo nada. Quizá prefirieron no prepararme con la esperanza de que ocurriera un milagro, pero cuando llegó el momento, tuvieron que lanzarme una bomba que me explotó en las manos.

Al principio del verano de 1976, es decir, apenas un año desde que notara los primeros síntomas y unos meses después de la primera operación, Caterina volvió a entrar en quirófano y allí se vio que el cáncer se había extendido, generando diversas metástasis. Entonces sí que le practicaron una mastectomía radical en un pecho, le extirparon las glándulas linfáticas, los músculos pectorales, los ovarios y el útero. La vaciaron. La dejaron hueca como un huevo de chocolate, pero olvidaron dentro la sorpresa.

Martes 29 de junio de 1976, amanece en Soria. Los barrenderos limpian las calles a manguerazos para llevarse lo que queda de las fiestas de San Juan: botellas rotas, vasos de plástico, churros aplastados, mucho serrín y un rabo de toro sin dueño. Algún joven vestido de vino tinto arrastra las alpargatas y la bota exprimida hacia casa. Algún viejo en zapatillas de fieltro hojea un periódico sentado en un banco pegajoso mientras recuerda junios pasados. Fernando duerme con Vivian, una turgente mulata, en la cama de hierro forjado del final del pasillo, esa que chirría como las juntas secas de un tren. La noche antes, al compás de un pasodoble cantado por la multitud, han quemado en la hoguera los pañuelos sanjuaneros. Llegaron a su fin los festejos del solsticio y a mi padre se le anegan los ojos de lágrimas temblonas, rojas de fuego, sin saber muy bien por qué. A las ocho de aquella mañana de resaca suena el teléfono negro de la mesilla. Nano se deshace del abrazo de su amante y contesta a ciegas. Es Ángela: acaban de operar a Caterina de un cáncer de mama, pero no hay de qué preocuparse, se lo han cogido a tiempo.

(Carta de Caterina a Fernando)
Roma, 20 de octubre de 1976

Querido Fernando:

Con todas las cosas que me gustaría decirte en persona, aquí me tienes otra vez, garabateando palabras sobre un trozo de papel. Estas epístolas a diestro y siniestro (algo que dura ya desde hace demasiados años) me han quitado por completo las ganas de ser escritora. Te escribo, pues, para pedirte dinero (ya sé que tú también lo estás pasando mal, pero mi situación va más allá). Debo pagar unas doscientas mil liras cada mes de deudas y tengo siempre delante las caras largas y demacradas de mis acreedores, todos ellos amigos, todos familiares. Tendría que renunciar a todo, incluso a la sonrisa, incluso a la risa, para poder resarcirlos.

Por fortuna, el cáncer es una enfermedad tan extraña que nada más quitártelo («Me he quitado de encima este cáncer», dicen por aquí cuando hablan de un problema resuelto) te olvidas de los líos y vuelves a nacer a una nueva vida.

Hermoso, te quiero, ya no estoy enfadada, ya no estoy de morros... En fin, que de una puñetera vez ya paso de todo, de ti y de todo el mundo (hijas incluidas, las cuales, por cierto, se han dedicado durante demasiado tiempo a devorarme parte de ese pecho que ya no tengo y que, si no voy con cuidado, me costará hasta las tripas).

Así que no lloriquees. Ayanta, pobrecita, me ha dicho que te estás comprando una casa y más cosas, y que tú también estás en la indigencia y en pleno proceso de desnutrición. Pero yo me hago cargo de ella durante tres cuartas partes del año, así que no creo que te vayas a morir de hambre si le pagas la mitad del colegio.

Tendría muchas ganas de verte, pero aquí, con todos los reveses financieros de estas últimas temporadas, la cosa se está poniendo muy dura. Sé que andas por Marruecos: si quieres evitarte los gastos del colegio para el año que viene (no hablo de este), cómprame algo de mercancía. Compra para Oplá.

Los primeros meses del invierno del 76 transcurrieron con una cierta normalidad. Mi madre volvía a estar en casa, daba clases de Historia y Filosofía en un instituto, nos recogía en el colegio, almorzábamos juntas. Se echaba largas siestas y yo me tumbaba a su lado, a la espera de que despertara. Luego, sin salir de la cama, jugábamos a lanzarnos su prótesis mamaria como si fuera un globo de agua. Recuerdo que las sábanas olían raro, a medicamentos.

Todas las semanas nos llevaba al Garden, un cine de barrio que programaba viejos éxitos. Aunque fueran películas para mayores, Sandra, Leone y yo la acompañábamos. *Jesucristo Superstar, Ben-Hur, Cabaret, El jovencito Frankenstein, Lo que el viento se llevó, El gran dictador, King-Kong, Vacaciones en Roma, Historias de Filadelfia, El hombre que pudo reinar, Gunga Din, Viaje alucinante* y muchas más. Era una de aquellas salas de sesión continua en las que se podía entrar a cualquier hora. Siempre veíamos las películas una vez y media, y nunca desde el principio. Pero daba igual, nos las sabíamos de memoria. Nos sentábamos con el abrigo puesto en medio de una nube de tabaco que se irisaba como la gasolina en el haz de luz del proyector. Durante el intermedio solían abrir el techo para airear la sala con un mecanismo de lo más moderno que era una auténtica atracción. Bajo las estrellas pasaba un viejo señor de bufanda y bata blanca, con una bandeja de cigarrera colgada del cuello. Vendía bombón helado sin palo. Teníamos derecho a uno por cabeza, siempre y cuando nos lo comiéramos sin quitarnos los guantes. Cuando cerraban el cielo y se reanudaba la proyección, chupábamos el chocolate negro que había goteado en la lana de nuestros dedos.

Durante la convalecencia, a Caterina le dio por cocinar como antídoto contra su progresiva pérdida de apetito. La cocina adquirió el aspecto de una tienda de ultramarinos. Colgaba de un hilo gajos de manzanas y melocotones para secarlos, hacía todo tipo de mermeladas, escabeches, ahumados. Una vez se empeñó en trufar un pavo. Yo lo sujetaba mientras mi madre metía la mano en las tripas del bicho, tirando de las entrañas con cuidado para que no se rompiera la vesícula biliar y amargara el sabor de la carne. Fue inolvidable: ella gritaba del asco y yo del susto. En otra ocasión salieron disparados los tapones de varias botellas de zumo de tomate que había preparado, debido a algún misterioso proceso de fermentación. Recuerdo el sobresalto por aquella inesperada salva de taponazos, sus carcajadas al ver la cocina llena de salsa roja que goteaba del techo.

—No se lo digas a nadie, Auretta. Me he debido de equivocar al hacerlo. Ahora lo limpiamos todo y ya está.

Y se reía. Dios, cómo se reía.

Dedicaba mucho tiempo a sus alumnos. Venían a

casa, los ayudaba con los estudios y con sus cuitas adolescentes, les tomaba un poco el pelo. La recuerdo en la mesa del comedor, rodeada de pilas de exámenes con varios bolígrafos a su lado, concentrada en imitar la letra de sus estudiantes y remedar sus errores. Llegaba incluso a citarlos para que lo hicieran ellos mismos, antes de registrar las notas. No era solo una travesura, sino también una manera de entender la pedagogía. Le encantaba mofarse del paquidérmico sistema educativo italiano, de la burocracia ridícula de las instituciones de enseñanza, de la seriedad impostada de sus colegas, de los libros de texto obsoletos. No seguía el programa indicado, todo lo discutía, todo lo cambiaba. Instituyó un premio a quien encontrara en las librerías de viejo los títulos que le convenían para sus clases, convertía la historia y la filosofía en un relato asombroso, en la mejor de las novelas, y los chavales caían hipnotizados, enamorados de una docente siempre dispuesta a salirse de las rutas establecidas. Nunca estudiaron con más ahínco, nunca sacaron mejores notas. Caterina aparecía en el claustro de profesores con el pelo trenzado, envuelta en chales, con largas faldas, gruesos calcetines y zuecos en los pies, dispuesta a convencer a sus compañeros de que no había ninguna razón válida para suspender a nadie. De que el aprendizaje debía ser una fiesta y no la mayor de las desdichas. De que la vida era demasiado corta para amargársela al prójimo. Concitaba amores y odios a partes iguales. En una orilla, los jóvenes. En la otra, los mayores.

Algunos meses después de su muerte, sus colegas nos citaron a mi tía y a mí en la sala de reuniones del instituto. Cuando Carlotta y yo llegamos, se pusieron en pie, me estrecharon la mano, leyeron unas ceremoniosas palabras que he olvidado y me regalaron un broche de oro y lapislázuli perfecto para una señora de ochenta años.

Nada más verlos, fui reconociendo a cada uno por los comentarios jocosos, en el mejor de los casos, que Caterina les había dedicado en casa. Mi madre tenía razón. Eran un auténtico coñazo.

(Carta de Caterina a Fernando)
Roma, principios de noviembre de 1976

Querido Fernando:

Tras meses de silencio, me escribes una carta llena de cosas que por un lado me cabrean y por el otro me enternecen. Salgo a duras penas de una semana de paranoia absoluta a cuenta de mi maravillosa salud, demasiado buena para quedarme tranquila. He entrado en una depresión profunda debido a unos dolorcillos intercostales. Una angustia azul, violácea, que me ha hecho pensar que, en realidad, yo jamás he conocido la neurosis ni he tenido auténticos problemas a lo largo de mi vida, si exceptuamos mi capacidad para tragarme sapos tan gordos e indigeribles que han acabado creando la plataforma parapsicológica donde desarrollar mi colección de tumorcitos. En fin, que la montaña de cosas que tenemos que contarnos se hace cada año más alta, tanto que el aire huele a novela. Una novela que reúna el deleite, el dinero y la comunicación, espero. Pero ¿para decirnos qué? Me gustaría contar anécdotas, escorzos de lo real, fantasías e interpretaciones, o incluso hechos, porque todo lo que pertenece a la esfera de nuestra historia lo sentimos dentro, ya lo conocemos, sin necesidad de volver a aclarar las cosas por enésima vez. (...)

(Carta de Fernando a Caterina)
Rabat, finales de noviembre de 1976

Caterina..., «hoy te escribo desde mi celda de viajero a la hora de una cita imaginaria».

Esos versos de Antonio Machado describen a la perfección lo que quiero decirte. Son las siete de la tarde de un viernes tristón y lluvioso. He venido a Rabat desde Fez para seguir el resultado de las elecciones municipales de Marruecos, que pueden ser cruciales para el futuro de este país. Tengo que dar cuenta de ellas en el periódico de Madrid que me ha nombrado corresponsal. El recuento de votos avanza con lentitud y yo lo sigo desde la sala de prensa habilitada por el Ministerio de Interior.

Termina el azaroso bucle que hace casi cinco años interrumpió nuestro camino y nos desvió por senderos no menos azarosos. ¿Nos equivocamos en aquel invierno de Soria, con Ayanta que correteaba por el pasillo, cuando tomamos la discutible decisión de concedernos un año de vacaciones tras los ocho salvajemente intensos y a menudo gloriosos que duró nuestra relación a partir de aquel instante en el que atisbé los lunares de tu pecho en la cocina del sotanillo de vía Canobi?

Discutible, digo. Así me lo parece ahora, así nos lo parecía entonces. Pero la tomamos.

Ha pasado mucha agua bajo los puentes. Los tuyos y los míos. Por primera vez desde la apertura de aquel paréntesis que no se cerró como estaba previsto, vivo a solas, sin ninguna mujer que me aturda, aunque alguna ande por ahí revoloteando alrededor. (...)

No voy a extenderme sobre ello. Sé de tu orgullo, Cateri-

na, y también conozco a fondo tus impulsos masoquistas, pero...

Me pregunto si no ha llegado el momento de volar nuevamente hacia un amor que no había terminado cuando en apariencia terminó.

*No es una propuesta, Caterina. Es solo uno de esos pájaros que vuelan en la cabeza cuando llueve (*Les violons *de Verlaine) y el corazón mira simultáneamente hacia atrás, con nostalgia de lo que fue, y hacia delante, con esperanza de lo que podría ser.*

(Carta de Caterina a Fernando)
Roma, 14 de diciembre de 1976

(...) Te diré, de un modo científico o poco romántico, que soy consciente de que algunos aspectos idiotas y quizá irrelevantes de nuestra relación impiden que nos elevemos hasta el estatus de pareja ganadora. Siempre hemos estado a punto de entendernos, pero nunca nos hemos entendido de verdad, ni siquiera por un instante. Esto es lo que creo. Aun así, queda claro que si Pietro se muriera o acabara hasta los huevos o yo qué sé, la idea de volver a vivir contigo podría asomarse a mi mente. Pero una convivencia totalmente distinta, en la que los socios de la cooperativa deberían andarse con mucho cuidado y no pisarse los talones uno al otro. De todas formas te quiero, aunque por momentos me aburres y me deprimes hasta el punto de sugerirme actos de una gravedad extrema (como cuando merodeas por ahí diciendo «no voy a comer», mientras vas picando de todos los platos). Por no hablar de esa manía tuya de construir teorías y más teorías (¡esa fe infantil en los juegos de la inteligencia!) que deberían revolu-

cionar tu vida y en cambio solo entorpecen la vida miserable de quienes están a tu lado.

Yo ahora estoy bien con Pietro porque sabe ver cuándo estoy llena de cardenales y está dispuesto a hacerse cargo de una parte de ellos. Además, el cine mudo no tiene por qué ser mejor que el sonoro. Vamos, que ha habido actos con él que valen tanto como alguno de tus manuscritos inmortales. En este sentido, aunque sea de un modo intelectual, siempre me han gustado los pobres, el tercer mundo, el ambiente campesino. Quizá porque echo en falta esa sencillez límpida del entender y del querer. No como nosotros. Los trastornos de la fantasía son innatos en mí, al igual que la inteligencia y la sagacidad son la esencia misma de tu carácter.

Querías estar con otras porque yo no era para ti un complemento realmente válido, sino tan solo una especie de ser afín a tu sensibilidad. Dos hermanos, que se han dejado la piel para crear una relación imposible. Esto es lo que yo pienso de nosotros.

Ayanta me está dando la tabarra porque tengo que enseñarle a restar. Por cierto, no quiere ir a España. No quiere pasar las fiestas en casa de su abuela. Espero convencerla, entre otras cosas porque me gustaría pasar unos días tranquila, sans enfants, *puesto que navego en un marasmo económico y mental sin precedentes. Tal vez hemos estado juntas demasiado poco tiempo en estos últimos meses. Ten en cuenta que me ingresaron en la clínica a finales de mayo y estuve sin verla prácticamente hasta mediados de octubre. No lo sé. Sea como fuere, yo me quedo en Roma hasta el día 28, luego estaré en Tellaro hasta el día 3, después iré tres días a París para una visita de control y finalmente otra vez en Roma.*

Ahora me toca explicarle las restas.

(Carta de Fernando a Ayanta)
Fez, 8 de febrero de 1977

(...) Voy a comprar en la Medina un camaleón, que es una especie de lagarto con la cabeza muy grande y la costumbre de cambiar constantemente de color. Si me lo trajeran pronto, te lo llevaría por tu cumpleaños.

(...) Tengo muchísimas ganas de verte. ¿Por qué no me envías notas, dibujos y todo lo demás? Escribe, escribe, escribe. A veces me pongo triste pensando que estás tan lejos. Entonces me hago un cigarrillo mágico (¿te acuerdas?) y se me pasa. Muchos besos y hasta pronto,

Papá

A principios de 1977, el oncólogo concluyó que no era necesario hacer ninguna sesión de quimioterapia, contraviniendo las indicaciones más básicas de la comunidad médica de entonces y de ahora sobre tratamientos oncológicos. Pero él sabía más que nadie, iba a su aire, tenía la certeza de haber eliminado hasta la última célula maligna. Tal era el pánico que se había instalado en la familia Barilli, tales las ganas de que le dieran el alta, que nadie se planteó la pertinencia de esta decisión. La recibieron como una buena noticia, la celebraron, no podían sospechar que el director del pabellón de oncología del hospital Regina Elena de Roma estaba incurriendo en una grave e inexplicable negligencia médica, por la que poco más tarde sería acusado y expulsado de su cargo en respuesta a las numerosas denuncias de pacientes y familiares. Además de ser un inútil, un arrogante y un vanidoso, era también un ladrón que esquilmó a Ángela con una minuta inabordable. En los años venideros, mi abuela estuvo obligada a enviarle todos los meses un cheque, pagándole así a plazos la muerte de su hija. Y lo que es todavía peor: Carlotta se sintió responsable a largo de toda su vida de la muerte de su hermana, dado que fue ella quien le había elegido como médico. Nadie ha conseguido nunca quitarle esa idea de la cabeza.

Caterina transcurrió por la última etapa de su enfermedad sin apenas dejar huella. Su inacabable verborrea de escritora se había agotado. Abandonó los diarios. Renunció a los proyectos ensayísticos y a la posibilidad de abordar una novela. Ya no componía canciones, no subrayaba los libros hasta destrozarlos, no se comía las uñas y los dedos manchados de tinta, ni aporreaba la máquina durante toda la noche. Dejó de buscar adjetivos. Si acaso algún verso suelto o alguna carta a mi padre, ya sin gusto, obligada por cuestiones domésticas, familiares. Las clases de Filosofía, el interés por la política, las lecturas compulsivas y el cine eran ya pasiones desvaídas, en sordina. Tampoco cantaba. Solo *Oh bella ciao*, sentada en el borde de mi cama, como si cada noche tuviera que despedirse de mí. Lo único que le apetecía era darse largos baños, con los ojos cerrados, la espuma, el vaho, los brazos cruzados por encima del pecho que le quedaba. Se cubría para que no la viéramos. Estaba cansada. Los dieciséis peldaños de la escalera de caracol se le antojaban demasiado altos, demasiado estrechos. Decía que teníamos que cambiar de casa. Que no podía más de subir y bajar.

En el verano de 1977, Caterina cumplió el deseo de viajar de nuevo a España. Ella, mi padrastro y yo pasamos unas semanas en Soria con Fernando y Martine, su nueva pareja. Volvían a ser las fiestas de San Juan. Pietro se cogió tal borrachera que cayó en una acequia y se partió un brazo. Días después, mi padre defendió a Caterina durante una discusión, Pietro se puso celoso, ella se apartó y Nano acabó llevándose un bofetón que iba destinado a su exmujer. Quedó impresionado del evidente sometimiento que sufría Caterina por parte de un hombre al que calificó como rudo e inculto. Sin embargo, yo sentía la inusual felicidad de tenerlos por fin a todos juntos. Por las mañanas iba de una cama a otra, sin decidir en cuál quedarme. Por las noches oía a mi madre toser y llorar.

Un año más tarde, en julio de 1978, Carlotta recibió una llamada del hospital en la que se le informaba que su hermana había desarrollado una metástasis en el pulmón. A Caterina le contaron que tenía una pleuritis. A Ángela también. Se decidió aplicarle varias sesiones de quimioterapia sin que ella lo supiera y en cuanto se sintió un poco mejor, aprovecharon para enviarla a la montaña a respirar aire puro. Allí empezó a tomar unos potentes corticoides americanos que por unas semanas le otorgaron una ilusión de vida.

Fernando está tomando el sol en el tejado de su buhardilla de Malasaña cuando un amigo le llama por teléfono y le cuenta que Caterina se va a morir. Mi padre habla enseguida con Pietro, que solloza por teléfono. Mi madre entra y sale del hospital.

En septiembre de 1978 comienzan los cuidados paliativos. Sandra y yo vivimos solas con Pietro. Caterina se traslada a vivir en el piso de abajo con Ángela y Carlotta. Sus pulmones no le permiten subir escaleras, se ha quedado calva. Yo correteo disfrazada con su peluca, me hace mucha gracia. Mi madre me coloca sombreros sobre esa peluca que nunca quiere ponerse. La casa de mi abuela se convierte en un vaivén de visitas. Todos saben lo que pasa, excepto Caterina, la *nonna* y nosotros, los niños.

Estoy en el patio, frente a la cancela verde que da a la calle. En el muro hay una colonia de diminutas arañas rojas que aplasto una a una. En la piedra quedan pequeñas manchas de sangre. Me siento mal por matarlas, pero lo hago. Del otro lado, en la calle, unos señores llaman al telefonillo de mi casa. La *nonna* les abre. Pasan a mi lado comentando que mi madre está a punto de morir. Los escucho aterrada. Subo la escalera deprisa para contárselo a Sandrina y a Leone, que están jugando arriba, pero según llego se me olvida lo que les tenía que decir. Lo olvido por completo y no lo vuelvo a recordar hasta mucho tiempo después.

En los días siguientes, las visitas disminuyen. Hay una alumna que viene todas las tardes y de la que tengo celos. Se llama María, es de una amabilidad empalagosa y viste con las mismas faldas de flores que llevaba mi madre antes de que estuviera siempre en camisón. Mantienen largas y aburridas conversaciones sobre libros, interrumpidas por los violentos ataques de tos de Caterina. Yo me enrosco entre ellas y espero a que acaben. No hacen más que hablar de Rusia. Son unas pesadas.

En octubre, Caterina empeora y la ingresan en la zona de enfermedades pulmonares para mantener la ficción de la pleuritis. Sus ataques de tos son tan virulentos que necesita morfina para evitar la sensación de asfixia. Mi madre ya no quiere ver a casi nadie. Solo a Ángela, a Carlotta, a Pietro. Y a su alumna favorita. Aun así no pierde la esperanza de curarse, o eso dice. María la visita todas las tardes con una manzana en el bolso. Se sienta a su lado, le pela la fruta y le mete unos gajos muy finos en la boca. Ya no hablan de Rusia ni de nada. O quizá solo de mí, puesto que María se convertirá después en un hada madrina, siempre presente.

En noviembre, una semana antes del final, Carlotta le confiesa a Ángela que su hija no tiene una pleuritis, sino un cáncer de pulmón terminal. La *nonna* se encierra a oscuras en su cuarto. Yo entro continuamente con cualquier excusa y me tumbo a su lado. Dice que le duele la cabeza, pero la veo llorar en silencio.

Tres días antes del final, la *nonna* se pone el abrigo, me toma de la mano y me lleva a despedirme de mi madre. En el jardín que rodea el pabellón donde está ingresada, reconozco a muchos de los alumnos que venían a casa. No entiendo qué hacen ahí. Están sentados en los bancos. Me saludan afectuosos. Me regalan alguna golosina.

Un día antes del final, Fernando recibe en Madrid una nueva llamada del mismo amigo, quien le avisa de que el desenlace es inminente. Mi madre agoniza. Se ahoga. Es espantoso. Carlotta corre por los pasillos del hospital, pide desesperada que la seden, que acorten el sufrimiento. Al amparo de la noche, consigue convencer a un médico para que le suministre una piadosa sobredosis de morfina. Se sienta en la sala de espera. Y espera.

Caterina muere en brazos de su hombre.

Un día después aterriza mi padre en el aeropuerto de Roma. Está a punto de publicar su primer libro, su *Historia mágica.* En la dedicatoria se puede leer: «A Caterina, porque con ella lo aprendí casi todo».

Mientras trabajo en estas páginas finales, encuentro por azar una nota de mi madre para mi padre. Quizá formara parte de esas últimas voluntades que ella nunca llegó a escribir.

Si tuviera que dictar mi testamento, como tengo intención de hacer, te dejaría el siguiente mensaje: «Ya lo sabes». Así evitaríamos perder aún más tiempo en fantasías decadentes.

Y nada más.

EPÍLOGO

Todo tiene fin. Aquel inacabable invierno, también. Taché en mi diario escolar el último día de curso y lo celebré como si hubiera salido de la cárcel tras cumplir una condena de nueve meses pese a mi probada inocencia. Comenzaban las vacaciones. Mi abuela y yo debíamos tomar el tren e instalarnos en Tellaro hasta septiembre. Tarea difícil, por cuanto toda perspectiva de viaje disparaba los cinco miedos atávicos de Ángela: terremotos, robos, violaciones, enfermedades y muerte.

Solíamos viajar con una maleta minúscula en la que cabía muy poca ropa y muchas medicinas, de modo que pudiéramos correr ligeras en caso de estampida y curar luego las eventuales lesiones. Sin dinero, para no sufrir ningún descalabro económico en el caso probable de ser víctimas de un tirón. Y vestidas de oscuro, para no incitar tentaciones eróticas.

De esta guisa llegábamos a Termini, estación de arquitectura fascista que había perdido toda su grandiosidad, como la mayoría de los lugares históricos de Roma, gracias a la labor frenética y destructora de los propios romanos. Chiringuitos improvisados ahogaban el edificio mordiendo sus paredes con productos venenosos: coliseos de plástico fucsia, delantales con el pene del *Davide* a tamaño natural, retratos eléctricos del papa convertido en el Elvis Presley de los católicos, pizzas chiclosas, trozos de nariz de esculturas saqueadas en Pompeya, supuestas agencias de viaje en connivencia con taxis ilegales para ofrecer excursiones absurdas a precios de oro, autocares con hordas de turistas ávidos de alimentar esta feria.

Detenidas frente a la estación, un instante antes de emprender la odisea de alcanzar el andén, las artríticas falanges de Ángela apresaban mi mano como la garra de una corneja. No fuera a perderme, otra posibilidad trágica nada desdeñable. Clavamos los ojos en el suelo, respiramos profundamente y nos adentramos a toda prisa hacia nuestro apeadero por aquella casba desmadrada que servía de estrambote a su congoja.

Dos o tres horas antes del horario previsto de salida, nosotras ya habíamos cogido sitio en un compartimento, aunque el retraso estuviera garantizado. La impuntualidad de cualquier medio de transporte en Italia no era excepción, sino certeza. Los trenes dormitaban a oscuras abandonados en sus raíles, repletos de viajeros también soñolientos en su paciente anhelo de sentir el chasquido de mosquito electrocutado que precedía a la iluminación consecutiva de los vagones, señal inconfundible de que aquello, probablemente, iba a moverse al fin. Acto seguido, alguien cerraba con un golpe seco cada portezuela de la larga culebra que se ponía en marcha y dejaba atrás aquella estación a la que los romanos apodaban «El dinosaurio». Por fea, por vieja, por peligrosa.

—Ya era hora. Lo hemos conseguido —suspiraba aliviada mi abuela, sacando de una bolsa los bocadillos de filete empanado envueltos en una servilleta aceitosa.

Nada me gustaba más que comer en el tren. Por la ventanilla abierta entraba un aire húmedo, salado. Al salir de los túneles se veía la costa. El mar, la tierra prometida y soñada durante ese invierno en el que mi paisaje había cambiado para siempre, en el que aprendí el arte familiar de la contención, del disimulo, de la mentira. Yo nunca revelaba mi interior. Sentimientos, necesidades, miedos, todo lo guardaba dentro, a salvo, solo para mí. También mis deseos. Maestra en evitar cualquier conflicto, desaparecía tras el parapeto de una sonrisa a veces ambigua, pero convincente. Buscaba espacios mentales vacíos. Hablaba con mi muñeca y con los gatos, con los mirlos, con las hormigas de nuestro jardín. Cualquier mundo inventado era preferible a la realidad de aquellas miradas lastimeras que me dedicaban tanto en casa como en el colegio, a esa manera de tratarme como si yo también fuera a palmarla de un momento a otro. Solo quería que me dejaran en paz. Había perdido a mi madre, había perdido la familia que éramos. Y punto. Cosas que pasan.

De la debacle solo quedaba Sandra. Mi amiga, enemiga, compañera de juegos, socia teatral. Mi hermanastra. Mi hermana. El silencio respecto a su paradero era lo único que no podía ni quería asumir. Tenía que encontrarla. Y albergaba la secreta convicción de que volvería a verla ese verano en Tellaro. ¿Dónde, si no?

Llegamos. En cuanto conseguí liberarme de mi abuela, demasiado atareada en deshacer el equipaje y organizar la casa como para prestarme atención, volé calle arriba hasta la plaza. Las viejas estaban sentadas en los bancos, apiñadas bajo la sombra de los árboles, cotilleando sobre los asuntos ajenos con una energía juvenil. Eran ancianas que olían a sardina y que siempre iban acompañadas por un rebaño de gatos gordos e insaciables. Ansiosas por renovar sus chismorreos con los dramáticos sucesos de mi familia, de los cuales tenían bastante más información que yo, me saludaron entusiasmadas. Enseguida les di la primera satisfacción: pregunté si habían visto a mi hermana.

—¿Qué hermana? —respondió una de ellas con evidente saña, puesto que sabía perfectamente que yo no tenía más hermanas que la que no era en realidad mi hermana, a pesar de que todo el mundo nos considerara como tales.

—Sandrina —contesté.

—¿Sandrina quién? —saltó otra, vestida como una ciruela cocida.

—¿Quién va a ser? ¡La hija del cantante! —gritó desde el banco de enfrente una que limpiaba mejillones y los tiraba en un cubo sin levantar la vista.

—¡La hijastra de *la pobre Caterina*! —apuntilló la que estaba a su lado.

—¿Caterina quién? —insistió la ciruela cocida.

—¿Cómo quién? *La pobre Caterina*... ¿Quién va a ser?

—Ay, sí. La pobre, tan joven.

—Tan guapa.

—Qué mala suerte.

—Qué desgracia.

—Qué injusticia.

—Pues yo a Sandrina la he visto...

—Ha pasado por aquí, sin saludar ni nada.

—Nunca saluda.

—Esa niña, esa niña. Vive como abandonada.

—Es una peste.

—Es que desde que la pobre se murió...

—¿La pobre quién?

—*La pobre Caterina...*, la hija de Ángela.

—La dejaron sin nada y todo para nada, ¿no te acuerdas?

—¿Cuántos años tenía cuando la vaciaron?

Pasó un ángel y cayó otro mejillón al cubo. Los gatos se restregaban contra las varices de las viejas. Salí corriendo de allí, no me quedaba otra. Y corriendo bajé por la estrecha calle escalonada hacia el mar, que apenas dejaba entrever una ranura de cielo entre las espigadas casas, todas juntas y tiesas como cactus en busca de luz. Gritaba su nombre, Sandra, Sandra, Sandra. El mismo que había repetido como una letanía a lo largo de ese año. Mis chanclas abofeteaban las losas de ladrillos que solíamos pintar con tizas, cada una de un color, para adornar ese pueblo que considerábamos nuestro reino. Una isla inaccesible. La isla de los niños perdidos.

Sandra, Sandra, Sandra. La he visto bajar por allí, me indicó una mujer asomada por la ventana de sábanas tendidas. Seguí la pista, se ensanchó el horizonte y el agua detuvo aquella loca carrera mojándome los pies. De pronto, una lámina de mercurio inmóvil cortaba el sol por la mitad en un atardecer plata y oro. Quietud y silencio.

Sandra, Sandra, Sandra. ¿Te acuerdas de cuando preguntabas la hora en español a un desconocido para avergonzarme? ¿Recuerdas nuestras peleas para ver quién se caía antes de la cama, los bolsillos de la bata llenos de calamares fritos que tanto asco nos daban, el escupitajo tembloroso que sabías mantener justo encima de mi nariz y sorber antes de que cayera atendiendo así a mis súplicas? ¿Y cuando yo esperaba a que engulleras tu merienda de un solo bocado para comerme la mía muy despacio sin ofrecerte ni una de las migajas que me pedías? ¿Y aquella vez que nos perdimos y vendaste mis pies mojados con papel higiénico porque tenía frío? Y el Teatro Stella, ¿lo recuerdas? Los ensayos infinitos, los carteles colgados en la escalera para que ningún vecino faltara el día del estreno, las encendidas discusiones de compañía entre Leone, tú y yo, las entradas dibujadas con una estrella amarilla de purpurina a cincuenta liras, que luego pasaron a ser ciento cincuenta. ¿Lo recuerdas?

Sandra, Sandra, Sandra. Yo sí recuerdo tus sollozos aterrados en la oscuridad de nuestro cuarto cuando él se iba. Y mis pasos quedos para acariciarte la espalda y el pelo, porque solo querías estar tumbada de cara a la pared. Nadie te consoló al morir mi madre, que era la tuya también, puesto que no tenías otra. Nadie te consolaba nunca, así fue siempre.

Ayanta, Ayanta, Ayanta. Contestaste. Entonces gritamos nuestros nombres. Cada vez más fuerte, para no perder el rastro. Subí de dos en dos los escalones que llevaban a una plazoleta suspendida en el ala más alta del pueblo, rodeada por el mar. Y la vi. Allí estaba, plantada en el medio, con los brazos cruzados, como un capitán en la cubierta de su nave. En bañador, muy delgada, el pelo largo, revuelto, mojado, la piel morena, las piernas arañadas, las rodillas huesudas. Reconocí esa mirada de ojos verdes que venían de no se sabe dónde, la pequeña cicatriz en forma de estrella del labio superior y la sonrisa mentirosa de aquí nunca pasa nada porque lo digo yo. Era ella. Fiera, inasible. Tan bella. Tan valiente.

—Estás hecha un desastre. Ni siquiera te han salido las tetas —me dijo.

La abracé. Caímos al suelo de la alegría. Nos besábamos, nos lamíamos, nos mordíamos. Como los cachorros que éramos. Y ahí mismo, sentadas en el muro al atardecer, trazamos un plan para no perdernos de vista nunca más. Un pacto de hermanas de leche. Nunca más, pasara lo que pasase.

Y lo que pasó es que ha transcurrido ya media vida y hemos sobrevivido, tal y como nos ordenó Ángela. Es verano de nuevo, estoy en el bar de la plaza de Tellaro, frente al ordenador desde el que escribo y un *capuccino.* Sandra duerme en la casa que nos compramos juntas hace unos años, el barco pirata de nuestra infancia. Mi hijo Mario trabaja sin descanso en el restaurante del puerto para poder permitirse el lujo de construir violines. Mi hija Cate mariposea como Blancanieves, seguida por una cohorte de enanitos enamorados. Carlotta baja solo al caer la tarde como una dama de manga larga, seguida por Leone, que ya es un bailarín jubilado lleno de proyectos lejos de las tablas. Efe llegará pronto de España, cargado de hijos y de amor. Le espero. Colma mis confines, me completa.

Alrededor, el tiempo. Misterioso, intrincado, que con sus marañas desdibuja los límites de las personas. El tiempo ocupado en reconstruir desde el mito una historia verosímil, en crear una versión tolerable de mis criaturas familiares que ponga fin al diálogo con una madre a la que casi no pude conocer.

¿Cómo puedo saber quién soy si no sé quién eres tú?, me había preguntado mil veces. A lo largo de los años he sido tu hija, tu amiga, tu madre. He pasado de adorarte a detestarte, de tenerte siempre presente a ignorarte. Y he recorrido también el camino inverso. De hacerte culpable de todas mis desdichas, a responsable de todos mis aciertos. Te he soñado, te he leído, he observado tus fotografías hasta casi comérmelas, para reconocer cada lunar, cada gesto, cada mínima expresión. Sé cómo te maquillabas, cómo te vestías, qué leías, qué comías, qué películas te hacían reír o llorar, qué hombres te gustaban. Sé ya hasta cómo querías que te hicieran el amor. Lo sé todo, excepto quién serías ahora. ¿Cómo habrías sido conmigo, con mis hijos, con mi marido? Te he superado en edad, en experiencia. He viajado, he conseguido subirme a un escenario, he dado a luz a dos niños preciosos, he encontrado al hombre exacto, he cumplido con el propósito de escribir. Y todo eso solo porque tuve el tiempo que a ti te faltó.

Ahora, estas líneas repletas de medias verdades, de verdades enteras, de figuraciones, de posibilidades, sirven para recuperar las horas perdidas, las que no pudimos compartir. Qué más da que se conviertan en otra gran mentira de nuestra memoria, la tuya y la mía. No importan las mentiras si este relato, al rellenar todos los espacios en blanco, nos devuelve ese tramo de vida que te fue negado. Así, mientras tú tomas una primera bocanada de oxígeno, yo cauterizo mis heridas. Se acallan los fantasmas y un silencio reconfortante deja mi mente vacía. En paz. Es el momento de despedirnos, de pasar página. La última contigo.

Mi madre me espera en un banco corrido de la sala del hospital envuelta en su bata japonesa. Alrededor, mujeres cargadas de bolsas de plástico hablan de achaques y minucias domésticas mientras acompañan a sus enfermos. Caterina lleva un gorrito azul. Está calva. Las líneas hermosas de su rostro se han borrado. Casi no tiene ojos, ni labios. Sobresalen los huesos de sus clavículas, de las muñecas, de los tobillos. Sobresalen puntiagudos todos los huesos. Llevo meses sin verla y al fin me han dado permiso para pasar un rato con ella. Tardo un instante en reconocerla. En realidad, solo reconozco el kimono. Hundo mi cara en su regazo. La huelo.

—Mamá.

Ángela nos deja solas. Saco de la cartera el libro de lenguaje y nos ponemos a hacer los deberes. Como si nada pasara, como antes.

—¿Por qué «por qué» se escribe separado en español cuando es una interrogación?

—No lo sé. Pregúntaselo a papá. ¿Has hablado con él?

—Sí. Dice que va a venir.

—Me gustaría verle.

Transcurren esos pocos minutos concedidos. Suena el timbre igual que en el colegio. Se ha acabado el horario de visita. Guardo mis cosas y nos levantamos.

—¿Sabes? Me han puesto en esta planta porque ya

estoy mejor. Dentro de poco regresaré a casa. Eso ha dicho el médico.

—Qué bien. —La abrazo de nuevo sin querer soltarla—. Mamá.

—Ven —dice Ángela—. Tenemos que irnos.

Y agarra mi mano.

—*Ciao,* Auretta —dice mi madre.

Me alejo de ella sin entender todavía que no volveré a verla. Se va haciendo más pequeña conforme avanzamos por el pasillo del hospital. Ángela, con una determinación furiosa, tira de mí hacia la boca de luz que entra desde el exterior. Solo entonces me doy cuenta de que es una despedida. Me resisto, no quiero dejar de mirarla. Y así, a lo lejos, se me aparece como fue.

El pelo largo, cobrizo, le cae sobre los hombros. Lleva aquel vestido de rosas rojas y negras, cruzado en el pecho, que marca su cintura y cae en una falda con vuelo. Me mira y se ríe echando hacia atrás la cabeza, los brazos en jarras. Ríe de un modo descarado y contagioso. Irresistible. Dan ganas de aplaudirla. Corro hacia ella, me agarro lo más fuerte que puedo a su cintura, se agacha. Susurra nuestro secreto a mi oído.

—Me gusta todo lo que haces. Nunca lo olvides.

Y de la mano subimos la escalerilla del tren interestelar.

Tellaro, 15 de agosto de 2017

AGRADECIMIENTOS

A mi prima Isabella, en recuerdo de sus pesquisas y la foto del retrato de Elvira. Al enfermero Nelson, por enseñarme los lugares que inspiraron el inicio de esta novela. Al librero de la estación de Colorno, de quien nunca supe el nombre, por regalarme la tesina con información principal sobre el manicomio de Colorno. Al Dr. Azzali, autor de dicho trabajo.

A Gonzalo Suárez y a las jirafas. Él sabe por qué.

A los tres amigos que siempre me acompañan con un entusiasmo juvenil: Aitana, Almudena, Mauricio. A Eva, por nuestros desvelos radiofónicos. A Vinciguerra y Massimo, por descifrar la imposible caligrafía de mi madre y celebrar cada palabra encontrada como si les fuera la vida en ello. A Pep, por disolver muchas de mis dudas argumentales y regalarme el maravilloso ordenador con el que escribo. A María, por contarme las últimas horas pasadas con mi madre en el hospital sin que se le quebrara la voz.

A la familia Ballesteros al completo, por confiar en lo que a mí me parecía imposible. A mis hijastros, Clea, Leo y Diego, testigos pacientes de mis excentricidades. A Paula, mi pequeña sobrina, por buscarme sinónimos en una lluviosa tarde de invierno.

A Carlotta, por contarme lo que nunca quiso contar a nadie. Y a Sandra, por permitirme hurgar en sus heridas.

A Francis, por ayudarme en cada coma. Y en cada tropiezo.

A Fernando, el más temido de mis lectores. Y el único padre posible.

A mis hijos Mario y Caterina. Son el más bonito de mis espejos.

Y mi agradecimiento último a Juana Mari. También se marchó en un tren interestelar antes de poder regalarle este libro. Si levanto los ojos, veo su estela.